U1017393

黄磊 著

特情侦查之湖矿危机

法律出版社 LAW PRESS·CHINA

目　录

第一章 秋 杀

羽镞离开弓弦,就注定了一段旅程。

这是一个秋后的清晨,晨露侵浸着我的身体,令我感觉到一丝丝入骨的凉意,头上随之传来钻心的痛,意识转而开始有些模糊,喉头一痒,“哇”的一声,让我翻身趴着开始干呕起来……干呕带着全身的神经一抽一抽,浑身疼痛感也随之而来。过了一会儿,我才翻回来,平躺着,缓慢挪动了下自己的身体,慢慢坐了起来,才发现左手手臂上有一道很长的抓痕,身上几个地方都被划破了,万幸的是没有骨折,都是些皮外伤。唯一重伤的地方估计就是头部,因为血流在脸上都已经凝结了起来,弄得脸很紧很痛,还有灼伤感,伤口处更随着脉搏跳动而阵阵撕扯,似乎是一座随时要爆发的火山。

沁骨寒冷的湿气加之背部隐约的刺痛,让我慢慢清醒起来,环顾周围,浓浓的山雾弥漫在整个山谷,仿佛一层不愿让人揭开的纱帐,山谷的周围都是一些长青类植物的枝条,碎石和大的花岗岩也不少,阴阴黑黑的地方犹如张大巨口的怪兽,让人毛骨悚然。

我是谁?怎么会在这里?发生了什么事情?

我努力地回想前一天甚至前几分钟发生过的一些事情,但是大脑不允许我进行思考,大脑一转动,脑了里面就如同碰撞的汽车一样,还伴着一种抽动的撕裂感,最后思维留给我的还是一片空白,只剩下仅存的直觉。我开始在身上摸索,找到了自己的钱包和手机,身份证上写着:赵羽,男,汉族,1979 年 10 月 30 日生,苏东省湖阳市中山南路理塘新村 189 号。钱包夹层里面还有一张小纸条,上面写着一串数字:2240 3210 4416,折在一起,不知道是什么意思,但是肯定显得很重要。右口袋的手机上电话号码都没有名称,那些号码也没什么印象,一条短信赫然越入眼帘:“注意安全!早点回家!”号码也是一串数字,没有名称,之前也没有联系过，是一个陌生的号码，这条短信是谁发的？有什么危险？家在哪里？我怎么了？被人追杀？秋天的寒气如利剑一般，刺到身体里，似乎有股杀气，想将我刺个万剑穿心，万劫不复！

本想拨打“110”报警，然而手机却已摔坏，仅留的直觉告诉我必须赶紧离开是非之地，我慢慢把身体支了起来，沿着山谷开始往外走，走了许久之后，找到一处有水洼的地方，把脸上的血迹和身上的血迹擦拭了一遍，喝了两口山泉水，身体开始清爽了起来。太阳也慢慢升起，照在快冻僵的身上，身上开始有了一丝丝的暖意，我不由地加快了步伐，朝着有阳光的方向走去，背后群山的阴影犹如梦魇一样追随在后，似乎要把我吞噬灭尽……

苏东省湖阳市是一个地级市，有着典型南方城市的特点，依山傍水，人杰地灵，城市不算大，人口不多但经济发展速度却很快，人均收入甚至比苏东省省会云都还要高。原因在于湖阳以盛产水晶闻名于世，水晶甚至远销日欧美等国家或地区，而自从苏东省艾华集团公司早几年入驻湖阳并成立湖阳矿业有限公司之后，该市的水晶制造业更是蓬勃发展，年销量上十亿元，并带动了系列产业迅猛发展。

湖阳工业不仅发达，还是个宜居城市，玉江和柔江穿城而过，如少女的裙带一般，璀璨多彩，越发映衬出这个城市的秀气。西北方向郊外不远有座凤凰山，小山脉屏护着这个美丽的城市，柔弱纤长犹如母亲的臂膀，呵护着这个水晶城市不被恶劣天气侵袭。多少年来，湖阳虽不是四季如春，但是冬暖夏凉，冬天西北风被凤凰山格档在外，夏天两条江边的清风习习而至，在江边吃点烧烤显得格外惬意。凤凰山并不远，直通环城高速，从市区开车过去二十分钟左右就能到，纯生态郁郁葱葱的大山氧吧，成为湖阳人民晨练的好地点。

有人说，人过四十，才会越发觉得锻炼身体着实必要，胡志就是这样一个酷爱锻炼的人，不管厂子多忙，一年到头只要不下刀子，他都会坚持到凤凰山晨练。对他来说，每天爬到山顶，伴随着太阳升起，让温暖的阳光洒落在自己身上，看着万物渐渐苏醒就如生命重生一般，感受着每个细胞的慢慢苏醒，这样开始新的一天实在美妙。他晨练有一个习惯，不喜欢带手机、音响等各种东西，或者是因为他太极拳打得没套路，或者是因为他不习惯和中年妇女打交道，他实在是不喜欢聒噪。

这天，他沿着公路旁边的台阶往山顶的凤凰亭方向小跑，途中遇见两个让人觉得奇怪的青年，不是因为早起锻炼的年轻人少，而是他们看起来不像是来凤凰山锻炼身体的人，穿的既不是宽松的运动服，也没穿运动鞋，最关键的神态间散发着一股邪气,但是这也仅仅是一个照面的事情,他也没那么多心思去关注这种人。

说来奇怪,人本来是一种很难感觉到气息的动物,但是有时候有些人一照面就会给人一种直觉,有些人一下就能使人感觉到温暖,有些人一下就会让你感觉到恐惧,有些人则让你感觉到很阴沉深不见底……想着想着,不知不觉中已跑到了凤凰亭。例行着压腿、甩手、扭腰、再把头上汗用毛巾擦了一下,接着漫步走向平时他静坐的地方——一块山谷边上的花岗岩。深秋的早晨还是有一丝凉意,但是热身完之后对于身体来说这种凉意会变得很惬意,这感觉就像夏天运动完之后喝下一瓶冰镇啤酒。脚下的草地有些已经渐黄,露水晶莹剔透地挂着,踩上去都有种让人心疼的感觉。正当他在胡思乱想的时候,他突然发现边上的草丛中有一个人躺在那里,走近一看,竟然是一具尸体!!

湖阳市公安局长胜派出所接到报警的时候已经是早上7点45分了。"案发地点就在我们所管辖的凤凰山,现场在离凤凰亭不远的地方,报案有三个人,尸体是大概二十分钟前发现的,刚刚已经打电话给市刑侦支队了,那边说勘察车和市刑侦支队二大队边过去了,现场我们这边已经先行协助封锁……"新进一年的干警小蒋在车上边对着长胜派出所副所长杨军报告着案件情况,杨军问道:"死者的身份查清楚了没有?""嗯,我们封锁现场的时候找到了身份证,叫陆小勇,男……""陆小勇?跟我一个同学的名字一样啊,出生年月其他的呢?""1980年3月17日,家住苏东省莲台市龙华区莲花河畔10栋402室……"杨军听完之后大惊失色,叫了一句:"什么?!车开快点,死者是我同学!"警车一路呼啸而去……

杨军一路回想着陆小勇的音容笑貌,他们一起从S大政法学院毕业,关系不能说很铁,但是也还算能玩得来。犹记得几个月前陆小勇从外省来到这个小城市,本来说大学同学在一个城市不容易,希望能多聚聚吃个饭什么的,毕业十年不到的光景,没想到竟然会阴阳两隔。

想着想着,车已到了凤凰山脚下,当杨军爬到凤凰亭的时候,市刑侦支队二大队副队长李耀已经在现场了。杨军远远看见,不由觉得很奇怪,怎么李耀这么快就带队到了?说到底,李耀给他的感觉什么时候都是亦正亦邪,带着一种让人捉摸不透的阴深,年龄只比他长两岁但却能当到市刑侦支队二大队副大队长确有他的过人之处!不过外界对他的传言却是很多,有说他是借着裙带上去,有人说他跟艾华集团公司董事长之子郭华有着密切的关系,更为传奇的是说他大学还没毕业就混入黑道，之后竟混入公安队伍，接着一路顺风顺水……

杨军远远跟李耀打招呼：“李队！一大早怎么把你给麻烦过来了？真是不好意思，辖区发生命案，我自己反而晚过来了……”“哪里哪里，今天清早带队在这边拉练，正好接警，支队就安排我到现场。另外，杨所果然百闻不如一见啊，年轻有为，早就听闻令尊也是刑案专家，两代公安，果然将门虎子！哈哈……”杨军听到却脸色一变，但是碍于场面还是与李耀攀谈起来。随行的小蒋等人知道一些内幕，杨军父亲原来是省公安厅的刑案专家，在杨军大学毕业前的一次扫黑行动中牺牲，据说杨军父亲的死亡并不简单，但没人知道真相，只知道杨军每每听到其父亲，脸色就会有一些异样。

杨军对李耀问道：“李队，这个案子市局怎么安排？”李耀答道：“这个案子不简单，据调查死者是湖阳矿业有限公司总经理助理，你也知道，湖矿在我们市的影响力很大，上面也高度重视，因此这个案子交由我们市支队侦办，目前领导安排由我们二大队接手，我们二大队游队也很重视这个案子，要求我限时侦破。我想，可能在几个地方要麻烦你协助一下了？”

杨军说道：“不瞒你说，非常巧，死者是我大学同学，我对这个案子也比较关注，希望尽早将凶手缉拿归案。您不要说麻烦了，要我做什么尽管安排就是！”李耀答道：“杨所对这里的地形和人情等各方面应该是很熟悉的，我简要弄了个图，你看一下……”

李耀接着说:“根据现场分析,这个案子很可能是劫杀,凶手劫财之后在现场行凶,行凶后慌忙逃窜,晚上慌不择路可能已经跌入山谷,我们在山谷下面并未看到人影,估计已经逃离现场,而离开山谷有三条路可以走,有条小路是向南走,可以通往市区,另外一条就是往北走,可以通向高速公路逃离本市,最后一条就是通往长胜村。市区方向和高速方面我已经联系了,已经设卡进行堵截,也将对过往车辆和人员进行盘查。”

停顿一下之后,李耀接着说:“现在就剩下长胜村这里需要进行排查了,由于我们对当地不熟悉,可能需要你协助一下。”

杨军问道:“应该的,死者死亡时间是什么时候?”

李耀答道:“大约是在今天凌晨1点,一刀致命,用的是匕首,直刺心脏,手法毒辣,凶手应该不简单!详细的勘察笔录我稍后会发给你一份。”

杨军审视了地图之后,在地图上画上了一个方框,说道:“这个时间段很少有人在凤凰亭周围出没,除了这里!这里是一个宵夜点,有几家排档和野味馆,晚上有很多客人驾车前来,在这里有可能问出一些关于凶手的线索,甚至找到目击证人!”

李耀应道:“没错!果然很细致,这个事情我叫人办。”

杨军又问了句:“死者是我同学,我想到现场去看一下。”

李耀面露难色:“尸体已经运走了!尸体上并未发现什么有价值的线索,而且家属和湖矿又催得紧,我们回去再检查下没什么问题就移殡仪馆去。”

杨军顿时又狐疑起来,因为这并不严格符合勘察的程序,处理似乎太过仓促,但是想想湖矿在本地的影响,他也就没说什么。只是带着疑问,他走到了现场,蹲了下去,想仔细地查看一番。李耀对着杨军说道:“杨所,如果时间方便,能否帮助我们展开人员调查并协助开展追捕?案件侦破方面,我们大队会早日找到真凶的,相关材料我到时会给你一份!”杨军听出了话外音,也就在他起身的时候,他突然有了重大发现!也就是这个发现,让他对这个案件有了新的疑问,这个案件绝非如此简单!

考虑到事情可能的复杂性,他走到一边,招了招手把小蒋叫了过来,对他耳语:“扩大范围搜索一下,我估计还有遗漏的线索,凤凰亭那里也要去下,这个案子我想多了解些线索,另外记得保密,不要引起市刑侦的误会……”紧接着他又转身对李耀说:“李队,我带几个人下山谷看一下,看能不能找到凶手留下的痕迹什么的,也方便下一步的追捕行动,你看呢?”李耀答道:“嗯,那就麻烦你了,我把相关材料整理下,届时还要你这边多多协助……”

杨军带着干警随着痕迹,沿着凶手跌落的花岗岩往山谷下走。山谷阴冷而幽静,现在山林里活动的人少了,到处都是林木、灌丛和枯萎的茅草,粘上了露水的草地显得格外湿滑,几人小心翼翼地挪着。山坡上滑落的痕迹显得凌乱,看上去不像是有意识滑落的擦迹,也不是滚落的凹凸状,更像慌不择路跌落的滑行轨迹。杨军大脑急速思考起来,是什么让一个能够一刀致命的冷血凶手如此慌不择路?

滑落的痕迹在向下走不远的一个凸出的花岗岩那里改变了方向,看样子是滑落过程中碰到了这块石头,那么石头上应该会有生物样本。杨军缓步走了过去,并让随行的干警仔细地搜索,不一会儿,他们发现了石头上的血迹,血迹并不多,呈零星状。从撞击的方位并结合滑行的位置来看,应该是撞到了四肢或者是头部。杨军让一个干警通知上面的法医过来采集样本,然后带着其他干警继续向山谷下走去。

沿着留下的痕迹,他们走到了山谷底下,秋后的山谷底部显得格外的寂静,突然的一阵冷风吹来让杨军打了一个寒战。山谷还有零星的几束野菊,不知怎的他突然想起来一句诗——“待到秋来九月八,我花开后百花杀”,秋杀、秋杀……正在乱想时,随行的干警叫了一句“杨所,你看!”顺着一看,看样子,应该是停在这里了。杨军开始跟随行的干警一起搜索起来,但是除了一点血迹之外并未找到其他的有价值的东西。“找找脚印,看往哪里跑了!”“找到了!”一路随行,方向是向东,也就是往长胜村方向走了……

跟着脚印大概走了300米,临近一片水洼处,脚印消失了!! 怎么可能? 山谷里一条小溪缓缓流动,流水的声音提醒了杨军,“狡猾的家伙……”水流是掩盖脚印和气味的最好方法,而要完全在水流两边铺开进行搜索需要大量的人力、物力,假如在人流量大些的地方上岸,那痕迹更难查到! 那么说明这个凶手绝非简单之辈,有着很强的反侦查意识,这么冷的天气,在刺骨的溪水里面行走,那这个人不是一般的人啊! 那反过来想呢? 向东走会不会是一个幌子!? 杨军思考得让自己都慢慢失去了头绪。

“通知下李队,让他带人下来量下脚印和其他痕迹。另外,凶手可能受伤了,逃离方向不明,有可能回到市区,让他多多留意大医院等……”杨军说道。

一份现场勘验检查笔录、几份谈话笔录、一些现场影印文件和资料放在了杨军办公室桌上。杨军随手拿起来，仔细地看了起来，现场勘验笔录内容不多，谈话笔录也比较少，让人有种毛躁的感觉，这与向来战斗有力、破案神速的湖阳市刑侦支队好像有点不符，但是杨军并未在刑侦支队做过，所以也不好妄加评论。随着现场勘验和谈话内容的比对，多处出现的矛盾让杨军觉得难以理解，这让他觉得已经不是费解的问题。隐约间，这似乎想告诉杨军这个案子里面另有蹊跷。于是他拿笔认真地记了下来，想认真地厘清这些关系：

1. 报案人为什么是三个人？从笔录来看最早发现现场的是胡志，那另外两个年轻人是怎么过去的？

2. 现场为什么是变动现场而不是原始现场？那是谁，又是什么外力导致？

3. 刺入心脏呈 90 度角，而指纹又显示是正手持刀，这种杀人方式很值得推敲，倘若是正手持刀捅心脏的话，那切入角一般都是小角度，而不是垂直。而死者是呈仰卧状，那应该是反手刺入更为省力和可以理解……

4. 同上，刺入的话，为什么死者没有挣扎的痕迹？

5. 作为一个冷血杀手，杀人后为什么不把匕首拿走？而是遗留现场？

6. 脚印问题：现场为什么留下了两个年轻人的脚印，根据谈话笔录，他俩是好奇，在后来报案的时候走过去的。但是！杨军想起自己蹲在现场获得的线索：自然现象是不会骗人的，如果是刚落下或者落下不久的脚印，那么是不会有露水的，但是现场很明显另外两个年轻人的脚印上面有露水，只是很难从深浅上看出停留时间！那么他们到现场去干什么？绝非好奇！要么是掩盖什么？要么他们就是帮凶！但是为什么勘验笔录里面没有详细记载呢?！为什么着重记录的是犯罪嫌疑人的脚印？杀人者是一个？还是几个？

7. 根据小蒋扩大搜索范围，在凤凰亭发现被害人和犯罪嫌疑人的脚印，并且提取到了数支烟头，脚印并不凌乱，说明两人关系并不简单，亦不会是普通的劫杀！

8. 被害人和犯罪嫌疑人为什么会凌晨的时候在那里!?

……

杨军想着想着，觉得头皮有些痛了起来，后面的问题觉得有些发晕。他觉得首要的问题是那两个年轻人的问题，但是这个案子又是归刑侦支队二大队办理，他只负责协助查办和追缉凶手，他为陆小勇的死感到了一丝的悲凉。想到这里他忍不住地翻找了李耀的电话并打电话过去：“您好，李队，我是杨军，对……对，是啊，收到了。只是有一些疑问，对……就是我觉得那两个报案的年轻人，是啊,你觉得呢？哦,那你哪天让人详细询问下？嗯,好的,我这边会边帮你追查一下,看有没有可疑的人物出现。另外我发现凶手可能受伤了,不排除逃往市区啊？嗯,好的,再联系……”

放下电话之后,杨军感觉放下了一块大石头,但是转而又陷入了沉思……

第二章　迷　雾

人生如雾，不知何途。

秋雾缭绕，今年入秋以来的第一次大雾笼罩着苏东省，只见白白的雾气缥缈在空中，似纱如丝，总感觉想掩盖一些什么东西，让人捉摸不透。以往街道的喧哗似乎也销声匿迹，似乎从未曾有过喧哗一般，静谧得让人有些窒息。润润的雾水沁在皮肤上，有种凉丝丝的感觉，雾水变得跟有生命一般，近在咫尺，当但你伸手去摸它时，它有一瞬间如精灵般隐遁起来。感觉时间也在这一刻凝固了下来，感觉它好像从来就没有走动过，过往的点点滴滴就同幻觉一样。你会感觉这秋雾就跟魔法师一样，难以揣测，当你潜心走入这团迷雾当中想寻找一些什么时，这迷雾犹如黑洞一样，把你吸入其中，最后会发现连自己都看不清了，佛曰："无我真我"果不其然……

杨军在办公室看着窗外，思绪良久，桌上放着的文件袋，是之前从刑侦支队李耀那里送过来的，脚印和现场其他一些技术资料显示犯罪嫌疑人身高在175cm左右，体重70kg左右，被害人的右手指甲里面留有犯罪嫌疑人的皮屑，很有可能是被害人抓破了犯罪嫌疑人表层皮肤所留下，调查案发现场下面的排档店并未发现有可疑人物出现，具体的相貌和身体特征现在还有待侦查和回访，并希望长胜派出所协助排查……杨军想，这个身高和体重在南方并不格外的明显，犯罪嫌疑人犹如隐遁在这团迷雾中一样，让人感觉有些深不见底，但是又似乎触手可及。

而此刻在沉思的不仅仅是杨军一个人，艾华集团公司总部位于苏东省省会云都，董事长兼总经理郭艾平正端坐在皮椅上，从办公楼隔着落地玻璃凝视着，人到中年之后似乎思索的东西越来越多，什么价值啊，人生啊，未来啊，孩子啊，但是很多时候回头一想，却又都成了空想。

他回顾着自己的成长历程:读书的时候,正是“文化大革命”期间,他父母被打成过“走资派”,小时候没少被同学戴上“毒草”的帽子让他跟着父母游街,游街的感觉并不好,似乎自己不应该降生于这个世界一样,整街都是唾弃的声音,整个世界都是仇视的眼光,恨不得将你撕裂吞噬!他父亲也就在这个风雨飘摇的时代,如落叶一般飘落,无声无息地死掉,死因竟然是普通的感冒咳嗽,但是缺乏医疗和营养条件,进而变成肺炎,最后日渐消瘦,一场大病之后,就再也没有起来,而母亲后来也不堪折磨,选择了跳塘自杀,临走前也没跟他说太多言语,就是骗他说去帮他和弟弟妹妹买点好吃的,我们全家总算可以吃一次肉了……他记得那时他很高兴,很天真地笑了,可是母亲没有回来,等回来的却是母亲自杀的噩耗。母亲死那年他13岁,随后弟弟妹妹被几个亲戚收养,他也开始混荡于这个社会,偷东西,做小工、洗碗工……什么能养活他,他就做什么,他只知道一件事,就是活着!而上天最终也眷顾了他,从倒卖物资开始发家,然后收购并倒卖倒闭的国有公司和厂矿,倒卖矿产,承包工程、承包矿山,圈地卖地,一步一步做起了这个集团公司,光环和头衔也开始多了起来,省人大代表、苏东省慈善基金总会名誉会长、苏东省十大创业家、杰出青年……鲜明对比的是,只要他回家,也有人夹道欢迎,两边的人群和以前游街时候观望的一样多,只是脸色和评价都已截然不同,他想这个社会就这样,不管你昨天是什么身份,是否曾经被仇视过,也不管他曾经做过什么,什么原罪的叫法对他来说显得很幼稚,对他来说,只有结果,就同他少年成长经历一样,活着才是最重要的,这就是他的真理,他的法则——丛林法则。

就在郭艾平胡思乱想的时候,门被推开。整个集团公司不敲门敢直接进来的就只有两个人,一个是他儿子郭华,另一个是他女儿郭悦,郭悦现在在国外读书,现在这个时间段是不会出现的。果然,郭华推门而入,“老爸,你找我?”

郭艾平先发问起来:“坐,华儿,湖阳矿业对于当地经济的发展作用巨大,涉及的政要也多,而它的布局对于我们集团的发展来说更是至关重要,担子重的时候更要多一些责任感。我把湖矿交给你,你就要好好地、认真地去做,不要像一个长不大的孩子,任性办事。”

“嗯。”郭华答道。

“那边运转没出什么差池吧?”

“早段时间出了点事,弄得有些麻烦,现在已经调整过来了……”郭华刚想说最近公司出了件命案,但想想又会被父亲责备,于是把话又吞回了肚子。

“如果可以的话,公司要尽可能扩大一些产能,加快账款的回收速度,还有些其他遗漏的问题一定要放心上,督促办好!没别的,就这个事情!”

“那我走了。”

“嗯。”郭艾平说完之后又开始转身看着窗外浓雾,他似乎很享受这种若有若无的感觉……

另外一边,杨军思考良久之后,打定了参与侦查的主意,他决定先向领导申请加入这个案子的侦查工作,假如不允许的话,他想私下介入去调查这个案子。虽然可能会与刑侦支队二大队带来一些误会,越俎代庖在机关里面是一件性质相当严重的事情,但是本能和他对陆小勇死亡的关切让他最终下定了这个决心。

他走到长胜派出所所长陈铭根的门口,敲了敲门后推门而入。“小军啊,坐坐,有什么事情?”陈铭根坐在他的转椅上转了过来,认认真真地看着杨军。

“领导,你也知道,我们辖区发生了这么大的案子,这是这么多年都没有过的,不知道领导对这个案子怎么看?”杨军坐到了陈铭根对面的沙发上。

“喝杯茶吧?”陈铭根不置可否,起身做倒茶状。杨军赶紧起身,“我自己来,自己来……”

“这个天气,就适合喝点普洱,暖暖胃,虽然说这个茶口感很淡,甚至没什么味道,但是价格却比其他的一些茶要高得多。”陈铭根说完意味深长地看着杨军。

杨军有点看不懂陈铭根葫芦里卖的是什么药,但是又只能随声附和:“是啊,像我们这种经常熬夜,又要喝酒应酬的人,多喝点普洱好,可以降血脂,健脾胃。”

“听说死者是你的大学同学?”

“是的,所以我对这个案子也比较关注。”

“小军,我跟你父亲也算是故交,虽然他后来调到省厅,而我之前在市局。但是我也算在院子里看着你长大,你性格跟你父亲很像。我总劝他,低调一些,低调一些。结果他被人陷害,后来的事情你也知道……”陈铭根咽了口茶水之后继续说:“按辈分,你是我的侄子。按职位,你是我的左膀右臂。这些年我对你应该是不错的,有些话我也不是随便对别人说的。”

“是的,感谢领导这么多年的栽培和厚爱!”

“听过网上流传的这样一句话吧?搞定就是稳定,摆平就是水平,没事就是本事，听起来有点不顺，但是这个道理还是有的。”陈铭根乐呵呵地说了起来。

“领导的意思是这里面很复杂？”杨军问道。

“哎呀，小军，不要总是领导领导的，办公室没人的时候叫叔叔也可以嘛！”陈铭根很慈祥地对杨军说：“信我的话，不要插手，既然市局有了安排，这个案子又涉及湖矿公司的人。我看那些传过来的案件材料不像简单的抢劫杀人，除非市局另有安排。”

陈铭根又很殷切地说了一句：“我希望你能比你父亲走得更好，走得更远，不要受那么多伤害，懂吗？孩子！”

杨军想到父亲，开始感伤起来。“谢谢‘叔叔’，那我先走了。”说完，转身离开。

“嗯。”陈铭根看着杨军坚毅的背影，会心地微笑了起来。他不禁想起了以前和杨军父亲杨智伟的往事：年少都曾轻狂，当年的铁血搭档，让多少犯罪分子胆战心惊，也正因如此，每每两人可以升迁之时，各种告状信和诬蔑的举报信就从天而来，而杨智伟性格更为直爽，仗义执言，最后名义上调到省厅，其实是弃而不用，而陈铭根由于多次力挺杨智伟最后也只是被任命为一个基层派出所所长。有时候努力很久，真的还不如一张 8 分钱的邮票，人还是不要会做事的好！想着想着，陈铭根苦笑了起来。

窗外，浓雾依旧没有散去……

浓雾中，有一个僻静的地方今早却显得格外忙碌。市刑侦支队新大楼位于湖阳市城郊，下设 3 个刑侦大队、一个禁毒大队、一个技术科和一个综合科。“11·20凤凰山杀人案”的专题请示正在进行，公安局副局长兼刑侦支队队长游德贵、副队长饶露、教导员廖杰等出席会议并听取汇报，会议是由二大队副队长李耀代为组织并进行汇报。

“大家都知道，我们二大队长姚队正病休，我受委托代为汇报：在湖阳市经济获得高速发展的今天，发生这种严重损毁我市城市安全形象，影响我市招商引资，危及群众生命财产安全的案件，我们市刑侦支队感受到了巨大的压力。案发后，市政府通过政法委肖书记向我们市局转达了市政府对案件的高度重视，希望我们能够尽早破案，尽快将凶手缉拿归案！市局将这个艰巨的任务交办给了我们二大队，下面我将现场勘探情况、现场工作布置情况以及反馈情况汇报如下：

“1. 现场勘探情况汇报

“被害人陆小勇，男，汉族……根据现场尸斑、尸温、角膜混浊度等综合分析,死亡时间为 11 月 20 日凌晨 1 点左右。现场未见大量血渍,血渍面积为 $20cm^2$左右,经痕迹检验分析,为锐器刺破心脏传导系统致死,未见其他明显伤痕,致命伤为一刀致命,排除自杀之可能。凶手杀人手段异常残忍,同时也说明凶手作案手法高明……现场发现被害人钱包一个,里面只剩下被害人身份证和他女朋友相片,未见其他有价值物品,后经对被害人家属、女朋友、同事等调查,未发现有情杀及仇杀之可能,故现首推为劫杀,也不排除劫杀现场为凶手伪造之可能,具体杀人动机有待进一步调查取证。现场发现有三人的脚印,其中有两个是无业青年,也是报案人中的两人,还一个脚印为凶手留下,从现场痕迹证实,凶手作案后慌不择路跌入山谷,跌滑中碰撞到花岗岩,遗留下了零星血迹,现已提交省厅进行 DNA 检测。现场未发现犯罪嫌疑人,已逃离现场。从现场脚印分析,犯罪嫌疑人应该是一人,身高在 1.70 ~ 1.75cm,体重在 70kg 左右……

“2. 工作布置情况及反馈情况

“到达现场后,首先由案发地派出所长胜派出所协助对现场进行封锁并进行追踪,发现凶手通过水路逃离,未发现其他逃窜痕迹。根据分析,逃窜路线有三种可能:(1)市区,(2)高速公路,(3)长胜村,现已对三条路线进行布控,并协调相关派出所进行排查。

“对被害人周围人群进行取证结果:陆小勇于今年 8 月左右通过招聘进入湖矿公司,职位是总经理助理,平时性格开朗,少与他人发生恩怨情仇,与周丽感情稳定并准备结婚,没有仇人,可排除仇杀、情杀因素。个人财产收入并不算很高,为人低调,不喜炫耀,临时起意被杀可能性很大,被预谋跟踪谋杀可能性不大。

“对案发现场周边走访结果:由于案发地点比较偏僻,深秋季节晚上往来人员很少,排档店也未发现被害人以及可疑人员出现的迹象,未获取有价值线索。

“3. 下一步工作及打算

“考虑到我市侦查力量比较薄弱,市政府和市局又对该案件高度重视,建议成立专案组,抽调精兵强将对案件进行集中侦破并追捕;同时建议扩大搜索范围,各社区医院和大医院都要进行适当的走访,看有没有可疑人员出入……”

李耀的汇报获得了领导的认同,刑侦支队队长游德贵问了下李耀想要哪些人,李耀点了几名其他大队的得力干将,最后提出要长胜派出所副所长杨军,最后这个名额让会议室有了一点波动:毕竟市刑侦支队再怎么缺乏人手,也还不需要从派出所调集人员。游德贵笑了笑,说道:“杨军?那个杨智伟的儿子?听说是个干刑侦的料,虎父无犬子啊!再说我们办案要考虑大局,我同意你的意见!但也要看看杨军他愿不愿意过来帮忙咯,哈哈……”

迷雾中,有一个人行色匆匆,他得赶在迷雾散去之前,寻找好下一个隐藏点,他的直觉是,他还有很多事情要办,而他更知道,浓雾散去后,一场生与死的追捕就要到来,他就是——赵羽。

胡志的厂子并不大,但是很好找,怀着疑问的杨军开始了私下调查。胡志依旧话不多,但把当天的事情还是说得较为清楚:“当时我跑步中途遇见的那两个青年,后来我就看到了尸体,我没带手机,想往回走叫人,结果就看见他们俩过来了,后来我们一起报的警。”

“他们当时到了现场没有?”杨军问道。

“到了,还说想找找看死者身上有东西没?让我不要说出去。”胡志说道,休息了下后说,“当时做笔录他们在,没敢说。说真的,我觉得他们像是在等人一样。”

“尸体有没有什么特征?”

“身上血很多,脸看不很清楚,我平生也没看过凶杀现场,有点怕,就没细看。”

“血渍有多大一块儿?”

“满衣服都是,吓人。”接着胡志拿手比画了一下。

这时候杨军手机响了起来,原来是所长陈铭根打来的,“喂,领导,哦,参与案件侦查?哦,好的,听领导安排就是……”挂完电话,杨军想胡志这里好像也问不出别的东西来了,起身跟胡志告别就离开了。在车上,他开始迷茫起来,假如胡志说的现场是真的,那与李耀介绍的有太多的出入:第一,两年轻人很可疑,从脚印的时间上看,两人应该是凌晨在现场出现过。第二,假设如尸检报告一致的话,锐器刺破心脏传导系统致死不会产生大量的血渍,出血量应该在100ml左右……这样看,李耀似乎怕他知道得更多,可是李耀为什么又要抽调他去加入专案组呢?转而一想,反正想调查,名正言顺岂不是更好?!当务之急,再找到那俩年轻人问一下最好不过!回所办好交接手续之后,杨军直奔市刑侦大队。

到刑侦大队后,杨军并没有问太多的问题,倒是李耀主动地跟他寒暄了起来,寒暄之后,李耀对杨军说道:“那两个年轻人的事情我后来去询问了,他们说了谎!”

“他们凌晨到过现场?”杨军问道。

李耀有点诧异地看着杨军,对于一个非公安刑事侦查专业的人来说,杨军的思维、直觉以及对现场的分析能力,可以说是出类拔萃。想到这里,他微笑了一下,点了点头。“是的,这两个小混混他们凌晨的时候去附近喝酒,喝多了之后乱逛,不经意间到了现场并发现了尸体,不过他们没有报案。当时他们想到尸体旁边看有没有钱,后来无果而返。当天晚上越想越不对,他们也怕被怀疑成杀人犯,于是就在凤凰山边上的台阶等,等有人发现现场时候,他们当面再到现场走一走,这样就有人证明他们不是杀人凶手了……”

杨军“哦”了一句。

李耀补充说了下去:“现在我们当务之急是尽快抓住嫌疑犯,防止嫌疑犯流窜作案造成更大的损失。现在我把我们队员情况以及我初步设想的分工说一下,你看怎么样……”李耀分工很明确,也很有可行性,不愧是一名资深的刑侦干警,杨军也频繁点头赞同。

“杨所,你觉得凶手会不会逃出本市?”

“李队,越危险的地方越安全,这个道理嫌犯肯定懂得,甚至说不定他早就准备好了窝点。”

“是的,作为一个狡猾的对手,他肯定知道外逃是最危险的,因为我们肯定会把路线堵死。他应该会潜伏起来,躲在人流多的地方,蓄势待发,我们放松的时候就是他逃跑的最佳时机!如果是你,凭直觉,你会躲到哪里?”李耀问了一句。

杨军拿出湖阳市行政地图,手一指,点了几个地方。

“第一,这几个城乡接合部,人流量多,陌生人也多,不会轻易被怀疑,警察的管辖能力也有限;第二,社区,随着现在湖阳经济的发展,现在租赁客越来越多。而且很多租赁客的房东都是一次性收半年以上的钱,平时根本不在意租房的是谁。平时邻里之间一般互相也不会询问和了解,公安逐个排查难度也大;第三,最怕的就是犯罪嫌疑人是本地人,那么他在哪里都随便可以安置下来,很难引起旁人的注意。”

“果然英雄所见略同啊,我现在下一步计划就是两头堵,取中间。第一是源头,案发时候肯定周边总有人会发现一些什么线索,疑犯受伤逃走不可能没有人没看到,我们能够找到目击证人最好,这个我还会去调取周边监控录像逐一排查。第二就是第一落脚点，案犯肯定需要到医院、药店或者社区诊所进行初步治疗，我们可以从这个方面进行适当排查。中间堵就是通过原来的一些线人到我们所想的几个地方进行摸索，得到情报后马上展开追捕！我就不相信抓不到他！”

窗外，浓雾渐渐散去，追逐却刚刚开始！

第三章　博　弈

博以手谈，对弈人生。

太阳升起来了，秋后的空气是如此清新，让人有些爱恋，忍不住地多吸两口，丝丝的凉意冲入肺部，翻滚而出，感觉整个人都为之一振。驱散白雾后展现出蔚蓝的天空，暖暖的蛋黄色阳光投射下来，穿透那落叶的梧桐，树上仅剩的一些绿叶和飘落的枯叶相互映衬起来，而周边的一些小枫树也和绿色灌木相互媲美，似乎都想争夺那穿透梧桐的道道金光，色彩、光影似乎都在那一刻定格，行人反而成为背影……

一个穿着褐色风衣，蓝色牛仔裤，戴着一顶极为普通不过的黑色休闲帽，提着黑色公文包的男人越画而过，从外表看来他同普通上班族无异，然而并没有多少人会去关注他，因为这难得的好天气，闲着的家庭主妇们都忙着把被子拿到太阳底下晒，悠闲整理着家务，而中老年男人们或看着报纸，或跷着二郎腿晒着太阳。这个越画而过的男人就是赵羽，与生俱来的敏感告诉他自己在躲避一场追杀，他一路思索着从山谷清醒之后所遇所见，可能留下的痕迹，以及自己下一步的行程：

从山谷出来后，我沿着小溪往东走了一段，留下了一点向东前行的脚印之后又返回往南即市区方向走。走了半小时左右，我遇见一群自称是外地来溯溪的驴友，我告诉他们我晨练时不小心摔下了山谷，他们拿急救包给我简单包扎了一下，接着他们队长派人将我带到了湖阳市市区。

到市区跟送我的人告别之后，我穿过几条街道和小巷到了一家小超市购买了一些常用物品：口罩、小剪刀、打火机、小瓶烧酒……戴上口罩后到了一个公厕，确定旁边厕位都没人后，我进了最里面一间。把我的假发扯下来了，扯的时候很疼，因为头上撞伤的伤疤都还没好，血又流了下来……我淋了些烧酒后把假发烧掉并冲走，剩下一些烧酒就着棉签处理了下伤口，简单处理后我离开了那里。很幸运，一直没有人出入，也没有和人照面。

之后的事情我努力回忆着，虽然这让我大脑急剧痛苦，但每一幕都显得格外重要，告诉我事关我的性命……嗯，我之后打车去了偏远地方的私人诊所，一个瘦子医生接诊的。他诊断结果说我中度脑震荡，伴随一定程度的失忆，如果加剧的话建议去医院检查……我努力地回想自己更多的信息和细节。然而记忆就像碎裂的拼图一样，每次拼接都伴随着痛苦、恶心、急躁，我近乎崩溃……

还有什么？还有什么?！对了，瘦医生说凤凰山，就是我出事的地方出了命案，有一个人被杀了，死者据说是湖阳矿业的一个领导，市里很重视等。此事与我有关吗？我努力回忆着，记忆中好像是被人追杀，死者和我是什么关系？我不会是凶手吧？我想着开始害怕起来，报警？但直觉告诉我，报警似乎对我更不利，我必须先弄清状况！如果是被诬陷岂不是自投罗网?！

离开诊所后，我从居民区通过时顺了一件风衣和一条牛仔裤，不错，虽是盗窃，但生命告诉我它更为重要，旧衣服、旧裤子我是分两个地点抛掉的，不出几个小时它们应该就会落到拾荒者手中。之后我还在路边摊上买了鞋子和其他的服饰，再后来我就在社区旁边的旅馆住了下来……

想着想着，剧烈的头痛逼迫赵羽暂停了思考，当他习惯性地摸自己携带的钥匙时，似乎想到了什么，他拿出钥匙仔细地看了一阵之后，决定了下一个落脚点！

另一方面，杨军和李耀也开始了自己的行动，他们管行动叫“捕鱼”……

“李队，省厅DNA血液的检测结果出来了，血型为O型，血渍中有头屑成分和发脂成分，很有可能是头部出血，另外伴有化学物品，不排除戴假发可能……”一大早，小蒋就把省厅的化验报告边念边及时的送到李耀办公桌上。李耀拿着报告看了起来，接着问了一句：“你把这边DNA检查的大概情况通报给杨所，并问一下杨所那边路况信息有没有价值的线索？”

话音刚落，杨军就走了进来。“说我呢？这么早？李队，有什么有价值的线索吗？我这边找到了一点有意思的东西。”

“正好，这里有省厅的DNA血液检测结果，你可以过来看下。”

“李队，溯溪听过吗？”

“什么新鲜玩意啊？”李耀不解地问了一句。

“out－慢！溯溪是一种运动，从登山户外活动分支开来，主要就是寻找水源的源头，有很多时候需要翻越瀑布和岩洞等，很有挑战意义，也很有乐趣……”小蒋就已经先插嘴进来了。

“小丫头片子，知道还真多啊！”杨军笑着说了句。

小蒋把嘴一嘟，转身走开了，临走撂了句话：“俩古董！”

杨军一脸苦笑，李耀问道：“你说的与案子有关？”

“我对往来车辆进行了分析，发现了这辆车子，之前跟随车队从附近省到这边溯溪的，溯溪点就是凤凰山下玉江的一个支流，路过山谷，时间也和我们搜索时间吻合，我分析疑犯会不会和他们相遇，那犯罪嫌疑人就可以成像了，追捕就会容易得多！”杨军很兴奋地说道。

“真是无巧不成书，我说怎么凤凰山周围路况上都没调到陌生人影像。原来犯罪嫌疑人搭到车了！车牌号有没？我们沿这条线索找——”李耀似乎也嗅到了犯罪嫌疑人的痕迹。

“车牌号我已调出来了，车主资料要和交警部门沟通反馈过来。”杨军把车牌号递给了李耀。“交警我们联系下就可以了。”李耀说道，然后对旁边人挥了挥手，“小王，你去查下这车牌号的车主资料，再问下是否与当天案件有关？”小王应了，走过来拿了纸条转身就走。

李耀刚说完，一个电话打了过来，是一个陌生号码。

“喂，哪位？”

“耀哥，忘了我了啊？你猜我是谁？”手机里对方声音穿透力很强，是一个女音，听起来很有磁性。

不过李耀不喜欢这种套路，他回了一句：“不说我挂电话了。”

“当副队长脾气就大了啊！就把我忘记了！我从澳洲留学回来了！”对方似乎很愤怒。

“哟，是你啊！留学结束了啊？”

“你还想让我读多少年啊?！人家头发都白了！”

“大小姐，现在好像是11月吧？”

“你猪脑吧？不知道现在南半球是夏天吗？人头猪脑！”

“……”很明显，李耀很无语。

“晚上请我吃饭，为我接风，我正好过来看我哥哥！拜拜！”

“喂！我还没答应呢！”但是很明显电话那头已经先挂掉了。“现在的女人啊！怎是一个彪悍了得！?”李耀直摇头，转身对杨军说道。

杨军很赞同这个观点，警队中他们这年龄还没女朋友的已近乎绝种。按现在“2B 青年”的流行观点就会怀疑他们是不是取向有问题。

然而，杨军绝不会忘记，他在父亲坟前发过誓，不把他父亲死因查清他绝不成家！他也绝不会忘记，父亲那么优秀的侦查专家临终前给他的遗训却是：“绝不从警！”但这个遗训他却无法遵从，因为从小的耳濡目染，已经让他笃定从警，更何况只有从警才有机会清账复仇，于是大学毕业后他就考入公安系统，并继续潜心研究刑事案件侦破。为这两件事情，他母亲不知道急成了什么模样，一哭二闹早都用遍了，这三代单传怎么办啊?!

李耀似乎明白杨军的心事，他拍了拍杨军，说：“大丈夫何患无妻!?”杨军点了点头，应了一句：“相互勉励，您才是我警队的‘钻石男’啊！”“哈哈哈……”

这时小王很兴奋地跑了过来，“李队，好消息！果然犯罪嫌疑人是搭这个车走的，我已经联系车主过来做一份笔录，并让他协助我们做一个模拟画像。”“好！”杨军和李耀不约而同应道，在他们看来，这条鱼总算要露出庐山真面目了！

另一方面，赵羽躺在床上半闭着眼，继续追寻着他的记忆。这里是他之前所租住的房间，里面杂乱地放了很多资料、地图、相片，这些表明他身份并不简单，也正因为此，他更觉得记忆恢复的重要。记忆有时候真是件很痛苦的东西，想记的记不起来，想忘的东西却怎么都忘不了！想着想着，他似睡似醒地闭上了眼睛……

“没想到是和你接头，黄昊！”

“叫我赵羽！我也没想到是你在里面，不过这次任务不简单啊，风声好像也很紧！我搞不懂你这次怎么用真实姓名接任务？”

“什么大风大浪没见过啊，我有个好消息要告诉你！”

“说吧。”

“我马上要做父亲了！哈哈！等这次任务结束，拿到奖金，我就专为人父去！这次任务不难，上面准许我用真名，说回来名字真假并无所谓呀……”

犹如被雷击一样，赵羽从床上跳了起来，汗水浸透全身，“小勇！”刚才的一幕回忆让他陡然清醒地痛苦起来！“不会吧！死的是小勇！”

另一边，“我们本来只是到那里溯溪，活动一下嘛，哪知道还会遇见杀人凶手啊,哎呀还好他没杀我灭口……”一路上,乐水溯溪队副队长“廖胖子”一边向办案民警滔滔不绝,一边庆幸自己逃过一劫。

“这不,你们一打电话过来我马不停蹄就赶过来了,哎呀,我的妈呀,原来我车上坐了一个杀人犯啊,原来杀人犯也长得很正常嘛……”“廖胖子”还在滔滔不绝,刑侦队小王说了句:“你现在配合我们这边的模拟画像,把犯罪嫌疑人的特征说一下?”

“怎么说啊?警官?说不好要负什么责吧?杀人犯不会报复我吧……”

“停,同志,请你简单描述一下犯罪嫌疑人的身体特征、面部特征,并配合回答我所提出的问题就可以了,别的可以不说。另外我们会确保每一个证人的生命财产安全。”小王打断了胖子的话,认真说道……

这边的赵羽也慢慢整理起自己的思路,认真翻查着房间的每一个角落:日常用品,密码行李箱,几双鞋子,桌上放着本地行政地图、基本人情风貌甚至还有本地话的一些标注,等等。这房间对他来说似乎陌生而又熟悉,奇怪的是他觉得应该还有更为重要的资料,只是却难以回忆起来。

这是位于被称为湖阳贫民窟的柔水区东南面的一间小出租屋,附近租住的都是柔水区东面开发区的一些工人、本地拆迁补偿户还有一些从老城区搬迁出来的贫困户,各色人等比较多、人流量比较大、犯罪率较高,但是在现在这个社会,似乎警力也成为稀有品,正如那些高档小区广告一样,注定属于少数人……

赵羽为自己多余的想法笑了笑,之所以能够忆起并来到这里,因为房东是拆迁补偿户,多次跟赵羽强调要把钥匙带身上,说他很少到这边来,不想看到租客把他房门弄坏,所以钥匙都做了特殊的标记。另一件事就是房东跟他讲过一些奇怪的故事,就是以前住的村上闹瘟病甚至见鬼的事情,唠唠叨叨每次见面都说。

桌上地图显示着湖阳市的三区一县:涟南区、柔水区、江北区和塘山县。地图上标注不多,但是还是给了他些启示。但首要地,他觉得应围绕凤凰山案深思:收到的警告信息、与小勇接头、小勇被杀死、自己跌落山谷、警方开始布控,目前两种可能:其一,他是现场关键证人。其二,他是杀人凶手?那现在要不要去警局呢?假如是证人还好,但他现在有太多情节记忆不清,去也是干着急;假如被人诬陷的话,很可能就是自投罗网了。

他转而一想,假如是证人晚点去也没关系,假如是被人诬陷,事情真相的澄清还不知要到何时,弄不好投到警局还会去坐几天冤枉牢,毫无乐趣。更为关键的是,他还要厘清自己到底在做什么事,接下来该怎么做?和小勇接头后来碰到这些事,说明事情并不简单!

另一方面,警局里“廖胖子”已做完了模拟画像和笔录,当小王把画像拿到杨军和李耀面前,杨军吃了一惊!李耀奇怪地看了他一眼,杨军过了会儿解释道:“这个人像我一个大学同学,跟我还玩得蛮好的,不过他大三就被开除了,刚看到有点吃惊,后来细想还是不太像,也不可能是他。”

李耀说道:“人长得像也很正常。”说完之后问了下小王:“目击证人确定头像和他看到的一致吧?”

“是的,基本一致。”小王回答道。

“那好,照计划发布悬赏通缉令,未来两天会收到更多的线索的!”李耀说道并摩拳擦掌起来,这是他大展身手前的习惯性动作。

赵羽在房间转着,视线落在密码行李箱上,只是密码他记不起来,但3位数的密码破解并不是件难事,他决定把箱子打开,同时他打开了电视。巧的是,当天新闻播放了起来:“……悬赏通缉:悬赏通缉凤凰山杀人案犯罪嫌疑人,根据目击证人提供线索,该男子身高1.75米左右,普通话较为标准,体型中型,国字脸,肤色较白,三七分发型,鼻梁附近有一颗较大的黑痣,头左上侧部受伤……有相关重要线索举报给公安部门并经采用的,将予以2万元奖励,如将犯罪嫌疑人擒拿归案的,将予以15万元奖励……”

当赵羽看到附带的肖像图时,头一下炸了,果然被当做犯罪嫌疑人了啊!倘若我和小勇是被追杀,而我掉落山谷,对方或许因为天黑没法追杀我,那把杀人罪名转到我头上就是备招!倘若被公安抓住,也难免还有后招,要么会被继续追杀;要么还可能背上杀人罪名,总之肯定死无葬身之地!想着想着他汗如雨下!箱子“啪”的一声被他打开了……

湖阳市的下午时光很是美丽,秋后阳光晒得人身上痒痒,但是光线跟长脚一样,走得也格外得快。杨军静坐在办公椅上,冥思着现有的线索和情节。一个电话突然打了过来吓了他一跳。对方是他的好朋友,湖阳市龙华律师事务所的招牌律师——“火系美女”熊安安。

“喂,老哥,最近怎么样?听说陆小勇这小子死了?好好的怎么就 chuǎ 了(湖阳话,死了的意思)呢?凶犯抓到没?我听人说现在还在通缉啊,今天我看相片吓我一跳,怎么那么像黄昊啊,除了那颗痣和那三八(三七)分外,我又想起我们以前战队的事了，那时候真辉煌啊！你在干什么？什么时候出来坐下，聊聊天，早点结婚吧，别哪天也 chuǎ 了……”

熊安安语速极快，问题一个接一个，跳跃思维让杨军不知该如何回答。但是熊安安的话让他不由回忆起大学时光，他们在 S 大政法学院的那些日子，他、陆小勇、黄昊、熊安安、陶启胜他们组的 CS 战队，名字分别是 chinapo、leon、sniper、murder 和 satan，取首字母拼起来很像“X' mas”，而组队时间正好是 2000 年 12 月 25 日，转眼就 11 年了！

“喂，在听不？怎么也不吭声呀？又发‘婆’了啊？哈哈哈哈……”熊安安语调又一变，转而狂笑一通。发“婆”这个说法让杨军也忍不住一笑：他出于崇拜父亲，进校门起就想加入警察队伍，在战队里给自己取名就是 chinapolice，但由于游戏不能兼容这么长，显示成了 chinapo，于是就有了 china 婆的美号！

“你这个 murder，鬼叫啥，每次那么早挂还说我……”杨军顶了回去，“murder”是熊安安在战队里的名字。在她思维里就要有个有杀气的名字，枪法可以不怎么样，但名号一定要大，于是想到谋杀的英文名称，但未想发音和“妈的”差不多，难免就被人调侃。

这个称呼让熊安安顿时找到了当年的感觉，又是一顿狂笑：“没我这个美女顶着，名号怎么会这么大？这个战队名可是我先提出来的！”

杨军乐了一会儿，说道：“打电话给我肯定有别的事吧？我最近忙这案子，头绪很乱……”

“呵呵，找个女朋友就不乱了！要不你妈一急你又要崩溃了，今年我可不想再冒充你女朋友！”

“你以为你好到哪里去啊？咱们这叫互相支援，知道不？省得你家里嫌你这个剩女总窝在家里吃。”

“反正我不管，说好了的，三十五岁，你未娶，我未嫁，咱们就结婚！到时候我们都不急了！”

杨军无语起来，熊安安这种女孩子，他在心里早把她当做兄弟一样，可以调侃、可以调戏、可以暧昧，但是就是没有男女之间相恋的感觉，更没有想去轻薄她或者其他企图……

“哈哈，吓到了吧！说说而已，记得保重身体，我晚上可是还有约的，不像你哈，对了，别太想我哈，拜拜。”熊安安急速挂断了电话，生怕杨军会说出更加露骨的话题来。

杨军幽幽地看着窗外，当年如果不是家里出事，当年如果不是黄昊被开除，或许今天他们会过着另外一种生活……

人生就像定时炸弹，从出生就开始倒计，更可悲的是，你还可能被提前引爆！另一边，赵羽正急速翻找着箱子，毕竟房东很可能以最快的速度通知警察！他必须尽快找到下一个落脚点！但箱子里只有几套衣服、假发、墨镜和一些常用杂物。就在绝望之时，他发现了几片钥匙。钥匙配有感应器，这似乎指向另一个落脚点，找到那个地方，结合行政地图上的一些标注，他找到了目标，露出许久未见的一笑，恰如狙击手发现目标一样！“对，我就是 sniper！”

他嘴里开始念念有词，“联络屋、中转屋、安全屋。毫无疑问，这是一个中转屋，现在要前往安全屋”，他从抽屉里拿出化妆盒，准确地说应该是化装，不是为了青春美丽而是为了制造差异。他用些药水将额头、眼角弄出细小皱纹，裸露皮肤上涂上了一层浅浅的蜡黄，给鬓角和几处发梢染了一些白色，再带上一幅褐色的平光眼镜。几分钟后，镜中的他沧桑不少，犹如已入知天命之年，将必要的东西放置在随身带的公文包内后，他将余物一一毁损……

天已近黄昏，刑侦队却越加忙碌，“报告！李队，发布通缉之后，接到一些举报线索，这是整理后的材料。”小王把材料递给李耀。李耀翻阅着材料，材料上真真假假的信息太多，现在想赚钱的人还是很多，不少想趁机捞一票，什么说法和揣测都有，但有些信息还是有意义的，他选了几条关键信息，把杨军叫了过来。

“你看看这几条——小门面店超市、小诊所医生、出租屋老板、旅社服务员反馈过来的这几条信息。几项内容基本吻合，都反馈说见到的这个男子是青年式短发，而且都体现出先后顺序：小门面店说他头部受伤，采购了一些物资包括口罩——而小诊所医生说他戴口罩，头部受伤并给他进行了包扎——旅社说他住宿了——涟南区的出租屋老板说他早几个月前租房子给了这男子……”李耀逐一分析。

“嗯，这几条有价值，之所以不去大超市而去门面店，是怕有监控录像拍摄到画面，不去大医院是怕我们有警员在那里蹲守……”杨军接着说了下去。

“说明对方是很狡猾，可为什么会去旅馆呢？现在旅馆都需要登记的，这无疑暴露了他的信息、资料。”李耀道。

“或许他想侥幸吧？但可以肯定的是，我们有很多事可以做了！”杨军回道，“不知道你有没有想过另一个核心，杀人的故意问题。而陆小勇为什么这个时间跑到这个地方去？感觉就同约见一样，最后见到他的是谁？”

“我们当时已经问过了,陆小勇女朋友是说陆小勇要处理办公室的事,还说要很晚才回来,然后陆小勇去了办公室,当天门卫说他晚上 8 点左右离开的,然后就没人见过他了。据我们调查,湖矿行政大楼离凤凰山并不是很远,他有可能会逛到凤凰山去,那么之后被人盯梢发生劫杀也是可能的。”

“但是我还是觉得很奇怪,一般去办公室处理事务,身上是不会带很多钱财去的,那是怎么吸引凶手的?而且还是个异常冷静和凶残的凶手?另外,这么冷静的凶手怎么会跌落到山谷下面?按道理他有足够时间逃离现场!”

“只有抓到凶手才知道……”李耀悠悠地回答了一句。

“还有一件事情,我翻阅了陆小勇的手机和通话记录,除了和他身边同事通话外,有一则信息很有意思,你来看看?‘老地方食府,正宗野味,白酒点一送一,啤酒大厅免费送’,这个信息拼凑起来好像有意思,就是凤凰山庄下面的老地方食府,‘野’是夜的意思。”

“点一送一是‘一点’的意思,大厅就是凤凰亭?”李耀接着说。

“嗯!你认为有这么巧的事情吗?!”杨军反问了一句。

“这个确实不像广告,有点蹊跷,可以去查下这个电话并定位看看,或许和凶手有莫大的关系!”李耀说了句,之后问道,“你觉得我们下一步应该从哪些方向着手呢?”

“我觉得,一个是到出租屋老板那里去核实相关信息,一个是到旅社去调取住宿登记和身份信息,另外就是对那号码定位跟踪!你觉得呢?”

“你不做刑警真是太浪费人才了啊!我马上安排人手,希望我们能够尽快抓住这条鱼!”李耀说道……

赵羽拦了一辆的士,想到了几件事情——假如案子由警察来调查的话,留宿旅社就是最大的败笔,而手机继续放在身上意味着风险,在案情未水落石出之前,他并不想跟警察打交道,更重要的是,他要给自己一个交代,给陆小勇一个交代!的士开往江北区盛天华府,临近前两站左右的时候,赵羽下了车。他走向附近站台,等到一趟开往涟南区的 113 路公交车,在车上他将手机放置在后排座位下面,坐了一站之后,他下车走回盛天华府。盛天华府,地图上的 S. h——safe home,安全屋,即将对自己解密的地方!

第四章　追　忆

盛天华府，位于江北区的一个高档小区，而江北区又号称是湖阳市富人区，很多在湖阳做水晶发财的老板在这里购房，因此小车豪车数不胜数，在这个房价疯涨、信仰缺失、气息暴躁的年代，似乎只有房子、豪车才能最有效证明一个人的身份和价值，这一点从豪气满满的小区保安身上都能看得出来。

正如刘德华在《天下无贼》中所扮演的王薄所问的那样："开好车就是好人吗?!"可赵羽并没有心思去消遣这些保安，他默默接受他们的敬礼，然后优哉游哉地走了进去……

17 栋，302 室，和记忆一样，没错。赵羽打开门，门口一个小机关证实着最近并没人进出过，他走进了这熟悉而又有些陌生的房间：房间很整洁，并没有太多的豪华装饰，外面并没有什么很有价值的东西，一个招财猫放在那里显得有点另类，仔细走过去一看才发现里面布置了信号屏蔽仪。

赵羽估计其他仪器也不少，也就是越这样想，他越觉得自己从摔下山谷来好不容易才有了那么一丝的安全感。安全屋，果然没错。布置不奢华但是备用物资还是比较丰富，看得出之前自己下了不少工夫。这里有十多天的食物储备，主卧里放满了各种衣物、伪装用品包括假发，甚至还有着几套行业制服！处处寻觅后，发觉最有价值的地方就是书房，因为他看到了书房墙上的指纹按钮，或许这是揭秘的关键。

正当他想要尝试着按上自己的食指的时候，他看到了指纹按钮旁边露出了一根金属头子，头子隐蔽得很好，这让他自己吓了一跳。假如这个机关指纹输入错误的话，有可能就被电击，更恐怖的是还不知道头子上是否有毒！应该是食指吧？不可能自己跟自己过意不去，他自己给自己打气，然后习惯性把食指按了上去。"哗"的一声，墙上露出一道口子，里面是一个暗室——这也是豪华小区的优势，富人们总有着太多的秘密、太多的隐私，当然这也是他们痛苦的根源，失去了作为平常人的自由，迷失了生活的本质。

当他把暗室灯打开时，里面的东西让他吓了一跳，丰富得像一个小博物馆：一堆现金、一个指纹加密的保险柜、一台小型的信号屏蔽器、一台手机卡复制机、一台电脑专线和一个 U 盘、一本记录本，还有很多小件的东西——窃听器材、摄像器材、变声器、一个对讲机等。旁边还有一台无线监视器，显示着房间各个角落以及小区主干道情况。最后他眼神停留在了一张相片上，上面是个美女，清纯而可爱，甜蜜的笑容和冬日暖阳一样，眼眸清澈如水一般，这是——晴儿！赵羽大脑轰的一声想起了这个让他痛苦了十余年的名字，晴儿！

回忆一幕幕如潮水般涌来，他眼眶竟渐渐湿润：晴儿，你知道我等你等得有多辛苦吗?！多少次梦见与你结婚，你穿着你最喜欢的红色婚纱，快乐地挽着我的手，弯着腰浅浅地笑着，和我一起步入神圣的礼堂！为何造化如此弄人？叹息之后，赵羽把眼角泪水拭去，去寻找更多关于自己的秘密。

笔记本上记录了很多信息：陆小勇的电话号码，与他接头的暗号。后面还有郭艾平一家的信息：妹妹郭风平，50 岁，湖阳市塘山县县委书记；弟弟郭简瑞，48 岁，有黑社会犯罪嫌疑，由于被保护一直没有被挖出；儿子郭华，29 岁，湖阳矿业有限责任公司董事长。再往后翻，写着长胜村发生离奇事件的记录，闹鬼！一个箭头指向拆迁。这一页还写着几个潦草的大字：白老头，你还欠我毕业证！之后并没有记录其他的东西，一页纸上写着一首小诗：

睁着眼，怕再也见不到你；
闭上眼，却怕没你在怀里；
那遥远的距离，
你坚守着孤寂，
我随波飘零；
两种情缘，一种别离。
离开你，注定了结局，
只是无法忘记，
你的美丽，
那声叹息。

看着这首小诗，他不禁想起了过往的一幕幕……

湖阳警方一直忙碌着：小王和几个同事前往出租屋，调查租房客是否为嫌犯，了解嫌犯最近是否有返回迹象，当然，为了不打草惊蛇，一切都在隐秘进行。房东廖水根以前是长胜村的村民，人很老实，但嘴却很贫，在大街上刚接完公安电话，就被几个便衣拉到一辆小轿车上，还以为打劫的把他吓一跳。小王亮明工作证并跟他解释清楚后，他才把心安下来，嘴巴就像大炮一样地说起来："警察同志啊，他是租到我房子住的，我没想到会是个杀人犯啊！我不会要坐牢吧？"

"没有。这个你并不知情，能够主动举报值得赞扬！"小王答道。

"哎呀，我不会被他谋(杀)吧？他不会知道是我说出去的吧？"廖水根边说边探出个头往外打探起来。

"你坐好！别探头出去！放心，我们会保护好举报人，找你也是很秘密的，这个你放心！"小王一边把他拉扯进来，一边解释。

"我家可是有近十口人啊，好不容易从长胜村搬迁出来，还补到了房子，我可是很服从政府的，一不上访二不阻挠，属于最快搬迁出来……"廖水根的话题跑得差点让小王找不到北。仔细一理才明白起来，廖水根所住的是拆迁补助房，而长胜村早两年暴力抗拆的事情曾经很是轰动，不过这个和案子好像并没有多大的关系。

"好了，老廖，现在你回答我的问题就是，我跟你说，这个事情如果你举报的好，政府会给你现金奖励！有价值的线索可以奖励2万元，如果协助我们抓捕犯罪嫌疑人，可以奖励15万元！"

"是啊，我也听说这个举报是有奖的，(这个奖励)怎么给啊？这个钱可不能被其他人知道了，我家昨天晚上都还在说这个奖金的事情……"廖水根打断了小王的话。

"回答我的问题就是，其他的等一下再谈：你先看看租你房子的人和这画上的是不是一个人？"小王拿出在公安所做的模拟画像。

"好像有点不太一样。"廖水根刚说完这个话就有点后悔，立马更正说道，"是哦，就是他！"

"到底是还是不是?!"

"是，就是他！"

"你房子周围可以进车吗？有几条路？"

"就在马路边，可以进车，一个大门，出入口就一个，我家就在门口不远，我当时抽签手气还真是好……"

“几栋几楼？出入的陌生人多吗？”小王打断了他的唠叨。

“10 栋北面 402 室，我还带了房间钥匙，对了……抓到了就有奖励吧？”

“出入的陌生人多吗？”

“互相都不认识，也不知道什么叫陌生人什么不叫陌生人，都是各个地方拆迁过来的，也不晓得政府怎么不把我们一个村落的搬迁到一起，而是分开搬迁，老邻居互相认识、互相照料不晓得多好！”

“这个人平常住那里吗？”小王被老廖的跳跃思维彻底打败。

“平常啊？”廖水根心知自己很长一段时间没去房子那里，但是想到 15 万元的奖金，咽了口口水，答道：“住，我都看过几次！”

“等下我们开车过去，你指一下他住的地方，我们再下车看看，你不要下车，听到没有！”

“哦，好，好……”老廖刚想说点别的，被小王一眼瞪了回去。

另一边，杨军到了月红旅社，见到举报的服务员，让服务员辨认之后，调取了当日的住宿记录，一个陌生的名字映入他的眼帘：赵羽，身份证号码是湖阳市的，1979 年 10 月 30 日生，苏东省湖阳市中山南路理塘新村 189 号……他赶紧打通了李耀的电话：“李队，犯罪嫌疑人的身份信息已经查到了，叫赵羽，本地人，身份证号码我发给你，你派人查一下这个人相关资料。”

电话那头传来了李耀兴奋的声音，“很好，我也告诉你个好消息，你直觉很准啊，那个打给陆小勇的奇怪电话我查了，没用身份证注册，但是行踪却和事发地点出奇得相近！定位的结果是手机还没有关机，而且人在往涟南方向移动，这个方向和我们目前掌握的出租屋信息又很接近啊！我已经安排小王到附近设点了，你也赶过去吧！”

“好的，成败在此一举了！”杨军也开始兴奋起来。

杨军与小王等人会合之后，就地进行简要侦查，出租屋电表还在走动说明近期或者有人一直住在这里，窗台上还晒着两件衣服，这让杨军和小王他们更加确信，只是衣服并不像刚洗，看起来有些风干。

“也可能犯罪嫌疑人不怎么洗澡，还可能忘了收衣服。”小王说道。

“走，拿红外望远镜到对面去看看！”杨军说道。

之后拿红外望远镜侦查的结果却是空空如也，“犯罪嫌疑人不在里面，我们要不要进去？”小王问道。

“先问问定位情况再说！”

刚说完,李耀电话就打了过来:“手机关机了!最后出现的地方是涟南区第三中学那里!我派两个人过去看看,另外我申请国安更强的技术支持!”

“那我这边就暂时不动了,怕惊扰到嫌犯,我先布控,咱们守株待兔。”杨军回道。

“对了,赵羽身份信息出来了,我拍照发给你,不过这个身份有些蹊跷!”

“怎么蹊跷?”

“你看了就知道了,我先申请技术支持!”

没多久,赵羽身份信息发到了杨军手机上,看完之后,杨军陷入迷茫!怎么可能?!

赵羽打开保险柜,视线停在里面的盒子上,打开后里面是几封信,有些年代了,信纸变得有点微黄,隽秀而不失硬朗的字迹整齐而大方,让人联想到执笔的是一位清俊秀丽、温柔大方的女子。他打开了第一封信:

昊:

见字如晤,真亏你想这种方法来维持联系。依旧记得我们一起去看《野蛮女友》,你说我们也找个存放我们自己秘密的地方,也做一个时光蛋,没想到过几天你还真的去弄一个装置过来……

有时候我很佩服你,想就能去做,不畏惧也不退缩。但我真不知道你为什么要选择扛,最后被逼退学,假如不扛的话,你顶多就是受处分而已,但你有没有想过我的感受?!别人读大学不容易,你大学就是捡的?

不过今天写信给你不是为了说过去的事情,我担心你,早几天听到你声音的时候,我很欣慰,但听你说在外面找工作很辛劳时,我很难过,也很担心。明年我也要毕业了,你一定要先把你的工作安定好,把钱存好,因为到时候我想再继续白吃白住一段时间。

对了,我今天去弄了头发,我以前没想过要染色哦,还把头发拉直了,她们都说很漂亮,可惜你不在。我经常想,你在就好了,我们可以一起去看电影,可以去吃夜宵,可以有人陪我煲电话粥,可以到篮球场去晒月亮……我有时候真后悔对你发脾气,因为我真的讨厌你天天去玩电脑游戏,讨厌熊安安跟你们玩得那么近乎,讨厌你所谓的哥们义气。现在回想起来,假如你还在,我宁愿陪你去玩电脑游戏,宁愿看到你和你战队的朋友们玩得火热,宁愿静静地看你和朋友们喝酒说傻话……

昊,我现在也很徘徊,英语6级我已经通过了,我是去考研究生还是去找工作,说实话对我而言后者比前者要难,但是我怕考研究生我们又会太久见不到面,我们寝室几个人准备考研了,我还在徘徊,很苦恼,我家的意思是让我继续读下去,毕竟再怎么样,学历高些,工作也好找一些。另外我准备去买个手机,到时候我们联系就方便多了,至于手机费嘛,以后就要我们的黄总报销了,嘻嘻。

昊,好好工作吧,我们现在需要经验,我相信你肯定可以找到好工作的,加油,为我们的明天!

爱你的:晴儿

2002年5月25日

赵羽也就是黄昊,想起了那些零星岁月,嘴角微笑之余,又强忍着泪水打开了第二封信:

黄昊:

你现在给我打电话越来越少,我真不知道你的真实状况是怎么样?你说你在广州工作,我说过来你又推说工作不稳定,我不知道你想干什么?

你知道吗?为了找你,我已经打定主意不考研究生,我想我们更需要努力去工作,去打造属于我们的未来。你知道我是一个很专一的人,你应该也一样,但是你的近况却让我很困惑,有人说你被骗去做传销,以我对你的了解你还没有愚蠢到这个境界。但你手机却时开时关,发短信给你,却总是匆匆简要回答,有时候半夜才回复,我不知道你为什么要这样做?!你是不是有了别人?!

近一年来,你有没有哄过我开心?你知道我多累吗?我多少次带着希望打你电话就是想向你倾诉一下,就是想号啕大哭一顿,但是却是关机!我的心很痛、很碎,你知道吗?就因为你说你在广州,我特地到广州找工作,我期望有一天能遇见你,或在转弯的街头,或在某个咖啡厅,或在某个超市,我突然给你惊喜,就为一句:我也在这里!

广州这边工作不好做，很辛苦，经常要加班到很晚，住的地方很差，洗澡的地方又小又脏，洗澡都是冷水，我真的不想工作了！我很想你，而你在哪里?！你知道吗？有一天我陪客户应酬喝醉了，胆汁都吐出来了，我那时候真的很想你，打你电话，你接通却马上就挂掉了，之后就是关机！我心里有多难受!？我感觉像是一个被遗弃的孤儿，在寒风中飘零的孤叶！

写这封信的时候，我已经离开了广州，我对这个城市失去了信心！同样，我对你也慢慢失去了信心！别人都说距离是爱情的最佳杀手，我曾经不相信，现在我相信了。你说让我等你，那我怎么等你？你能承诺给我什么？

离别的车站总是让人回忆起太多，我希望再见你时，你还是那个说会回来找我的你！

李婉晴

2003 年 11 月 2 日

才看完两封信，黄昊觉得鼻头一酸，视线开始模糊，泪水已经无法控制地流下来，拿着信纸的手也随着他的抽泣不断地颤抖，浑身已不知所措，明明想痛哭喉头却发不出声音，只能蹲在那里呜咽……

杨军看着身份信息，上面赫然写着：失踪人口！申报失踪时间竟然是 1990 年，而身份证上的地址中山南路理塘新村 189 号是原来湖阳市老孤儿院的地址。他想起了 1990 年夜间孤儿院的一场大火，当时小孩被烧死了 3 个，失踪 5 个，当然这是对外宣布的数字，具体情况在当时社会实在很难被披露，只是听说起火的原因是一个小孩忘记将蜡烛灭掉，蜡烛烧着了蚊帐最后导致了一场大火。

失踪人口与凤凰山杀人案有关吗？人的信息难以核实让杨军有些失望、有些迷糊，这是凑巧吗？会不会有人利用这身份制作假信息呢？这种可能性的背后确难以理喻，哪个激情犯罪的抢劫犯会花费精力去做这么周全的犯罪准备吗？而这么周全准备的罪犯为什么会瞄上陆小勇？

杨军感觉马上就可以柳暗花明的案件突然又陷入迷雾。这种迷茫感让他突然想起他父亲死后不久，他所在大学政法学院的白院长白杨跟他的一段对话：

“杨军，你知道人生如梦、如茶、如局的区别吗？”白杨院长当时这话似乎若有所指。

“如梦应该是说人生应有梦想，如茶应指人生返璞归真之意，最终归于平淡，如局应说的是人生要有些规划，我是这么认为的。”杨军答道。

“可惜你不怎么喜欢品茗下棋，假如你喜欢品茗下棋，或许会有些更深的认识，不过你有这个认识说明悟性已经不错了。”

“白院长你擅长品茗下棋，我想听一下您的解释。”

“梦是虚幻，它的特征就是虽虚幻你却会当真，所见非真，所闻非实，变幻无常，而我们却往往醉心其中，到头一场空；茶有百味总归水，那我们又为何要品茶？品茶就同品人生，关键是品味人生的每个精彩，享受喜怒哀乐，品味它的过程而不是它的结果，茶总归水就如人总归土一样，所以结果并不是最重要的；你是学法律的，就应该知道方寸之间均有法，法就同局，凡事都有它的规矩，不管是明规则还是潜规则，有时我们在局内往往身不由己，这个道理你以后会明白得深些。‘人之苦痛，来自无名。业力，来自执着。’懂我的意思吗？”

杨军似懂非懂地点了点头，问道：“希望以后能更懂，不知道你这么多年是否有过特别得意的弟子？”

“曾经有一个也酷好残局的学生，当时还写过一篇残局的诗词给我。”白院长感慨道。

“那他现在在哪儿？”

“万法都有其道，入局了就很难出来，身不由己的事情太多了。”

“你怎么会这么喜欢残局呢？”

“残局是最凄美的，特色就在步步杀机，步骤显得比棋子本身更为重要，有时候要不停地将自己的棋子作为弃子送上去死，为的就是换来关键一击；棋子价值不能用平常看待，平凡无奇的卒子也可能置人于死地。”白杨院长又摊了一句：“人生如局人生梦，步步杀机步步杀！”

“‘人生如局人生梦，步步杀机步步杀！’很有味道啊，不知道当时你那个学生写的词是怎么样的呢？”杨军问了一句。

“风云起，将帅弈，
英雄百战归残局。
无息楚河起刀影，平地汉界现杀机；
车可丢，马可弃，

兵卒如海似蝼蚁，

士象含笑别离死，十步千里换一击。”白院长缓缓念道。

“有时候弃子也很无奈啊，但都是为了最后的胜利。”杨军说道。

“所以说凄美最残局。”停了一会儿之后，白院长说了句，“你父亲是位很优秀的干警，任何谣言都磨灭不了他的形象！你应以他为荣！”

杨军点了点头，两眼已饱含泪花……

回忆良久之后，杨军轻轻叹了口气，心想案子就只能等李耀那边抓捕到人再说了。

就在这时，李耀电话打了过来：“杨军，国安刚派人过来协助，现在具体位置在涟南三中初中教学楼那里，你赶紧派人过去看下！”

“犯罪分子不会继续作案吧？”杨军的大脑“嗡”的一下，立马带了两个人过去接头……

半小时后，一名初三的小孩被带了过来，手里拿着的是一台已经关机的三星手机，边走边战战兢兢对身边的警察说道：“这手机是我在公交车上捡的！是我在公交车上捡的！还给你们就是，不要抓我！”

杨军听到后，板着个脸，似乎被气得够呛。他说道：“通知他家属过来给他做个简单的笔录，对手机相关的信息、号码等进行核查，另外让守在出租屋外的干警进房搜查，我马上过去！”

十分钟后，杨军到了出租屋，屋内并没有太多的线索值得查看，显然对方已经棋先一步！杨军懊恼不已。

安全屋中，黄昊继续读着信，想起过往的很多事情……

黄昊：

很高兴还能看到你的回信，可是你给我的答复太过虚伪，我不想再去追问你，因为这些已没有必要。你说你爱我，但是我丝毫感觉不到；你说要我等你，我却无法看到你的诚意。

记得曾经我们说过什么吗？我问十年之后的我们还会相爱吗？你说会。但是现在才几年呢？你已非你，我已非我。走在S大的大路上，物是人非事事休，我看着那一对对路过的情侣，我就总会回忆起我们的曾经。但是今天的曾经是什么？今天的曾经只给我增加了痛苦，只增加泪水,只让我更加心碎。我是个女人,我需要的是一个温暖的家庭,需要的是难过时候有个肩膀可以依靠!不是你区区几个字,更不是空白的几句话,你知道吗?

这封信应该是最后一封了,我曾想过不写,但是我觉得需要给你一个交代,即便你负我。现在有个男生对我很好很好,在我生病的时候能在我身边,在我难过的时候跟我聊天,能开车给我送早餐。我拒绝过他,留给你多少次机会,而你呢?或许在外面花天酒地吧。

我已经通过了司法考试,现在家里让我回湖阳去,考一个公务员,我决定向现实妥协,只想过得像个女人,仅此而已!你知道吗?当他发烧还陪我在外面过生日的时候,我试着打你的电话,换来的是冰冷的已关机的提示音,你可知道我心碎了吗?我含泪接他送过来的花时,仰望着苍天,真的开始有些恨你!但也就是那一刻,我已决定了:昨天、今天都已经过去,我要开始走我以后的人生!我会努力地让自己幸福,你自己珍重!

李婉晴

2004 年 12 月 18 日

黄昊想起了过往的一些细节:2003 年,他和队友接受潜伏盯梢任务,晴儿的电话响起差点让整个任务暴露,队友狠狠地对他说的让他永生不能忘记的话:“你这头猪!如果再开手机,在我死之前一定先杀了你!”“你记住:类似的错误迟早会导致你死或者你的队友死!可能还不止我们两个死!”也就此以后黄昊除接头需要,再也不将手机携带在身。

与晴儿联系也只能在极其偶尔的情况下会用 IP 电话打一个过去,对他来说那串数字已成为他生命中的一部分,那熟悉而渐渐变冷的声音却依旧是温暖他前行的力量源泉。

黄昊记得在 2005 年 1 月的时候向组织提出过要结束任务,终结这种职业生涯。未等批准,他只身坐了 10 多个小时的火车赶往湖阳,他还记得赶到湖阳时,那是一个雨雪交加的夜晚,一路上他想着如何跟晴儿开口,怎样才能不透露秘密……他在晴儿窗口外等待了许久许久,当他想着晴儿原谅他,甚至说还愿意等她一生一世,然后甜蜜地在他怀中撒娇,他在雪中一个人傻笑了起来……

当风雪中映入眼帘的久违身影出现时,黄昊差点就奔了过去,然而他看见身影背后又出现另一个身影，紧紧凑成一对。接着，他看到晴儿如小可人一样依偎着，不同的是身边是另一个男人！在那一刹那，黄昊想扑过去，但最终他并没有这么做，因为一个流浪的男人，又如何有资格去享受这甜美的爱情呢？爱情最大的给予或许就是让对方幸福，仅此而已，假如不能，就放手吧！

带着这个平日从未有过的想法，他埋下了头，任凭泪水和着雪水在面孔流淌，身边飘过的，是久违的那如阳光般让他最温暖最依恋的声音……

2006年5月，云都S大旁边的某个酒吧，一个喝醉的男人，低头呜咽着，耳边响起的是一个不知名的乐队自谱的音乐：

那一年，
我们走上街头，
寻找自己认为的自由，
生活的创伤，
扑灭了希望。
原本的坚强，
已经慢慢淡忘。
当心爱的人披上婚纱，
我把酒吧当成自己的家，
那个埋头的傻瓜，
才发现社会的可怕，
有本事的拼着爹妈，
没本事地挥霍着年华
……
时间沧桑我们的脸，
慢慢彼此视而不见；
岁月模糊我们的眼，
看不清谁还在身边。
只记得毕业那几年，
没有谁陪谁到永远。
只记得毕业那几年，
没有谁陪谁到永远……

第五章 针 锋

杨军从涟南区回来后，带着满脑子的疑问，想与李耀好好沟通一下。没想到李耀异常不耐烦：“杨军，我奉劝你把多余想法收回去！怀疑是没有意义的！当务之急是抓到人！”

杨军也毫不客气，回了句：“杀人动机都值得怀疑，那意味着案件出发点就有些问题！换个角度才能真正抓获凶手！”

“我现在关心的不是动机，我需要的是抓到凶手！”

“你不觉得这个案子有太多的疑问吗?!”

“这案子是上级部门直接牵头的，你懂不懂政治！”

杨军觉得李耀的回答莫名其妙，他甚至想脱离专案组自行调查，带着这种思绪他找了个沙发坐下，思考着案发以来的种种疑问：嫌犯目前看来很有反侦查意识，做这些犯罪准备，需要资金远大于其从抢劫所得，这是何必？假如说之前的侦查角度是从痕迹出发，那现在需要溯本求源，杀陆小勇为的是什么？为钱？为情？为仇？抑或小勇知道太多秘密？目前看来只能通过一个方式去解决，那就是去陆小勇家！想到这里，杨军打定了主意。

另一边，黄昊依旧待在房间，边回忆边清理着自己的物品，电脑中或许保存着大量的秘密，打开电脑后，界面并未显示出太多的与众不同，甚至电脑里面的内容也就只是空空如也，只是有些执行文件显得有些异常。他带着困惑开始寻思，当他看到旁边U盘的时候，他想起这可能是要硬件驱动的指向连接法，他很自然地将U盘插到电脑上，随后神奇的事情发生了——摄像头竟然自动打开，随后电脑弹出对话框要求验证虹膜！黄昊将眼睛凑了过去，U盘开始变为只读模式！

黄昊将U盘内的EXE结尾的执行文件执行后，一系列的文字开始显示出来：历史记录、当前任务……黄昊点击历史记录后，记录跳出很多资讯和内容，最关键的有:(1)现有B级任务升为A级,小勇需要撤出,将原获取资料转交给赵羽;(2)赵羽接手进入A级外围任务,进行详细调查,为该A级任务设立安全屋……看到小勇应该将资料交予黄昊,他开始慢慢回忆他与小勇见面的过程中的片段来:

"小勇,你的东西带来没有?"

"没有,任务未变更前我获取的资料是先存放然后合并提交云都中转站的。后来要求我将现有资料提交,我才发现我已经被盯梢,没办法转交资料,又怕被突袭丢失资料,所以我将资料放在了一个地方,为此我写了密文……"

"后面好像有人来了,你快告诉我现有资料在哪里?"

"我把密文给你,你肯定找得到!"

"什么关头了还玩这个东西?! 先跟我走!"

"这块儿我熟,你跟我走。"说完小勇抓我的手,由于仓促他甚至将我的左手手臂抓破了……

回顾之后,黄昊想起了小勇交给他的密文——2240 3210 4416,这串数字会是什么意思呢? 英文字母替代法? 不像有意义的文字! 汉语谐音? 爱爱死你? 也不是! ……诸多推论后,黄昊依旧百思不得其解,但他打定了一个主意,就是去小勇家,一个是为了解密,另一个就是作为兄弟,给他的骨肉一些资助,在可以的情况下,最好让弟妹远离这个是非圈,远离湖阳!

想完这些后,黄昊点击了当前任务,当前任务要求的是:(1)移交小勇现有资料。(2)继续潜伏,执行A级任务,将现获取资料放安全屋,等待交接。(3)等黑鹰与你接头,并坚决配合其完成交办任务……

黄昊想到现有资料应该就是所拍摄的微缩胶卷以及保险箱里面所保存的一些影像和文件资料。黑鹰是谁? 这个名字很熟悉,但是又没有很深的印象,预定的接头暗号反而浮现出来:"士象含笑别离死"对"十步千里换一击"。

继续潜伏是做什么? A级任务又具体是做什么? 黄昊想到所留有的微缩胶卷和现存影像和文件资料,或许这关系到他下一步的命运和前程……将微缩胶卷和影像文件资料打开后,黄昊回忆起了很多重要的事情,一刹那有了柳暗花明的感觉:

1. 湖矿公司外景——拍摄地点显得格外隐蔽,拍摄像机肯定也不是普通相机,因为拍摄画面极其高清,超远距离也能看出人物的面容神态。

2. 湖矿公司工厂外部——黄昊想起了湖矿公司最可疑之处,公司主打产品是水晶制品,但是工厂却与其他水晶制作厂房大有不同,首先外观上过于封闭,因为无论加工的水晶是人工还是天然,都需要高温高热,封闭厂房不免会导致里面温度过高,其次还值得怀疑的是该厂区的保密措施过于严密,全天 24 小时都有监视和巡逻,对于水晶制品来说过于夸张。

3. 从里面一栋核心工厂出来的工人身穿的是日产 J8SE900 型防化服——这款防化服一般用于高辐射地区,假如该工厂生产稀土水晶的话,该型号配置过高,因为稀土水晶生产中稀土使用量极少,辐射度还不至于需要如此配置的防化服。

4. 很有趣的是,核心工厂出来的人员与其他厂工人没有任何联系,上下班时间都不一样,吃饭都有专门的食堂,有什么核心的机密要保密如此?

5. 运输车也很封闭,运输出厂之后也是一路绿灯,甚至到海关连检查都变得不是那么严格,这背后显得很不一般,难道只是因为湖矿给湖阳市产生了巨大的财政税收?但是更为可疑的是——押运的人员都不像是普通工人。首先,他们眼神中没有工人那种对生计漂泊的困苦,而是随时都保持着一种极高的警惕感;其次,从身材而言一个个都属于健壮的运动型身材,体能看上去非常充沛;第三,纪律性很强,感觉这些人有部队作风,丝毫没有懒散的感觉……

可见,任务就是要对工厂进行解密并将相应信息反馈总部。这是否就是陆小勇真正的死因呢?就目前看来,陆小勇潜入执行的 B 级任务很有可能涉及湖矿的核心机密,最后引来杀身之祸,但总部获取危险信号时似乎已经太晚了。现在最关键的,就是要拿到陆小勇获取的资料。

刹那间,黄昊开始担心起陆小勇女友周丽的生命安全,杀陆小勇的人会不会为获取陆小勇的资料和信息而危及周丽呢?周丽肚子里面可是小勇的遗骨!那么小勇家住哪里?如何暗示周丽这个问题?现在离开安全屋是否会对整个计划造成影响?黄昊陷入沉思……

湖阳市某密室,两个忙碌的人影,认真地分析着一组组的相片和资料:

“你获得的这些资料太有用了,但要更详细的资料才能接近这几个区域,以后资料分析方面需要你更多帮助!”

“黑鹰哥,感谢你的指教,让我学习到更多,我可是第一次接触到 A 级任务。”

“有时候好坏这种事情很难说清楚的,不接触或许更好,有时候人入了局想出都出不来!”

“不过我上次说的那个事情希望你能继续帮我分点心。”

“这个事情我知道，我已经在安排！”

另一方面，云都艾华集团公司总部，郭艾平依旧靠着他最喜欢靠着的皮椅，对着窗外，旁边坐着另外一个人，两个人的对话显得有些苍白，但关系又让人觉得并不简单……

“过来的时候没被跟踪吧？”

“我很注意，应该没有。”

“上次的事情没给你造成麻烦吧？”

“没有。”

“好像还有扫尾的事情没处理好？”

“已经在做了，很快就会有结果。”

“上次那个没把东西偷出去吧？”

“目前没发现。”

“还是要注意，这个不能闪失！”

“哦。”

“一定要确认看有资料出来没有，这点一定要确定！”

“明天我就去！”

“我就是欣赏你这一点，做事从来不问为什么！”

“你想让我知道自然会告诉我。”

“现在工厂监控那块我想让你接手，看看还有什么地方有漏洞，不能继续出像上次一样的问题！”

“我会注意的！”

“我给你一个电话，可以防监听的专线，以后我们用这个联系。”

“嗯。”

“扫尾的事情要尽快做好，工厂那边我希望你能更多帮上郭华。”

“嗯。”

“你早点回去吧，待久了不好。”

“是。”

夜色慢慢降临，忙碌了一天的人们慢慢回家团聚享受剩下的时光，黄昊则提前开始了他的行动准备，查找路线，准备服装……他似乎更明白第二天将会发生太多不简单的事前；而杨军则在办公室整理着案件发生以来的各种资料，他同样在为第二天的事情而忙碌。而同时在准备着的，还有着几个人呢？这个问题似乎很难揭晓，唯独知道的是，当事人周丽在与陆小勇租住的房间里，看着小勇的遗物发呆，她想着以前与小勇的那些欢乐时光，想着肚子里的孩子，她真期望有人能告诉他未来的路怎么走，丝毫考虑不到即将到来的不速之客！

潜伏分为两种方式：一种是隐蔽于某个地点不被任何人发现，进行隐蔽潜伏；另一种是根据你所选用的伪装身份做一件合理的事情。同时关注目标将要出现的位置，进行伪装潜伏，伪装潜伏不被怀疑的方法就是少量地做真的事情。

这是个与往常一样的周末，渐渐入冬的清晨让人觉得越发刺骨，虽然温度只有0度左右，但是脚跟和膝盖却让人觉得有些隐隐作痛。南方湿冷的冬天是许多未到过南方的北方人所难以想象的，以至于有些北方人初到南方甚至会生冻疮，周丽就是一个正宗的北方女子，豪气、大方，只是小勇的死给她造成了巨大打击，以往本已准备好的结婚计划、购房计划等都变成泡影，人生就是如此，人没了，什么都已然没有意义。

周丽已打定为小勇留下骨肉的主意，即使未来的路何其艰难，但为了两人的感情，为了能够给死去的小勇一个交代，她已经将这些抛诸脑后。南方湿冷的天气让她觉得在孤单之外有更多的凄凉，她无时无刻不想回自己的家乡，只是小勇的后事让她放心不下，或许很多东西真是上天注定，她感慨一声，起身去弄饭，不为自己，也为自己的孩子……

“咚咚……”门外传来了敲门声，她从猫眼看了过去，外面是一个30岁左右的年轻人，西装革履，显得很精神，这个人不是别人正是黄昊。“您是？”周丽问了句。

“哦，您好，我是湖矿公司秘书办的小李，请开下门。”

门打开后，黄昊走了进去，环顾了下四周，然后对着周丽说：“是这样的，嫂子，我和小勇也是好同事好伙伴，他工作非常优秀，对同事们也特别热心，出这个事情后公司领导也觉得惋惜，这次私下让我带了点慰问金过来，希望您能节哀顺变。假如生活上有什么困难，您可以直接打我们公司的电话，也可以打电话找我。”说完他从身上拿出了一个牛皮纸的信封递给了周丽。

周丽边推辞边说：“小勇出事之后不是你们公司郭总过来慰问过了吗？这怎么好意思？”

“是这样的，上次因为人比较多，这次是领导特地安排我私下过来的，您就收下吧，毕竟以后用钱的地方还很多！”

周丽考虑到生活方面的确需要用钱也就半推半就地将这些钱收下了。“你坐下吧，我给您泡点茶。”

“不用了，我这次过来还另外一件事，就是以前我有些资料放小勇这里了，出这事后我也没过来拿，我这次过来看下，不知道方不方便？”

“你去吧，我们卧室没有什么东西，他东西都放自己的书房，书房在这边，我先给您倒点茶过来。”

“不用了，嫂子我看你要弄饭吧，还没吃呢？你先吃吧，不用管我，我到书房找找就是，拿好了我会跟你说。”

黄昊走进了书房，开始对房间进行逐步的搜索：书房很普通，租赁的普通房间里面也很难有很明显的机关，书柜里面放置的都是一些企业管理方面以及企业文书的书籍，没有什么很明显的问题，只是一本老新华字典搁置在那儿显得有些格格不入。

正当他搜索时，周丽跟着进来了，毕竟对她来说这里的所有物件都是小勇留给她的宝贵回忆，她并不想让其他人去触碰。她对黄昊说了句：“上次公安也来过一次，没找到什么，结果把小勇的几本书给翻烂了。”

“哦，嫂子，您有小勇电脑密码吗？我看下是不是在电脑里面。”

“哦，有的，我帮你打开。”

周丽电脑输入的速度并不快，密码显得比较简单，就是一串生日数字，这恰恰说明电脑里面并没有什么很有价值的资料，看来到小勇这里不会有什么收获。

“嫂子，小勇平时文字资料什么的放哪里啊？”

“有些他存在了电脑里，有些放在这个柜子里，你过来看下？”

“哦。”

“哗”的一声，书柜抽屉拉开了，里面都是一些湖矿的资料，但这些明显也只是日常性的文书，黄昊只好应承说道：“哦，就是这些了，我理一下，电脑我等下也看看，不好意思打搅了哈。”

“没事。”

黄昊开始在这些资料里面找寻一些蛛丝马迹，但是很显然，小勇应该将他所需要的资料进行了转移，假如一定要找资料的话，或许只有他所提供的那串号码能够找到痕迹！想到这里，他觉得周丽安全方面应该不会有多大的问题，但是他又不得不提醒一下周丽。

“嫂子,小勇的追悼会什么时候开?”

“公安那边的意思本来是要等结案的,但是他家不同意,我也想让他早点入土为安,公安后来也同意了,我们准备下周二办这个事。”

“你下一步什么打算,继续留这里吗?”

“这里没有什么值得我留恋的地方了,事情办完了我就想早点回我的老家去。”

“是啊,这边真的没什么值得留恋的地方,换个环境心情可能会好些。这边的资料我找好了,我现在去看看电脑。”黄昊边装模作样地整理材料边对周丽说。

“嗯。”

对于一些疑问,黄昊抱着最后的侥幸问了一句:“对了,怎么你这里还有这么老旧的新华字典啊?”

“哦,我原来是学中文的,对以前的字体结构还是有些研究。”

“有什么区别呢?”黄昊打破砂锅问到底。

“以前的旧字典还是带有四角字码的,后来被取消了。”

“哦?”

“其实四角字码检索是相当便捷的,但是你也知道,创建者是民国时期的人,慢慢就被废弃了,流传或许真不在于优秀不优秀……”

“四角字码是?你详细解释下?”黄昊插着问了句。

“它是依据汉字的四个方位的笔画来进行检索,20 世纪 20 年代中期问世,方法简便,查字迅速,是汉字排检法发展史上一次空前伟大的革命,是现在所有汉字形码方案的鼻祖。你想想看,各笔画被简略为数字,4 个数字就可以转化为一个汉字,相对拼音、字根输入更简单易懂,可惜这检索法没有升级而是中途夭折,否则数个汉字词组只需要 5 ~ 6 个数字进行输入的话,输入效率要高很多倍。而且现在信息化社会,数字显然较字根更易国际化。”

“那现在为什么不研究这个了呢?”

“有句话怎么说的,长江后浪推前浪,前浪死在沙滩上。本身已经没有什么人去研究这个了,何况社会总向前发展,其他汉字电脑化的研究者已经先行一步了啊!”

“那你帮我查找下‘2240 3210 4416’是什么意思?”

“哦。”周丽翻查完之后说道:“毕业墙!”

黄昊恍然大悟！他想到这边并非久留之地，于是起身向周丽告别，周丽客气地将黄昊送到门外。

正当黄昊下到二楼楼梯口的时候，突然听到了楼下手机铃声之后一个声音传来——“喂，你好，我是杨军……”

“杨军！他不是在基层派出所吗？怎么会跑到这里来了？”黄昊想到这个问题的时候赶紧往楼上走去！

杨军自从讨论小勇死因这个问题和李耀发生争执之后，他决定自己到小勇这里走一下，一来看望一下周丽，二来也想获得更多关于小勇的事情，小勇自从到湖阳之后他们也就只是见过一次，估计周丽都快不记得他了。

“咚咚咚……”

“谁呀？”

“您好，我是小勇的大学同学，杨军，还记得吗？请开一下门。”

“哦。”周丽说完之后开了门，接着说道，“我说怎么看着有点面熟。”

“家里就你一个人？”

“是啊，他父母都住在别的地方，我父母离这里远，都没过来。”

“一个人到这里挺辛苦的吧！”

“还好，习惯了，快进来坐吧？！”

“哦，小勇以前大学时候跟我还玩得蛮好，好多年不见了，本来说到湖阳应该好好聚一下的。”

“我听说过，他说你们大学时候很多人玩得不错，也经常谈起你，您是在哪里工作来着？”

“哦，我现在在公安，小勇这个案子我也介入了。”杨军边说边坐了下来，“对了，嫂子，这是我的一点心意，您收下，以后还很多地方用得到。”杨军说完递给周丽一个牛皮的信封纸，周丽推脱了下之后收下了。“你们都太客气了。”

正在这时，杨军发现了桌子上的杯子，顺手一摸，杯子还是热的。“弟妹，刚来了客人？”

“是啊，一个说是湖矿公司小勇的同事要到这里拿一些资料过去，到这里逗留了一会儿就走了。”

“刚走？”

“是啊，跟你前后脚，你没看到他？”

杨军想到没有遇见人，直觉告诉他这人有问题，但又不敢太确定，更不想吓到周丽，只是淡淡说了句，“哦，我没看到他，我出去看下。”

杨军说完，转身就出门。他先往楼上看了下，然后往楼下一眼看了下去，有个人影行色匆匆地往小区外走去！

杨军开始为之前接电话而懊恼，这或许也是那家伙的运气吧，但是他也没想太多，直奔楼下狂追！让他觉得可气的是，那个人竟然在前面300米左右的地方停下脚步，返身对着杨军一个奇特的姿势，伸出手对着他一个瞄准扣扳机的动作，然后转身狂跑。杨军奋起直追，但在基层派出所待了多年之后，身体素质显然已大不如前，想当年他们班上非体育特招生就只有他和黄昊两个人可以在50多秒跑完400米，现在……唉！追到门口的时候，发现已经没了人影！

杨军站在小区门口开始仔细看，左边200米左右是一家大型超市，右边150米左右是一座公立医院，斜对面还有一个KTV，这些都是人群密集的地段，想脱逃是件很容易的事情，杨军急得一跺脚，急忙拿出手机跟李耀打电话：

“李队，刚才我去探望陆小勇女友的时候，发现了一个形迹可疑的人，现在我在小区门口，如果可以的话，请安排人员对各大路口进行排查，防止他逃离我们区域！”

“是犯罪嫌疑人吗？”

“不能确定！”

“就为你一句话安排数十名公安干警上街排查？你知道我们有多少案子要忙吗？”

“相信我的直觉，这个人极有可能就是犯罪嫌疑人！”

“好吧，我去安排！”

“谢谢！”

打完电话后，杨军还为那个人对他的挑衅觉得气愤，但是对那个瞄准扣扳机的动作却觉得有些熟悉，却想不起是哪个人。

黄昊为刚才戏耍了杨军而觉得好笑，但杨军或许是能为他洗脱罪名的人，他觉得有必要让杨军相信他并不是杀人犯！所以他做出了一个冒险的决定，就是将大学时代他玩CS时的经典姿势再摆给杨军看……

杨军回到小勇家，边走边思考着那个姿势的意思，那个狙击造型无疑是想向自己表明身份，难道是黄昊？这太不可能了啊！杨军百思不得其解。

周丽见到杨军走回来，问道：“那个人是谁？怎么回事？”

“哦,那个人我也不清楚是谁,只是觉得有点可疑。”

“杨警官,你可不要吓我!我觉得这个人不像坏人啊!”

“他过来干什么呢?”

“哦,他过来也是看我的,还说是公司安排,之后给了我一些慰问金,这没问题吧?”

“噢?给了你钱?”

“是的,这不是赃款吧?好像还挺厚,我也没去看有多少。”周丽说完转身将黄昊给他的牛皮纸信封递给了杨军,打开一看,里面是两捆人民币,整整2万元!

杨军开始寻思起来,假如那个人是凶手的话,又何必拿钱上门?!由此这个杀人案也绝难理解为劫杀!

想到这里,杨军继续问了下去:

“他过来就是送慰问金你吗?还做了什么?待了多长时间?”

“他过来找资料,到书房看了下,然后拿了些以前湖矿的资料,很快就走了,三五分钟吧。”

“我过去看一下。”

杨军仔细翻查书房后,并没有发现什么痕迹,抽屉剩余的资料也没有什么异常。想到待的时间只有三五分钟,估计也应该没有什么很有价值的东西,但这个案子并非劫杀,而疑犯还冒大风险到这里找资料,说明这个案子与小勇所掌握的东西有关,那周丽留在这里就很有可能会有危险,因为说不准真正的凶手就在周丽家附近,等待着入侵去寻找他所需要的东西!

想到这里他转身对周丽说道:“应该没什么问题,不过出于安全方面的考虑,我建议你最好不要轻易见陌生人,另外今天你遇见这个疑犯的事情也不要对外去说!”

“嗯,我本来也想早点离开这个城市了,但是估计也要等小勇追悼会办完之后。”周丽刚说完,突然想起刚刚那个人问他四角字码的事情,便对杨军说道:“对了,刚才那个人谈到‘毕业墙’,好像若有所得的样子。”

“毕业墙?”杨军觉得格外奇怪,然后想到一些事准备起身告别离开,外面传来了“咚咚”的敲门声,来的人不是别人,竟然是李耀,身边还带了几名刑警。

“李队!这么快就过来了?”

“我接你电话就过来了,是怎么一回事?”

杨军将事情的来龙去脉都跟李耀说了一遍，李耀让人提取了牛皮纸信封上的指纹，还在房间里提取了脚印、泥土颗粒等一些其他物证：又到书房认真地翻查了一遍，然后对周丽也安抚了一下，让她宽心，同时也让她多注意安全等，没过多久大家全部告别离开了。

在回刑侦队的车上，杨军对李耀说："李队，我认为这个案件疑犯可能另有其人！"

李耀愣了一下，问道："你为什么会这么看？"

"如果这个案子是劫杀，那为什么疑犯还要送钱给周丽呢？"

"我也觉得奇怪啊，假如只是象征性地想过来拿资料呢，也不需要给那么多钱啊！"

"所以我之前感觉就是这个案件的犯罪动机都值得怀疑，甚至劫杀也只是一个假象！"

"那为什么致命杀死陆小勇的匕首上会有赵羽的指纹呢？陆小勇的指甲里为什么会有赵羽的皮屑组织呢？这些都是直接证据！另外，假如不是赵羽，他为什么要躲我们呢？"

"那你怎么看？"

"你看到过来的这个可疑的人就是赵羽吗？"

"没有。"

"不排除还有同案犯啊。"

"我们回去比对一下指纹就知道了。"

回到刑侦队，经对比鉴定，牛皮纸信封上的指纹就是赵羽的！鉴定之后，疑云又开始涌了上来！

李耀说道："我觉得我们现阶段的工作还是先找到赵羽，至于动机也好，嫌疑也好，这些都可以放后一位！所以还是应该加强对那边区域的封锁与排查！"

杨军点了点头，但是刹那间想起那个姿势极像大学时候的黄昊，再加之相片又极像，这让他不停猜想着对方到底想向他表达的意思，但他并不想把这个细节告诉李耀……

黑鹰密室中，黑鹰模仿着黄昊所做的姿势，问道："小弟，你知道这是在表达什么意思吗？"

被问的人愣了一下，回答道："这应该向杨军表达他的真实身份说他就是黄昊吧，但总的还是有些不解。"

“哦,我还以为他在向杨军挑衅呢,不过照你这么说可能我们行动要有所变化了。”

“为什么?你不想帮他洗脱罪名吗?”

“区区个人罪名又怎么需要我去洗脱呢?但是你知道这个A级任务的重要性吗?不要把个人荣辱看得那么重,记住你是一个特情人员!我们走的是一条不归路!”

“羽镞离开了弓弦,就是一段旅程啊,看样子真的是!那我们是否需要帮助赵羽离开湖阳呢?”

“所以说你在这方面远不如赵羽,你还属于菜鸟级!他是一个连警察都找不到的人,想离开这里不是分分钟的事情?!之所以不离开,因为他知道特情原则:使命高于一切!”

第六章　迷　踪

行为必有痕迹，痕迹必有行为，行迹同因果。

毕业墙，常理来说就是拓展训练中使用的那种，但小勇所暗示并非拓展训练，这与放置资料并没有什么必然的关系，唯一可以想到的就是毕业后联系用的校友录！同学们会经常到这个地方贴上自己的一些感慨、对过往的一些纪念以及准备班级聚会和活动的布告，所以也被他们班叫作毕业墙。

黄昊想到这里，到安全屋中登录了班级校友录中的毕业墙，但是当他登录的时候，他差点吓一大跳：因为近百张纸条发送给了他！

"黄日天，怎么没音讯啊？哪天跟我PK——SATAN"

"昊，天气冷，要注意身体——李婉晴"

"我们要喝毕业酒了，日天的，这么牛的人怎么不过来?！——chinapo"

"黄昊，我欠你一本毕业证，以后我一定会出人头地的，一定回你这个人情！——卢俊"

"老哥，我要出国了！你也不来送下我?！——颖子"

"兄弟，我们班几个人要去支援西部了，真怕以后一辈子都见不到一次了！想喝酒！——小月"……

一个个熟悉的名字、灿烂的笑脸浮现在黄昊的眼前，人生即是如此，即便时光飞逝、海角天涯，总会有那么一群人依旧记着你，把你深刻在记忆的深处，偶尔的时候把你从脑海中揪出来，然后会不由地说上一句：这鸟人！不知道死了没？

黄昊怀着一阵的感叹，但却无心继续阅读，他选择性地筛选小勇所发的信息，最后一条赫然显示出："××网盘，N：LEON P：dabilo。"黄昊突然觉得有种释然的感觉，长久以来心里的石头放了下来，移交的材料总算有了眉目，应该可以瞑目了，同时又觉得这个家伙实在可笑，这么关键的时刻竟然还想着游戏。

黄昊通过网络登录网盘，发现了系列电子资料，包括很多从记录本进行翻拍的电子相片和偷录的一些珍贵视频资料……

小勇特情日记（翻拍件，下同）：

8月13日　星期三　多云

也不知道这次为什么安排一个这样的任务给我，这次任务应该是我特情工作中的最后一个任务，安排的还是C级任务——简单的资料收集任务，这不是大材小用吗?!

湖阳真是一个美丽的地方，丽上次告诉我说她怀孕了，我愈发想早些完成这个任务，有时间有钱去照顾她，早点把婚事办了。不过听说这里竟然有闹鬼的现象，想来倒是有些可怕起来，还好我向来不信这种东西，记得初中时候就曾在后山操场上用扩建中挖出来的骷髅头当球踢，只是现在想来实在不尊敬死者！

简单安置后，我开始对目的地长胜村进行外围摸查，传闻很多，整理这些传闻顺序后，我感觉到迷雾重重：

1. 2年前湖矿公司通过市政府要对长胜村进行整体征收，由于价格方面并未谈妥，长胜村村民并不同意，还发生过若干次的暴力抗拆、上访闹访的事情。

2. 暴力抗拆事情发生后不久，一些长期住户家里的家畜和牲畜陆续发生死亡事件，有人举报怀疑是湖矿公司私下通过一些黑社会手段对原住民进行恐吓，还为此围堵过几次湖矿公司大门，后当地派出所和市公安局调研证实并未查到有过人为投毒的痕迹，此事一波三折后也不了了之。

3. 上述事件平息一段时间后，长胜村又发生了一些古怪的事件。留守村里的村民有些突发“神经病”，而这种陆续发病的群体症也得到了前村民的证实，这些人大多夜半突然发作，尔后或自残或伤人。不久后湖矿公司提高了征收标准进行征收，而市政府为防止群体事件爆发，为维持稳定还将当地村民分散进行安置。

4. 剩余的钉子户并未同意安置条件，并且继续进行上访，不久村里发生更多蹊跷的事情，甚至有些恐怖起来——有人发生梦游！有人半夜食尸！还有人将家人杀尽之后浑身是血，被人找到后一直大喝妖灵附身！这种情形下，村民们纷纷逃离村落并签署拆迁协议。有人怀疑是否是开发商在搞鬼并且报案，当地派出所还专门派过人驻扎进行驻点侦查，然而事情依旧发生，最为恐怖的是——一名警员在半夜一次巡逻后不知道是被什么刺激了竟然长时间住院不起，有乡间传言是见到了鬼!

5. 当地政府随后通过报纸辟谣:并没有所谓鬼魂之事,更未调查出是否有人为操作痕迹,因此希望广大市民不要以讹传讹,不信谣不传谣,否则将承担法律责任!之后当地红十字会与市医院还到长胜村调查,调查结果——不明。

6. 玄乎的是,还有一个云游道士专门来访,之后对村民们说长胜村龙脉被断,瘴气衍生,已不适合居住,早迁少灾!接着在当地连续做了36场驱鬼祈福的法事后拂袖而去……

黄昊被小勇这种不着边际的表达弄得有些头晕,他也很难想出整件事的因果联系,唯一可以肯定的是,里面多少存在人为因素,只是这些行为、这些痕迹看起来如梦一般让人极度迷惑:事件原因是怎样的?谁做的?与小勇后来进入湖矿公司是否有关?与小勇被杀是否有关?C级任务怎么成了B级任务之后又升为A任务?这比自己想象中的要复杂得多!

带着怀疑,黄昊继续翻看小勇的特情日记:

8月16日　星期六　晴

我对之前所收集的资料有些怀疑,就目前所收集的资料而言,似乎与湖矿有着莫大的关系,甚至有种人为针对拆迁户的感觉,但是作为C级任务,资料收集的准确性和记录的完整性要求让我不得不继续探访下去,此行我的身份是以记者身份介入,但是没想到会发生这么多的事情:

首先,我所怀疑的几点:

1. 是否仅有钉子户发生家畜死亡事件、癫狂事件以及所谓的恐怖事件?——如果是,那么说明这些事情是具体个案而不具有普遍性。

2. 警员巡逻一般是2人组或者3人组甚至以上,那么当时这个警员所见是何事?旁边是否会有目击的证人?此事可以待查。

3. 当地红十字会与市医院介入调查肯定会有相应的解释出台,那么他们是否是以调查名义去的呢?哪些人去调查的呢?他们调查到了什么?或许他们的调查结果会具有更多的科学依据。

带着这些疑问,我以记者名义到达长胜村,然而事情与我想象的并不一样,或许是村庄里的人已经太过恐惧,或许是因为开发商对拆迁补偿的调整,村庄里剩下的人已经很少,而村里的场景我也用摄像机拍摄记录了下来(标签movo02901):

黄昊找到相应的视频资料，萧萧秋风中，这个南方的村庄显得零零落落，村门口的古树或许能够证明这个村子曾经存在过历史，但而今却是格外的形单影只；村内一排的店铺如今空空如也，半掩着的店门在风中显得格外冷清；以至于村落中最常见的狗都见不到，不能听到一丝半点生物声音，让人甚至有种身处寂静岭的感觉。在这里，唯一能听到的就是秋风的声音，唯一能看到的就是在秋风中飘荡着的叶子以及一些在路的上空飞舞的塑料袋。即便偶尔遇到的两个人，也若有若无地游荡着过去，两眼无神，让人毛骨悚然……这段视频到了一间房屋之后就关闭了，显然小勇已到了一户人家进行了调查。黄昊的视线回到了小勇的日记本影印件：

我在村庄几户人家小坐了一下，他们这几户也是即将要搬走的人，因此家中并没有什么招待用的东西，但接待比较客气，唯独对我的一些问题似乎显得有些犹豫，因为总有欲言又止的感觉，这让我更加充满怀疑。

经调查，长胜村在湖阳市算比较大的村庄，自从湖矿公司搬迁过来后，这边的地理位置也越发显得重要起来，不少村民得益于地利，到湖矿的采矿点去上班，条件待遇也很不错，这让附近其他村民都有些眼红。在听到这边要征地的消息后，大家更是兴奋。然而好景不长，低廉的补助条件让很多人并不同意，在这个房价暴涨的年代，这点补偿款根本没办法在城镇立足，有些人开始组织闹事并拒绝签字……蹊跷的是，事后大概几个月中，这边很多家的家畜都纷纷暴亡，后来村上的人以为有人投毒并报告公安，而公安调查结果说不存在投毒的情况。恰巧的是，一个在农大读书的学生放假回来说这估计就是那个禽流感，村主任说什么禽流感就是犯瘟！为了防止瘟疫传人，之后家家干脆不养家畜。

事情沉寂了一段时间，征收的紧急程度与村落上发生的恐怖程度成正比，村西头的两家人各出了一个疯子，甚至在村里到处袭人，晚上更是恐怖，不仅胡乱打砸处处行凶还大哭大闹，一会儿说有鬼，一会儿又说请太上老君附体驱鬼，吓坏了周围的老人和小孩。后来村里人让他们家人把他们绑在家中不准外出，令人想不到的是事后村南头也出了个疯子，发疯的状况和西头的很相似，一时间谣言纷起，“村里有点道行的阿嬷说这是凶灵闹事，找替身呢”（村户的原话），不少村上的人签订了补偿合同，并按照政府要求分散安置。然而有些不信邪的胆子大点的声称就是开发商在闹事，上访的事情也越发多了起来。后来有天最不信邪的村西汪茂财晚上起夜发现了件极为恐怖的事情——他家旁边的上访户彭德西拿了一具尸体的腿骨在啃！

村里的人无不人心惶惶,而压死骆驼的最后一根稻草,也是直接让村里人心理崩溃的则是后来村西头的灭门案件!——调查后发现,作案凶手竟然就是这次灭门案中仅剩的活口吴艮洪!被抓时,吴发出了和杀人当晚一样的狂叫:鬼啊!鬼!你们这些恶魔,我要杀了你们,恶魔!鬼啊!灭门案的动机让人很难揣测,因为他并非上访户,灭门又没法求财,闹事也毫无意义。到这个时候,公安也介入了,调查是否存在投毒的情况,然而紧接着发生的就是负责外围巡逻工作的长胜派出所警员的惊悚事件!

再后来,市政府组织了红十字会和市医院的专家来服务村落医疗,同时走访调查村落医保覆盖情况,至于具体他们干了什么,那就不得而知了,只知道他们新闻报道时,宣传的都只是例行性的体检和走访……

由于时间渐晚而装备携带不足,我决定当晚不留宿村上。临走时,仅剩的几户村民都告诫我,奉劝我千万不能去接触村西头的汪家和秦家,那边门口挂着红色条幅的彭德西更不能接触,因为早先有个村民差点被他杀了!我感谢了他们的好意。

从调查情况来看,这种类似的事态发生只有几种可能:人为投毒、致幻;辐射物质泄漏;水源、空气源、食品源污染……

就我个人见解而言,现在非战争时期也不是敌特活动时期,而且村庄也不是什么要地,整个村落也少有恩仇,人为投毒、致幻的可能性不大;而辐射具有长期影响性,短期内爆发可能性不大,假如是辐射的话那有明显的范围性,离辐射源越近则越严重,那辐射源又如何而来呢?这个并未得到核实;污染现在还不能排除,需要调集相关样品和样本然后进行分析,这些事情我将在下一步调查中进行。

黄昊深深地舒了一口气,继续看着小勇的特情日记:

8月18日　星期一　多云

为了进行下一步的取证调查,我需要购买一些专业的收集器材。而与此同时,我以记者名义对医院当时介入调查的一个神经病理专家,专家前面强烈拒绝接受采访,仅对相关问题进行含糊解释,最后我通过一些利益操作,他同意让我获取部分信息,于是我只能用随身携带的手机拍摄下了部分病理结果分析汇报:

患者吴艮洪,45岁,男……心境障碍(mood disorder)又称情感性精神障碍(affective disorder),多见于男性,是以显著而持久的情感或心境改变为主要特征的一组疾病。情感极其容易高涨或低落，伴有相应的认知和行为改变，有精神病性症状（如幻觉、妄想）……SPECT和PET技术……脑室扩大伴有深层白质损害，额叶皮层血流量显著减少。病理原因可见多种：社会因素、环境因素……

惊恐事件中的警员隶属长胜派出所，我后来得知这个派出所副所长杨军是我同学，为了更好地调查和了解当地事态以及C级任务的非绝密性，我决定用实名与之联系！之后通过杨军关系，我接触到了惊恐事件中的警员，但是很明显他也拒绝透露更多的事情，当时我也不便更细致地进行深入了解，只能预先埋好关系线，以便日后调研。

后经调查，圈地开发商并非湖矿公司，而是另一家地产公司——信达地产开发公司，至于是否与湖矿公司有资金或者其他关系，有待进一步调查核实。

根据区域行政地图、地理图册和水文地图以及事后对涉案村户的共同点调查：(1)几户村民都以手工作坊式长期从事水晶制品清洗工作（可是以手工作坊方式进行水晶制品清洗的在湖阳市有很多家）；(2)他们的大客户都以湖矿公司为主（湖阳市也有很多家有同样情况）；(3)为更好地进行水晶制品的清洗和节省水的费用，他们在家都直接使用井水，而地下水经过水文图调查，这些水都属于同一水文线路（这是目前调查所得的一条重要线索，但是在南方村落打井的也很多，其他村落未出现相关问题的原因又是什么？是否与土质有关？这让我依旧百思不得其解）……

外围工作进行3日之后，相关器材陆续运达，但是当地传出有记者被袭击事件，而官方通报说该记者为假记者，其涉嫌捏造虚假新闻事件并处以行政拘留；与此同时，剩余村户被物理隔绝，并要求限期拆迁。之后由于对村落进行调查变得更加困难，我只能选择私下潜入。

小勇特情日记：

8月22日　星期五　小雨

当我准备再次进入长胜村的时候，发现事情比我想象中的开始要复杂了好多，首先是村民已经开始被强制迁离村落，以前联系过的一些村民也不愿意再接听我的电话并奉劝我远离此事；其次当我到长胜村周边时，发现周边已经被重重隔离，外围有很多巡逻的公安和武警，据称是市里组织消防演习和防化演习，事情到这里似乎变得越加模糊起来，氛围也增添了不少凝重感，我开始对这个C级的任务定性产生了怀疑，但是采集信息依旧在任务范围之内，我于是选择潜入。近两日通过以摄影爱好者的名义，我选择好了潜入的地点和时间……

入秋的深夜已经显得格外寂静，我更加清楚地听到长胜村村庄里面那些不停拆卸作业的挖机轰鸣的声响和偶尔倒塌房屋的声音。我俯身在凤凰山最接近长胜村的山窝中，根据目测从这里过去到长胜村村庄只需10分钟左右。耳边的风吹了起来，夏末的风竟然也如此凛冽，让我意想不到，甚至不自觉地打了一个寒战。远处3个武警巡逻走了过来，而根据我前面的统计巡逻一周的时间需要26分钟多一些，按道理我应该有足够的时间可以潜入，村庄有很多未拆完的建筑可以躲藏，挖机的灯光也可以给我很好的视线和掩护。我想应该没有谁会想到有人到这偏远的小村庄来做这种无聊的事情吧。

正当我想着这个问题的时候，一辆消防车呼啸着从我眼前开了过去，我警觉地拿起了望远镜遥望，车上消防人员的穿着显得明显不同，穿的竟是防化服！这与白天摄影所获取的资料不同，白天参与演习的人员显得慵懒和随意，让人看不出个所以然，而越是这样的外紧内松越显得可疑，因为虚假的表象和严谨的行动背后必然有其意欲掩盖的真相。考虑到这个层面之后，我爬到山顶进行观测。

十分钟左右，我的视线紧随着后面又一辆的消防车不放，车开往的是这个小村庄自建的一个小水库，由于年代有些久远，水库有些荒废，里面被尾矿分割为了数个洗矿池。几辆消防车都停在那里，一群穿着防化服的人员在那里忙碌地倾倒着从车上运载过来的物资。借着消防车的灯光，我将望远镜倍数放到最大，塑料袋上写的是Ba???，由于行动速度很快，我很难看清后面的字母，多次仔细看后觉得有些像$BaSO_4$，但是还是不能够确定。倒入池塘中的物资很像沉淀剂，因为很快池塘里发生化学反应并产生了一些浓浓的沉淀。他们到底在干什么？系列事件是否有必然联系？我决定改变原定计划，转到小水库去提取水样以及沉淀到池塘底部的泥土样本！

远远望去，水库周边的戒严似乎显得格外的严密，甚至巡逻人员还带着我调取信息中最害怕的动物——狼犬！这种大型的犬类嗅觉听觉都格外灵敏，奔袭速度极快，攻击力超级强悍。一旦你被发现并被扑倒的话，它的牙齿可以很随意将你的桡骨、腿骨等骨头咬碎，将你的肌肉组织和表皮变成一堆糨糊，然后扯着你的神经组织和肌肉组织死死不放，这简直就是一场噩梦！——尽管我也很喜欢宠物犬！

所幸的是我早就有了准备，随身带好了调查人员居家旅行必备用药，专门用来混淆犬类嗅觉的喷雾剂！产品源自偷窥之国——日本！背着风向，我渐渐潜行，水库也离我越来越近。我在离水库大约500米远的地方卧倒，仔细地观察着这些车辆行走和人员巡逻的时间规律：庆幸的是周边并没有移动的探照灯，而消防车都围绕着水库，开着的大灯反而让消防车车身后变得漆黑，同时强光的照耀会让边上行动着的人员视线模糊起来。我选择好了一个绝佳的地点——一个水库旁边废弃的原来放自动喂鱼器的小竹桥！小竹桥下有2米多长的阴影，委身而入肯定难以发现。巡逻小队和消防车从那边经过给我的时间间隙在4分钟左右，我有种置身于某种游戏中的感觉！

正当我喷好防犬喷雾剂准备跑过去的时候，我听到旁边100米不到，数只狼犬齐吼起来！我心中一惊，暗咒了句"坑爹！日产也会有假货！"正当我在几乎抓狂绞尽脑汁想怎么应对的时候，声音离我越来越远。我靠着一棵树站了起来，一队人员向声音远去的方向奔跑过去，好奇心战胜了我，我干脆爬上了树枝，用望远镜看去，巡逻人员不断闪烁着的灯光映出了远处奔跑的一个人影，人影奔跑的样子看起来还有点像女人！事情又变得有些乐趣起来，过段时间声音和人影都消失在远方，我猜想他们可能也早早有撤离路线吧。我看着手头的喷雾剂，说了句："阿里阿朵！"同时值得感谢的我想还有那个倩影，直接帮我把巡逻人员吸引走了，想着也可笑，大半夜的还有女人跑到这里来，难道是传说中的倩女幽魂？

我没时间思考那么多，急速地奔向了小竹桥，仰卧在桥下，一股超级难闻的气息让我几乎要昏厥过去，我强忍住呼吸，用随身携带的便携式取样器皿取好了水样和富含沉淀物资的泥土样，赶紧跑了回去，之后我按照规定和上级指示，将所取的这些样品全部转交给了陈姐。

"陈姐？"黄昊看到这里，思索了起来，应该就是省教研检测中心的陈博士吧，当然这个检测中心她也只是挂职，实际上她还暗中兼帮助特情组们进行专业的情报分析，和她打过两次交道。虽叫陈姐，但是年龄并不比自己大许多，什么时候见面都是乐呵呵的，不同于一般冷冰冰的学问派博士，她身上散发着一种邻家大姐的味道，所以一般内部都叫她陈姐。但说来她也是怪才，很多痕迹分析、物品分析、资料分析经过她思索后都能够给你一个绝佳的答案，让人在困境中有醍醐灌顶、茅塞顿开的感觉。黄昊将小勇的特情日记又看了下去：

8月27日　星期五　阴

检测的结果通报了上去，令我意想不到的是，上级将这次任务由C级转变为B级，并问我个人意见是否愿意继续执行，我是一个不喜欢半途而废的人，即使变成A级甚至S级也就这样，我答应了上级继续执行该任务。之后我就看到了所调取的结果，这个调取的分析结果让我为自己的调查过程感觉到后怕，甚至有些毛骨悚然。因为附随的有比调查结果还令人要抓狂的变态命令——取发狂的村民血清！让我啼笑皆非的是，这个命令的建议者竟然是那可爱的邻家陈姐！

省教研检测中心陈姐出具的调查结果：

1. 取样中沉淀物包括 $Ba(Ra)SO_4$、$Th(OH)_4CaU_2O_7$、$CaSO_4$、$Fe(OH)_3$等，水中含大量辐射剂，由于采样时间、运输时间以及采样器皿影响，辐射量已经剧降趋近于正常标准，因此只能对原始辐射量进行倒推，但是估计也在2000～3000微西弗/时，已经能对人体机能造成很大影响。

2. 样品中发现铯137，铯137半衰期为30年，不过在体内不会久存，大部分会在一年之内排出。铯137会造成人体造血系统和神经系统损伤。取样水剂中放射性活度及照射量均严重超标，而根据任务反馈情况，要断定是否与人体神经机能发生反应有关，需要计算吸收剂量和当量剂量，该两剂量数需要进行活体血样取证，从而进行验证是否与铯137有关。

3. 沉淀物所发生化学反应应为采取了防止辐射降污染的沉淀剂，(初步断定为Ba载体)，化学沉淀法。该法是向废水中加入Ba载体，以 $Ba(Ra)SO_4$ 共沉淀的形式将镭载带下来，其他的放射性核素则通过加Fe、ca，并提高pH，使其呈氧氧化物的吸附沉淀形式，使U、Th从废水中载带除去，其中氧氧化铁沉淀物的表面积最大，可有效地吸附微量放射性核素，除去过程的主要反应式：

$$Ra^{2+} + Ba^{2+} + SO_4^{2} = Ba(Ra)SO_4 \downarrow$$

$$Th^{4+} + 4OH^{-} = Th(OH)_4 \downarrow$$

$$2UO_2SO_4 + 3CaO = CaU_2O_7 + 2CaSO_4 \downarrow$$

$$Fe^{3+} + 3OH^{-} = Fe(OH)_3 \downarrow$$

推论：含有大量各种放射性物质产品估计与人量稀土矿的不正当采掘以及未采取保护措施的简易洗矿有关。当然还一种可能就是战略核物资的采取，后一种可能性很小，因为战略性核物资的采取均会使用绝密级的严格保护措施。

但是，这种采掘方式有些奇怪，因为民用稀土放射性不至于如此之高，有可能涉及某些军用稀土的采掘与提取，不排除涉及军用稀土的走私问题。

建议：(1)对周边稀土矿挖掘公司及洗矿公司进行调查；(2)继续对污染源进行核辐射降解，降解后对沉淀物深挖封存；(3)如需要对需调查的疯人事件进行详细解析，建议活体采集血样。

下面是组织批复：

(1)首先对周边稀土公司及洗矿公司进行调查，着重调查是否可能涉及军用稀土通过私企走私情况，因此任务暂修正为B级；其次调查清楚污染造成的直接原因和相关责任人员。(2)对污染降解进行跟踪并及时反馈进展消息，同时对周边辐射量保持关注，阶段性梯报。(3)对活体进行取样，调查事故具体原因，防止事件的进一步扩大。

黄昊心中暗惊，陆小勇之所以会心惊胆战也是很正常的，是因为人体一次性遭受4000微西弗的话就会致命，而一次性遭受1000微西弗以上就足以对人体造成损害级的影响。不过庆幸的是小勇采集器皿使用的是特殊器皿，加之取样时间很短，之后封存也是特殊封闭箱，最关键的是感谢消防部队已经先期降解了，陈姐所推算的是原始辐射量，否则这个C级任务执行得就亏到姥姥家去了。带着疑惑，黄昊继续看了下去。

我陆小勇接受了任务就必须将任务坚决执行完毕，再说B级任务收入也比C级高多了，以后做结婚办酒的钱也不错。我仔细梳理了一下，好好理清了思路。

在等待测量仪到来的同时，我没有停止外围的摸索，并且发现重大污染源头就是——湖矿公司！很多中下游企业和个体作坊都是承接了该公司的洗矿业务。正当我准备着手更深入的调查时，连续的新闻让我有些震惊，首先是最近新闻做了个追踪式的报道，播报的是一个个体作坊洗矿带来的污染，新闻中首先对个体作坊的污染影响进行披露，着重反馈的是无证洗矿、无技术洗矿，但洗矿的上游买家却并未涉及。尔后具有讽刺意味的就是宣传湖矿公司所做的绿色洗矿，以及关爱环保、爱护城市母亲河的广告。

再接下来当地政府发布通告说为了规范市场持续，保护生态环境，要求将所有的洗矿公司限期进行整合，统一收归湖矿公司子公司进行统一归口管理，违反的将进行集中整治等。集中也有它的好处，就是以后责任可以归人，不至于责任散化，法不责众，但背后的利与责真是让人很难看透。于繁杂中，我决定潜入加入湖矿进行深入调查！

8月30日　星期一　晴

湖矿公司招聘总经理助理可谓天赐良机，在我看来该职位可以对公司进行全盘把握，可以了解到公司很多内幕，我决定去应聘，考虑到这个公司就在我同学所在派出所的辖区，以后或许要有很多的往来，同时也好有人关照，我决定以实名应聘。

对应湖矿公司职位要求而虚构的简历，加上我三寸不烂之舌及自认为英俊非凡的相貌通过了 HR 的初试，复试我的是一个美女，名字叫顾芃，是湖矿公司的总经理秘书。总经理秘书这个职位以往都是给人以太多的遐想，由其当你面对的是一个美女的时候。

顾芃的个子在南方女人里面算比较标准的，目测在 1.62 米左右，板栗色半卷发，脸型很符合中国人的审美观，介于瓜子脸和鹅蛋脸之间，皮肤细白而有光泽，一身的职业装显得很干练、很精神，很有 OL 的味道，而最让人印象深刻的就是这个女人的下巴了，这种“ω”形下巴又被称作“美人沟”“苹果下巴”“欧米伽下巴”，英文一般叫作“Cleft chin”。在东方人里面特别是东方女人里面比较少见，有人称帅哥下巴，因为很多特别是西方帅哥都有这种带窝的下巴，当然中国也有比如“闹太套”的黄晓明，还有罗嘉良、任达华、申军谊、王力宏等，而女人比较出名的就是“教主”——林青霞了。不过我想起这种下巴另一个俗称——“屁股下巴”，想到这个我就忍不住笑出了声。

“你笑什么？”顾芃听到我笑的时候，质问了我一句，眼睛如利剑般的刺向了我，我心里“咯噔”一下，完了，这样面试是大忌啊，这份工作完了，怎么办?!

“哦，我突然想到一个故事，我曾经的一个同学面试时候看到一个美女面试官，竟然流了鼻血，我很难想象他今天如果在这儿的话会怎样？”我尽力友善和诚恳地回答着顾芃的问题。

顾芃淡淡地笑了一下，女人爱被人夸真是天性，就在我洋洋得意的时候，美女开口问问题了：

“你有女朋友吗？”

她为什么要问这个问题？

看到我惊讶的表情后，她又重复了一下这个问题：

“你有女朋友吗？”

我不假思索地回答道：“有。”

“在外地还是本地？”

“本地。”我瞬间想起了这个问题背后的实质，企业都很期待一个能够稳定在这里工作的人员，而长期的分居会带来人员的流失，因此我把女朋友在外地的事情给隐瞒了。

“你跟你女朋友的感情怎么样?”

“还好。”

“假如公司给你一个外遇的机会的话,你会怎么样?!”

我被这个问题直接吊爆了,这是一个什么问题?难道是这个美女对我有意思?绝不可能,这是面试!我大脑高速飞转,这是一个关于忠诚度的题目,正面回答说明我经不起诱惑,忠诚度不够,一口回绝的否定回答会显得这个男人太虚伪,这个问题果然刁钻啊!

我思考了下之后答道:“坦诚地说,看到美女有想法是每一个生理正常男人的正常反应,但我不能让公司背负道德的负名。”

美女听到我的回答,嘴角微微地笑了下,之后是一系列的常规问题,问完后告诉我等电话通知。

我想起了一个类似的变态面试题,就是一个主考官问一个女面试者内裤是什么颜色,当然这个和应聘的职位有关,一个需要保持机密的职位,那么问题的回答必须显得圆滑、诚恳而又不泄露隐私,这就相当考验一个人的综合素质。拒绝回答显得青涩而冲动,直接回答则显得经验不足!

10月5日　星期二　多云转雨

我被湖矿录取了,事后我才知道,最后那道题目的制定者并非顾芃,而是他们老总郭华,看来湖矿的水果然很深。到湖矿工作的一段时间,我在努力工作之余收集材料,发现这家公司,与这家公司有业务往来的客户以及公司背后的保护伞,甚至连之前我小看的顾芃,都显得深不可测——因为有一天,我们在外面应酬喝酒后,无意中我发现她在翻看我的手机!当然她的回答是暧昧的,但对我来说一个无缘由暧昧的女人则是恐怖的……

为了掩饰行动,我将刚毕业不久的女朋友周丽叫了过来,一个是掩饰行动,当然另外一个也是方便照顾她。当然,我没有忘记要去取血清的任务,在我多方探听后,我探听到原来被污染的村民被都分散安置起来,而污染得最严重的几个也都被严密隔离起来,这可不是个好消息,因为“病”死会是再正常不过的事情,而据我所知,吴艮洪和彭德西分别被关押在了精神病院和市第九人民医院。

在得知他们的下落后,我准备好了相应的材料和器皿,下班后打车首先奔向第九人民医院。路上我一直想,分散安置是一个很有效的掩盖方法,这样之后的病发率没有人会进行统计,即使死亡也会被视为个体事件——团团迷雾背后让人感觉到有巨大的无形力量支配和操纵着，这种乌云密布的感觉就如同夏日暴雨前夕一般。而此刻窗外也开始下起了雨，呜呜啾啾的风声让人都有些胆战，昏黄的路灯则随着秋风摇曳，蒙蒙的天空让人感觉到在这股强大力量面前人类格外渺小与无助……

当我赶到医院门口时，我驻足了下来，因为我突然感觉到背后有着数双眼睛在观望着我，但当我回头时，除了行色匆匆的下班人群却又发现不了任何端倪。内心深处另外一种直觉却越来越明显，这种直觉是动物的本能，是来源于恐惧的本能——那是死亡的气息！

"彭德西？我查一下……对不起，你是他什么人，他今天下午突发颅内出血，抢救无效死亡……"医生的话让我的直觉有了印证。

"我是他亲戚，他尸体在哪里？我想看看他最后一面。"

"在太平间，他家人怎么都还没过来？要尽快，这边按道理是不能停尸太久的，要马上火化……"

"哦，我也是接到通知后过来的，家里应该马上会处理！"

我心想，不知道尸体取样和活体取样有没有区别，按照同位素滞留体内的话，在火化前提取应该没有什么区别吧？得抓紧时间，火化之后什么痕迹都没有了！在我直奔太平间的时候，那种逼人的杀气又涌了上来，让我打了个寒战，凶手还在这家医院！他在等待火化！如果没有疑问的话，那这个人肯定在太平间附近的某个地方还在观望着！直接接触尸体的话，我可能会暴露目标甚至会被杀！然而时间是很紧迫的，否则任务可能付诸流水，而吴艮洪呢，如果不抓紧时间也可能会被杀！我该怎么办？恐惧让我的血压陡然升了起来，呼吸都开始有些急促，手脚都有些酸麻，不听使唤了，我咽了咽口水，这是什么坑爹的B级任务！

理智警告着我，于是我转身走向了旁边的医生休息室，顺手拿了里面一套白色外套、听诊器和口罩，我将口罩罩好，只露出了自己的双眼，之后匆匆走向了太平间。

太平间的两旁冷冷清清，没看到有一个人影，但是伴随着我的那种杀气着实存在着。守尸老头坐在门口，两眼无神，脸色蜡黄，弯着个身子，如同一个石雕。我走了过去："今天下午那个颅内出血的放在几号房？几号床？"

石雕缓慢地转了过身来，半晌把眼睛睁开，一个炸雷在医院头顶响了起来，"轰隆"吓了我一跳。雷鸣闪亮映照出石雕的眼，石雕的眼就和瞎了一般，没有光亮,格外的空洞,甚至觉察不到这个人的气息,他没有说话,只是用手指了其中一间房,努了努嘴,伸出2根指头,之后又回到了石雕的状态。

“医院都是些什么人啊?”我心里想着,要不然真会把自己给吓死。我转身走向另外一个房间,走的时候很匆忙,然后我如同想到什么问题一般的突然转身,回头一看,后面有两个人影闪了过去,而对面大楼上一个医生模样的人返身从窗口处折回。虽然不能确认到底是哪个,但是果然有内幕,只是下一步怎么走呢?! 走一步算一步吧!

我迅速地闪进了老头所指的那间房间,房间阴气很重,到处森黑,只有一盏暗暗的日光灯照着,旁边都有种幽蓝的感觉,耳内是一片死寂,但是死寂中又似乎听得到有人在跟你说话一般,头皮开始发麻,浑身鸡毛疙瘩都起来了。屋内几具尸体直挺挺地摆在那里,我走到了二号面前,心中不住祈祷,不好意思要侵犯你了,我承诺让你早日沉冤得雪! 之后我打开了盖尸布,尸体眼睛圆睁着告诉你什么叫做死不瞑目,眼内由于颅内出血的大量充血而发红,喉咙和鼻腔以及耳内都已塞入了棉团,嘴巴半张似乎有大量的事情要向你倾诉,一种怨念油然而生!这曾经也是一条活生生的生命,我感叹了下,赶紧提取了尸体的部分样本,迅速将尸布盖好。

我不记得自己是怎么出的门,但是就感觉有鬼追着你的脚步一般,我也不记得周边的人是怎么看我,唯一理智的大脑让我往人多的地方走去,之后到另外一个医生休息室将衣服脱了下来,混入人群走出了医院……

精神病院在城西的另一个地方,打车过去之后,天色已经发黑,医院早已关门,只剩下院门口两盏浅亮的灯焕发出幽光,跟鬼屋一样,我心想,这任务真不是人干的。仔细想来,从前门进去有些难度了,而我环视了下周围,都是高墙,上面都有一些铁丝圈,想这样进去似乎也很难。

一辆民用车呼啦地开到了医院门口,我似乎看到希望一般地背着值班室的方向,跑到了铁门门口。可笑的是铁门口的大爷把我当成了从车上下来的人,而车上的人把我当成了守门的人,大爷把门打开之后我就帮着推开铁门,堂而皇之地跟着这两辆民用车进到了大门内,又摇摇摆摆地走了进去。

车上下来了一群人,还有一个被绑住,强烈挣扎着不愿到医院里去,过了一会儿,医院里面跑出一个人给他强行打了一针,一会儿就没再挣脱了——我想难道这就是传说中的被神经病?! 希望不是。不过话说我也没有时间管那么多,我得找吴疯子! 希望他没死! 不过说回来,一个真疯子的话有几个人会去听呢?

从某些方面来说，这个失去人性的吴疯子已经如同牲畜一般，仅仅是被养着，这样也好，被杀可能性反而降低了……

我晃到了一个医生那里，说道："刚进来的那人放哪里了，我刚去厕所，没注意。"

"哦，这个我也不清楚，你问一下别人吧？"

我心想不清楚才好，于是又转口胡诌地问了句："听说要放重症那里，重症病人在哪个病区？"

"东南面那栋房子，不要随便进去，很危险！"

"好的，谢谢！"

重症区布满着摄像头和围栏，里面各种号叫声、如同野兽般的怪叫声以及突然的凄笑、恸哭，让人感觉到了人间地狱，吴疯子会在哪里呢？怎么提取他的东西，真让人崩溃啊！正在这个时候，我看到了一个"医生"走了过来，胸口的"实习"两个大字让我看到了希望，真是皇天不负有心人啊！

我径直地走了过去，对他说道："那个谁？过来下。"

他很认真地走到我面前："我姓郭，老师！"

"哦，对了，小郭，你知道吴艮洪在哪个房间吧?!"

"知道。"

"刚才他好像又犯病了，你去抽点15ml血样样本以及组织样本，10分钟后把样本给我，我急着用，我在这里等。"之后我将提取的器皿一并交给了他。

"哦，好的。"

"快点哈。"

"嗯。"

……十分钟后，小郭如同完成了一件超级大事一般回到我面前。

"不错，年轻人办事就是利落。"我不忘表扬他一通。

"谢谢老师，老师是哪个科室的来着，我怎么到这里没见过你啊？"

这个问题让我觉得还有些难以回答起来，但是实习生现在过来实习应该也不会有多长时间，我就乱答了句"我不是哪个室的，过来看看，你跟的是哪个老师？"

"熊启明老师。"

"哦，他做事还不错，好好跟着干，今年正考虑要招些新人进来呢。"

小郭听到显得格外高兴，我想他很可能把我当某个领导了，之后拍了拍他的肩膀就走了……

回到房间后，我将所接触的事情通过紧急电话与上级领导沟通了，上级要我近期内迅速将样本提供过去，另外可能会根据情况将任务提至A级任务，设立安全屋并派遣更高级特情人员接头，开展下一步的工作，同时要求我加快对湖矿内部机密的调查和收集，危及生命及健康时，视情况可随时放弃……

之后几日，我感觉郭华看我的眼神都有些异样，但我尽力保持一种平常状态，不久后我调查发现了湖矿公司的机密生产车间——那是我至今都还没能进去的一个地方！某日，我以翻找资料为由潜入郭总的办公室，正在这个时候，大门打开，顾芃走了进来。

“你在干什么，陆总助？”

“哦，帮郭总找些资料。”

顾芃轻轻地走到了我身边，对着我的耳旁温柔地说了两句让我今生从未如此恐惧的话：“告诉你两个事情，第一，以后披医生衣服不要穿女装；第二，去太平间的医生不会带听诊器，一般医生也不会去，特别是耳鼻喉科的医生……”

我惊讶地看着她，浑身开始打冷战，嘴里挤出了两个字：“你是?!”

第七章　遇

有些人我们一直在错过。

——张爱玲

“有些人一直没机会见，等有机会见了，却又犹豫了，相见不如不见……有些人很多机会相见的，却总找借口推脱，想见的时候已经没机会了……人生有时候，总是很讽刺，一转身可能就是一世。”

“说好永远的，不知怎么就散了。最后自己想来想去竟然也搞不清当初是什么原因分开彼此的。然后，你忽然醒悟，感情原来是这么脆弱的。经得起风雨，却经不起平凡；风雨同船，天晴便各自散了。也许只是赌气，也许只是因为小小的事。幻想着和好的甜蜜，或重逢时的拥抱，那个时候会是边流泪边捶打对方，还傻笑着。该是多美的画面。”

“没想到的是，一别竟是一辈子了……”

李婉晴将张爱玲的书轻轻合上，轻叹了一口气，人生总是如此。每每当你看到一些，想到一些，听到一些，记忆就如隐伏在你肉里的针刺一般，突然就那么又痛了起来……作为湖阳市检察院公诉处的副处长，以国家公诉人的身份在法庭上与被告人、辩护人激烈交锋、慷慨陈词，多次主办市里乃至省内重大案件，并成功将犯罪嫌疑人送入监狱甚至送上死刑台，行业内封她为“李无情”。

就这么一个硬气的甚至带些铁面的女人，却也有着似水甚至柔弱的一面。不知道为什么，心里又突然想起了黄昊，想起了那个面若桃花的时代，想起了那些无忧无虑的日子。婚姻果然是爱情的坟墓，婚后的生活很平淡，工作很烦琐又很无奈，每天在看守所、法庭、办公室三点一线枯燥地磨砺着她青春的时光；每天面对着犯罪嫌疑人、律师、法官，忙碌着的带着些肃默的脸，让人看不到她曾经的似水年华。只有间或地一笑，让人还能感觉到水一般的温情。

她没想到陆小勇就这么死了，更没想到他会死在湖阳市，多年没有联系的一个朋友，突然听到消息的时候竟然是个噩耗，明天就是遗体告别仪式，她又想起了张爱玲所说的话，“没想到的是，一别竟是一辈子了”，真是让人感慨万千，她唏嘘了一气，心想道希望他很好，很幸福，如果有一天，我们再见面的时候，我该怎么面对他呢？他明天会去殡仪馆吗？……

龙华律师事务所的熊安安此时正在看守所提审着一名犯罪嫌疑人。“叶天华吧？我们是你家里请的律师，我叫熊安安，旁边的是助理龙兵，你的案子已经移送起诉了，下一步就会移交法院，以我们从公诉那边复印过来的资料，你可够呛啊！”熊安安说话还是不带句号的。

叶天华缓缓地抬起了头，头发已经被剃光了，眼睛有些微微发红，他想起自己昔日的辉煌，那种高高在上的感觉，今天却落得如此凄惨境界。他任湖阳市土管局副局长时，多少老板供神般侍奉他啊，如今却在看守所与20多个犯罪嫌疑人一起挤住，天寒地冻的时候还睡在地板上，洗的是冷水澡，吃的是水上漂，还要做劳动，一切犹如噩梦一般……

“我在问你呢？你知不知道要坐多久牢？判多久刑？！”熊安安对叶天华半天没有吭气感到有些恼火。

“坐牢”“判刑”两个词犹如电击一般将叶天华从沉思中唤醒。“我不要坐牢！我不要判刑！”

“那你自己在检察院反贪局怎么说的？”熊安安看了一眼叶天华，言下之意已经不言而喻。其实律师行业，特别做刑事辩护律师，无外乎都希望对方少认罪，但又不敢去明示或者唆使对方翻供，当然也有少许胆大的为高额辩护费去铤而走险，甚至去伪造书证、虚构事实。

叶天华听懂了意思，默认地点了一下头。

“如果严格依法办理的话，你所犯的巨额财产来源不明罪以及受贿罪两罪并罚。根据法律条文，光受贿罪一项，受贿10万元以上就可以判处10年以上有期徒刑或者无期徒刑，可以并处没收财产；情节特别严重的，可以判处死刑，并处没收财产。”熊安安如数家囊地随口将法律条文讲述给叶天华听。

“10年？！”

“这是最低刑，而且你还有其他罪，数罪并罚的话，后果可想而知，哦，对了，现在《刑法修正案（八）》出来了，数罪并罚有期徒刑的最高刑可以到二十五年，也就是你即使服刑后减刑出来，起码也是十多年后的事情……”

熊安安的话,字字都如针般地扎到了叶天华心里,我已经五十五岁的人了,这个身体还能坐得了十多年甚至二十多年牢吗?! 想着自己的妻儿,自己的凄惨老年,叶天华用着近乎乞求的眼神看着熊安安。

熊安安为自己这种老把戏而感到有些高兴,这种把戏就如医生给你会诊一般,先是无限地将你的病情夸大和严重化,让你产生严重的依赖心理。对已经病急乱投医的犯罪嫌疑人及其家属而言,这样辩护费用高了,同时心理预期变化下辩护难度也降低了,甚至这已成为行业内的潜规则。不管最后怎么判刑,只要不是判处最高刑,家属都会有种成就感,似乎自己已经减轻了处罚,那么家属感觉就会更加良好。

"你现在对我,应该要无所保留,将你做的事情原原本本地对我说清楚,我才好提出更好的辩护意见,为你调取有利证据,听懂了吗?"

"听懂了。"叶天华犹如孩子一般的听话。复述着自己所供述的情况,熊安安不时地记录着并与所复印的笔录进行着比对……

"第一,我争取帮你取保候审;第二,你那些大笔的钱最好是不要弄出两个罪,单罪处罚对你这情况而言会轻一些;第三,你在这几笔受贿上自己想清楚,到底有没有;第四,记住,不要再乱说话,言多必失!"

熊安安这些话说得毫无漏洞但是又已经把意思暗示得淋漓尽致。她紧接着又说了几句:"我问你几个问题,你自己想一想,在资金来源上,你有没有'借'过别人的钱? 有没有和别人投资合伙? 还有我前面跟你所说的那几笔钱上,记忆有没有错误? 当然,我只是帮助你回忆下,你想到什么可以要求跟我们见面。"

叶天华被几句话暗示得豁然开朗,似乎看到了光明的未来,连忙点头。他又突然反问了一句:"我听说如果被刑讯逼供了的话,这些都不算数?"

"他们打你了?"

叶天华犹豫了一下,断断续续地说:"……嗯,也不是,就是没怎么让我睡觉。"

"哦,你先想想我前面的一些问题吧。"熊安安起身就和叶天华告别。因为她不想涉及一些敏感的问题,而且只要不是有充足证据能证明暴力取证的话,不从这个角度辩护其实对律师、对犯罪嫌疑人都是有好处的。

出看守所的时候,龙兵问着熊安安:"熊姐,怪不得反腐反不完啊,明明收了100多万元,你这样让他回忆,最后金额不是要减掉大半? 何况我觉得这些人只会多收少说,那犯罪成本不是很低啊?! 即使坐几年牢,在牢里一年也相当于收十多万元啊?！这些腐败分子怎么惩治得完?!”

“第一,这些都是他回忆,不是我帮他做什么,我们要以‘事实’为依据;第二,做律师的关键问题,你吃谁的饭?!”熊安安逐字逐句说道。

龙兵不敢吭声,嘟囔了句“吃谁的饭也不能昧着良心啊”。熊安安没再理他,只是心想,曾经刚毕业的时候,自己也是这么想的,公平正义,看到贪官就想一批批地全打死,没想到现在却削尖脑子帮助他们逃避惩处……

湖阳市中级人民法院是一个很肃穆的地方,刑庭女法官冷若樱刚开完庭,步入休息室,刚放下案卷,手机急促地响了起来,冷若樱心想,现在这些人打电话水平真是越来越高了,都会算到开完庭的时间了。“您好,冷若樱女士,你有一份传票……”冷若樱听到第一句话就开始觉得好笑,还有人用传票骗到法官头上来了,不过名字还真对得上,现在个人信息简直就没有什么隐私了。她回了一句:“是哪里的传票?”“湖阳市中级人民法院。”“案由?”“案……由?具体内容你打这个电话吧。”“我请问下,传票是传给原告人还是被告人?”“被告人。”“这是常识错误,传票是给被传唤人的,你再告诉我传票的字号?签发传票法官的姓名?”“嘟……嘟……嘟”对方似乎已经察觉到了对手比想象得要复杂许多,被冷若樱披头一阵质问后匆忙将电话挂断。冷若樱心想,现在的骗子真是一点业务素养都没有,当然她这样想也是有她的理由,她父亲就是该中院的副院长,最早一批高考并受过大学法学教育的刑事法学硕士,而她女承父业,16 岁就考入了 S 大政法学院,17 岁通过英语 4、6 级考试,18 岁获得保送 S 大政法学院研究生资格,然而她却选择了更高学府就读深造,19 岁考入中政大深造主攻刑法学,假如中国的骗子都有这种素养的话,那估计受害者无数了……

过了一会儿,手机备忘录响了起来,明天是陆小勇遗体告别仪式,她轻轻关上手机。她在 S 大班上的时候与这些人往来都不是很多,因为她是当时 S 大班上年纪最小的,但却有着独特的法学思维和出奇严谨的言行,而在外看来,这女人就如同怪物般不可理喻,不可接近,如她姓氏一般——冷,又被称为冷美人,与当时班上水系美女李婉晴,火系美女熊安安被合并称为“三杰”,共享班花名号……

静谧的午夜,杨军依旧辗转反侧难以入睡,次日就是小勇遗体告别仪式了,而越是这样,他越想起曾经的那些日子,小勇、黄昊、熊安安、姚启胜一个个的容貌浮现在自己的面前,似睡似醒之间,杨军回到了十多年前,黄昊的那个射手经典姿势又浮现出来,笑容似乎定格在了那个时代,突然小勇从旁边扑了上来,“救我啊!”杨军一身冷汗,从睡梦中惊醒。

“黄昊!那个人一定是黄昊!”杨军暗暗说道,他甚至想到了一句当年老师说的话:“你们啊,若干年后,很可能就是同学抓同学,抓给同学审啊!”当时是一阵哄堂大笑,现在看来,也并非没有可能。

此时的黄昊已在暗夜中回到了安全屋,目前看来,小勇在湖矿公司获取的信息、资料都格外重要,而放置的地点离他所住的安全屋并不是很远,明天还有很多事情要去做。就在这个时候,总部下达了新任务,这任务让黄昊觉得无厘头,甚至强烈反对,但任务下得更坚决。黄昊只能先把目前所获取的信息如实汇报之后,再去履行这次 A 级任务中的终极任务,而在之前,他想小勇的这最后一面,他还是应该去看看的……

与此同时忙碌着的还有另外一个安全屋,黑鹰接受着来自总部的任务,这个任务显得很艰巨、很艰难,但是又是不得不去面对的事情,完成最终任务已然成了最高指示,他也不得不面对着事后的种种非议和难以磨灭的内心斗争。明天,会是异常忙碌的一天!想到各种可能性,他拿起身边的电话开始准备……

秋日里一片萧瑟。湖阳市长安陵园,梧桐树上偶尔飘下几片枯叶,落在地面上,被行人皮鞋踩上去“枯拉”一声,似乎也成为这树叶最后的遗言和绝唱,即使曾经它是多么的辉煌、多么的耀眼,曾经又是多么接近着阳光。

黄昊在清晨趁人群都还没有到来的时候,就已先行到达,殡仪馆灵堂里显得格外冷静,唯有家属和周丽在那里忙碌着,对黄昊来说,小勇是他的兄弟,大学期间一起在战队中出生入死,所向披靡,没想到他会和自己一样去执行特情侦查的任务,更没想到他会在这次任务中遇难,而可笑的是他竟然还被当做凶手通缉!

凶手到底会是谁?黄昊想起了顾芃,顾芃应该不会至少暂时不会对小勇动手,否则也不会告诉小勇去医院已经暴露的秘密,这样给小勇提醒显然也暴露自己,但顾芃肯定知道很多东西!问题是小勇如何被湖矿看出了端倪?黄昊又想起了小勇侦查日记的最后一些章节,最后记录已经不长,证实着小勇人生最后的时光——

“我是谁并不重要,关键是你是谁?”顾芃眼睛一瞄,那种轻描淡写而又充满着质问的感觉让我开始对这个女人有新的认识。我极力保持平静,淡淡地说了一句“只希望我们井水不要犯河水”。

“偶尔犯一犯也不要紧”,说完顾芃用着她那特有的媚语跟我说这么一句,千百种诱惑油然而生,我不由浑身抖了一下,怎么会碰到这样一个奇怪的尤物?!不过我闪念之间想起了一个场景,我也回复了她一句:“你把我当狼犬吗?”

顾芃不由愣了一下,直觉告诉我那天去村里的人果然就是她!可惜的是她竟然连防犬喷雾剂都不带?!既然去调查村里的事情,那么有一点可以肯定——她不是郭艾平的人,有些出发点和我是一致的。

我看到她愣了一下之后接着追问了一句:“你到这里想要什么?”

美女没有正面回答我,只是又继续淡淡地说了句:“你呢?”

“跟去村里一样!”

美女眼睛一眨,轻声在我耳边说了一句:“这里不要待久了。”

我也早意识到这间房肯定有很多隐藏的摄像系统,因此对话也显得小心翼翼,只是淡淡地笑了下,随手找了几本资料就和她一起离开了。

之后我与顾芃的配合反而显得更加得心应手起来,我也曾多次暗示过她是否去过那个机密的生产厂房,她的答案却是让我充满疑惑,或许她不想告诉我更多的东西,或许她也根本不清楚里面更多的东西。直到有一次我看到了希望,切入点就在生产厂房监控录像指挥室主机,以及主机与内部监控摄像头的网络……

黄昊想到这些的时候,人已经不觉慢慢走到了小勇的冰棺旁边,小勇躺在那里很安详,似乎如睡着一般,但是当黄昊目光再仔细一看时,他目光停滞在了冰棺上!“怎么可能?!”

“花圈先放这边吧,放一起。”远远听到了周丽的声音,黄昊意识到这里不能久留,出于对兄弟的怀念,他拿出了大学时他们的战队队章,轻轻地扣在了旁边的花圈上。默默鞠躬之后,他从后门潜了出去……

外面来的不是别人,正是杨军!而跟他同时出来的,还有火爆美女律师熊安安。杨军一如既往地低着个头,总感觉他在沉思什么,而熊安安则依旧嘴巴没有停止过:

“老哥,我现在觉得人生真是太短暂了,趁年轻赶紧生儿育女,也算完成人生大事是吧?”

“嗯。”杨军爱理不理地答了句,还在沉思着他的问题。

“听说那个卢俊又被提拔了,现在是副县级后备干部了,跟坐火箭一样的……"熊安安的跳跃思维果然不是一般人类可以匹敌的。

"嗯。"

"嗯什么啊，听说今天很多同学会来，不知道那几个女人会来不？"

"嗯。"

"啊？！"杨军的表情突然大变。

熊安安使劲拍了一下杨军，"干什么，有这么恐怖吗？！"

杨军手指向了旁边的花圈，黄昊的队章在白色花圈挽联上显得格外耀眼。

"黄昊？！这小子多少年没出现了，都怪那个卢俊，在大学时把他卖了，所以你看看，好人命不长，祸害遗千年！小勇这么好的人走了，卢俊害人害得不浅，老早调正科级了，还有那个李无情，真是无情得很啊……"

杨军只想去质问黄昊，还没等熊安安说完，就往后门奔了出去。

"等我一下啊！"熊安安看着空空的灵堂，突然觉得浑身发寒，跟着杨军就往后门奔去。

出后门有三条路，笔直是奔往火化的地方，另外两旁则是走廊，杨军越来越觉得黄昊不可理喻了起来，为什么要暗示身份，为什么要躲，为什么又会牵扯到这件杀人案呢？正当他在疑惑时，旁边出现了个美女，穿着素雅的黑色女装，对着杨军问了一句："请问，卫生间怎么走啊？"

"哦，应该不在这边，你去那边问问吧？"杨军指着大门附近的方向。

"谢谢了，你是小勇的同学？"

"是的，你是？"

"我是他同事，我姓顾。"

"哦。"

"谢谢。"美女转身就往杨军指的方向走了过去，留给杨军最深印象的，就是美女那超有个性的"ω"下巴……

"喂，看美女眼直了？"熊安安追了上来。

杨军心想也做不了什么，没搭理熊安安，只是默默走向灵堂的正门，看能否帮小勇家属做点什么，熊安安似乎很不高兴，自己直接走向灵堂前的广场草坪。

参加追悼会的人渐渐多了起来，小勇家属、一些同事和同学也陆续来了。

同学中，过来的是三位美女：刑庭法官冷若樱，市检察院公诉处李婉晴、市看守所副所长罗紫曦，他们着装都显得有种统一的味道，都不知是否是有意而为。而罗紫曦远远看到熊安安后，打了一个招呼，熊安安走了过去。

“哎呀，安安，很久不见了。”罗紫曦说道。

“是哦，你好像又更漂亮了，看守所也这么养人？还是你经常到哪里保养？”安安问了句。

“你还真是别说，在看守所待久了真会崩溃，起码老十岁，特别是有你们这样的大状，你知道不？你上次提完那个叶，后来立马就翻供了，把检察院反贪局的人气的……”罗紫曦回了一句。

“有些律师就喜欢这样。”李婉晴插了一句。

“你们检察院自己证据抓不准、抠不细，还不准人家实事求是吗？真是李无情。”熊安安立马反驳回去。

“呵呵，熊诉棍……”李婉晴也顶了上去。

半天没吭声的冷若樱仰天叹了口气“唉”，似乎抱怨这种无趣的谈话和争论。

“好了好了，你们控辩双方一年到头在法庭上吵，没想到平时也这样啊？”罗紫曦看到话题越来越不合时宜，赶紧插话打圆场。

“对了，你们还记得黄昊吧？他也来了，不过没看到人。”熊安安也赶紧换了个话题，但是她自己刚说完就后悔了，想到李婉晴，心想这不没事找事嘛。

罗紫曦为熊安安这种神经刀式的转移话题差点晕倒，又赶紧插了句话：“安安，你那个亲爱的杨哥哥、杨所长呢？”

“跑前面帮忙去了。”熊安安似乎很享受这种问话，洋洋得意地回道，罗紫曦笑了一下，说道：“马上到灵堂了，我们开完追悼会到哪个咖啡厅坐下，聊会儿天吧？”

熊安安点了点头，不再说话。

李婉晴、冷若樱都“哦”了一句之后，没再吭声，与熊安安、罗紫曦一起走向小勇追悼会的灵堂。

“吱”的一声，几辆豪华车辆依次停靠了过来，参加追悼会的人纷纷回头看去。

“好像是湖矿的人过来了。”罗紫曦驻足对着其他几位美女说道。

“那不是卢俊吗？”熊安安说道。

卢俊可谓是熊安安他们班目前为止在政坛混得最好的一位，短短几年间，从S大政法学院保送研究生读完后，由一个支援乡村基层建设的普通公务员调入市招商局，在成功协助引进湖矿后，仕途一帆风顺，又调入市政府办担任办公室副主任，挂职一年后调入市发改委任副主任，已被称为湖阳市最年轻副县级后备干部。

与卢俊在一起的,是湖矿公司董事长郭华一行,只见卢俊与郭华二人一路谈天,显得格外投缘,卢俊在看到几位美女同学之后,跟郭华示意,然后先走了过去。

“各位美女好啊,好久不见了,高检还好吧?李处?”卢俊先询问着李婉晴,并伸手去握手。

“还好。”

“上次和他一起去钓鱼,都还说起过你呢,公诉处的杀手啊,呵呵。”

李婉晴笑了一下,没有应答,她对这种官方的嘘寒问暖觉得有些反感和恶心。

卢俊紧接着又跟罗紫曦握了下手:“王所最近怎么样?后面你去跟他打过麻将吧?”

罗紫曦笑着点了下头。

熊安安似乎对卢俊跳过她去和罗紫曦握手有些无语,但是也没说什么。而卢俊也没怎么表示,只是伸手与冷若樱握手:“冷大法官,加油啊!”

冷若樱淡淡地笑了一下,轻轻与卢俊握了一下手。

熊安安直了句:“你看吧,公务员互相握手都更快些。”

卢俊大笑:“怎么会呢,熊大律师可是大名远扬啊。”说完伸手去与熊安安握手。

到门口后,众人都开始凝重起来,弯腰去填写登记簿,并宽慰家属,而卢俊则显得格外的悲伤,双手紧握着小勇父亲的手:“叔叔,小勇的这次事故,是湖矿的重大损失,也是我们S大的重大损失……”熊安安等人则默默填完登记本之后走入灵堂。

杨军默默地帮着派发着白花,以前大学的一些同学也从外地赶了过来,远的甚至有上千公里,或许也只是为了能够见小勇最后一面。杨军思维则慢慢回到了大学时光,浑然没有察觉到周丽离开。

“队长,我们今天拿到区冠军了,奖金也有了,我觉得应该庆祝一下!”熊安安快人快语。

“今天打得真是惊险啊,我觉得真有出生入死的感觉!”

“嗯,这就是兄弟,我觉得古人兄弟情也就如此。”想到自己掩护杨军而死,黄昊动容地说道。

“对,要不我们今天拜把子吧?古人要歃血为盟的,想着就很有趣!”熊安安说道。

“拜你个头,让你杀只鸡估计你都不会!还歃血为盟。”杨军乐道。

“今天一定要做一件从小从来没有做过的事情,作为庆祝!”陆小勇说道。

“这个提议好,你们喝过白酒不?”杨军问道。

众人摇头。

“我也没有,今天我们就去喝白酒!”杨军将手高高举起。

“醉卧沙场君莫笑,古今征战几人回?有意思!爽快!”

众人纷纷响应,唯有熊安安稍作迟疑。

“那算了。”杨军有些扫兴。

“算什么算啊?!我怕把你们几个男人喝倒了,我扶谁走啊?!”熊安安见杨军有些不悦,立马显出女中豪杰的姿态来。

杨军对着黄昊问道:“要不要叫李婉晴?”

“算了,今天是我们队里聚会,何况我们今天都是旷课打比赛,不要叫她了。”黄昊答道。

接着几个如混混般的大学生躲在S大南路的一家无名小排档开始了人生的首次白酒之旅,众人兴趣盎然,讲着今天比赛的一幕幕,一会儿大笑,一会儿互骂,骂完又敬。酒过三巡,熊安安就哭了出来,众人纷纷停下酒杯,表示不解。

“怎么了?”杨军问道。

熊安安摇头不语……

“谁欺负你了?哥帮你报仇,拿炸弹塞他屁股!”黄昊说道。

熊安安把头抬起,整整头发,说了句让他们怎么都想不到的话:

“我做了二十年的乖乖女啊?!”

“哈哈……”众人大笑!

“一代绝色淑女形象就此毁于一旦!”

“哈哈……”众人又是大笑,陆小勇趴在桌子上笑得直不起来,而黄昊则不停地拍着桌子。

杨军强忍着笑,说了句:“我们不会对外讲的。”

“杨军!”熊安安用有些微红的眼看着杨军。

杨军有些疑惑地看着她。

“你要对我负责!”熊安安一字一句地说了出来。

队友一激动,刚喝到口里的汤都憋不住,直接就对着对面黄昊喷了过去,众人差点都笑昏死，又借这个理由敬起杨军和熊安安来，然而白酒似乎比鼠标要难对付得多，酒精的作用之下，众人都纷纷开始胡言乱语，酒气熏天……

“队长，我觉得今天一定要做一件从来没有做过的事情?!”小勇又提议了起来。

“又来了!”黄昊笑道。

“嗯，想做什么?”杨军反问道。

“我们吃霸王餐吧?!”熊安安显然显得最清醒。

“哈哈……”又是一阵大笑。

“我想打架，我平时看校保卫最不爽!”在酒精作用下，有人开始热血沸腾。

“你喝多了! 会被开除的。”杨军说道。

“那去干什么?”

“去找小姐怎么样? 听说反过来会给我们发红包的!”有人说道。

“找你个头。”熊安安一掌拍了过去。

“烟酒不分家，我没抽过烟，你们呢?!”黄昊问道。

众人都摇头。

“老板，拿包烟过来。”杨军叫了句。

“什么烟?”

“哪那么多问题啊? 婆婆妈妈的，随便!”杨军怒道。

老板被这个莫名的问题弄得找不到头脑，又不敢得罪这群明显看起来像酒疯子的学生们，心想:“现在的这些什么天之骄子啊?!”摇了摇头，故意拿了一包劲最大的生烟过去。

众人拿着烟，点上，持烟姿势各异，更显得有些搞笑起来，然而众人却显得格外认真起来，将这个事情视如祭祀一般。

“我先说，我希望我们战队续写辉煌!”杨军打头。

“我希望我们兄弟一生!”黄昊接着说道。

“有福同享，有难同当!”

“患难与共，同生共死!”

“为兄弟们两肋插刀，永无二心!”

熊安安又无语。

众人又看着她。

只听见她声音如蚊子般飘了出来。

“我希望今天的事情，你们打死都不能说出去!”然后双手将烟如香一般地奉上，唯唯诺诺。

“好，开抽！”杨军手一挥。

一阵云雾之后，咳嗽、喷嚏声音不绝，几人呛得眼泪直流，陆小勇更是连鼻涕都出来了，熊安安更是不停吐口水……之后众人又是一阵狂笑，而谁都没发觉到，李婉晴为了找寻黄昊，已经逛遍了整条S大南路，此时，正默默站在窗外看着这群人发着疯，最起码，他们是快乐的，是终身铭记的！但是心里又似乎有些不平起来，只是还有些担心，担心黄昊的身体，担心这群男人会疯到什么时候?!

正当杨军回忆过去的时候，周丽从旁边走了过来，鬼鬼祟祟地拉住杨军，附耳说了一通，杨军脸色大变！“你确定?!”周丽点点头，杨军心想，要出大事了！这时候，他的手机急促地响了起来……

时间回到一个半小时前，李耀再次被公安局副局长兼刑侦支队队长游德贵叫去，直接向政法委书记肖根生汇报工作。肖根生是一个从部队转业下来的老团级干部，到地方上从公安局副局长开始做起，雷厉风行，破过很多大要案，在政法战线上可以说是战果累累，也借此确定了他“一把手”的地位。军人作风的他，凡是打大仗硬仗都事必躬亲。

李耀不是第一次见肖根生，但以前都是跟随领导，没想到这次竟然直接汇报工作，这让他有些忐忑不安。不过还好跟着游队过去，对这种汇报工作的事情，游队会显得比他老道，因此稍微安下心来。

“游队，这次主要是汇报哪块的工作?”

“主要也就是‘11·20凤凰山杀人案’的进展情况，之前的大概情况都向肖书记汇报过，现在估计湖矿那边又给市委施加了压力，因此要求我们加快破案进度，你要有点心理准备。”游队说完之后，将头靠在了后排座椅上不再言语。

李耀看出游队不想多说，心里开始准备怎么回答肖书记的问题。

两人默默不语到了市委大院，到三楼后，看见肖书记房间没锁，他们也就在门边上敲了下，然后进了肖书记房间。

肖根生依旧穿得格外简朴，上身穿着旧式米黄外套，外套里是一件深褐色的棉毛衫，头发有些发白，戴着一副老花眼镜，端坐在旋转椅上，看到二人进来，开始起身向二人打招呼：

“小游和小李吧？坐、坐。”说完肖根生准备起身泡茶。

李耀一见，赶紧接了过去：“肖书记，我来，我来。”

房间不大,但是主人由于节省,空调也没有打开,冷得有些刺骨,于是李耀将大门关了上去。

沏茶坐好后,肖根生跟游德贵和李耀闲聊了下,接着肖根生停了一下,游德贵和李耀都知道他要开始讲正题了。

"你们也都知道湖矿公司在我们市的影响力吧,最近市委贾书记对这个案子也非常关注,多次跟我都谈起过这个事情,现在进展情况怎么样?"肖根生说完,眼神看了看游德贵。

游德贵不敢怠慢,又不敢直言,于是汇报案发后,花费了多少人力、物力,摸底排查了多少户多少人,连续作战了多少个昼夜等。

肖根生似乎一点都不想买游德贵的面子,直接插了一句:"疑犯找到没有?"

游德贵看了看李耀,然后对肖根生说:"具体案子都是我们李队经办的,案情他最清楚。"

"也就是说你不清楚?"肖根生似乎有些生气,转而向李耀问道:"你把进展说一下,我要听具体的。"

面对急切的眼神,李耀对着肖根生汇报道:"我们经过排查,基本锁定了犯罪嫌疑人的行踪,主要在以下几个地点出现过……我们还结合内线的消息得知最近犯罪嫌疑人将重新在湖阳市出现……"

正在李耀汇报具体案情的时候,一个急促的电话响了起来,李耀看了下电话号码,然后对肖根生说到可能是内线的消息。肖根生示意让李耀接听电话。

"嗯,是我,嗯,你看清楚了?现在在哪个位置?哦,我马上到!"李耀挂完电话之后对肖根生说道,"犯罪嫌疑人出现在郊区殡仪馆附近!"

"殡仪馆附近?嗯,现在冬天去的人少啊,高!"肖根生自言自语,之后对着游德贵和李耀说道,"对手很狡猾啊!你们要赶紧布置力量,务必要将犯罪嫌疑人抓获归案!记住,只许成功,不许失败!我等你们消息,有好消息后我亲自向贾书记为你们请功!"

"是!"游德贵和李耀不约而同地立正敬礼。

在离开的时候,游德贵似乎显得有些不太高兴,感觉李耀抢了风头,于是对着李耀问了句:"你找了线人我怎么不知道?!"李耀赶紧解释:"哦,刚通过各种关系搭上的线,还没来得及汇报。"

"以后有什么消息要先跟我汇报,何况线人使用这种方式你也要走组织程序啊?"

“嗯,我知道了。”

殡仪馆方面,周丽在不经意间看到了黄昊从殡仪馆匆匆离开,她想到上次这个人曾经以湖矿公司员工的身份到过她家,后来杨军来了,才知道这个人有重大嫌疑。想到这点,她赶到了杨军身边,将见到黄昊的事情偷偷地告诉给了杨军。“杨所,上次你说有重大嫌疑的到我家的那个人刚从这边离开了,还看到了你们刑侦支队上次到我家的几个警察跟了过去。”杨军脸色大变!“你确定?!”这时候,他手机急促地响了起来,来电的是李耀。

“李队?哦,好的,在哪些地方布控?这边有3个大道,有人跟进了?嗯,好,最好边让总部帮我们通过‘天网’跟踪监控,我们都不要开警车,嗯,嗯,好,我叫几个人到这边路口拦截,随时联系……”

杨军对着周丽及陆小勇家人点了下头,然后匆匆离开,空气都显得格外紧张起来!而在告别仪式进展的同时,顾芃站在某处,警惕地看着外围的变化……

几个女人按照之前的约定,来到附近的一家咖啡店聊起了天,丝毫没察觉到殡仪馆那边所发生的事情。或许是由于小勇的死,几人都稍显得有些沉默,然而有个人却是闲不住的,那就是火系美女熊安安。

“怎么都不说话了,难得可以聚一下呀?”熊安安开始挑起话题。

罗紫曦也应答了起来:“是哦,我上次到市中山路逛的时候看到播有款冬款的橘色大衣很漂亮,不知道你们看到过没?”

李婉晴似乎还在想着其他的事情,简单地回了句:“没。”

冷若樱似乎对这个话题不敏感,而且她骨子里一直都比较排斥着暖色系,想来也不想驳斥,毕竟仁者见仁的东西,于是依旧不声地喝着咖啡。

“其实浅咖色挺好看。”李婉晴突然插了句。

“太显老了吧,又土。”熊安安眼睛一瞪,似乎从来不想错过和李婉晴争论的机会。

“有些人是永远不会明白深层、高质的含义。”冷若樱似乎对熊安安这个“土”的话题有些敏感。

罗紫曦有点想笑,水火不容真是适合于这几个女人啊。她说道:“你们三个在一边辩论还是‘世纪之辩’的时候了吧?”

“哦,你说白杨院长组织的那次啊,现在回想起来,辩论水平那可不是一般的臭啊!”熊安安从来都是第一个接话。

“白杨院长还是组织过几次活动的,我印象最深的就是模拟法庭,没想到多年后，我们果然如模拟法庭一般，站在了控辩审三方。”李婉晴有感而发。

“而且一斗就是这么多年，哈哈。”熊安安笑道。

“但是辩论水平、专业性都今非昔比啊！”罗紫曦停了下，又说道：“可惜我没有进你们这几个行当。”

“干一行，厌一行。”冷若樱冷冷地说道。

冷若樱的话果然同一盆冷水一般扑面而来。

“有些时候真会这样，像我们天天面对的这些犯人，三天两头整点事，真让人不安生。”罗紫曦话题一接。

“说正事，还比得过我们大一的那群男生啊，一个个没啥墨水，天天就捣鼓，还一脸自负，哈哈。”熊安安又想起了一些细节，忍不住地批判了一句。

“我们第一次班级辩论，题目是大学要不要谈恋爱，男生观点要，女生观点不要，那次辩论就同菜市场众人在讨价还价一般，还称之为‘世纪之辩’。”李婉晴说道。

“最后直接演变成为人身攻击，具体化到个人，‘×××，那你四年就不要谈恋爱，全班见证哦！’”罗紫曦模仿着当年小蒋同学的腔调，说了起来，引得众人一阵大笑。

“论点泛滥、论证逻辑混乱，这个叫‘世纪之辩’会令人笑掉大牙。”冷若樱说道。

“那年正好是世纪末嘛。”罗紫曦释意道。

“我觉得那年和刘道貌、刘讲师的辩论才真正有意义！我们班上很多人才真正知耻而后勇。”冷若樱接着说了一句。

“哦，我想起来了。”罗紫曦恍然大悟。

1999年，S大政法学院邀请了国内某知名法学院讲师刘道貌过来授课，他当时在读法学博士，让这些刚入大学的学生们羡慕不已，各个端坐，洗耳恭听。或许是由于表达不当，或许是刘讲师觉得S大政法学院对自己接待不周，显不出自己的身价，刘道貌授课期间的一番话激怒了这些学生。

“我觉得，像你们这种学校，就不应开设法学课程，什么学校都开设法学，这是对法学的一种玷污！毕业后，充其量也只能培养一些蓝领，而培养不出具有独立思考意识的法学家！”刘讲师最后用手指点了点自己的头。

黄昊率先举手，刘讲师让他提问。

“刘讲师的意思是，怕以后你们学校毕业生找不到工作？”黄昊的一席话引来哄堂大笑。

卢俊、熊安安、罗紫曦、小蒋等人纷纷举手。卢俊被点名提问，而当时卢俊的口头表达能力相当有限。

“额，老师，哦，法的最高，嗯，价值就是正义和公平，每个人都可以，去学习，额，独立思考的意识。”卢俊显得有些紧张，想说得太多，卡得脖子都有些发红。

“这位同学，你想表达什么？”刘讲师笑了起来，而这个笑影响到了卢俊的一生。

小蒋语速很快，但是提问更显得有些无厘头，“额，老师，你学识很渊博，那请你讲述一下罪刑法定原则。”在小蒋当时心中，或者罪刑法定原则的内涵是最显得有理论功底的问题了。

“首先，这个问题与本次授课无关。其次，如果这个题目我要讲可以专门给你们上一个月。最后，最关键的，这个原则的由来，实质和形式的层面，我想现在讲你们都不一定听得懂。或者我刚才的话有些歧义，但是你们想一下，你们学校现在有多少人通过了司法考试，又有多少人能够在法学理论争议的时候写出自己的文章，提出有建设性的意见甚至是独领风骚呢？”

李婉晴举起了手。

“这位同学你回答我。”

“《法律的故事》大法官韦伯斯特回到母校说过一句话，让我深受感触，这句话是这样说的——‘这是一所小学校，但是有人爱着她’。”说完后，李婉晴缓缓地环视周围，众人为这句话都深觉震撼，续而掌声如雷，而黄昊也在这刻开始默默地关注起了这个平凡、显爱而又充满力量的女孩。

谁也难以料到，短短十二年之内，这个班级在工商政学方面会产生这么多的人才，政界学子遍及公检法司、工商税务、海关边防，学界产生了数名博士、三十余名硕士，商界已产生数名亿万富翁，而这一切还刚刚开始……

另一方面，黄昊急行在通往市区的道路上，一种愈加不祥的预感涌了上来，他不由自主地放慢了脚步。前方的市区对他来说似乎有种地狱的感觉，两旁的绿化带也如同张嘴的巨兽，巨兽的舌头蔓延着，伸向遥遥不可知的远方，而脚下的路似乎也充满着吸力，让他不由自主地还向前进着，他决然驻足然后回首观望。秋色萧萧，后面一个人也没有，但是越是这种寂静反而让人觉得可怕，黄昊也不禁打了个哆嗦，没有风怎么会打哆嗦呢？多久没有过这种感觉了？杀气！

有杀气！

正当黄昊驻足继续回望的时候，远远地开来了两辆车，一辆黑色的大众，但是看不清什么系列；另一辆银白色由于更远，看不清是什么车子，车型看起来有点像普桑。黄昊心想，这并不是什么好消息，大众的车型是行政机关最喜欢使用的，而中低档的轿车、越野车往往又充斥于公检法机关，这个时候有几个行政机关的人会开车到陵园来呢？黄昊边想着边低头向前方走去，前方不远处正好有一个公交站台，或者对他来说，这是一个不错的隐蔽点。

当黄昊到达公交站台的时候，他回头翘首，貌似在等公交车，实际上却在观察着两辆驶来的汽车，后面一辆银白色的车突然放慢了速度，缓缓地靠向了旁边，而前面一辆黑色的帕萨特轿车径直开了过来，透过玻璃，黄昊看到了一个熟悉的身影——卢俊！

卢俊是他大学同学，两人也算是朋友，但是也就因为他，因为他的自私和背叛，黄昊才被学校开除，这让黄昊想起了一些往事：

卢俊是一个来自农村的孩子，他刚到大学时，沉默、内向，好学而肯吃苦，有心计懂投其所好，知道什么是老师所喜欢的，他在大学所做的一切都沿着老师或者大众的正确路线走着——刻苦拿奖学金、拉拢关系当班干、挤破头入学生会、表现优秀争入党、千方百计去保研，而他的直性、他的努力、聪慧和投机，让他也获得了各方的肯定。他鄙夷着类似黄昊这种游手好闲的人，但是又无时不在内心又羡慕着那种随性的生活，可是他觉得自己有更重要的事情要做，只是没人知道他在追求什么，或许对卢俊来说，说出来的理想，它就变得一文不值！

自从卢俊向刘道貌提问结结巴巴被大家哄笑之后，同学们发现他经常早起，一个人去操场练习朗诵，而无疑，黄昊也认为卢俊是一个很有毅力的人，假如不是那么无趣的话，可以做一个很不错的朋友。一次偶然的机会，这两条貌似平行的线条交叉了，而这件事也最终导致了黄昊被S大开除！

大三的某日，黄昊在食堂看见了卢俊，卢俊从玻璃罐了里夹着腌菜吃饭，而眼睛却有些发红。黄昊走了过去跟他打了个招呼，“卢俊，没事吧？”

“没事，菜有点辣，呛到了。”

“你没买菜？”

“嗯，这个挺好吃的。”

“我去买点，反正我还没吃。”

“不用了。”

黄昊也没有动身,他知道卢俊看这个看得很重,卢俊不喜欢接受施舍,即使是善意的,黄昊于是在卢俊的对面坐了下来,他隐约感觉到卢俊的难处,于是偷偷地跟卢俊说了下:“对了,我这里有一个事情,不知道你感不感兴趣?”

“家教?”卢俊知道黄昊似乎有着天生的商业嗅觉,做家教、收中介费等对他来说似乎手到擒来,总能靠“外快”弄到不少的零花钱。

“不是,钱更多,也不会花那么多时间,不会耽误你学业。”黄昊见状,心想估计前面的分析应该还是对的,他想如果可能的话帮一下卢俊或许也不错。

“什么事?”

“自考代考,一门500元,这段时间有4门,2000元。”黄昊说道。现在不知如何,但是当时自考代考遍布着整个校园,难度不大,风险一般,收益却是颇丰,2000元对于当时的一个大学生那是一大笔费用,甚至超过当时一年的奖助学金,也胜过半年的家教费。

黄昊转而又说了句:“这个你自己考虑,如果想去就跟我说下,我不收你的中介费,不想去也没什么。”

“去!”卢俊打定了主意,转而脸上露出了一丝笑容。

“回寝室我把他电话给你,前面我跟他谈了一下,考前给你70%的费用,通过后全部付清,另外整个考试有14个科目,这两年如果考得顺利,收入还是很不错的。”

“嗯、嗯,你真行,谢谢哈。”

“不客气,我先去吃饭了,等下我给你电话。”

一切都很顺利地进行,在第三场的时候却发生了意外!

“卢俊因为代考被抓了!”在学生会工作的李婉晴将这个消息转告给黄昊时,黄昊感觉这像晴天霹雳,本来好意却成了祸水。“怎么办?代考可是我介绍给他的!”黄昊对李婉晴说道。

“你应该没什么关系的,关键是他,现在学校学工处在处理这个事情。”李婉晴说道。

黄昊还是觉得有些内疚,他问道:“我有什么可以帮到他的么?”

“我帮你到学工处找何处长说说情。”李婉晴说道。

“必要的时候,我们送点礼也可以,都搞成这样了。”黄昊接着说,一会又开始自言自语,“怎么可能被抓?”

“听说是他做题目太快,让监考老师有点怀疑,然后他交卷又太提前了,就直接问他身份，结果身份证号码没答出来，就暴露了。”李婉晴回答道。

“真是无语，枪手最忌怕的就是太过张扬，这都不知道，身份证号码是必须背出来的呀！”黄昊觉得这个错误犯得有些不可理喻。

“哪像你呀，老枪手。”李婉晴戏谑道。

“啧啧啧啧，这样说话也不负责任，还不是为了给你买那些礼物啊？”黄昊笑道。

“滚——”

“记得去学工处打听下这个事情，一定要办好，要不然真对不起人家。”黄昊最后还是很郑重地交代了下。

然而事情却随之发生了惊天的变化！校党委决定狠刹学校代考风气，学工处对卢俊提出了两个选择：(1)开除；(2)交代代考后面的组织分子。当然，卢俊心里清楚，黄昊并不是一个什么专门的组织人员，他也知道，这些代考都是零散游击队，各人接到凭得是各自的本事。但是对于卢俊来说，他的学业是何等的来之不易，而且本来他可以获得学校的保研资格，他的预备党员转正事宜也会因此大受影响。卢俊输不起，他做了一个影响了黄昊一生的选择——让黄昊成为学校代考专门组织者！

转而，卢俊仅受了一个警告，事后很顺利地获得了保研资格，一切都变得很顺利……

而黄昊，事后被政法学院谈话，之后到学工处谈话，最后经过校党委决定——开除！

人生有时候就是如此，一念之间，如同天堂地狱。

李婉晴并不清楚黄昊是如何被政法学院领导谈话的，也不知道最后在校党委领导面前是如何谈话的。但是她通过学工处何处长得知了一些，她无法理解黄昊为何在学工处会去承认他是学校代考的组织者！事后，黄昊说的是：“我不想因为自己的错误，开除卢俊，我不愿肩负不义，仅此而已。”

而李婉晴为此与黄昊争论了很长时间，她认为这种所谓的个人英雄主义极度的愚昧，但是事已发生，一切都如风消逝……

黄昊在想着这个问题的时候，卢俊车子如风般地擦了过去，扬起一阵尘土和几片落叶，而对黄昊来说，飘去的，不仅仅是这些，还有着他的学业、他曾经的梦想、他所爱的李婉晴……

然而，太多的感慨让他忽略了后面那辆车，不知什么时候从车上下来了几个人,朝他的方向走来,车子也在慢慢迫近;太多的感慨让他丧失掉了天生赋予他的警觉,危险已然紧逼。

“动手!”远处的李耀下达了命令。

黄昊注意到几个人朝他走来的时候已经晚了,白色车子开了过来,“嘎吱”一声停在了黄昊旁边,几个走过来的人突然行动,将黄昊扑倒在地。

“别动!”几个人喝道。

“干什么?!”黄昊问道。

“你是赵羽吗?”其中一个人问道。

“是。”黄昊应了声。

“我们是湖阳市刑侦大队的,你涉嫌故意杀人,现在跟我们走一趟。”

还没等黄昊再应答,一双手铐“咔”的一声将他反铐了起来。

“我怎么知道你们是不是刑侦队的?你们凭什么抓人?”黄昊还想做最后的挣扎。

“到了你就知道了,嚷什么嚷?!”

黄昊其实心里也已然确认,也就没有再吭声。

“李队,人已经抓到了。”其中一个人汇报道。

“吱”的一声,杨军的车也开了过来。杨军跳下车,对着车上的人问道:“怎么样?”

“喏,在这里。”副驾驶室的人努了下嘴。

杨军、黄昊一照面,愣了一下。杨军喝了一句:“你小子让我找的好辛苦啊!”

黄昊“嘿嘿”一笑,似乎也有些解脱。

“有什么‘遗愿’吧?”杨军问道。

“给我支烟抽抽吧?”黄昊为遗愿这个词觉得好笑。

副驾驶室的人递了根烟过来,嘴里嘟囔:“事这么多!”

黄昊深抽了一口,呛得眼泪鼻涕都流了出来。

“不会抽还抽,真是!”副驾驶室的人吼了句。

黄昊淡然一笑,泪水中,他依稀回想到了当年大学时代第一次抽烟时候的狼狈;泪水中,有着这些兄弟姐妹们的笑脸;泪水中,也有着这些年孤独的感慨。

杨军有些自控不住,转身说了句:“带走!”

第八章　审　讯

认为桌子一拍、怒目一瞪或者是某个证据一亮，被审讯人就会如实交代自己的犯罪事实，这无疑是对审讯的误读。真正的审讯是审讯人与被审讯人围绕关键证据互相猜测、相互攻击、相互欺骗甚至制造陷阱的心理战。

近冬的天气已经骤凉，凛冽的北风持着它特有的寒气和霸气，随意地肆虐着地上的渺小臣民们。铅色的浓云这个时候也凑起了热闹，掩盖掉了西北角天空中最后一丝的光芒，小雨伴随小雪啪啪地砸了下去，树上仅剩的一些秋叶也在凛冽的寒风和雨雪的侵袭下摇曳，最终不屈的飘落大地，证实它们最后的尊严。

李小凡是去年招录的刑侦干警，从公安大学硕士毕业后，选择到湖阳这个城市成为一名公安巡警，现实中的工作与原来在大学期间所期待的似乎截然相反，与自己所看的警匪电视片更是天壤之别。群众的工作显得比想象中要难做得多，各种烦琐的事情让她应接不暇，总觉得有接不完的警，而很多次到现场去又哭笑不得。有时候是邻里纠纷，双方对峙大打出手，劝架两边不讨好；有时候是去抓办假证的，这边刚控制住，那边又报了警；有时候是突然接警，赶到现场去抓窃贼，在搏斗和追打中弄得身上留下了伤疤；有人报警房门打不开；有人报警小孩走丢；有时候是对面打麻将太吵；有时候是自行车丢了；有路人晕倒在地；还有的报警说自己怀疑被跟踪，有人要杀他；时不时的“清网行动”、“蓝盾行动”要对社区人口进行排查，等等。事情细小，但任何一件处理不当都有可能引起当事人的反感。而即使处理得当也不代表自己不会被委屈，不会被投诉，甚至还要承受各种辱骂和恐吓。她经常在想，这是不是她原来所追求的正义？她入公安大学时梦想着就是有一天能够抓到超级坏人，打掉一个个的黑社会组织，然后披红戴彩被称为英雄、女侠……

而这一切,在烦琐的现实面前,都变得犹如浮云般缥缈,生命中梦想就和被放飞的气球一般,随着时间的推移,越来越小,竟然慢慢不见,也被自己所遗忘。所幸上级领导看到她思想上的波动,上周发文将她调动到刑侦支队二大队成为一名刑侦队员,而这对李小凡来说,与她所梦想的英雄越来越近,她忍不住心中的喜悦,但是在喜悦之余,她也有着一丝恐惧。此刻,她站在刑侦支队大楼窗户边,看着窗外那些被寒风和雨雪所肆虐的花草。

“小凡,在看什么?”刑侦支队原办公室主任老钱端了一杯茶水走了过来,对着李小凡和蔼地问道。

“哦,没什么。”

“这阵风很大,可能过不久要下雪了啊,进屋吧,别冷了。”说完将手上的茶杯递给了李小凡。

“谢谢。”李小凡走进了办公室,可能是刚从匆忙的日程中过来,她忍不住地问了下老钱,“钱主任,最近有大案子吗?”她也知道,老钱已经退休,由于办案经验丰富返聘回刑侦部门,对各种案件信息他应该是了如指掌。

老钱很神秘地对李小凡说道:“嗯,你知道最近的凤凰山杀人案吗?刚听说凶手抓到了,想不想一起参与审讯?”

李小凡听到之后,内心一阵狂喜,心想总算可以正式参与刑事案件的侦查工作了!

“不过你作为一个新手,如果要参与审讯的话,你要事先征得我们姚队的同意。另外由于这次审讯的是个男的,我怕你到现场不一定震得住哦?”老钱故意说道。

“哈,不就是个男的吗?又不是没打过?”李小凡大声回道。

“呵呵,果然有巾帼英雄的味道啊,哈,我还怕你会因为这个左犹豫右犹豫呢,这样,你去跟姚队说下,你就跟班看,如果你怕的话就到楼上的审讯指挥中心看,没事的时候我帮你讲解,你要趁这个机会多学些东西!”

“嗯,我马上就跟姚队说去,嘿嘿,谢谢钱主任。”李小凡转身就想往姚队办公室跑去。

“别走这么快嘛!过来!过来!”钱主任招了招手。

“干什么?这么神神秘秘的?”李小凡不解地返了回来。

“现在凶手被抓这个消息还不能对外讲,你也别当自己知道,知道怎么和姚队说了吗?”钱主任赶紧交代。

“哦，知道了。”李小凡点了点头，刚想往姚队办公室走，突然想到凶手被抓的消息我不能说，那我和姚队怎么说我要参与案件审讯呢？刚想到这个问题，转身看钱主任，早就到办公室里面去了，对着她就是一个眨眼。

李小凡点了点头，心里却早活动开了，打定主意之后，她走向姚队办公室。

“报告！”李小凡走了进去。

姚队这个时候正看着自己的手机，听见小凡报告进来后，连忙摆手说道：“是小凡啊，哎呀，内部不要这么客气，又不是拍电影。”

李小凡并不吭声，默默地坐了下来。

姚队赶紧问了上去：“到刑侦队来还习惯吧？！”

李小凡如受委屈地摇了摇头。

“有什么问题？”

李小凡还是摇了摇头。

“有问题可以向组织反映嘛！”姚队心想这姑娘可能是不习惯。

李小凡开始瘪起个嘴巴，似乎受了巨大的委屈。

“哎呀，我跟你说啊，刑侦支队就像个大家庭一样，有话要说的，憋在那里不像样啊，你看你现在跟个小媳妇样的。”

姚队说道小媳妇，让李小凡忍不住笑了一下，然后说道：“姚队，你也看出我跟宅女一样？”

“宅女？”姚队有些不解地问道。

“是啊，天天宅在队里，跟个残疾人一样的。”

“哈哈哈，不安排了你跟班做法制和日常行政吗？”

“我更想在刑侦方面锻炼一下自己的业务水准，最近有案子吗？”

“盗窃的还是抢劫的？”姚队边说的时候，又一条短信到了他手机上，他低头看了下，故意问着李小凡其他的案件。

“有没有杀人的？”李小凡忍不住问道。

“你是不是听到什么风声了？”姚队突然直起身子，像预感到了什么问题一样。

“啊？没有！”李小凡想到了钱主任的嘱托，赶紧否认。

“你跟我说没关系的，我可以看情况安排。”姚队笑着说道。

“呵呵，姚队果然好眼光啊。”

“那就是说你真听到风声了咯？可以告诉我是谁告诉你消息的吗？”姚队继

续笑着对李小凡说道。

李小凡开始认识到自己说错了，想着是否应该将是钱主任告诉她这个事情说出去。

看到李小凡停顿之后，姚队突然严肃了起来，说道："看样子你肯定是知道一些消息了，但是对于我们刑侦队而言，保密是非常重要的业务素养，所以我有必要知道是谁告诉你消息的。"

"这个……真的没有。"李小凡意识到了问题的严重性，语言都变得有些支吾了起来。

姚队继续拿着手机，漫不经心地回复着信息，一方面还间或地看一眼李小凡，似乎还在等待着李小凡的交代。

"我不会对外说的，我只想知道一些事情。"姚队打消着李小凡的顾虑。

李小凡感觉自己做错了很大的一件事情一般，低着头不说话了。

"是李队吗？"姚队继续追问。

李小凡赶紧说道："不是。"

"那是钱主任？"

李小凡愣了一下，然后回答道："不是。"

姚队突然笑了起来，然后对李小凡说道："好了，不说就算了，下不为例。你想参与最近一件大案的审讯吗？正好可以学习一下。"

李小凡感觉姚队这些问题犹如抽丝剥茧一般，逼问得她感觉毫无退路，所幸姚队最后 180 度大转弯，没有继续问下去。

李小凡赶紧点了点头，不敢多说一句话。

姚队看着手机，低声笑了下，回复着短信，接着对李小凡摆了摆手，说道："好吧，你回办公室等我电话。"说完又翻出了手机，手机上面赫然列着与钱主任所发的往来短信：

"姚队，刚透了点口风给小丫头，我让她来申请参与，你见机看看，小丫头有没有办案潜质。"

"嗯，她来了。"

"怎么样？"

"会用情感，脑子好使，气场不足。"

"口风怎么样？试了没？"

"还行，不过间接交代了，总体不错。"

李小凡已经走下楼去,她想着她第一次接触的犯罪嫌疑人会是什么样子呢?满面凶光、络腮胡?卑微龌龊,眼睛贼转?她想着这些,不由地走到了大厅门口。她根本就未意识到,她刚刚已经通过了刑侦支队内部侦查与反欺骗资质能力的测试,这为她成为一名真正意义上的刑警奠定了第一步。

就在这个时候,刑侦楼外几辆汽车戛然而止,几名警察全副武装地围了上去,其中一辆车上押下来一个人,匆匆走入大厅一楼左侧的审讯室。李小凡忍不住地定睛一看,与押下来的人打了个照面,不打照面不要紧,李小凡仔细一看之后,心里咯噔了一下,这个人怎么长得这么像黄昊哥?!

黄昊被带入审讯室,他环顾四周,四周都是单一的白墙,中间铁栅栏分隔成了两个空间:里面一张特别的椅子摆放在中央,和宝宝椅很像,前面像写字板,不同的是上面有两个把手,毫无疑问,这里可将人双手拷进去。凳子下方伸出两个触角来,前头是圆圆的,看起来是可以铐脚的样子。而外面的空间也很简单,就是一张桌子,旁边有几个电线插座。周围并没有看到有如香港电影一般的透视镜,只是墙上有两个带云台的摄像头,这表示着自己的一举一动都被严格地监视了起来。

"看什么看啊?!"将黄昊押解进来的胖警官对着黄昊说,接着一把将黄昊关进了那张特别的椅子,然后"咔"的一声将黄昊锁在了椅子里面。

"给我老实一点!现在问你几个问题,听到了吧?"同时进来的另一个高瘦警官说道。

"警官,我真不知道你们找我过来干什么啊!"黄昊一脸的苦笑。

"我让你回答问题!叫什么名字?"

"赵羽。"

"出生年月?"

……

而十分钟前,李小凡刚回到办公室时,电话响了起来,是姚队。

"小凡,到三楼指挥室来下,另外,这是个专案,原则上你不能介入,但是个锻炼的好机会,就允许你参与,但绝对要记得保密。"

李小凡按照所接到的通知,走到了楼上的指挥室。同在指挥室的还有姚队和钱主任。"小凡啊,你觉得这个审讯和你想象的有什么不同吗?"钱主任标志性地点燃了一支香烟,吞云吐雾地问道。

“我想象中的，首先是香港电视剧和美剧大片，并告诉他‘米兰达规则’。”

“米兰达规则?”钱主任似乎没听过这个词。

“就是你有权保持沉默，但你说的每一句话将会作为呈堂证供。”

“哦，就是这个啊，在中国是没有沉默权的。相反，法律规定，每个人都有作证的义务。”

“但是也不能让人自证其罪啊?”

“我们并没有让他自证其罪，只是通过审讯，了解犯罪嫌疑人的相关情况，只是到最后，犯罪嫌疑人的破绽都会显现出来。这与自证其罪是不同的。”回答这个问题的是杨军。

“杨军你过来了?”姚队说道。

“嗯，我先过来了解下情况。”杨军回道。

“姚队，这美女和帅哥是?”门口进来一个人问道。

“哦，这位是李小凡，刚从巡警调过来，这位是长胜派出所副所长杨军，专案组成员，这是武哲，审讯专家，我们叫他博士。”姚队介绍道。

三人互相点头致敬。

“博士，在你心目中的审讯是什么呢?”李小凡借机问道。

“审讯是一场没有硝烟的战争，双方在心理上、体力上、毅力上的博弈，败者无以复加，凄美而残忍；但是审讯又是一次阅读，每个犯罪嫌疑人坐在你对面时，就同一本处处加密的书，等待你的洞察和破解。如果你仔细阅读，你会看到每个犯罪嫌疑人心路历程和他独特的成长轨迹。”武哲咽了口茶水，长长地说道。

李小凡感觉看到了理论型的学者，有了共同的话语，把前面沉默权的问题又提及起来：“我们国家没有沉默权是不是很落伍?!”

武哲没有直接回答。

“额，假如你是一个学者的话，你可以这么说。假如你是一个一线公检法工作人员的话，你肯定不会这么说。因为司法实际的基础就是如此，何况乎治安现状和司法成本。”杨军说道，看到李小凡有些不服气，杨军又接着说道：“你想象一下，每一个犯罪嫌疑人，都对你沉默，然后你手头证据不足，犯罪嫌疑人出去以后更加肆无忌惮，这个社会会怎么样?”

“那我们把口供地位也放太高了吧?”

“口供是证据之王啊，但是任何一个案子都不会只拿口供去起诉，相反通过口供获取更多的证据材料，是目前办案的一种方式。虽然听起来很落伍，但是的确行之有效,因为中国是不存在‘毒树之果’的。”

“只能如此?”

“任何进步都有它的规律和轨迹。”

“米兰达规则可是1963年就确立了的啊。”李小凡有些不甘。

“可到了21世纪,欧美国家还在虐囚,你看过那些相片吗?!”杨军反问了一句。

“每个人都想成为一名厨师,想做出色香味俱全的美餐。然而当有限的材料摆在那里的时候,我们首先要做的,是营业。”武哲这时候才淡淡地说了句。

“你说的是法的应然和实然?”李小凡问道。

“惩治犯罪和保障人权有时如跷跷板的两头,法律则在两者之间进行艰难的抉择。”武哲说道。

“保障人权有时是一面很美丽的玻璃,放在哪里都光彩照人。然而,如果你接触多了犯罪嫌疑人之后,你就会发现,我们不得不通过不美的方式去守护美。”杨军也开始咬文嚼字起来。

“博士,这么多年审讯,你有什么心得么?”李小凡问道。

“看山非山,看山是山,看山非山。”武哲说道。

“晕倒,什么意思?”李小凡绕晕了头。

“原来我以为被审讯的人都没有犯罪,因为傻;之后我以为被审讯的都犯罪了,因为专;最后我觉得被审讯的人都没有罪,因为悟。”武哲回答道。

杨军也插话进来:“宋代禅宗大师青原行思提出参禅的三重境界:参禅之初,看山是山,看水是水;禅有悟时,看山不是山,看水不是水;禅中彻悟,看山仍然是山,看水仍然是水。这个也有异曲同工之妙啊!”

“几个学究有完没完?”姚队实在受不了这群酸子们了。

“好,噶系(湖阳话,开始)。”武哲犹如换了个人一般。

此刻同时,乂华集团公司董事长郭艾平正在湖阳市第十三届企业家座谈会上讲话:“……去年我们湖矿公司创造税收6.5亿元,但是我们知道这些只是企业发展的一小步。因为我们知道企业的责任,不仅仅是对于利润的创造,还在于对社会的回报,我集团公司下属湖矿公司投资至今,为湖阳提供了数千计的岗位,为当地教育、扶贫等慈善事业捐赠了三百余万元。同时我们集团公司按照我们湖阳市政府的绿色崛起的目标和要求,先后投资一千多万元进行植树育苗、企业工业园绿化工程,如今湖矿公司绿化率近40%……有人诬陷我们企业说污染，但是正如我们贾书记所说过的，稍微有点常识的都知道水晶是稳定性极强的矿物，我们集团公司还引进了韩国先进的污染监督系统进行全方面的监控，污染何来？我想，这些谣言都不能成为影响我们企业与湖阳政府携手共进、为民谋利的决心。我相信，辉煌会属于湖阳人民，绿色会属于湖阳人民，企业发展成果会属于湖阳人民……”

在如雷的掌声中他缓缓走下报告台，下来时有意无意地看了一眼主席台上的贾书记，而贾书记也似乎心领神会地点了点头……正当郭艾平坐下的时候，手机收到短信：“漏鼠已捕。”郭艾平有些掩盖不住自己的喜悦，急速地回了短信：“知，尽快处理，省得夜长梦多。”然后又想了想，似乎想起还有特别要交代的事情，但是市委书记主持召开会议，他没有妄动。

会后，郭艾平回到车上，拿出专线电话拨出了一串号码。

“刚才在开会，现在人怎么样？”

“刚进来，还在等审讯。”

“你知道怎么做吧？”

“嗯。”

“材料泄露方面我还需要确认。”

“哦。”

“我们那个监控系统你明天就过去接手，不能再出问题！”

“明白了。”

“能不到法庭阶段最好，省得夜长梦多。”

“这个有点风险。”

“你们领导那里我去了下，我看好你这次在局内的提拔噢。”

“谢谢郭总。”

湖阳市刑侦支队指挥室，队长游德贵在那里踱着步子，“咦，李耀小子怎么到现在还没到？”说完刚拿起手机，门口就传来李耀的声音，“来了来了，游队，路上出了点状况，不好意思”。

“你看，就差你了。现在都到齐了，我们就到旁边会议室，通报下案情和审讯情况。小凡，到楼下审讯室把他们两个审讯人员叫上来，你叫旁边小李先下去一起顶一下，开完会他们就下来。”

“好的。”李小凡到隔壁叫了人一起下去。

李小凡到一楼后，推开了那扇她认为无比神秘的审讯大门，“陈警官、胡警官，游队叫你们上去一下”。两位警官心领神会，交换了下眼神就出门了。

黄昊看到李小凡之后，心下一惊，这个不会是“小贩子”——李小凡吧？长这么大了，怎么会有这么神似的人？但是不管如何，即使是她本人，在这个场合，也不能与她相认。

而李小凡这次更有机会短距离看着黄昊，心里也是犹如倒了五味瓶，也不知是啥滋味，她想到这是审讯室，理性终归还是战胜了感性。她端坐在审讯桌前，假装认真地看着审讯记录上的基本情况。

时间一分一秒在沉默中流逝。

黄昊首先打破僵局：“没想到这么简陋的审讯室还可以看到美女警官，哈哈。”

李小凡没有作答，毕竟这种场面她并没有见过，但是作为警务人员与犯罪分子的交锋，她知道，不能被动，更不能失去气势，她还没说话，倒是旁边的小李更有经验：“笑什么笑，这里是你来笑的地方啊?!”李小凡心想，果然，倘若自己和小女孩一样扭扭捏捏，那更会助长犯罪嫌疑人的嚣张气焰，让审讯第一阶段建立的心理优势荡然无存，影响到后续的审讯工作。

“那两位警官总要告诉我你们找我干什么吧？凭什么把我铐在这里?”这个问题显得很尖锐，又让李小凡觉得无从回答，而小李对案情也不熟悉，想想也懒得吭声，否则说错了或者说漏了，还不知道会产生什么后果。

“总得给我个说法吧？怎么能随便就把一个守法公民关在这里?!”黄昊继续追问道，他其实有时候也觉得自己有些过于残忍，但是他又忍不住想考考这个美女的应变能力。

“把你关在这里总有事要问的。”好不容易李小凡答出了这句话。

“那有问题你们就问我啊？我积极配合啊，铐着我是什么意思，我是杀人放火了还是怎么着了？你们凭什么铐我，你们有没有法律程序?”黄昊毫不客气地追问了下去。

“你吵什么吵，闭嘴!”小李站了起来，手指着黄昊。

“你们又有问题要问我，又让我闭嘴，又平白无故地关着我?!”黄昊毫无畏惧，继续顶牛，一边认真地看着李小凡。

李小凡开始意识到审讯并不是一件简单的事情，主动与被动，审讯技巧与策略，对犯罪嫌疑人的洞察力自己样样都显得不足。她甚至都没有勇气抬头去与黄昊对视，半晌，她蹦出了几个字：“该问你的时候会问你的，你现在别吵。”声音不大,这几个字对黄昊来说根本就不存在震慑力,黄昊内心决定恶作剧到底,同时最后验证这位警官是不是自己小时候的跟屁虫——“小贩子”李小凡。

“美女警官贵姓啊?”

“李。”

“哦,我怎么感觉你说话和蚊子一样,平时是不是也就一个跟屁虫啊?哈哈……”

李小凡脑子一惊,难道这个叫作赵羽的真的是黄昊?!

而小李则以为美女被调戏,很是恼怒,隔着栅栏吼了起来:“你再叽叽歪歪试试?!你看我削你会不会像扇蚊子一样?”

“帅哥,我又没说你,我是说美女警官声音这么小,以后怎么成为保护人民群众的英雄啊?!”黄昊意犹未尽。

“保护……英雄”,李小凡的思绪“唰”的一下就回到了过往,以往幕幕就犹如过电影一般:自有记忆起,自己就喜欢缠着这个比自己稍大几岁的哥哥,即使是他上厕所,她有时候也要跟随到门外,生怕会把自己丢掉。长大一些之后,玩游戏总喜欢跟他一队,因为这样自己总不会吃亏,过家家总喜欢跟他分别扮爸爸和妈妈。再长大些,连做家庭作业也喜欢抱着个本子凑到旁边,明明会做的题目也要故意问上两句,喜欢看着那个认真思考的小男孩。而小小的黄昊哥似乎就是自己心目中“英雄”的代表,他敢去赶走邻家凶狠的大狗,敢从一层楼高的地方跳下来,知道很多为什么的答案,可以以过家家的方式带她去很多“冒险”的地方……

还记得他为自己跟高年级的小孩打架,明明打输了,还假装不在乎地抹掉眼泪、英雄式地露出他的虎牙,然后跟她说:“‘小贩子’,以后你就是我要保护的跟屁虫,因为我爸爸说了,每个男人身后都有着他想保护的跟屁虫。”小李小凡则眼泪汪汪地点点头,然后两个小人跑到屋后水井弄水偷偷擦拭伤口和泥泞。而每擦到伤口的时候,黄昊总是龇牙咧嘴,李小凡感觉自己都一揪一揪的。“疼不?”“不疼,我是男子汉呗!”——对李小凡来说,黄昊总是这样的死要面子活受罪。

而黄昊每次因为调皮被家长打得到处逃窜的时候,他最喜欢躲的地方就是李小凡家的那张老床下,两个小人儿从小就是“绝配”,会联手“骗人”。学习成绩好、品行优良、眨着一双无辜大眼睛的李小凡成为最佳的骗人道具,“阿姨,黄昊没在这里”。然后黄昊一直要躲藏到他妈妈实在是寻子心切已经超过那种暴打冲动而变为唤子狼嚎时,黄昊才肯偷偷回家,第二天免不了要买给李小凡一点零食吃……

一天放学后,四个小脚丫并坐在草甸上,看着风吹云散,看着草海浮沉,或咯咯大笑或沉默不语。当风吹乱着刘海,载着儿歌飘向远方,当小男孩牵起小女孩的手迎着夕阳回家,地上洒落着两道长长的背景,一切都是那么的美。

随着他们一天天地长大,李小凡在某天看书时看到一位不知名作家所写的"为什么男人喜欢背对着女人,因为他不愿意女人看见他一路遮风挡雨留下的苦痛、疤痕和泪水,他只肯偶尔回头,假装不在乎、英雄式地露出他最为阳光的笑容",心里总有着莫名的感触。

有一个周末,她去外面理发,结果被坑,身上没带那么多钱,最后被逼把手表都押在了店里,回来时两眼发红。而正在读高三的黄昊知晓后,竟然纠集了一伙人硬到店里将手表要了回来。

后来,她搬家了,离开了那个居住许久的城市,临别时,她依旧倔强地抹掉眼泪,然后将手表送给了黄昊。黄昊则依旧取笑她:"真是个爱哭鬼!"未想到羸弱的她竟然倔强地伸出小拳头,举在眼前,面对黄昊一字一句地说道:"以后我要成为保护你的英雄!"

而在黄昊考入大学之后,李小凡遵循着他的足迹,选择了公安大学法学专业。

没想今日却是这样相遇,人生竟是如此造化弄人?! 他会是黄昊吗? 为什么他会涉嫌杀人呢?! 李小凡暗暗下了决心。

在会议室,随着幻灯片的切换,李耀对"11·20"凤凰山杀人案的勘察资料及目前掌握线索一边进行着梳理,一边对着参与审讯的人员进行讲解:

"一、犯罪嫌疑人基本情况:犯罪嫌疑人赵羽,男,汉族,1979 年 10 月 30 日生,苏东省湖阳市人,初中文化,群众,身份证登记住址系中山南路理塘新村 189 号,无业,身高 175cm,体重 69kg,O 型血。

"二、犯罪嫌疑人涉嫌犯罪事实及依据:犯罪嫌疑人赵羽涉嫌于 11 月 20 日杀害被害人陆小勇。经痕迹检验分析,杀人方式为锐器刺破心脏传导系统致死,匕首上拾取指纹与犯罪嫌疑人赵羽相同;现场痕迹证实,凶手作案后慌不择路跌入山谷,跌滑中碰撞到花岗岩,遗留下了零星血迹,经验证零星血迹 DNA 与赵羽生物样本匹配度达到 99.99%;被害人经尸检后,发现手指有参与皮屑,样本与赵羽生物样本匹配度达到99.99%;现场仅发现被害人空钱包一个,犯罪动机暂时定位为抢劫……

“三、审讯目的和方略:犯罪嫌疑人杀人后采取了系列逃避侦查行为:(1)选择沿溪而逃,隐遁自己的足迹、气味和其他痕迹;(2)犯罪嫌疑人作案时带了假发,之后选择了销毁和潜伏;(3)犯罪嫌疑人将手机放置在公交车上,说明其对我们侦查手段有所了解和涉及,当然也只是略知皮毛;(4)犯罪嫌疑人躲藏地点隐蔽,选择人流量大、警力分散的城乡接合部,并且每每能够抢先逃窜;(5)被捕后,显得格外的冷静,丝毫没有慌张。结合凶手杀人一刀致命的作案手法等,可以推断该犯罪嫌疑人很可能是职业性的杀手,作案很可能不止一次。

“因此就审讯方略而言:(1)考虑到凶手的冷静与残酷,审讯难度会比一般审讯要难,要做好充分准备;(2)我们不能就案查案,需要拓宽视野,审讯出犯罪嫌疑人是否还有其他的作案情况;(3)作为专案组以及考虑到凤凰山案的社会影响,“11·20”案的侦破必须作为当前首要任务来抓;(4)根据市委、市政法委传达的意见,案件侦查必须快侦快结,从而为本市招商引资创造良好的环境。

“四、现场勘查材料:下面播放当时现场勘查的相片和资料……大家有没有什么问题?”

杨军示意了一下自己有问题要问,李耀点了点头。

“李队,我觉得犯罪嫌疑人的作案动机有必要进行一个梳理,这样有利于我们撕开犯罪嫌疑人的心理防线。另外还有很多值得推敲的细节问题,如犯罪嫌疑人如果是一个职业杀手,为何会将匕首遗漏在现场?如果是职业杀手,为何又会慌不择路跌落山谷?”杨军问道。

“嗯,杨所动机问题问得很好,我们初步推断是抢劫,因为被害人的钱包里的钱被掏空了,但是后来我和杨所的观点也逐渐一致,很有可能这只是犯罪嫌疑人的掩饰方式,因为从犯罪嫌疑人后续的逃窜和反侦查看得出花了不少的成本,而且不太可能在凌晨的时候到一个这么偏僻的地方去劫财。而仇杀和情杀根据我们前面调查情况来看,可能性并不大,除非存在积怨问题。另外,我个人觉得有两种可能:一是激情杀人,被害人可能遇见了犯罪嫌疑人在做什么事情,犯罪嫌疑人出于职业杀手特性,杀人灭口。二是雇佣杀人,被害人可能涉及什么机密问题,最后被灭口。但是这些也只是推断,我们还是需要通过审讯获取直接证据,至于细节问题我们也只能更多地通过审讯犯罪嫌疑人才能知晓。”

刑侦支队二大队姚队长看时间差不多,进行了总结性发言:“前面李队对案情进行了讲解，讲得很细，具体案情我就不多说。下面我强调三点：第一，这个专案市委党组相当重视，关系到我们市形象和未来招商引资，贾书记都说过多次，谁影响招商引资，谁就是千古罪人！这个重要性和紧迫性大家明白吧？也就是这个案子是政法委书记直接挂帅，市委书记直接关注的案子，拿不下来我们二大队就关门，游队说了拿不下，换一大队来审，就等着看我们二大队的笑话；第二，这个是专案，注意保密，任何人问包括你们的老婆问都不能透露；第三，新刑诉法都要修订了，办案安全问题不需要老调重弹，这个不容任何过失，出了问题直接责任人脱衣服走人，我们承担领导责任。如果没有什么其他问题，大家就按照排班表进行审讯。"

众人纷纷看自己的值班表，然后各自解散……

陈警官和胡警官到审讯室将李小凡和司机小李替换了上来。李小凡一声不吭地走到了指挥室，钱主任看到小凡沉默不语，也不知道她在想什么。就凑了过去："怎么样？接触了下如何？"

"不知道说什么好。"

"哈哈，第一次审讯是会这样的，特别是一些窝案串案还有专案，会不知道从何着手，有时候太轻易地说话又容易被对方抓住把柄或者不小心透露出我们所掌握的信息，你是这个感觉吗？"

李小凡点了点头，这个时候武哲也凑了过来："前面你也看了，最早的一波是接触性的，了解对方的基本情况、家庭情况、工作简历，同时根据对方的谈吐、表情和心理状况对对方进行一个初步的描画，了解对方的心理状况，是内向型的还是外向型的，性格是暴躁还是狡诈，发现被公安调查之后是否紧张，对什么问题担心，等等。之后我们就会开始进行第二波，针对性地进行提问，记住，作为审讯人员，第一，出发点是有罪推定，当然有罪推定不代表逼供为罪，这只是一个出发点，首先将他作为一个怀疑对象。第二，要时刻保持一个态势，对方是一个犯罪嫌疑人，而我们代表国家和司法机关对他进行问话，要让他从心理上首先处于劣势，否则形成被动，你的审讯工作就无从下手了。"

李小凡点了点头，对这些话表示理解，接着问道："理论上听懂了，实践中具体怎么做呢？"

"简单点说吧，就是步步紧逼，让他在犯罪的辩驳上破绽百出，无以为继——此为攻"武哲顿了下接着说，"然而攻而不破，犯罪嫌疑人心理从进入审讯室开始，就在侥幸心理、畏罪心理中进行选择，攻破并非目的，而是让他觉得守无可守,但是如实交代能够从轻处罚。"

"嗯,兔子急了还会咬人,人急了要么反正死路一条,干脆什么都不交代了,要么就给你乱捅一气。"钱主任跟着说道。

"那怎么把握呢?"

"这个还是要靠经验,看对方的反映情况。"

"所以一个好的审讯人员一个好的侦查人员要培养出来,起码要5年的时间!"钱主任相当有感慨。

"他们开始了,你看下,我边帮你讲解。"武哲说道。

陈警官端坐在黄昊面前,而胡警官则站立在黄昊身边不足一米的地方。"你看,正视是为了更好地观察对方,同时也给对方以心理压力,而人与人身体的安全距离一般是1.2米,除非是特别亲密的关系,作为陌生人贴近,会让犯罪嫌疑人心理产生一定的恐慌,从而分散其对抗审讯的心理准备。"武哲讲解道。

陈警官开始说话:"赵羽,带你过来是因为根据我们的调查,你涉嫌犯罪,现在我问你几个问题。"

"额",黄昊心想或许真正的审讯开始了,如何能在不暴露自己身份的情况下摆脱自己的嫌疑成为关键。

"去年11月19日晚你在哪里?"陈警官问道。

"我不记得了。"黄昊答。

"这个事情好像没发生多久吧?"胡警官帮着腔说道。

"什么事情?"黄昊答。

"你自己做过的事情啊,还要我们来说?"陈警官接着说道。

"我做过的事情很多,你问我那天做了什么事情我就真不记得了……"黄昊似乎显得很无奈。

"为什么他们跟打哑谜一样?"李小凡问道。

"这个就同恋爱中一样,有时说破反而被动,具体原理一时反倒说不清,不过从这个犯罪嫌疑人的态度来看,有很强的侥幸心理,而且反审讯水平并不一般。"武哲解释道。

另一边,陈警官继续追问:"你11月19日晚上去凤凰山干什么?"

"我好像去那里吃夜宵,喝了些酒,然后到山顶散步。"黄昊答道,其实已经给自己预留了空间。

"你和谁一起去吃的夜宵?"陈警官追问道,虽然他们知道根据调查黄昊当天并没有去吃夜宵,然而知谎导谎可以让对方暴露出更多的漏洞。

“好像就我一个人吧。”黄昊回道,心想你还想让我提供人证？我明显在说谎不可能让别人来给我圆谎。

“那你的确很好的兴致啊,一个人还跑去吃夜宵喝酒。”

“是啊。”黄昊呵呵一笑。

“那你解释一下为什么在山谷那里找到了你的头发呢?”胡警官也追问了起来,其实他知道并未找到他的头发,因为现场只是从血迹中检验出可能是佩戴了假发。

显然黄昊对这个突如其来的问题有些措手不及,目光有些迟疑,当然这一切被所有人都看入了眼中。

黄昊突然摸头,说:“哎呀,我想起来了,我就那次喝多了酒,摔下山谷了,你看,还有一个疤在这里呢,摔得都有些健忘了,呵呵,怎么呢?”似乎想早点知道警察更直接的问题,例如问他是否杀了人,那就简单说没有。反倒是这些绕来绕去的问题逼迫的他有些无从逃避。

“一个人去吃夜宵也喝那么多酒啊?”

“是啊,找不到工作,刚认识一个女朋友又吹了,一时就喝多了酒。”

“在哪个店吃的饭?”胡警官插了句话,想是否能够弄出更多的破绽。

“不记得了。”黄昊显然不会乱说。

“你在山上碰到什么人没有?”陈警官追问了句。

“这个当时天太晚了,而且我又喝了酒,就记得不清楚了。”

“赵羽,我现在告诉你一件事情,我们是代表国家机关对你进行问话,希望你能够如实回答问题,倘若你作伪证等,你将承担不利的法律责任,你听懂了吗?”胡警官看到黄昊有些故意要赖,于是从语言上进行震吓。

“嗯,我知道,我会积极配合你们。”

“但是目前为止你已经骗了我们,而且还在说谎,你要对自己的语言负责!”胡警官吓道。

黄昊心想不就是在唬我吗,我答应就是,然后他很认真地点了点头。

“我现在就只提醒你一点,就刚刚的谈话,一点。一个喝酒人的血液和没喝酒人的血液成分是否会一样？你应该知道点吧？这个是不存在任何技术问题的。”胡警官接着说道。

黄昊陷入了愕然,他停顿了很久,因为他如果说自己说谎的话,那后面就会有更多更逼人的问题追上来,为什么说谎,你想掩饰什么,想到这里,他额头上都渗出了少许汗滴。

李小凡为两个警官的问话感到敬佩,但是内心却又有一丝对黄昊的担心,尽管她不能完全确认他是否就是黄昊。武哲在旁边对李小凡说道:"怎么样,感觉到一点点进攻的感觉了吗?"

李小凡点了点头。武哲继续说道:"很多时候在问话里面都充满了欺诈,通过一个假设性的问题,让对方陷入我方已经掌握了相关证据而得到一个假的推论,为了逃避这个假的推论让他最后陷入一个两难的境地。有些时候问话里面又掺杂了很多科学性的知识,让你无处可退,不知道你是否通过上面几个问话听出来了?"

李小凡由于对案件并不熟悉,因此表示不解。

武哲解释道:"例如根据我们的调查,赵羽根本就没有到过旁边的夜宵店,但是我们明知道却依旧顺他的话进行问话'和谁一起去吃',这样对方就容易以为自己欺诈成功而放松警惕,同时如果继续回答下去,这个谎言就会越来越大,最后无法圆谎,心理就会陷入死循环。另外我们当时在现场并没有找到毛发,因为一个是对方佩戴了假发,另外一个在山林和草地上去找毛发是多么困难的一件事。但是这样说是让对方感觉到我们找到了他在现场的直接证据,从而让他心里感到震撼。我们甚至还可能会说当时现场还有人看到你了等,这样凶手心理又更加震撼,在达到一定的程度时候,心理就会崩溃,选择如实交代来解脱自己的心理压力。"

钱主任也在旁边插了一段话过来:"我给你举个例子,早两年,我们这边发生了一起凶杀案,被害人是被送到医院之后抢救无效死亡,现场没有见证人,最后我们排查到一个犯罪嫌疑人,前面是死不承认。我们的武博士下去几句话就把他撬开了,第一句'争取主动交代,我们可以给你按自首论,可以减轻你的处罚,甚至不用坐牢';第二句'你现在不承认不要紧,我们是不是要让伤者过来指认你呢?'犯罪嫌疑人听到后感到了极度的震撼,首先他误认为被害人没有死,指认的话自己无处遁形。其次他误认为被害人没死,那自己怎么也不会要承担故意杀人的责任,判刑也不会被判很重,死顶就没有意义了,还不如如实交代减轻自己的处罚,假如被害人只是轻伤加上自己的自首情节甚至可能不用坐牢。于是他就如实交代了自己当天与被害人争吵后激情伤人后逃走的过程。"

李小凡竖起大拇指，表示敬佩至极。接着问下去："武博士，那你所说的科学性的东西又是怎么样呢？"

"这个就要靠你平时对刑事案件的积累还有自己对各种知识的了解沉淀了，还要你反应速度快，使用时机也要选择恰当。比如，刚才所说的血液成分中酒精是可以检测出来的，这个是有科学依据的，因为酒精在血液中会发生化学反应，作为停止流动的血液样本，酒精与血氧的结合是很稳定的，即使血液变质也可以检测出来。"

"哇，要知道的东西还真要挺多的，我觉得做一个审讯人员真不简单。"李小凡说道。

"嗯，这个需要沉淀和积累，还要善于使用自己的语言能力以及气势，有时候甚至可以说是表演。"武哲说道。

"那审讯中，有没有很担心的事情呢？"

"那就会是下一个阶段，相持阶段，要么是对方的辩驳让我方难以反驳，需要查找更多的证据来证实；要么是对方在高压下选择沉默，对各种问题都回避，采取耍无赖的方式。当然这个就要看每个个体的个性在心理上的反馈了，一般来说内向性的人更难沟通一些，这种人甚至可能在一定的心理压力下会做出很极端的事情，例如自残、自杀。这就是办案安全问题，现在舆论和以前不一样啊。"

"我曾经以为只有在刑讯逼供下才会有伤残甚至死亡的情况。"

"不同地方审讯水平不一，这个的确是现实存在的一个问题，但是随着我们法治的进步、非法证据排除规则的制定，刑讯逼供的情况应该会越来越少。并且，我个人认为刑讯逼供是审讯无能的表现，从心理学角度而言，是审讯方的心理失衡和心理博弈的失败，通过粗暴的打压行为来获取平衡。"武哲停了一下，又继续说道，"但是无逼则无以供，很少有犯罪嫌疑人会很坦诚的将自己的犯罪事实和盘托出，这几乎是一种妄想。即使是自首的犯罪嫌疑人也会尽可能地少说自己的过错，而强调对方或者客观的因素。很多犯罪嫌疑人只有在心理压迫的情况下才会如实供述自己的问题，而不同客体对心理压力的承担能力不一，有些人畏罪心理超级严重，认为自己没有生路，对未来绝望；而有些人悔罪心理超级严重，认为自己做的这些违法犯罪的事情以后小孩怎么办，家人怎么看等，想一死了之，也有些人妄图通过自残作秀的方式给予审讯方压力，这些都是可能的。"

“但是再小的群体，再矛盾的民间心理，我们也不能采取极端措施吧？”李小凡问道。

“那假如你遇见了某些高度重视，你不得不破的案子你怎么办？”钱主任追问道。

李小凡无语，陷入了沉思。

“审讯室有动静了，你们看……”武哲眼睛盯着监控录像说道。

“警官，我的确是喝醉了啊，像你们刚才说的，你们验一下不就知道了。”黄昊说道，心想反正这个情节并不重要，他们要验就去验。

这个回答让提问的胡警官反而有些措手不及，因为血液当时急着去做DNA鉴定和犯罪嫌疑人库做比对，时间紧所以的确没有去做过酒精度的检验。

“你在哪里工作？”陈警官见机插问道。

“我前面说了无业啊，我准备到这边来找工作的。”黄昊回答。

“找了多长时间？”

“两个来月吧。”

“那你平时身上一般会带些什么？”

“你们刚才不是已经搜了我身吗？就带这些东西啊，都放你们桌上了。”黄昊对着桌子努努嘴。

“你怎么没带手机？”胡警官问道，这的确是一个很可疑的问题，因为当时黄昊很明显是故意将手机放在公交车上，从而误导警方的侦查。

然而，他并没有想到黄昊对这个问题早有准备。

“是哦，我上次坐公交车把手机丢掉了。”黄昊说道。

“你那天晚上带了武器在身上没有？”陈警官换了个问题。

“什么武器？”黄昊反问。

“比如枪支、匕首、炸药之类的？”胡警官接话模糊性地提问。

“没有啊，我身上怎么有武器？”黄昊装作冥思状，然后答道。

“那我们怎么发现了这把匕首呢？”陈警官从随身的材料袋中拿出了一张相片。

“哦，这个是我的匕首，有时候我会带在身上，以防不备。”

“为什么？”

“出门在外，有时候怕人抢劫啊什么的。”

“你拿这把匕首伤了人吧？”胡警官显得漫不经心地说道，其实很期待这个关键问题的回答。

“不可能!”黄昊想跳起来说道,但是审讯椅将他阻隔了下来。

“你为什么这么激动?”陈警官问道。

“你说我伤人了,难道你还想说我杀人了?”黄昊反问道。

“我没有说,是你自己说的,难道你有什么隐情?”胡警官淡淡一笑,显得格外自信。

“没有,我那天喝醉了,可能匕首掉那里了,我没有杀人,也没有伤人。”黄昊尽可能地显得平静。

“你是不是失忆了?”陈警官问道,因为根据他的了解,赵羽摔倒的时候碰到了头,可能杀人细节不记得了,或者是选择性地失忆,那先肯定这个环节对后续肯定有裨益。

“是,我摔倒过,有点后遗症,有些东西不记得了。”黄昊如实答道。

“那就是说你有可能杀了人,但是你不记得这些细节了?”胡警官问道。

黄昊的回答显得格外镇定:“警官,我觉得你在诱供我。”

在楼上看的武哲评析道:“这个人的反侦查能力和反审讯能力很不一般。”

“为什么?”李小凡不解。

“因为我们现在手头有的证据在各种提问中都没有起到原有的作用,举个形象的例子就是我们用有限的炮弹在轰击着对方的阵地,但是却没有起到应有的效果,都被对方巧妙地化解。而这样下去很可能进入相持阶段,这对审讯而言是极度不利的,因为我们时间有限。”武哲解释道。

“这个时候应该怎么办呢?”李小凡问道。

“他的心里根本就没有产生恐惧感,因此很多问题难以起到必要的作用。就这种心理素质而言,我不知道他是不是一个职业杀手。”武哲说道。

“职业杀手”? 李小凡听到这个词之后,心里一震,曾经心里那个英雄式的哥哥怎么成为了这个样子?! 这一刻,她是多么想冲下去问个究竟,然而这个是赵羽,是犯罪嫌疑人,她不停地暗示着自己,以至于手指都有些打抖。

“文的不行,只能来武的了,看下有没有点效果?”李耀不知道从哪里钻了出来,插了一句。

“我先下去谈一下吧。”武哲似乎明白了点什么。李耀说道,“那我们一起下去吧。”说完两人走了下去。

“他们去干什么?”李小凡问道,其实内心有些害怕,她唯恐不想看到的一幕活生生地发生在自己的面前。

“吱”,审讯室的门打开了,李耀和武哲走了进去。

“你是叫赵羽吧?你知道这里是什么地方吧?”武哲先开口问道。

“知道,市刑侦支队。”黄昊答道。

“你知道刑侦是干什么的吗?”李耀问道。

“我不知道。”黄昊回答道,只觉得李耀的声音在哪里听到过。

“那我就奉劝你,不要到这里来玩你的小聪明,否则在我们这块地方,你会死得很惨,听得懂吗?!”李耀狠狠地说道。

黄昊突然感觉到了一股寒气扑面而来,而这股寒气中似乎有种熟悉的味道。

“你是准备站着说?还是躺着说?!”李耀边说边将黄昊的审讯椅打开,伸手就将黄昊提了起来。

黄昊心里有些发怵,突然来一个什么大神啊?他心里开始七上八下。

武哲这个时候也凑了过去,将黄昊推到了墙边。

“你们干什么?”黄昊问道。

“你为什么杀人?!”李耀长驱直入。

“我没有……杀人。”黄昊答道。

“哼哼,那你躲我们干什么?”武哲说道。

“我没有躲你们。”

“那你为什么去周丽家?!”武哲的问话在这一刻也充满了杀气。

这个问题直接问得让黄昊难以回答,他猜到上次在周丽家留下了自己的指纹。

在看到黄昊沉默,李耀追问道:“你既然不认识受害人,为什么他指甲里面有你的皮屑组织?”

“我不知道。”黄昊犹如泄气的皮球,他在这种急迫的追问下显得没有了招架之力。

“这些问题问得真好,你看——”钱主任在上面高兴了起来。而李小凡却看不出有多少的高兴,因为她更希望,这个极像黄昊的人不是杀人凶手。

当她看下去的时候,看到李耀不知道从哪里拿出一个电击棒,“吱吱”的闪电在电击棒上面横飞,如同飞舞的游龙,更像是一个张牙舞爪的蓝白怪兽。

“小凡,我想犯罪嫌疑人很快就会交代的。”钱主任说道。

“这样不是刑讯吗?”

“这只能是一种心理的压迫,至今为止,我们并没有对他身体进行侵犯……”

而黄昊似乎想到了什么,这个声音,这个动作……难怪这么熟悉——拿电击棒的,在杀小勇的那天晚上出现过,对,就是他拿的电击棒电击的我和小勇!杀人凶手就是他!

黄昊面朝李耀扑了上去,“吱”的一声后应声倒地……

第九章 括 羽

撞上电击棒的黄昊在昏迷中,在这种类似漂浮的感觉中,他记忆也穿越到了若干年前……

“把他弄起来!”当我睁开疲惫的疲惫眼皮的时候,映入眼帘的是几个戴着黑色眼罩的彪形大汉。

“哗”,一桶水泼在了我的头上,冬日的寒冷顺着冷水侵入我的每一寸肌肤,我冷得打了一个寒战。

“清醒了吧,告诉我你这次过来几个人?你们来干什么?”

“我们想……弄点钱。”我尽量从小偷的角度回答这个问题。

旁边一个大汉“嘭”一脚踢在了我捆绑的椅子上,我差点就连椅子一起摔倒在地。

“公司这么多贵重物品和钱都没动,你还在这里装蒜?!”大汉喝道。

“你这种装蒜式的回答就不要再答了,我再问一遍,领头的是哪个?叫什么名字?目的是什么?”领头的一个大汉问道。

“我……不知道。”我摇着虚弱的头,连续两天的审讯已经让我虚弱而无力,我依旧告诉着自己不能回答他任何问题。

“你想吃东西吗?我这里有,我只需要你回答我一个问题,就一个。一个无关紧要的问题,听懂了就点点头?你叫什么名字?”旁边一个人也在跟着问。

我知道自己已经有两天粒米未进,肚子饿得咕咕直叫,而美味炸鸡腿在鼻子前飘过,让我的整个心都跟这着飘了起来,但是不能轻易说出自己的真实姓名可是特情原则之一啊,我只能苦笑一番,摇了摇头,说真的,我很想骗他一个鸡腿吃,即使多挨两下打。我心想,我是谁?进这个特情学校后,一直用的代号,自己名字这个问题我暗示自己太久了,否则真把自己黄昊的真名给忘了。

看到我沉默不语,另一个大汉一记耳光打在我脸上,怒骂道:“妈的,不知好歹。”

这记耳光力道之大，让我耳边嗡嗡作响，眼冒金花，而嘴角有一丝腥味，我贪婪地将这口血水吞了下去，好歹也算喝了点水吧，血腥的血水咽下肚子竟然有种类似烧酒的烧味，而一点点的“食物”滑入胃中，都刺激起我的肠胃剧烈的反应，真不知道革命片里那些被拷打的饿坏的人怎么还舍得又怎么还有力气将血水喷吐出去，我无力地笑笑。我想我已经很难再坚持下去了，从人体生理角度来说，继续饿下去，我会渐渐由于血糖的减少出现眩晕甚至幻觉，不知道第一次做任务会不会就死在这里，我只能强化记忆来支撑自己……

“C17、C23、C37、C54、C91，你们五个人今天跟我出去做任务，这次任务和以往的收集性任务不一样，这次任务我们将要真正与罪犯打交道，收集对方涉黑洗钱的台账信息、书证和电子信息，这次行动代号‘括羽’，我们这个小组由我带头，听清楚了吗？”老K短截而明确的开端让我们意识到了这么久的外线情报收集工作和密码破译终于可以告一段落，而我们也总算可以和犯罪分子打交道了。

“在布置具体分工任务之前，我说几点：一、本次任务为机密任务，目的是暗中寻找对方涉黑洗钱的任何资料，千万不能打草惊蛇，否则后果不堪设想，长期运营的一条线索可能就这样断掉，犯罪集团将逍遥法外；二、这次任务不能掉以轻心，甚至可能因为失误而丧命，因此你们可以申请退出，但是这也决定你们做不了特情；三、这次任务将以团队总分纳入考评，所以你们几个人的配合显得尤为重要。听懂了吗？”

我们五个人交互地点了点头，虽然在特情学校每个人都只能使用代号，但是我们作为一年进来的，尽力了这么多道关卡的考试和考核，剩下为数不多的私下还是互相取了外号，这样更加方便记忆：

C17外号猴子，一个是因为瘦，另一个是因为狡猾。个子不高，基本没啥肌肉，但是两眼放光证实着这个人骨子里的聪慧，口头禅：“人不风流枉少年”，专业不详，但是从以往的几个考核可以简单推断与工程、建筑或者爆破有关。至于老家，我觉得他体格和面貌有闽粤那边人的味道，但是从没人去问过。

C23是我，外号叫石头，可能是因为看起来比较木讷，或者说有种硬汉的感觉吧。我话不多，而自己也发现不了自己的口头禅，专业法学、兼修计算机，江东人，当然我也没有说过。

C37外号胖子，这个与体型自然有关系，当然其实也不算很胖，只是相对来说每个团队总会出现一个到两个胖子，刚进来的时候还弄个长发，一看就知道是搞艺术的,口头禅是“搞多了会死人滴咯”,我估计这跟他以前做设计和艺术经常被客户更改有关吧,人挺搞笑,是我们团队的活宝,说话带很强烈的湖南腔,我们觉得他就是从湖南来的,他也从来不否认这一点。

C54 比较独特,他外号叫假妹,因为他性格比较阴柔,做事情很仔细,大脑转得很快,专业是计算机。他对电子产品几乎都通,各种窃听、摄像仪器玩得飞转。人长得很清秀,戴副眼镜更显得斯文,纤细的手指如女人一般,声音不大,但是口音比较浑厚,我感觉他应该是江浙一带人。

哈哈,终于到 C91 了,是个美女,一般人都不舍得给美女取恶俗的外号,她介绍自己外号小熊,我以前怀疑过熊是她的姓,但是后来的密码考试和考核中她每次成绩都优异,我怀疑她的专业就是传播学,或者可能是密码学,因此姓不姓熊这个问题就很难猜测了,因为她可能用超过 10 种方式给你加密,加上她善于化妆和掩饰,因此她老家、专业等各种资料是最难猜测的。反正我从来不喜欢猜这个东西,有美女看就是人生的一种超级享受。由于特情学校是禁止恋爱的,我估计很多同年的都得急死,我记得曾经有个人斗胆问过美女的身份证号(这边手机号码问了等于白问),结果美女信手给他写了一段乱码,我估计此人到死都解密不出来,智商是硬伤啊！想起来我就想笑。

“C23,快死了觉得很高兴是吧?”老 K 对着我用他那习惯性的阴阴的嗓音说道,队友们则在旁边乐。

“老叫 C 什么 C 啊,又不是不知道我们外号,C 得多难听,还以为你多 C 多快乐呢。”我也毫不客气地回道。

老 K 停了下,阴笑着回道:“好吧,现在我将具体的工作布置一下:这个是大楼建筑截面图,财务部位于 3 楼东面,这间房间是我们这次行动的主要目标。C54 哦不,假妹,另外一张线路图给你,你注意一下监控线和电脑内网线,大楼里面有监控系统,你做好配合。”“嗯,这个交给我,我让他们看录像。”假妹笑着答道。

“平面图在这里,猴子,你对建筑图比较了解,你仔细看一下,在哪些地方可以放置窃听、窃录器材,到时候你与假妹一起配合。”

“O 里个 K。”猴子答道。

“石头,你喜欢看女人? 是不是?”老 K 继续阴着脸说我。

“嘿嘿,不要这样说嘛。”我只能苦笑。

“人不风流枉少年嘛。”猴子插嘴说道。

“这张相片是这个财务公司老大,业内叫她薇姐,你负责跟踪,还有,她身边随时都有几个人暗中保护,你要小心,露馅就完蛋了。”老K阴阴地想笑。

“曮各说的咯。”胖子也插嘴说道。

“胖子,你跟石头一起去,负责掩护。”老K说道,“我前面还在想让别人去呢,你这么激动就你好了。”

胖子立马瘪嘴了,估计心里在想,搞多了会死人,说多了也会。

我们几个男人都把目光瞄准了美女。

“美女,你帮助我们几个明线(也就是到外界进行接触的特情人员,区别于暗线)化妆,这是你的专长。另外你善于情报整理和加解密,这次负责做情报的接应和解读,也就是做后勤。”

我们又一次超级羡慕地看着美女。

“老K,你呢?”小熊淡淡地问道,而这种什么时候都淡定的感觉让我们觉得这女人简直就是从冰窖中出来的,理性、冷静得可怕。

老K看到我们几个男的都看着他,阴阴地说道:“我和美女一起做后勤,我负责全面管理和沟通……”

“切~”我们不约而同地鄙夷说道。

“才几个人啊,还整出个不做事的领导来。”胖子说话最直接。

老K说道:“刚才开玩笑的,我负责潜入。”

“你们看看,我们老K,什么时候都起着这个先锋带头作用。”胖子马屁也拍得最快。

“现在商量下电讯码、暗号以及目标其他情况……”老K说道。

之后的两天,我们几个人分头开始了行动,猴子和假妹化装为清洁人员,潜入了奎业大厦26B的目标公司——恒强商贸公司,他们在财务部房间布置了数个无线窃听器和微型无线摄像头。由于信号覆盖面距离有限,我们只能从学校借了一台专用改装的技侦车停在了大厦停车库。

一切都在计划中进行着,而我也跟上了目标一号人物——薇姐,薇姐行踪很固定,但很难找到明显的破绽,一个习惯除外——她晚上喜欢到慢摇酒吧点上一杯到两杯的酒,喝完之后就回家,由于保密的需要,我没有在她回家之后继续跟踪下去,只大概地知道她家住在四环光明小区5栋,根据电梯的停滞楼层显示,她应该住12楼。

小熊已经根据现有窃听和录像以及资料的排查,发现了往来较多的企业分别为伟业工贸、百乐地产、吉祥金融集团、菱川电子商贸、歌乐娱乐餐饮集团这五个子公司有较大的嫌疑。但是具体走量和往来情况,只能根据财务台账、凭证或者财务电子数据库才能证实。我们决定第三天晚上开始正式潜入进行窃拍和复制相关文件……

潜入当天,“假妹,摄像头和相关线路找到了吗？切换好没?”老K呼唤。

“40秒倒计时。”假妹回答道。

“OK,行动。”老K发出了指令。

胖子由于体格不便攀爬,负责待在门口放风。我、老K和猴子开始沿着猴子所寻找好的通风管道爬了进去,没多久,我们就进到了公司里面。而假妹已经早早将截取的楼段无人视频切换到了监控室,换言之,监控室通过摄像头已经发现不了我们在内部的行踪。

“猴子,你去开保险柜,里面是财务账本和凭证。根据计划,你和老K拍摄。我们窃听和摄像显示,保险柜密码是45、69、21,听清了吗,重复45、69、21。”小熊开始遥控协调。

“收到,美女。”猴子答道。

“石头,电脑打开没？你把无线遥控密码破译器插上去,我来破译电脑密码。”假妹说道。

“收到。”

这个时候我突然看到了一张纸条,上面写着一些奇怪的文字,阿拉斯加、得其利、罗伯罗伊、黑俄罗斯、螺丝钻,后面写着一串串的数字,我想了一阵才想到这好像都是一些鸡尾酒的名称。

“喂,美女,你到酒吧喝酒的吗?”我问了一句。

“不喝,干什么?”小熊回了句。

“你看看这个纸条,摄录一下。”我将纸条展示给摄像头看,我想高清的摄像头可以将这个纸条全部摄录在内。

“电脑密码已破,现在打开财务软件开始解密并调取电子档案复制至破译器。”假妹通过无线电说道。

我看了下老K和猴子对着打开的保险柜用微型照相机还在继续翻拍里面的财务凭证。当软件也被破解时,我留意了下最近两天的资金往来情况和公司名称,突然想到了一个很关键的环节。

“老K！恶虎归山、恶虎归山!”胖子突然发出急促的警告,“吱吱”之后是一阵静音……

“美女，还听得到吗？我想到了一个关键环节，喂、喂？”耳边的无线电突然都陷入了静默。我和猴子看着老K。老K说道：“无线电很可能被屏蔽了，石头，你看看电子档案复制情况”这时老K看着猴子说道：“猴子，拍摄得怎么样？”

电子档案复制进度条显示在65%，而过多的电子档案将花费太多的时间。

“老K，我这里拍得差不多了，全部拍完大概还要1分钟。”猴子报告道。

“电子档案复制67%，现在拔掉就什么都没了。”我都显得有些焦急。

“不行，我们得撤了，要不然会出事，现在连胖子怎么样都不知道，希望假妹他们都没事。”老K答道。

“老K，你先撤吧，你早点出去看下胖子他们，现在最缺乏的就是指挥，他们更需要你。我们弄完马上就赶到！”我看三个人在这里干着急，忍不住说道。

“好，你们也赶紧撤。”老K说道。

“我刚才想到一个关键环节，就是鸡尾酒，鸡尾酒有几种基酒，我想薇姐经常去酒吧喝酒，鸡尾酒的搭配与走账公司及账目有关。小熊很聪明，她肯定能知道的，你快撤……”我已经看见远方手电已经朝着这个方向走来。

“我们获取的资料将放在通风管道第二预备点。”我尽量冷静地对着老K说道。

“嗯，你们也快点，保重。”老K也显得很紧张，然后走掉了。

公司大门已经打开。

“你好了？”我苦笑着对猴子说道。

“嗯，你这边呢？”

“98%了，你先撤吧，资料就放第二预备点，我们就分头走吧。”

“好。”猴子也对我苦笑。

猴子爬上通风管道后，我将天花板吊顶放好。

“有人在里面，快进去！”几个大汉的声音在耳边响起。

当我把复制有电子数据的破译器拔下来，关闭电脑时，财务部的门已经被撞开，我将破译器藏在了薇姐花盆下面。而人也赶紧钻到了办公桌底下。

电灯一打开，房间瞬间亮了起来，我听到高跟鞋“噔、噔、噔”地走了过来，而每一步都犹如踩在我心上一般。高跟鞋到办公桌旁边的时候，我看到一只手低了下来摸了摸电脑主机。

我心里“咯噔”了一下，这只狡猾的狐狸！

“出来吧?”是薇姐的声音。

我装作被抓住现形的窃贼,很害怕地哆嗦着从桌子下爬了出来,刚出来就被几个人扭住了手。

“薇姐,怎么处理,报警还是?”为首的大汉毕恭毕敬问道。

“你们看看这周边缺了什么没有,我问他几个问题。”薇姐端坐在自己的真皮椅上。

“是。”两三个大汉出门到公司里面先去翻找了。

“能进我公司门的人可不是一般人啊,什么来路?”薇姐直盯着我问道。

“呵呵,没什么来路,就是想混点钱。”我答道。

“不说实话你可要吃苦头额。”薇姐一笑,笑得很和蔼,但是却透着一股特有的威严感。

“放过我吧,大姐,我下次不敢了。”我尽力装得更像一个被抓的小偷。

“到我这里来的人,还有下次吗?哈哈哈哈……”薇姐深深地笑了一气,接着又对我说道:“不想死呢,就在这里把事情说清楚,你是谁?跟谁来的?想干什么?干了什么?”

“哎呀,大姐,说了我到这里就只是想弄点钱花花,就我一个人。”我回道。

“偷钱的小偷开我电脑干什么?呵呵,好了,看样子你是敬酒不吃吃罚酒了,带下去找个地方好好问问。”薇姐说道。

我还没来得及回答,头上已经被罩上了一个眼罩,双手被结结实实地绑了起来。

“听着,你们几个到通风管道找找看,我想肯定还有老鼠!”薇姐特地对着我耳旁说道。

“是。”几个人分散而去。

而我也就到了这个地方,被折腾了两天,而我挂念的是电子资料是否安全,老K他们是否安全出去了,小熊是否能够理解我的意思并推断出洗钱的犯罪依据……

“吱呀”的一声,大门打开了,薇姐走了进来,一如既往地端坐在我的对面。

“怎么样?”

“没怎么样。”我尽量用着不屈的语气对着她说。

“哎呀,这么帅的一个小弟弟,被折腾成这样了呀,真为你觉得可惜。但是更可惜的是,假如命没了,岂不是更惨?你也得为其他人想想,比如你的女朋友之类的,你真想死吗?”

薇姐靠近了过来,一把尖锐的匕首架在了我的脖子上。

说实话,在那一刻,我真的感觉到了人生离别时的挂念,我想着李婉晴,想着白杨院长,想着特情学校的这群兄弟们。我真不想死,恐惧的心理甚至占据了我整个灵魂。我听得到自己急促的呼吸声,泪水不争气地流了下来——我真的害怕了。我,黄昊,今年才21岁,就要这样死?! 我不想,真的不想!

“我给你一条活路,就是告诉我,你们来了几个人,你们过来要干什么? 你们干了什么?”

我苦笑了下,人生大抵也如此,此刻该绝,又有何恋?!

“那我告诉你吧,你的一个同伙,挺瘦的,选错了路,刚刚被杀。”

“你!”我想到了很可能猴子被抓了,我有些愤怒了起来。

“我还要告诉你,还有一个同伙,挺胖的,选择了另一条路,交代了你们所有的计划和获取资料的信息,我将他放了。所以,其实你说不说都不要紧,因为我都知道,但是对你来说不一样,因为是生和死的问题。”

“唉”,我仰天长叹了口气,想起了猴子所写的那首诗,“风系秋明霜满天,流若春水花惹涟,衣锦还乡楚都去,人不风流枉少年! 哈哈哈哈……”而我此刻才明白了猴子那看似放荡不羁的形表里面藏着的那种冷酷以及他对特情使命的崇尚追求。

薇姐看着默默无语,手挥了一挥。

几个大汉将我架出了门口。

我想,这或许是我最后一次看太阳了。

然而……

我看到了一个熟悉的身影站在了我面前,由于在暗室待的时间太长,我挣扎着将眼睛眯了起来看,看到是老K笔直地站在门口,他是卧底?! 他出卖了我们几个人?!

接着,我看到了另一个东西,后面是一辆救护车。

刚才杀气腾腾的薇姐也边鼓掌边走了出来。

突然间,我什么都明白了。

我终于知道为什么薇姐会那么及时地回来,原来这些人早就已经在那里等着了。

我还猜想到猴子、胖子他们肯定也在遭遇着同样的考验,但是我不知道薇姐后面说的是真是假,就是胖子是否没有通过考验。

老K走了过来,搀扶着我,把我送上了救护车。

我叹着气,对着老K说了句话:“不带……这么整人的”,而脚刚踏上救护车,我就晕了下去。

醒来的时候,小熊端坐在我病床的旁边,而旁边另外三个病床躺着猴子、胖子和假妹,而似乎我是第一个醒来的。

“我真以为你们死了。”小熊看我睁开眼睛说道。

“呵呵,我命大,他们怎么样?”

“猴子底子差,还好他们不敢死整。胖子据说被弄得最惨,因为他肉多,话多,又惹人,每次都感觉要交代又不交代,于是最吃亏。假妹还好。”说到胖子因为胖而挨打多小熊突然笑了起来。

“最欠打的是老K。”猴子突然吱声了起来,似乎已经听到了我们的对话。

“同意,下次我们一起整他。”这是假妹的声音。

“哪个就是说,搞多了会死人滴嗒。”

我们听到这句话都忍不住哈哈大笑了起来。

“你怎么没事,小熊?”我问了句。

“我也被抓了啊,不过我没多久就知道了这是一场演习,他们也无法继续下去了。”小熊说道。

“你怎么知道的。”猴子表示相当不解。

“首先行动代号‘括羽’,‘括羽’者,磨砺拓学、修学益智也,我就已经有点这会是训练和演习的感觉。之后突然性的盲音和其他电子讯号正常工作,这让我更加感觉到事情要复杂很多,因为能够准确地屏蔽我们的无线电讯必然有内鬼,我们其他几个人初次接触任务,我认为我们几个人都不可能有机会去泄露给外界,唯一缺口就是老K。最后我在审讯中听出了他们对你们几个人的掌握情况,唯独没有谈到老K。而这种情况下只有两种可能:一种是老K是内鬼,出卖我们。另一种可能就是这是一场演习。经过数次的逻辑推理和与审讯人员的交锋,他们几个人的说法不一,我就坚信了这是一场演习。”小熊缓缓说道。

“这个女人真BT,我有这个脑子就好了。”猴子感慨道。

“智商真是硬伤啊。”我也感慨了下。

“我都想哭了。”胖子一听到这种推理,都有呜咽的感觉了。

“真无语啊。”假妹也似乎没脾气了。

“我让老K带给你的话带了没？”我似乎还想和她玩推理下去。

“他没带到，我和假妹也都被分别抓了起来。之后，我想着你最后给我的图片，花费些时间，后来我明白了。鸡尾酒都基于基酒的搭配，而基酒一般是以下几种：威士忌、白兰地、金酒、朗姆酒、果酒，第一个字母对应的是W、B、J、L、G，和我们前期所掌握公司名称的第一个字母是对应的，如伟业工贸就是W、百乐地产就是B、吉祥金融集团就是J、菱川电子商贸就是L、歌乐娱乐餐饮集团就是G。你所展示的酒单上列的‘阿拉斯加、得其利、罗伯罗伊、黑俄罗斯、螺丝钻’都是鸡尾酒名称，都是不同的基酒搭配，后面的数量符号暗示着相应的走货量和搭配情况，而其实这就是一个洗钱的走货单。薇姐通过去酒吧的方式将走货信息流露出去，这样双方就可以进行对应操作而找不到痕迹。”小熊继续用着她那超级理智的分析解释道。

一切变得豁然开朗了起来。

“啪啪啪”，一阵鼓掌声后，进门的是薇姐，后面跟着老K。

“恭喜你们，你们通过了特情学校的第一节任务课。从今天开始，你们分别获得‘牙’和‘茶’的称号。也就从今天开始，你们正式成为了一名特情人员，未来还有更长更多的路要走，加油！”这个时候才让我彻底地感觉到这个薇姐原来是如此可亲。

“我们可差点被玩死。”胖子的气还是咽不下去。

“特情第一原则就是任务至上，而对于我们特情来说，能不能保守特情机密是特情人员的第一守则，而这场忠诚与背叛的考验每个特情人员都逃离不开。在这个充满诱惑和恐惧的世界，你们能通过考验是相当难能可贵的，我为你们自豪！”薇姐说话什么时候都有种领导风味。

“说真的，我宁愿你们今天没有通过考验，也不愿你们成为特情人员后由于背叛而被‘回收’，因为你们要知道你们身上所肩负的责任将会是何等的重大。”老K接着话说道。

“你们有了称号就已经获得了国家的认可，希望你们再接再厉，上新的台阶，为国家和人民做出更多的贡献。”薇姐说道。

我偷偷地看了一眼小熊，表示不解。小熊解释道：“特情学校男特情和女特情分别有自己的称号系统，分别用古代的颜色代表，男的是牙、青、白、黑、炎、靛、玄；而女的是茶、綄、秋、紫、黛、胭、檀。不同的级别届时的培训系统都不一样，而你获得称号后可以在颜色后面加上自己的名称为独特的特情名称附入档案，随你一生。”

“你想好了没?”

“茶果,怎么样?好听吗?”

“呵呵,不要加太多层密就可以了,我们智商明显不够。”

“哈哈哈——”旁边几个人似乎都深受感染,忍不住地狂笑了起来……

“话说,那所公司我们一点都看不出破绽啊,难道那也是道具,那花费的时间和精力也太大了吧?”猴子突然提问。

“特情学校是需要资金运转的,而资金的来源可不是一件很简单的事情,我们是需要财务公司进行操作的,而这个财务公司自然就成为一个演习的好场地。”薇姐答复了句。

“你就不怕我们能够获取真正的信息?”假妹问道。

薇姐依旧傲然地看了眼:“等你们有能力获取的时候再说吧。”

诚然,我想,这种自信是有资本的,而资本的差距就是,我们才刚刚入行。但是,我换想,薇姐不敢再晚一些回来也是对我们的畏惧。或许再深入下去,我们真的能获取到真正特情学校的秘密。

“好吧,你们好好休息,等待下一步的指示。”老K说道,然后和薇姐一起转身离开了病房。

病房里面空气开始活跃了起来。

“说真的,再审我一天,我真要说出去了。”胖子第一个跳出来说道。

“为什么?”假妹问道。

“我饿啊我,长这么大第一次饿这么长时间,看到有烤肉和炒菜在旁边,我真是快忍不住了,你们呢?”胖子反问了句。

“我怕死,真的怕就这么死了,我觉得奋斗了这么久,好歹要有点出息,有点收获和肯定,不能就这么说完就完了啊!”我冷冷地回答道。

“唉,我这么想的,真整起来,说不说都得死,吃顿饭是实在的。”胖子答道。

“我还没有游历够,我希望自己有天能够衣锦还乡,给自己争气,为自己证明,我真不甘心就这么断了。”猴子说道。

我们把眼神看向了假妹。

假妹反而有些害羞了起来。

“哎,说吧,没啥。”

“我还没结婚,没谈过女朋友……”

“如果他们色诱你的话,我想真难保会说出去。”胖子还是嘴快。

“色诱对我可能就没用,难说对方还会被我美色迷惑把我营救出去呢。”猴子开始展现自己超级自恋的一面。

“好吧,下次就靠你了。”我顺着猴子的话往下说。

“我怀疑薇姐第一个把你放出来。”胖子的嘴也有些毒了起来。

“第一个是我们的美女好不?不知道美女怕什么?”我问道。

而小熊沉默了半分钟后,说道:“第一,我知道这不是真正的考验,真正被抓的时候我也不知道我会怕什么。第二,你们就这么相信这个病房没有监控监听系统?”

“可怕的女人。”猴子恍然说道。

“无趣的女人。”胖子立马接上。

假妹想了好久,伸出了几根手指,但是却想不到合适的词汇,挤出了句:“不能碰的女人。”

“哈哈,美女多虑了,特情原则之一,这也是我们党秘密战线至今的原则之一,对内不侦查。”我终于逮住了一个机会,自认为可以奚落一下美女。

“信不信由你,反正我是信了。”美女说道。

我突然内心中产生了一种对女人的恐惧,真的,对于一个深不可测女人的恐惧,你永远猜不出她的喜怒哀乐,而且你的思维、思想动态好像早已被她牢牢抓住,逃不出她的手心。我记得有一个人说过:不能掌控的女人和擅长掌控男人的女人都很恐怖,而最令人窒息的就是合二者为一,假如再给这个女人一个天使的面貌和毒蛇的心灵的话,那对男人就是一场灾难!

然而,我花费了很多年,才真正地明白了一些事情,明白了这个女人,同时,也开始明白了很多女人。有天突然想结婚了,就想到我们这种人要找就得找什么都不懂的女人,这才是真正的幸福。为什么?因为太聪明的女人很无趣,小伎俩不能让她真正高兴,或者她要掩饰自己屈就取乐于你,她累你更累;似懂非懂的女人太闹腾,总自以为是,觉得女人天生就应该如何如何,男人肯定就是怎样怎样,这世界都亏欠于她;不懂装懂的女人太弱智,凡事说不出个所以然,但却每每要一个我早就知道的预测姐模样,好事办不成,坏事就有份,而你不是救火队员;唯独懂装不懂的女人才值得珍惜,知足、感性还有对你的足够迁就和照料,让你感觉她就是冬天的太阳,夏日的凉风,在你需要的时候,就如期而至,听起来难,其实就俩字——简单。

“石头,想啥呢？想你女朋友?”胖子看到我愣了老半天,突然问道。

“没有,我在想谁想的特情系统,真难听的要死,我们看的谍战都是字母带数字嘛。”我回答道。

“是哦,牙,叫牙什么呢？牙膏?”猴子顺着说道。

“牙齿”“牙套”“牙黄”“牙肉”“牙床”,如同成语接力一般,四个男人此起彼伏。

小熊似乎第一个受不了,说了一句:“没品,中华文化博大精深,真不知道你们都学到了些啥。”停顿了下之后,继续说道:“说文解字称古多以牙为芽。即牙者通芽,喻新生,为生之根本”边说还边怕我们听不出,拿着手还比画了下。

我们又一次用着极其敬仰的眼神看着美女,真是个怪物啊。

“反正躺着也动不了,都说说你们是为什么到特情学校吧?”胖子又开始切换话题。

“我想给自己增添一些阅历,能做一个浪子剑心般的人物,同时证实自己最男人,最好能够有邦德一样的艳遇和惊险的遭遇。”猴子说道。

“说真的,我真不知道自己为了么子来,老爷子死把我送来,而我从小就敬佩老爷子,我就来了,还说什么自古无湘不成军。”胖子自己说道。而在他回答之后,我猜想了下是否他家老爷子是老革命甚至是大领导,但是在特情学校没有人会去问另一个人的家庭背景,这似乎是一种禁忌。

正当我想问他的时候,假妹插了句:“我们又不是部队。”

“不是部队,胜似部队。一般人进部队混个两三年就出来了,我们这一进门,或许一辈子都出不来了。和平年代,我想我们属于绝对的高危行业。”猴子说道。

“嗯。”这句话得到了大家的普遍认可。

“假妹,你呢?”猴子问了句。

“我原来想做一个黑客,后来被学校发现就直接给开了,然后红客联盟的一个老大介绍我到这里来,说这里绝对会有用武之地。电子信息、侦查、渗透以及偶尔的‘偷窥’‘偷听’都是我喜欢做的事情,我觉得没来错。”假妹说了句,接着问了下我,“石头,你呢?”

“我怎么过来的,我觉得可以写一部小说,如果将来我退休,又没死的话,我会把自己所做特情的全部回忆写成小说,到时候你们看了就知道了……”我答道。

“这也叫回答啊？你就简单说你为什么过来吧”胖子依旧快人快语。

“好吧，说起来你们会觉得好笑，说低俗点我是被骗来的。说高调点是为了荣誉。”

“切，假大空。”猴子直接不甩我，转头看向美女。

小熊依旧冷血得一塌糊涂，只是淡淡地说了句：“为了挑战。”这个真是一个让人直接无语的回答，不过说真的，以她的智商和能力，考研究生、考博士、出国都显得弱爆了。

“你找对了地方，但是入错了行当。”我应了她的话。

“不会，因为这里将成就传奇！”小熊斩钉截铁地说道。而我们也无不被她这种自信所折服。

“希望我们都能成为传奇！”猴子应声道。

他们都纷纷忘记了疲惫，鼓起掌来。

思绪紧接着，飘过时空，想起了那年大三，我人生转折点的几天……

那是周三的一个上午，一早寝室电话响了起来，寝室长蒲小峰起身接了电话，我想他估计是他女朋友的电话。然而事实并非如此。“哦，白杨院长啊？找黄昊？他在，我叫他”对于大学院系里的一个班来说——院长的电话对我们来说似乎显得不可思议，然而这就是事实。我被从睡梦中拉起，迷迷糊糊地走到电话机旁。

“您好，白杨院长。”

“黄昊吧？吃完早餐立刻到我办公室来一趟，有急事。”

“哦。”

“啪”的一声对方将电话挂掉，显得格外焦急。

我走在去往院长办公室的路上，脚步显得有些沉重，我一直猜想会是什么事情呢？不过我想到了很可能是卢俊把我出卖了，但是也不会如婉晴所说的那样说我是代考的专门组织者啊?！这不会是要开除我吧？船到桥头自然直，管它。思绪错乱中，人已经走到了S大政法学院院楼处。映入眼帘的8个大字又一次的震撼了自己的心灵，那就是政法学院的院训——“学政报国，习法为民”，第一年进入院楼的时候，就深感到这8个字已经囊括了自己的理想，自己的抱负。

就这样，我推开了那扇门，那扇似乎已经早就已经设计好的门。

“黄昊啊，坐，把门带上，今天有些事情要跟你好好谈下。”

“什么事啊?”

“你知道吗？人生的转折点往往只有三四个，有时候一念之差会是天堂与地狱的差别，有时候人越挫越勇，有时候人根本就摔不起。”白杨院长的这段话似乎深有含义。

“我不太懂您的意思。”

“最近代考的事情你应该知道，我们班的中共预备党员只有几个，而你和卢俊都是我很看好的学生，都应该有美好的前景。”

我选择了沉默，因为实在不知道如何回答。

“如果换你选择开除一个，你会怎么选择？”

“我不知道。”

“卢俊能忍，目的性很强，为成目的能够百折不挠，甚至不择手段，日后能成大器，但我感到他过于阴沉，要看以后的成长环境，这都说不清。”

“你却相反，重感情、很随性，也很聪明，但是对于人生却缺乏规划，没有足够的毅力，荣誉心不够，甚至不知道自己的梦想何在。”

我没有为自己的梦想去辩驳，因为梦想从来都不是在嘴上，你辩或者不辩驳，它都在那里。

“你知道吗？我曾经有一个很优异的学生，和你很像，我为他安排了一项任务，甚至可以说为他选择了一种人生，我到现在仍不知道是对还是错。”白杨院长静静地说道，“近几年的几个大要案和专案都有他的身影，解救过被拐卖的儿童和妇女，打黑除恶，打击毒贩……”

“他做了警察？”

“不是，是隐蔽战线，是特情侦查，我也是通过秘密渠道才知道的。”

“哦。”

“我们S大政法学院是有着光荣传统的院校，它的前身就培养过很多谍报人员，在抗战时期做出过极大的贡献，然而这些光辉由于各种原因没人提起，但是我们不能忘记报国的历史使命。”白杨院长用着几乎有些颤抖的声音说道，“作为一个预备党员，你应该有真正自己的觉悟，应该有自己的担当，有自己的责任感。而你具备这个天赋，隐匿的天赋，正如你代考一般。”

我不知道自己应该是喜是悲，只能不好意思地低头笑了下。

“你想不想去感触一下这个职业？我想你接触这个行业将会提升你的荣誉感、你的成就感还有你的责任感。”白杨院长问道。

“您的意思是？”我回答道

“今天周三，明天校党委书记桂书记会私下找你再聊这个事情，你可以考虑一下，我们会私下推荐你去参加选拔。”

“如果不去呢?”

“你可能会被记大过，然后代考一事就烟消云散。”

“如果去呢?”

“下周一校党委会会对你和卢俊的事情进行讨论，因此，你就必须在五天内告诉我们你是否通过选拔。你如果通过了选拔，学校会在名义上对外宣布对你开除，但是我们会私下给你补发毕业证和学位证。另外，满了期限之后，还给你党组织转正，核发研究生毕业证和硕士学位。”白杨院长说道。

“这倒是一条捷径啊。”我暗自有些高兴。

“你通过选拔后，会获得国家的认可，根据你的任务情况，会有几万元到几十万元的年薪。”白杨院长继续说道。

“哎呀，还有这么好的事情。”我简直都乐晕了。

“但是选拔并非易事，需要有着极其细致的观察力、超人的意志和非凡的智慧才能通过选拔，而具体怎么通过选拔，我没有经历过，也并不清楚，这是机密。我只知道你有五天时间回复我们你是否通过选拔，不要过了五天我们把你开除了，你回头说你没通过选拔，懂了?”

“嗯，懂了。”

“今天的事情不要跟任何人说，包括你女朋友和你的亲人，这是组织纪律!”

“好的，我好好想想。”

那天是我最难过的一天，我不能找婉晴述说心事，不能与父母商量何去何从，但这又关系到自己的人生，可想比当年报考都更艰难。

“你为什么报法学？为什么报法学?”

“我要做一个英雄!”——那是少不更事的我，但是这是我发自那颗虽然幼稚，但是是内心真正的呼声。当我躺在寝室床上闭目思索的时候，年少的心又窜了出来，替我做了这个人生重要的决定……

“桂书记，我是政法学院99法黄昊。”

“坐，黄昊。如果我没记错你的资料的话，你至今已经提前完成了大学时期的选修课程，必修课至今没有一门补考，平均分数85，而你逃课率却超过了60%;400米56″,100米11″;院三大球队队员;院CS队队员……”校党委书记背我的资料竟如数家珍。

这些资料说得我都有些不好意思。

“你的理想是什么?”桂书记突然话题一转。

“报告,我的理想早已刻在了政法学院的墙上——学政报国、习法为民!”

“很好,看样子你已经准备好了。”

“准备好了!”

“下周一上班之前,等你好消息!别给我丢脸,更别给S大丢脸!”桂书记从抽屉中拿出了一张纸,而这纸上只有一道如同符文般的记号!这就是去寻找学校并参加选拔的唯一信息……

第十章　独　战

湖阳市刑侦支队审讯室，闻讯过来检查的牛法医正拿着听诊器对黄昊进行诊断，仔细检验着黄昊浑身各处。

“怎么样？”武哲对着诊断的医生问道。

“没事，过于紧张加上电击导致的昏厥，透下风休息下就好了。”牛法医答道，李耀则似乎没有同情心，说道：“没事就行。”

站在楼上的李小凡开始不解“李队？”李小凡突然感觉到自己似乎说错了什么，把话又吞了回来。

“急了一些。”钱主任淡淡地说道。

姚队这时候没有吭声，默默站在那里，而身边站立着另外一个紧盯屏幕默不作声的人——杨军。

没多久，牛法医走了，留了句话：“李队，有事叫我就是。”

李耀点了点头，见牛法医走后，蹲下用手扇了扇黄昊的脸：“喂，别给老子装，起来！”

而黄昊被李耀从昏迷中弄醒。

“怎么？到这里来睡觉了？！”李耀没好气地问道。

黄昊睁开眼睛看到李耀蹲在身边，想起是他杀的小勇，一股脑儿坐了起来，用手指着李耀：“是你！是你杀的小勇！”

李耀大笑：“哈哈哈，脑子短路了吧？”

黄昊心想，在这里说什么都不会有人信他了，心里一阵悲凉，这就是公安？难道他早就被买通？！如果是这样那我的处境就相当危险了！我怎么才能逃离这个是非之地！难道要袭警？不行，袭警的话不仅冲不出去，甚至可能被直接击毙！怎么办？黄昊意识到巨大的挑战摆在他的面前，他知道这样的辩驳起不到任何作用。

但这一切都被在楼上的杨军细细地看在了心里,他大脑开始急剧思考起来,以前的各种怀疑和零星片段的证据拼凑在一起,而空缺的拼图中,倘若将李耀是杀人犯放入拼图中,一切竟然变得完美起来!

杨军的手甚至有些颤抖,他不敢相信一名公安,一个刑侦支队的副大队长会去杀人!更不敢相信他会利用自己的职务便利去设计和陷害另一个人!他心中开始发冷,这是一件多么恐怖的事情啊!他开始明白黄昊为什么这么急迫地想要得到他的帮助,除他之外,黄昊还能依靠谁?!

他开始明白为什么李耀会那么早地出现在杀人现场,因为现场留下了他的脚印!

他开始明白为什么要那么早的移动现场,甚至违反勘查程序,因为他怕留下更多的痕迹!

他甚至可以想象李耀的作案方式,用电击将陆小勇电晕,然后电击黄昊,在与黄昊的搏斗中,黄昊被电击并掉下了匕首,之后李耀戴着手套用黄昊的匕首将小勇刺死!而这也正好可以解释为什么刺入心脏的刀伤是呈 90 度角,说明小勇被杀前是呈仰卧状!而现场没有挣扎痕迹说明当时小勇已经被电击击晕!

黄昊则肯定是为了躲避李耀的追杀,跌入山谷!

这也很好解释为什么小勇的指甲中会留下黄昊的皮屑,因为两人在奔跑中的撕扯导致!

而另外在现场的两个青年很有可能就是李耀的帮凶,在自己提出质疑之后,李耀通过他的反侦查能力为他们两人圆谎,现在回头看来一切更加可疑了!

他开始知道了李耀为什么急于追凶,而拒绝与他探讨本身杀人的动机问题,在之后的审讯中急切要将黄昊置于死地!

他开始为帮助李耀而后悔、而自责,乃至有种想扇自己的冲动?为什么没有早点意识到黄昊所处的危机?为什么没有早点出手营救黄昊?他甚至想就这样冲下去将黄昊抢出审讯室,但他知道,这是违法的行为,他更加知道他现在所处的是刑侦支队二大队的地盘,他不知道还有多少人可能被买通。因为就尸检报告来说,起码牛法医是肯定有问题的,他隐藏了太多的东西!他开始觉得心里发凉,这种凉气不是外面的寒气,而是心寒!

杨军进一步想到背后还有更多的疑点要揭开:黄昊为什么到这个城市来?李耀为什么要杀小勇?黄昊和小勇为什么会那么晚在那里碰头?

杨军大脑急速飞转:我该怎么办?!我难道眼看一个朋友被杀,然后还要眼看另一个朋友被诬陷为杀人犯吗?! 不行! 不管怎么样,这个案子我都要私下侦查下去,一直到水落石出为止!

杨军暗下了决心,走向姚队说道:“姚队,犯罪嫌疑人已经被抓到了,而我所里留下了太多事要我去办,我可否不参与审讯? 如果在取证方面要配合的话,我还是随叫随到,不知道是否可行?”

“嗯,这个事情要请示一下游队,毕竟你是专案组成员,不过有急事你可以先走,但要保持联系。”姚队应了句,对姚队来说,这个案子宣告侦破只是时间问题而已。

“是!”杨军敬了个礼,向门外走去。对杨军来说,凤凰山杀人案的侦查才刚刚开始!

前面凄冷的寒风并没有消去之意,杨军的身影在这阵寒风与夹雪的细雨中独自前行,雪子泼打在他的脸颊上,引起了一阵阵的刺痛,寒风则如同飞刀般的削割他的脸庞。但他内心知道,追求真相和公平正义会一直鼓舞着他前行,这股动力犹如火山中喷发出的火焰一般,推动着他前行! 前行!

审讯室,李耀看到黄昊沉默了良久,用手拍了拍黄昊。

“承认了吧!”然后将手伸了出去,要将坐在地上的黄昊拉起来,此刻的黄昊没有想太多的东西,他知道这场阴谋并非是一时就能够揭开的,这场战争也不是一两次交锋就能够完成,他只是需要时间,需要更多的时间去想如何能够胜利解脱。

黄昊想,起码我应该知道对方叫什么名字,适当的时候还是需要示弱。特别是在百口莫辩的时候辩驳本身反而要浪费掉自己的精力和体力。

“警官你叫什么名字?”

“李耀。”

“他是我们刑侦二队的副队长,李队。”武哲在旁边介绍道。

“哦。”黄昊应了声,想到这里他没有客气,将手伸了出去,而就在与李耀两手紧握的时候,他发现了一件事情! 这事比发现对方是杀人凶手还惊叹——那就是李耀在用着极其隐蔽的手法跟他打密语。

而这种密语的手法是他们在特情学校独特的手语,是用于暗示自己的身份,便于内部人员接头和辨认。简言之,手指的食指、中指、无名指并列时,犹如一个翻盖手机,上面的9个指肚分别对应一些编码,在握手的时候将食指按对方的指肚告诉对方你的身份——李耀是特情学校的人?! 而且他还是“黑”级的人,他不会是黑鹰吧?!

黄昊开始惊讶,但场合决定了他不能惊讶,他默默地将自己的身份也回输给了李耀。李耀开始大笑,然后轻声对着黄昊说了四个字。这四个字字字如锤,锤在黄昊的心中,从审讯室接受的各种意外让他开始有些接受不了。小勇死,李耀出现,然后徘徊在李耀是一个杀人凶手,再之后不得不又接受李耀是一个特情人员的身份,他都不知道应该如何去面对了。

这时,李耀说了句话:“把犯罪过程交代清楚吧? 小白,给你从轻减轻刑责的机会。”

黄昊知道李耀说的小白是说他的特情层级,而对旁人肯定会误以为是说小白痴。但是他依旧对这个凭空杀出来的李耀有一些戒心,虽然想着李耀对他说的那四个字能够宽慰他的内心,但是他却不敢相信。因为这个相信的成本太高了,黄昊根本输不起!

“还在想什么问题?”李耀拉了一张凳子坐在了黄昊的对面。

“我该怎么说?”黄昊想了很久,回了这么一句,其实他还是想表达自己如何才能信任李耀。

而这一切对于武哲、对于钱主任、对于姚队,甚至对于李小凡等等所有的人,都已然确认了一件事情——赵羽,已经放弃了抵抗,马上要交代自己的杀人事实了! 他们对于李耀的审讯水平又有了新的认识,原来这么大的一个犯罪、这么强的罪犯,原来是可以这样的突破。

李耀看出了黄昊眼神中的不信任,他开始换了一个话题。

“你会下棋吗?”李耀问道。

“会。”黄昊答道,李耀的问题已经接近了他与黑鹰的接头暗号,只是他无法相信与黑鹰的见面会在这个地方,以这种方式。

武哲在旁边没有说话,他尽力揣测着李耀的审讯思路,以便于之后帮腔。但他没想通为何黄昊在触电之后就这样快的就准备交代自己的犯罪事实。难道真的是把脑子电坏了?

李耀问下棋是想证明什么问题呢? 难道是想告诉赵羽前面他躲避侦查的方式犹如下棋,但是全部被看穿? 武哲开始有些不解了起来,他只能选择沉默,在旁边听着,不敢贸然提问。

李耀突然对着武哲等人说了句:“你们可以出去下吗? 我有个问题私下问

一下赵羽。”

武哲等人点了点头，走出了审讯室。

“你会下残局吗？”李耀凑近了问道。

“那是将帅的问题。”黄昊回道。

“士象含笑别离死是为什么？”李耀轻声地又问一句。

“十步千里换一击。”黄昊轻答道，这种暗语式的问答在这里显得有些突兀，但是他可以确认这个李耀就是黑鹰，根据任务的安排，他需要听从黑鹰的布置，那这必然还包括承认这个杀人的罪名！他相信组织，相信任务的安排必有它的道理。

“小勇的资料我已经全部收到了，你的资料我也在整理，放心！”李耀对着黄昊继续轻声说道，黄昊点了点头。

“好吧，赵羽，你现在认罪了吗？”李耀大声地问道。

黄昊又点了点头。

监控指挥室内，他们为案件的侦破而喝彩。

“那你等下将犯罪的相关事实都向我们的办案干警交代清楚吧？”李耀留下了句话。

黄昊“嗯”了一句。

“我还有事情要办。”李耀临走留下的是这样一句话，黄昊突然想到了一些事情，或许他和小勇都只是诱饵，在残局中要去赴死的兵卒，而李耀则会是那个致命一击的棋子，他也将独自地去面对那个犯罪集团，去揭开犯罪的黑幕。

在那一刻，黄昊突然明白到李耀的难处，而李耀独行的背影留给他的是另一种的震撼！

武哲很好奇地问了李耀一句话：“李队，你用的是什么方法让赵羽交代问题的呢？”

“人都会趋利避害，我跟他说了弃卒保帅的下棋方式，告诉他不要顽抗到底，这样损失更大。这个赵羽是聪明人，所以选择了交代犯罪事实，换取自首的认定和从轻减轻的处罚。”李耀回答道，这个回答显得滴水不漏。

“我要上去汇报工作了，当班民警进去继续问就是了。”李耀接着说道，然后转身离开……

消息很快就传递到了湖矿公司、市政法委和市委，虽然消息未在媒介上进行披露,但此刻,很多人的心都已经安定了下来。但没人想到,一切才真正开始。

“郭总,嗯,是我,现在扫尾工作已完成,我马上到你这里来安排监控的重新布置。”李耀拿起了专线电话,与湖矿郭华联系。

湖矿办公室,李耀跟郭华秘密见面了。

“哦,你就是我父亲安排的人啊,很好,很好!”郭华没想到他父亲所说的干将会是一名警察,而且还是市刑侦二队的副队长。

“听你父亲讲你这里的监控出过问题?”

“既然你是我父亲的心腹,我就推心置腹地跟你说吧,上次招聘了个总经理助理陆小勇,他想通过内网监控去获取公司的秘密,还好被及时地发现了。”

“这个我知道,要不然你父亲也不会安排我去下手的。”李耀接着说道,“你把你这边监控的图纸给我看一下?”

“嗯,好的。”郭华将秘存的图纸交给了李耀。

“其实这套监控系统的图纸已经挺完善的了啊,你看,这个和普通的楼宇监控不一样,无法通过外围截取监控,只能从内获取。而内部的监控室又有专人进行控制,相关的硬件设施又很难窃取。”

“是,因此陆小勇就想通过破坏回路来窃取监控信息。”

“我们重点需要保密的是哪个地方?”李耀明知故问地说道。

“工厂,所有的生产流水和物品都在里面”。郭华回答道。

“不用监控不更好?”李耀试问了句。

“那就怕有人潜入。”

“你就不怕里面工人会泄密吗?”

“不会,这些工人都不一般。”郭华说到这里的时候觉得好像说得有点多了,于是又吞了回去。

“我可以到工厂内部去视察一下吗?”

“这个……”郭华面露难色。

“不到里面,我怎么具体安排安保工作?又怎么知道存不存在监控死角?”李耀反问道。

“现在当然可以,都是自己人嘛。”郭华回答,但是显然郭华还是有些不想让其他人到工厂内,因为这个涉及的,可是郭家最核心的机密。

李耀看到郭华的脸色,明白了郭华还是很有顾忌,于是拿出专线手机准备拨打郭艾平电话。郭华看李耀动了真格的,更不想因为这个事情得罪他父亲的得力干将，连忙阻止，并拍打着李耀的肩膀，要李耀跟他一起去厂里。

正当出门的时候，遇见了顾芃拿一些资料正在门口，李耀好奇地看了一眼顾芃，没说什么，只是心中暗暗有些觉得奇怪，这个女人以前似乎见过，如果没有记错应该是打过交道的。

郭华看见李耀盯了下顾芃，赶紧介绍："这是我秘书，顾芃。"

"哦，我们先去工厂看看吧。"

杨军待在家中，将现有的案卷资料和证据材料摆放在桌上，整理着侦查的思绪。对他来说，时间非常的紧迫，如果真的是李耀或者他背后的团体要致黄昊于死命的话，那么会尽快地将案子移交法院进行判决，而加上该案的政治因素和社会影响，很可能法院会很快宣判，甚至很快就被批复而执行死刑！留给他的时间不多。他需要尽快掌握凤凰山杀人案全部材料，但是目前很难找出对黄昊有利的证据材料。唯一的途径只能推倒重来……

他铺了张纸，罗列出几个重要环节：

1. 报案的三个人：胡志、吴得明、吴得利，而根据之前的接触，胡志不存在犯罪动机和可能，吴得明、吴得利两人有很大的犯罪嫌疑，真相只有找吴得明、吴得利两个人才能知道。

2. 牛法医和现场勘查人员：根据现场勘查和尸检报告，死者是被利器刺破心脏而死，现场未见大量血渍，血渍面积为 $20cm^2$ 左右。而根据当时的询问，胡志比画说现场的血渍很大一片，两者相差甚远。想到未到现场再勘查已成最大的疏忽。同样，根据规定现场勘查人员应该有两人以上，应该有对现场的照片，他们对现场当时是怎么样的记忆呢？为什么在勘查笔录中写得这么简单，这些人难道都集体失语？还是也已经被背后买通？

3. 深层次问题：李耀接受了谁的命令去执行杀人？李耀的背后到底是怎样的一个犯罪集团？换个角度思考下，谁从中能够受益呢？能够得到什么利益呢？这个利益是否被小勇牵扯到或者威胁到，成为杀人的原因呢？

正当他还在思考这些问题的时候，手机突然响了起来。一看是熊安安的电话，杨军突然想到，这个女人或许能够成为力挽狂澜的关键。

"帅哥，在干什么？"熊安安依旧是这样的快人快语。

"我们见个面吧，有点重要的事情跟你谈下，电话里不好说。"杨军回道。

"哎呀，还有电话里不好说的啊？"熊安安又开始瞎想。

“好了，不要瞎猜了，就到我家旁边的迪欧咖啡见吧，真有急事。”杨军挂断了电话，开始想怎么和熊安安讲这个事情。

另一方面，在审讯室中，陈警官和胡警官已经开始对黄昊做笔录，记录着这个赵羽的杀人过程——赵羽由于无业，又失去女朋友，11 月 19 日晚到凤凰山下面山脚的一家饭店吃饭(店名记不起来)，喝了点酒后到后山散步，看到被害人一个人在后山，于是心起歹念企图抢劫，在与被害人撕扯中，拿出随身用的匕首直刺被害人心脏，致使被害人心脏破裂而死。赵羽随后搜走了被害人身上的钱财，发现被害人已经死亡，由于畏罪，赵羽开始逃跑，但是由于天黑地形不熟，摔下山谷，之后为了躲避侦查，逃窜隐匿……

供词与警方现在手头所掌握的证据、证言、勘查资料等都完全吻合，宣告了“11 · 20 凤凰山杀人案”的正式侦破，当一份正式的汇报材料形成并层层呈阅至贾书记后，贾书记欣然题词：“人民卫士、湖阳利剑、发展钢盾！”这对湖阳市公安局来说是一个极大的荣誉！

正准备和李耀一起去厂房，还没有走出办公楼的郭华的手机响起：“您好，郭总，那个赵羽现在已经签字了，等下他指认完现场，再做完两份笔录就准备关到看守所去。”

“哦，知道了，尽快了结，不要夜长梦多。”郭华简单说了句。

“放心。”之后是“嘟”的一声电话挂了。

没过多久，一条短信又发到了郭华手机上，郭华看了看，是卢俊发过来的，大体意思其实也就是围绕着赵羽被抓，对湖矿公司经济发展，市政府全力支持云云。郭华也没细看，他知道他们想表达的意思。

而这一切，李耀似乎早就知道，对于一个这么大的集团公司进驻湖阳，政坛、商业圈的人都巴不得能够搭上关系，而甚至在警队，也不排除郭华已经安插下了耳目。因此他对赵羽施予暴力现在回想是必要的，案件的每个进度、每个环节甚至一举一动都有可能通过各种渠道反馈给郭华。

正当李耀在想这些问题的时候，肩膀突然被人拍了一下，李耀吓一跳，回头一看，不是别人，而是冤家——郭悦！

“李哥，叫你请我吃饭，你总推来推去，今天怎么突然跑到我哥公司来了？”郭悦的声音显得有点嗲。

“哦，过来办点事情。”李耀轻描淡写说道。

反倒是郭华有些惊讶：“你们两个怎么认识？”

“我们很早就认识了啊，李哥以前是帮叔叔做事的，我大学也是在云都 S 大读的书啊，怎么会不认识？”郭悦说道。

李耀点了点头，他知道郭艾平曾在日本待过一段时间，后来让郭华高中时就到日本去留学，郭华直到 2006 年才回苏东来，到湖阳这里开办湖矿公司，因此郭华反而跟自己不熟。

而李耀从特情学校出来后不久就打入了郭简瑞的犯罪集团，用了很长时间才获得了郭家的信任，他的身份特别，因此郭简瑞和郭艾平一般不会特地去跟郭华说太多的，而郭悦则像一个冤家一样，以前就喜欢在他叔叔那里跑来跑去，看起来跟一个不良少女一般，好在有李耀保护着，一路也没出什么大事。而恰恰就是因为有他的保护，这个冤家反倒是越加惹事，最后他还是劝郭艾平将她扔到澳大利亚读研算了，哪知道这妞又在这里出现了。

“哦。”郭悦点了点头。

“你说你吧，李哥，我大学毕业你也不来看下我，说什么我老爸给你安排了任务，人都没影了。没想到你 2006 年还考到这边公安来了，更没想到我哥到这边开公司，你看，缘分吧！”小女生，其实也不小了，显得有些洋洋得意起来。

“好了，小颖子，别叽叽喳喳地吵个不停，像只麻雀一样，他帮叔叔的事情别乱说，你傻呀?!”郭华对这郭悦说道，而小颖子这个小名可是他从小叫大的，因为小时候郭悦就同一个影子一般地紧跟着他，而郭悦一不做二不休就干脆把自己小名叫颖子了，即使在大学，也是以颖子的名义称兄道弟、呼姐喊妹的。只是大家都不知道这个名义的来历，否则很多人会笑爆大牙。

郭悦点了点头，不再吭声。

然而这种沉默是坚持不了 50 秒的，郭悦突然像发现新大陆一般的说道：“哎，你看吧，你们一个是小时候疼我的哥哥，一个是长大后疼我的哥哥，如果再加上大学时候疼我的黄昊老哥一起来，我就超幸福了！”

“黄昊是谁啊？”郭华问道，而这个问题也正是李耀想问的。

“哦，我大学的同学，好像我这边还有几个同班同学，都在公检法。不过我刚回来，很多人都没怎么联系。”郭悦说道。

李耀真想拍下脑门，这是哪跟哪啊，世界就这么小？他从 S 大政法学院出来的，白杨院长可是他最敬佩的一个人，只是后来因为加入特情，自己名字也变成了李耀，身份也和 S 大完全脱轨。而他知道杨军是 S 大政法学院毕业出来的，而这几个人是一班，那就是包括小勇啊都是自己的学弟?！这个玩笑开大了！

“好了,小颖子,我们得去忙点事情了,你去别的地方吧?”郭华心想还有很多事情要办呢。

“好吧,那你们等下忙完了打我电话,李哥你可欠了我N顿饭呢!”郭悦临走都依旧不死心。

而此刻,阳光灿烂蹦跶的,还有另一个女人——那就是熊安安,她对杨军请她吃饭这种开天辟地式的好事得意了半天,甚至还为穿什么衣服,杨军可能穿什么衣服纠结了半天,丝毫都没想到接下来的事情。

当然,想不到的事情很多,即使是李耀,他也没想到他接下来还会遇见一个“熟人”。

临街的迪欧咖啡外,熊安安已经在路边徘徊了很长一段时间,她从未想过杨军竟然会约她。那件好不容易挑选的粉红色秋冬毛呢风衣外套,她总觉得似乎还欠缺了点什么,很可能是出门时候靴子上那个小水晶碰掉了的原因,心里总不想一个不完美的形象留给杨军。但是女人的矜持又告诉她不能这么傻乎乎地先到咖啡店里去等,把自己的身价给降低了,就这样徘徊了一下,身边的电话响了起来,熊安安迫不及待地拿出手机,然而却依旧等电话铃多响了两次才接通。

“大姐,你在哪里啊?”杨军急促的声音让熊安安听了反而有些感觉,那种被在乎和需要的感觉。

“刚路上堵车呗,快到了,在哪儿?”

“A4。”杨军的语气始终带着一种天然的命令口吻,有时让你不得不服从。

熊安安觉得杨军似乎有些生气了,于是“噔、噔、噔”地踩着高靴赶了过去。A4包厢位于这个迪欧咖啡的最角落,轻松的轻音乐缓缓地放着,而幽幽的角落包厢让这个平常大大咧咧的女人荷尔蒙也不一般地分泌起来,是期待呢?还是害怕?

推门之后,杨军的脸色却给这个女人另外一种直觉——真有事!

“坐吧,想喝点什么?”杨军单刀直入,似乎丝毫没有看到熊安安所特地准备的衣服、饰品,也没有感觉到熊安安难得会去喷洒的ferragamo香水。

这个问题倒让熊安安显得有些无措起来。

“随便吧。”——这是女人们最爱使用其实却又是最不合心但是又最能保持自己选择和机动性的回答。

“那就一杯蓝山咖啡吧。”杨军对着服务员说道。

而熊安安完全忘了自己似乎应该点点儿点心之类的,只是面对着杨军坐了下来,或许这个包厢的空气太紧张了一些……

“你找我有什么事?”熊安安思维在几分钟之后终于转了回来。

“一些急事,不知道你相信不相信,我需要你帮忙,信得过的人不多了!”杨军急切的眼神盯着熊安安,让熊安安都觉得有些火热。

熊安安点了点头,这是她难得的沉默,因为她从杨军的眼神和期待以及那一丝的急迫中意识到这件事不是小事。

“这件事,你要保证就你我知道,其他任何人都不能说,要不然我们随时都可能引火烧身。”

“嗯。”

杨军起身坐在了熊安安身边,伸手附耳对熊安安说道:“凤凰山的案子,水很深,杀人凶手不是上次我们追缉的,而可能是市里刑侦队的,我想查清这个事!”

熊安安没有说话,她只想这样好好地听杨军说话。

“而我现在发现上次我们追缉的,很可能是我们班的同学——黄昊!”

熊安安一震,这是什么跟什么啊?她觉得头脑一片混乱。

杨军发觉自己把话题说得太跳跃了,他开始一头一尾地将这个事情讲给了熊安安听……

“太夸张了吧?李耀我也接触过啊,他怎么可能会做这种事情?再说为什么要这样做?黄昊怎么会用赵羽的身份到湖阳来,他过来干什么?还有,他为什么会杀陆小勇?这背后有什么缘由?……”熊安安一口气说出了十多个为什么。

“我也不知道,所以我需要去调查,我自己整了一个调查方案,但是我估计我如果去调查,很可能会被盯梢,甚至不会有好下场。我希望你能帮我!”

“我为什么要去趟这个浑水啊?!”熊安安似乎也意识到了事态的严重性,因为——能让一个刑侦队的副队长去杀人的背后,谁知道会有怎样的一股力量?!

“为了真相!为了正义!为一种坚持!”杨军斩钉截铁地说。

熊安安摇了摇头,淡淡说道:“我只是个女人。”

“为了黄昊,还有我们的 X’mas!”杨军想起了那些岁月。

熊安安继续淡淡地摇了摇头,说实话,她依旧记得那些岁月,但是她不想让杨军去冒险,而且这并不是她需要的答案。她依旧淡淡地回道:“我只是个女人。”

杨军沉下身子,轻轻地亲了下熊安安的脸颊。“这件事调查清楚后,我们就结婚,好吗?!”

熊安安被杨军的这个举动已经吓一跳,更何况他后面的这些语言,她不知道杨军是不是故意这样说,但是诚然她期待这个问题已经太久了,一种纠结、恐慌、忐忑而又欢喜的心情涌了上来,但是直觉告诉她,这个时候这个男人到底是不是为了爱她才说这个话?还是只是为了利用她,她又开始有些厌恶了起来,她沉默在那里很长时间。

“这件事我一定要查清楚的,我真心希望你能帮我,这座城市,我已经不知道还有多少可以信赖的人了!”杨军说得异常诚恳。

但是熊安安并没有听杨军所说的话,她只是更加觉得杨军想得到帮助甚至有点利用她的味道才说娶她,一种不知道从何而来的愤怒和委屈涌了上来,很多心里话一下就脱口而出:“你到底想表达什么?你想让我帮你,你就直接说?!干吗非得把你娶我说得那么轻巧?!还是直接就是想利用我呢?杨军,你觉得这样有意思吗?你认为我熊安安非你不嫁啊?!”熊安安转身就想走。

杨军追了上去,站在了熊安安的面前。

“安安,说心里话,我怕我这次会死,我只想在这最后把心里话告诉你。至于帮忙,我真想不到还有谁能帮我!”

“杨军,帮忙与我们之间的事情毫无关系!毫无瓜葛!”熊安安毅然说道,顿了顿,她将双手一挥,继续说道,“我不是你的白鼠,不是你的试验品,不是你的佣人,招之即来挥之即去!你知道吗?!”

杨军开始沉默不语,熊安安则似乎想把多年的话语都说出来:“多少次你对我充耳不闻,多少次你自以为是,多少次你摆大男人身份,我想请你吃个饭都比登天难!到了今天,哦,你今天需要帮忙了,需要我了,就告诉我你想娶我;哦,你今天没办法了,要用我了,就打电话约我,我就得像个傻子一样地去这样准备,那样准备。我算你杨军什么人?你又算我熊安安什么人?!”熊安安开始呜咽起来,而泪水不争气地就夺眶而出。

杨军这个时候才开始真正意识到了自己的错误,意识到自己曾多少次伤害这个单纯而又咋咋呼呼的女人。

“对——不——起”杨军缓缓而认真地说出了这三个字,几秒后,杨军边用手擦拭掉熊安安的眼泪,注视着熊安安,说道:“我自己会去调查,希望,我还能有机会重新追求你!还能有时间再和你在一起!”然后毅然地走出了门,留下的是一个伫立的伊人。

熊安安追出了门:“杨军!”

杨军回过了头。

“小心!”熊安安含泪挤出了这最俗套但是又是她最想说的两个字。

杨军淡淡地笑了一下,离开了熊安安的视线。

“我为什么不帮他?我为什么拒绝他?我为什么对他发脾气?如果他真的出事了,我怎么办?我真是个混账啊!我刚才答应他不就很好吗?!”杨军走后,熊安安一个人坐在包厢,开始无比的懊恼和后悔,打定主意后,她掏出了手机……

而杨军出门之后,按照预订方案打了若干电话,对他来说,这盘棋的博弈,远远不是单对单,他一个人根本就不具备这种力量,而开始就意味着,他需要布局,而关键的一个人在这个时候显得格外得重要,杨军想到这儿,拨通了市看守所副所长罗紫曦的电话……

另一方面,郭华带着李耀穿过了外围的几道大门后,安保示意二人停一下,李耀开始有些不解,郭华对李耀说:“公司规定,都得检查一下,我也不例外,呵呵。”安保一丝不苟地说道:“郭总,麻烦你们把手机、手表等物品都存放这边的柜子里,身上不要带电子器件和其他物品。”说完安保拿出检测仪器在两人身上扫了几遍,很明显这个检测仪器是扫描一下二人身上是否携带了电子监控产品。但是对郭华也进行安保检查是李耀之前都没有想到的,但是这也的确可以防止郭华被人偷偷放置窃听和窃拍仪器,想到这里,李耀觉得这家公司的安保和防卫已经足够谨慎,换言之,这家公司的机密太多了!

正当李耀想这个问题的时候,一个女人从工厂里走了过来,这个女人穿着很平常,但是有一种特别的异乡味道,不知道是有意而为呢还是自然生成。李耀听到脚步声之后抬头看了去,女人年龄不大,看上去也就30多岁的样子,大眼圆脸,面带微笑,穿着平常的工作服,而不是那种厂区内的防化服,但是这一看并不要紧,李耀总觉得这个女人在哪里看过,但是一时却怎么也想不起来。

“我来介绍一下,她是我们厂产品的设计师,刚从日本过来不久,中文名叫伊灵薇。”郭华介绍道。

“这个是我们市刑侦支队二大队副队长李耀。”郭华向着伊灵薇介绍道。

“您好,请多多关照!”伊灵薇对着李耀弯腰示意,中文说得很标准,丝毫听看不出是日本人。

“您是日本哪里的?”李耀故意试问了下。

“伊贺，藤林家族。”伊灵薇依旧带着微笑对着李耀说。

“伊贺是个好地方啊，呵呵。”李耀回道。

“您去过？”伊灵薇反问了句。

“是。”李耀点了点头。

“伊设计师，我们到工厂里面走一走，你来当导游吧？”郭华接着说道。

李耀心中开始涌起无限感慨，一个刚来的日本女子就能随意地进出这个核心工厂，而自己花费这么多年的精力，才好不容易接近这个工厂，想来真不知该如何感慨。但是直觉告诉他，这件事并不是这么简单，而郭艾平又在日本待过一段很长的时间，这里面必然有蹊跷。而让他感觉到蹊跷的，还有这个日本女人，到底是在哪里曾经见过呢？李耀百思不得其解。

“郭总太谦虚了，那带李队长去哪些地方呢？”伊灵薇说道。

“这次李队是我父亲安排过来为我们安保系统进行检验和提供修补计划的，所以——”郭华把他父亲几个字说得格外重，暗示着伊灵薇这个人是被郭艾平极度看重的人，这个工厂他哪里都可以去。

而伊灵薇很快就明白了郭华的意思，她淡淡一笑：“李队长，能让郭总带到这里的亲信不多哦，说实话，有些地方我也没有被允许进去过哦？”

李耀内心涌起一阵反感，不知道为何，他觉得一个人一天到晚都挂着笑的人才是真正恐怖。毕竟这个世界上，没有几个人值得你天天面带微笑，何况是以口是心非闻名的日本人。但是他又不为伊灵薇所提的问题所震撼，看样子，这个工厂里面还别有天地啊。

“李队长，请过来换服装，我们等下需要穿防化服进厂房，因为水晶制作，特别是稀土水晶的制作过程中会有一些辐射。”伊灵薇引导道，而郭华似乎早已习惯。

李耀想起了这个项目被引进之时，湖阳市市委书记贾书记多次在大会强调过的：“水晶是一种很稳定的物品，怎么可能会有辐射呢？那些说有辐射的都是以讹传讹，破坏我们经济建设！你们想如果水晶有辐射，那我们天天带着水晶不早就会死掉了？！”当时台下就有人窃窃私语：“但是水晶制作过程中会有辐射啊，越稳定的物质要让它产生变化，越需要强酸或者强碱等物质进行兑换……”

在他边想的时候，他已经边把防化服穿了起来。

这个时候郭华从安保的保险柜中寻找出几块牌子递给了李耀和伊灵薇。李耀有些不解。郭华解释道：“这是根据这个安保系统设计的电子感应牌，看起来是一样的,但是里面授权范围是不一样的,目前只有我才能看出具体的区别,呵。”郭华有些得意起来,接着说道:“不同的人允许进入不同的区域,在不同的区域,都会有电子眼对你的感应牌进行扫描,这些感应牌也会是你的出入证,每个人都无法进入超越自己感应牌的权限区域。”

“嗯,做得很细啊!”李耀答了句,同时留意到安保保险柜的钥匙是郭华随身带过去的,可想,到一定程度的感应牌都必须得到郭华授权才能拿到。而普通的又有不同的权限,那就可能归自己管了,但是李耀也没想这么多,只是越加觉得这套安保做得太细了!不知道是国内哪个安保公司设计和承建的,想到这里,李耀随口问了句:“不知道这套系统是哪里做的?现在设计图和规划又在哪里呢?”

他随口的话,没想到伊灵薇用一种奇怪的眼神望着他……

第十一章 炼 狱

炼狱，由死而生，向乐而苦，为念而空。有念不空，生死循环不止，复不得出，故六道皆炼狱。

冬季的湖阳市，雨夹雪细细地下着，丝毫都不顾及着这些地上臣民的感受，而南方湿度本来就大，坐在办公室你忍不住就想跺两下脚，否则没十分钟你就会感觉到自己的脚趾头都变成了木头一般。

湖阳市看守所副所长罗紫曦一边犹如跳踢踏舞步般地跺着脚，一边对着手哈气，一路小跑向办公室。人都还没到办公室，就听到一句叫唤："小罗！"

"王所，有什么指示？"罗紫曦问道。

"进来一下，我刚打了电话给范所，他马上过来，一出门正好看到你在。"罗紫曦心猜，范所叫范德士是另外一个副所长，待在看守所很多年了，一直没有得到提拔，所以干脆也经常撂担子，不知道今天把他叫来是干什么，估计是有比较大的事情，当她想起杨军的交代，她心里咯噔了一下，完了，难道是这事？

正当罗紫曦想这个事的时候，范德士优哉游哉地走了进来，跟二人点了个头算打过招呼，然后就摊在沙发上，也不吭声。

"这样，你们两个都过来了，布置一个任务给你们，刚接到市局的电话，凤凰山杀人案的凶手今天会关到我们这里来。市里领导包括贾书记对凤凰山案非常重视，希望你们要提高警惕，在凶手宣判移交到监狱前，一定要打足精神，出色地完成这个任务。"王所长开门见山地说道，然后看着罗紫曦和范德士。

"重刑犯有狱警直管啊，我们要负责几个监区，那么多号子，我们俩直管怎么管得过来？"范德士首先反问了起来。

罗紫曦知道事情不简单，再说自己资历尚浅，加上范德士说得也并非不无道理，她于是依旧保持沉默。

“这个案子轰动太大了，出不得一点纰漏，让那些狱警直管，我还是有点放心不下。要不你们点名吧，看你们手下哪个狱警能确保万无一失?”王所长问了句。

确保万无一失？这无外于一个军令状，而看守所本来都是有一定的伤残意外指标的，这种囚犯混杂的地方谁能保证万无一失？想到这里，范德士也沉默不语。

“这样吧，让罗所挑选精兵强将直管，然后罗所亲自督导，肯定没问题的!”范德士说道。

“嗯，小罗，年轻人应该多锻炼一下，这样吧，你选一个，报给我。凶手应该快押到了。”王所长紧接着说。

“那就叫胡达吧，他做事谨慎而又睿智，应该可以担起这个担子。”罗紫曦看情况就知道退无所退了，何况，杨军所托的事情，让她来分管，也可能好关照些。

随着一声警笛响起，王所长说了句:“来了，小罗，你赶紧安排一下胡达的工作吧。”

罗紫曦点了点头，转身离开。

黄昊一脸茫然坐在囚车里面，他不知道下一步的走向，但是他知道，他只需要等待。

“到了，下车!”随行的陈警官和胡警官喝道。

黄昊缓缓地走出囚车，刚才进的第一道大门他已经看到了“湖阳市看守所”六个大字，他似乎也清楚了即将到来的炼狱之旅。

进第二道门和第三道门的时候，他看到了持枪的武警，很是年轻，犹如当年意气风发一般的他一样，跨着手枪，一丝不苟地矗立在那里，身后几个大字赫然映入眼帘:“执勤就是战斗，哨位就是战场。”

“走啊，看什么看？还想越狱啊?”陈警官手一推，黄昊走向了第四道门，很显然，这是内门，周边的铁丝网还有两端持枪站岗的武警告诉着黄昊，这里是自由的终点。

“赵羽是吧？放到2监区19号，罗所安排让我负责管教。”一个声音将黄昊拉回了现实。

“以后我就是你的管教民警，我姓胡，叫胡达，你先登记。”这个自我介绍胡达的对黄昊说道。

“哦。”黄昊应了句。

这时候罗紫曦巡查完走到了大厅，瞄了一眼黄昊，问了句：“你就是‘凤凰山杀人案’的凶手赵羽？”

“是。”黄昊点了点头。

另一方面，李耀随着伊灵薇她们还在厂区，厂房很大，外围有几个区域，里面犹如迷宫一般，让人难以记忆。假如没有规划图纸的话，即使有通行的感应卡想到这个厂房里面窃取资料也是相当艰难的。

一路上听着伊灵薇对厂房内区域车间的介绍：

“这里是开料和压胚车间，主要就是负责对优质水晶原矿石的切割和压铸；这里是制作一车间，负责粗抛光和细抛光；这里是制作二车间，负责打孔、丝印等依据产品需求所做的细操作；这里是制作三车间，对产品进行镭射内雕和雕刻；这里就是我工作的地方——设计部。”

李耀听到最后的时候才问了句：“为什么设计部要放在工厂里面？”

“哦，这是便于制作尤其是在细操作上沟通督导。”伊灵薇回答道。

“那我们安保的目的是什么？”李耀看到这些车间后，感觉与外面并没有很大的差异，他想普通厂区不需要这么强的安保系统，他的怀疑一种可能是外面只是掩饰，还有核心厂区；另一种可能就是生产的物品是挂羊头卖狗肉，明修栈道、暗度陈仓。

郭华知道李耀是不会相信的，想到这里，他说道：“我们公司除了生产市面上常见的水晶工艺品外，还生产稀土水晶。稀土水晶的材料配方、外形设计和雕刻都有着他的独创之处，因此我们严格保密，防止市场进行模仿和跟风制作。这也是我们产品能以高价赢得海外市场的原因！”

“伊设计师，你带我们到C2区去看下，那个地方的监控和安保较有代表性，其他地方都差不多。”郭华对着伊灵薇说道。

“好的！这边请。”伊灵薇在前面引路。

“其实伊设计师不仅仅要设计，同时她还需要是化学师，了解不同稀土和不同材料在水晶中的搭配和运用，才能将水晶独特的美学展示于外。”郭华继续介绍道。

“哦，那果然不一般啊。”

C2区在几个拐弯之后就到了，李耀看到有几个穿防化服的人员在对一个水晶产品进行加工，但是他并不清楚他们所做的具体内容，而伊灵薇也没有进行具体的介绍,或许是不想让李耀知道得太多。

李耀看了看周边的监控和安保设备,密集度和隐蔽性比前面区域要强了很多,但是他不经意间还是多留意了下那些穿防化服的工作人员,李耀观察到他们用的是机械手,小心翼翼地在给水晶模版钻孔,然后旁边是一系列的产品系数和资料,看起来如郭华所说的一般,进行着独特的细加工。

李耀开始自问起来:“问题究竟会藏在哪里呢?”

有人说,看守所是所大学校,在这里可以体验到人生百态,但是不同种类的罪犯也会“沟通”学习到更多的抗审技巧和犯罪心得,虽然国法不允许,官方不承认,但是事实往往如此。

还有人把一起蹲监房也纳入了人生四大铁之内,很多人并不明白,但是事实并不是没有道理,看过《肖申克的救赎》的人就知道,在一个封闭的生活环境中,特别是共度过一些患难,分享过一些芝麻小事,即使是龌龊不堪的经历,也能成为人生中宝贵的记忆。

当然,这里还一件事实就是,人在某种情况下会成为一种被娱乐的玩具,人性的阴暗和各类罪恶在这里碰撞,这里可以说是人类社会罪恶密度最高的地方。2 监区 19 号监室,注定会成为黄昊终身不可磨灭的一个记忆。

胡达走后,监室门咣当的一声关上了。黄昊不知道未来会怎么样?他心里不由得涌起了一阵恐慌。狱友牛细狗将黄昊带来进去,19 号监室有 30 来号人,住得密密麻麻,看到有新人进来,都纷纷停下了手中的事,一个个站了起来,围着黄昊。

里面传来了一个声音:“带过来!”

众人将黄昊推了过去,一个脸上有疤的大哥端坐在那里。

“叫老大!”牛细狗喝了一声。

“老大!”黄昊叫了一句,他知道这个有疤的人就是牢头无疑。

这个时候黄昊后面不知道是谁,将黄昊一脚踹跪下。

“犯的什么事啊?”“刀疤脸”问了句。

黄昊被人突然这样踹跪有点激动了起来,想起身,这时候几个人生生地按住他的肩头。

“老子杀人了,怎么?”黄昊硬气了起来。

“啪!”一个人伸手扇了黄昊一个耳光!打的力道很大,黄昊感觉脑子都嗡了一声。

“老三!”“刀疤脸”喝了声,那个叫老三的立马停了手,站在旁边。

“国有国法,家有家规,在这个号子里,我说的就是圣旨,掉地上都有声音,听到没?”“刀疤脸”缓缓说道。

黄昊还想反抗,但是被抓得死死的,最后放弃了无谓的挣扎,他点了点头。

“老二,你把这里的规矩说给他听!”“刀疤脸”说道。

老二站了出来,如同背诵般地说道:“一、老大说的就是绝对真理;二、以服务老大为荣,具体所做事务都由老二安排;三、吃、住、行、教由老三安排;四、监室里的汇报必须经过老大,不得向管教干部打任何小报告;五、处罚方法,小错吹花、喝水;中错跑马、俯卧撑;大错禁水、禁食,具体处罚由老四决定。”

“听清楚了吗?”老二问道。

黄昊除了对那些“术语”不清楚外,但是大概的意思已经懂了。

这个时候一个人站了出来,说道:“你今天顶撞老大,本来应该跑马5次,看你刚进来,你就‘吹花’10分钟吧!”显然,按照老二所说的规矩,这个宣布的是老四无疑了。

众人听到惩罚黄昊,觉得有趣子可看了,众人哄然地将黄昊推到了监室的尿桶旁边,有个人拿了一根喝牛奶的吸管过来,黄昊已然明白了吹花是什么意思。

老四这个时候说道:“吹! 每次不能少于5个泡,要吹得像开花一样! 听见没?!”

旁边的这些人都开始起哄闹了起来。

“吹! 吹! 吹!”

“人在屋檐下,不得不低头。”这是这个时刻黄昊唯一的想法,人天生的奴性和懦弱战胜了一切,而对于黄昊来说,他只想到,这是一次考验,忍辱的考验而已,比起他曾在任务面前所经历的生死抉择,这种侮辱根本就算不上什么。

他低下头,忍着刺鼻的尿骚味,接过吸管,一腮帮一腮帮地吹了起来,泡泡也咕噜咕噜地吹了起来,偶尔爆掉几个,尿液飞溅在自己脸上,却已浑然不觉。

看着这个男人在自己的肆虐下做一件这么屈辱的事情,众人却找到了久违的乐趣,因为人——在这个时刻,本身已经成为一种玩具,而人格,根本就已经算不上什么。十分钟并不长,但是此刻对于一个普通的大男人来说,却是异常难以煎熬的十分钟,因为你需要将自己的自尊全部丢弃在地上,而且是丢弃在这些污秽中!

黄昊吹完之后，却很平淡地笑了，他为这种无谓的屈辱而自嘲地笑了，他淡淡地说了句：“这样可以吗？”

而这种淡定、这种微笑却给了“刀疤脸”一种震撼。

因为这个人身上有着他们其他人所没有的：

两个字——希望！

没多久，洗漱用品、被子和监规管理条例一并发放了过来，然而洗漱用品和被子却被老三拿了过去，只留给黄昊一个用旧了的牙刷和一块破旧的毛巾。一切收拾完毕后，黄昊才开始仔细看这个监室，监室很小，住得很拥挤，很多人只是凑合地挤在一个大台板上睡觉，有些人只能睡在地上，而自己，则只能睡最靠近尿桶的地上。

“过来做工啊！做不完等下都得加班做了！”老三对着在发愣的黄昊喝了起来。黄昊应了，拖着脚铐过去。

做工的时候，一群犯罪嫌疑人边做边聊，而黄昊也慢慢从他们的聊天中了解到了一些信息：老大、老二、老三都是不用做事的，坐在那里偷偷地打打牌，老四就是现场指挥一下，19号监室以涉嫌盗窃的为多，但是也有贩毒的，有时候这些人之间会说些黑话，也不知在沟通一些什么……

时间过得很快，一会就到了吃晚饭的时间。

黄昊这个时候才知道什么是定量饭，充其量就是稀饭，准确地说应该是米汤和菜叶汤，然后一点小拇指尖大小的酸菜放在那里，菜叶汤中能漂几片菜叶已经算很不错的了，除掉菜叶，基本可以当镜子使，喝下如喝白水一般，估计盐都没有放，黄昊有种喂猪的感觉。然而，这并非全是看守所刻意克扣，而是从老大他们开始挑、吃，然后按照顺序下一拨挑、吃，最后轮到黄昊的时候已经没有什么可吃的了。

在这个地方，想用热水洗澡基本是奢望，看守所，本身就是一个改造人、教育人的地方，想以星级宾馆或者说旅社来要求，简直就是天方夜谭，这样无业游民都会同《警察与赞美诗》中主角一般，蜂拥而至了，想到这里，黄昊都不想洗澡了，但是想到旁边还那么多人长期不洗澡身上发出的那股酸臭味，黄昊有些反胃起来。

熄灯后，黄昊久久不能入睡，第一，没有入睡的地方；第二，因为老三将他的被子已经缴了上去，给老大他们盖了，这个已经入冬的季节，没有被子就躺在地上，即使是蜷缩成一团，也依旧会打寒战；第三，他害怕会像香港电影中一样，晚上被号子里的这些人袭击一通。于是他靠着墙边坐着，双手抱紧着膝盖，一边哆嗦着，一边回忆和感慨。半睡半醒间，他感觉到了一丝的温暖，他伸手一摸，是一床被子，他睁开眼睛，但是却看不清这个人的样子，只听到他轻声说了句："有人托话要我照顾你。"

"谁？"

"你不要管。"

"等下凌晨4点到6点我值班的时候我会来拿，记住不要告诉老大，快睡吧。"

黄昊想到，这个人的声音很耳熟，但是却想不起是这个监室的哪个人，然而困意战胜了他的好奇心，在这一丝温暖下，他渐渐入睡……

醒来的时候，被子已经被拿走了，似乎一切都没有发生过，黄昊所担心的晚上会被袭击也没有发生。

之后的日子，黄昊发现如果自己在这个监室里尊重老大，姿势低些，不整事不闹事，其他的这些人也都还好相处，当然有几个人除外。

一个是老四，不知道是因为激素分泌问题还是什么，总喜欢无缘由地碰一碰黄昊，摸一摸黄昊，有时候还故意要抱一下，让人觉得恶心至极。然而这个人却什么时候都是一个笑面虎的样子，对老大、老二、老三毕恭毕敬。而"规矩"里司法权是由他来发号，这也让其他人敢怒不敢言。

另一个是鹰钩鼻，或许是因为眼睛像蛇，外号叫蛇牯，听说是贩毒的，一整天阴沉沉的，眼睛突然间动的时候，带着一股迫人的杀气，而这个人连"刀疤脸"平常都不怎么管，谁也不相信这个鹰钩鼻就只是贩毒这么简单。

而黄昊一直在寻找晚上给他被子的人，最终他确认了——这个人就是老二！黄昊犹如遇见亲人一般地在做工中有意接近老二，老二也比较随和，自己介绍是故意伤害罪，关了很长时间了，一延再延。

"刚来得适应这里，没办法。要不然新来都会乱整一套，监室根本就没办法管理，管教干部时间和精力又是有限的。"老二说道。

黄昊点点头，表示理解。

"我跟你说，你知道什么是狱吗？"

黄昊摇了摇头，等老二说。

"狱字怎么写？一个反犬旁，右边一个犬，中间一个言，就是狗咬狗的地方，知道吗？不是人待的！用句话说就是竖着进去，只想横着出来！"

黄昊为老二这个说法心里很是赞同，他简单地问了句："我得注意些什么？"

"老大其实心地不错,家家有本难念的经,他自己拼命干活养家,老婆背着他偷人,一气之下他把人给杀了,以前挺实诚的一个人。"老二顿了顿又说道:"老三脾气暴,跟人家打架进来的,没事别去惹他,顺他就没事,顶他就有得搞,他是三天不打架,身上就痒的那种;另外,你要特别注意老四这个人,很阴险,以前好像还是搞教育的,强奸幼女。"

"畜生!"黄昊狠狠地唾了一口。

"别人问你案底上的事情,你自己多个心眼,有些家伙为了减刑现在什么事情都干得出来,什么人都会卖。"老二继续吩咐道。

黄昊"嗯"了一句。

"赵羽!"胡达的声音从门外传来。

黄昊立刻站了起来:"到!"

"提审,自己过来!"

"是!"

不知道为什么,黄昊现在最期待见到的人,不是别人,而是李耀,但是会是李耀来提审他吗?

杨军一晚上都没有睡着,他整个脑海都是以前大学的那些时光,那些和黄昊、陆小勇他们一起度过的日子。他没想到,以前要当对手的戏谈,今日会变成这个样子,他想到这里,无法再入眠。他打开了白天偷偷利用自己权限所调查的材料:

"1. 住址:吴得明、吴得利,湖阳市柔水区吴家村胜利二组——现在吴家村都已经被拆除搬迁了,看样子,按地址去找已经变得很难;2. 通过身份证号码反查到了二人手机号码,只是如何找人及找人顺序问题;3. 牛法医和现场勘查人员方向:这几个人是很好去找的,只是找到这些人之后,如何询问?自己又没办法控制这些人。另外接触之后会不会立马就惊动到李耀他们,会不会影响到下一步的侦查方向?会不会刺激到李耀背后的利益集团?更难想到的是黄昊过来到底是想干什么?"

杨军觉得眼前犹如铺上了一道厚厚的网,不仅看不清网的后面是什么,就是眼前从哪个节点下手而不会触动这个网都变得极其艰难。唯独令他兴奋的是调查信息——吴得明曾经有过案底!他曾因盗窃被立案侦查,只是后面由于金额小撤案做出了行政治安处罚,但是棘手的是吴得明并不属于自己的管辖范围,想到这里,杨军又开始头痛起来,此刻用一筹莫展来形容是最贴切不过了。

难道要采取一些非法控制的手段,比如强行将吴得明扣押起来?不!我是一名警察,我不能这样做!这是违法的!但是黄昊的性命是否更重要?杨军在这种艰难的选择中徘徊、痛苦,这个夜对他来说注定是犹如炼狱般悲痛的,他不得不强迫自己想到一个破解之道。因为时间,留给他的太少了!

而另外一边,李耀结束了对秘密工厂的走访,遗憾的是他并没有找到问题的关键所在。想到所付出的代价,李耀的浓眉紧锁,而旁边的郭华则以为他是在思考整个安全规划中的漏洞,而伊灵薇则找了个理由先行告退了。

"李队,我们这套安保怎么样?有什么宝贵意见可要提。"郭华问道。

"监控已经很细了,当然有是有一些漏洞,我刚才也在思考。"

"哦,你说说?"

"比如前面郭总你所说的监控回路的问题,我在想能不能增加一条隐蔽的线路作为辅助,用于保持对回路是否被监听的控制,这样安全系数就更高了。"李耀只是顺着郭华的话胡诌了一通。

郭华显然对这套系统并不熟悉,特别对于一个他父亲专门钦点过来的专业人士的建议,他连忙点了点头,显得自己也考虑到这个问题。

"嗯,是啊,这个我也考虑到过。"

"只是增加线路肯定就会碰到一个问题。"李耀开始卖关子。

"什么问题?"

"如果没有规划和线路图的话,这条暗线就没办法增加。"李耀说道,同时还看了下郭华的表情。

郭华显得很纠结,但是他又不好严词拒绝。想了很久,才说了句:"嗯,这个事情我要考虑一下。"

"郭总,假如这套安保需要我来帮忙的话,那没有图纸我是100%帮不上你的忙的,做安保强化肯定需要原始图纸。安保强化毕竟不是做装饰。"李耀故意这样说道。

"不是这个意思,是……"郭华连忙劝解道。

"是什么?郭总如果有难言之隐,又不肯坦诚跟我说的话,那恕我帮不上忙了。"李耀转身就准备走。

"等下,李队,有话好说。"郭华赶紧阻拦一下,然后凑了过去,很小声地说道,"这个图纸有些机密,我不好对外说。都是一个日本设计师做的图,具体缘由我这里就不好说，你也不要问，我反正将图给你就是，千万保密！”

“恩，我知道了。”李耀嘴上这样应，但是内心却在捣鼓，“日本设计师？安保由日本人做，设计由日本人做，从以前的音像资料来看，生产和安保都有不少日本人，是日本哪个公司呢？具体背后又有什么机密？”

在思索的不仅仅是李耀，伊灵薇此刻在另一间小屋内，旁边端坐着的竟然是顾艽！

“这个李队长的身份你核查了没有？”伊灵薇问了句。

“经过多方的渠道核查了，他现名李耀，原名不详，1978 年 2 月 9 日生，目前他 20 岁以前的资料不详，目前掌握的情况就是他 20 岁后就跟郭简瑞在云都做事，主要就帮助他管长途汽运、周边矿山以及部分大菜场的垄断，郭简瑞的姐姐郭风平当时在云都工商局任副局长，权力很大。在建立这个团伙期间，据闻李耀在 2002 年的时候就杀过人，但不知道如何掩盖的，隐姓埋名 4 年后，2006 年以李耀的身份考入公安，先后做过巡警、刑警，2010 年因办案优秀升任市刑侦支队第二大队小组长，2011 年就是今年由于第二大队副队长病退接任第二大队副队长至今。”顾艽如数家珍。

“这么快升职不简单，背后估计更不简单。”伊灵薇淡淡说道。

“当时好像就是由他打掉了几个涉黑团伙，但是估计与郭简瑞的举报和线索有关。”顾艽点了点头。

“我听说郭华的妹妹郭悦与李耀很熟？但是反而郭华与李耀不熟？”伊灵薇继续问。

“是，我前面也很诧异，根据我之后的调查，才发现当时郭华跟着郭艾平在日本待过很长的一段时间。而郭悦当时在苏东省 S 大政法学院读书，由她叔叔就是郭简瑞照顾，跟李耀一来二去两人就很熟了。”顾艽回道。

“那这样说，郭悦就应该知道李耀的真实姓名了?!”伊灵薇一下就抓住了重点，这令顾艽心服口服。

“或许就是这个原因吧，郭悦正好是 1999 年在 S 大读书，但是到了 2003 年就被她父亲丢到澳大利亚去了，资料中好像到那里跟着他父亲的一个朋友做矿这块的业务，做了段时间后大概 2008 年开始在那里读工商管理研究生，今年毕业的。”

“你接触到过那些安保和设计图纸没有？”

“没有，郭华对这个看得很重，特别在陆小勇事件之后。我想不通的是，你做设计也不知道设计图吗?”

“该你知道的自然会告诉你。”顾芃闭口不谈……

看守所的周一格外繁忙,如同刚开业的饭馆一般,公检法的人和律师们纷纷到达,看守所里面的嫌疑人也焦急得很,或喜或忧地等待着,喜的是有些人等待着取保候审或释放,离开是非之地。忧的是有些人不知道自己将来会去到何处。此刻的黄昊穿着脚铐,想着会是谁来提审自己,一步一踉跄地走到提审室。

等待他的不是李耀,而是另一个熟人——李小凡,从李小凡那种在提审室左顾右盼的样子来看,估计没怎么到过看守所,看到李小凡依旧那么单纯的样子,黄昊实在不想与她相认,他这个落魄的样子不想影响自己在她心目中的形象,而任务本身更也不允许他们相认,想到这里他叹了口气,心想人生何其艰难啊!

李小凡是自己申请到看守所去提审的,她的理由是从来没去过,当然李小凡有着自己的小九九,她一方面实在不敢相信以前心目中的黄昊哥会是眼前的这个形象,另一方面她想解开这个围绕着她内心的迷——这个人到底是不是黄昊!而她想到了一个办法,因为有些东西除非刻意去做,否则是很难掩盖的——那就是疤痕!

那是他们小时候的一个秘密:

李小凡也就是“小贩子”小时候和小男孩子一样,喜欢折一些柳树枝编织草帽,然后在草帽上插上几朵野花,可以臭美很长时间。但是女孩子毕竟和男孩子不一样,她不会爬树,而生性好动的黄昊就成为了她最好的帮手。

某天,花园的柳树边。

“黄昊哥,我要那个最高、最长的纸条。”

“好,我爬上去帮你折下来,我还带了刀片,嘿嘿。”黄昊很得意地亮了亮自己身上从家里偷出来的一把单面剃须刀片。

而“小贩子”则在旁边又蹦又跳,然后站在旁边看黄昊爬树,边紧张地看着周围有没有值班的大爷。

黄昊“嗖嗖”两下爬上去了,然后折到那个枝条,拿出剃须刀片割。

“喂!那小孩在干什么?!”一位大爷远远地吼了起来。

“快下来,黄昊哥,快下来!”“小贩子”一边干着急,一边往旁边躲。

“快了,快了。”柳树的皮韧性十足,而对于一个小孩来说,在树梢上实在很难着力。

“那个小孩,快下来!”大爷气吁吁地跑了过来。

“黄昊哥,不要了,我不要了,快下来!”“小贩子”焦急地叫了起来。

“哎呀!”黄昊一着急,将刀片划到了自己的手指上,他也没顾上那么多,只是忍着痛将柳条割断,然后一下就跳了下来。

两个小孩儿一会就跑没了踪影,留下了一个其实为黄昊摔下来担心的大爷在那里叹气。

“哈哈哈哈……”两个小人儿为互相的狼狈觉得可笑。

直到编织花环的时候,黄昊才注意到自己手指被划了一道深深的口子,只是当时没有出血,跑了一下之后血更是冒了出来。

这下把两个小孩儿都吓坏了,又是用手绢,又是用旁边的树叶,好不容易血才被止住了。

“回家跟叔叔阿姨说吧?”“小贩子”说道。

“我们就到旁边的药店包下就可以了。”黄昊显得更有些主见,“如果告诉我爸妈,肯定又要挨打了。”

“好吧,正好我今天早餐没吃,还有钱。”

“嗯。”

药店的医生也被两个这样的小屁孩自己来买医用胶布吓到,更是因伤口上的树叶和手绢觉得有些可笑,出于天职,她赶紧帮黄昊止血并包扎好了。

但是医用的酒精涂上去,多少让黄昊还是流下眼泪,虽然他咬着牙不想让“小贩子”看到他哭鼻子的样子。

“小朋友很勇敢啊,不过你这个伤口这么大以后估计会留疤。”医生说道。

黄昊一听到会留疤,这时候终于忍不住号了起来。

“小贩子”赶紧帮他擦眼泪,然后问道:“好痛?”

黄昊摇了摇头,抽抽地说:“会……留……疤,我……爸妈……嗯……肯定……打……我……”

“小贩子”开始劝道:“我妈妈说过‘有疤的小孩以后就不会丢掉,这样以后你就不会丢掉了’。”

黄昊想了想,这个道理还蛮对的,停止了哭。突然想到了什么,然后说道:“是啊,我爸还说疤痕是男子汉的勋章呢,我终于有自己的勋章了!”然后破涕为笑。

医生也被这两个小人的对话搞得无语。

李小凡知道,之后黄昊左手的大拇指上留下了一个疤痕,从右上角到第一指节,刀伤,他自己割的。她有天还给他量过,有1.3公分。而这个是审讯监控室是看不清楚的。因此她希望在提审面对面的机会等着看黄昊的左手拇指!她希望眼前这个涉嫌故意杀人罪的犯罪嫌疑人不要是黄昊!

郭华带着李耀走进了自己的办公室,进门后还特地将门反锁了,然后示意李耀坐到办公桌对面的沙发上。郭华坐到办公椅上之后,蹲下去按了电脑机箱旁边的一个按钮。

只听见“吱”的一声,背后的书柜左下角的一个不明显地方,本来放书的一排格子突然缩到了旁边,里面突然现出一个保险柜来,如果不经意看,不会发现这个保险柜是德国最先进的BX－072A款小型保险柜,带防窃电迷宫和钢铰链,更具技术含量的就是它所带的智能物品自毁和欺诈系统,能根据户主的真假密码提供出真假的保存文件,同时能够在特定情况下进行文件自毁。在郭华将自己的指纹、掌纹和密码输入后,保险柜应声而开,里面的文件自动递了出来。

“这就是刚刚我跟你说的由日本阿罗康安保公司设计师所设计的安保设计图纸。”

“那这次为什么不让这个设计师再进行漏洞的修补呢?”李耀问道。

“这个设计师并不熟悉我们这边的情况,我们也不想经常和日本那边的安保公司进行联系……”郭华说了一半然后又吞了回去。

李耀看出了郭华似乎有难言之隐,但他只想先拿到这个图,然后再思考怎么能够在之后的安保系统中留下自己的后门,从而更加清楚这个公司的生产的情况,再通过视频分析去知道这个公司更多的生产机密,此刻他最缺的就是时间,他更清楚黄昊此刻在经历的,绝非一般的苦难。他需要时间去思考如何将黄昊再拯救出来,他需要时间收集更多详尽的资料将郭家集团揭露、扳倒!

“这些资料你只能一个人看,千万不能对外,我不想再出任何的纰漏。”郭华依旧很不放心。

李耀点了点头。

“你届时提出的安保设计让我看下,之后的安装……”郭华本来还想说“剩下的安装由我安排人来做。”

李耀知道郭华的意思,他没多想,直接回道:“好。”

另一方面,李小凡和胡警官两人正提审着黄昊。

“赵羽,你知道你涉嫌什么犯罪吗?”

“嗯,故意杀人罪。”

“你前面向我们交代的属实吗?”

“属实。”

“你有没有什么要补充的?”

“我当时喝了酒,只想弄点钱,当时他跟我打起来,我没想到一下就把人杀死了,其实我并不是想杀人的,我只是想抢点钱而已。”黄昊回道。

“你这致命的刀伤很明显是有杀人故意的,再说在抢劫中造成杀人结果的,对你的处理也是一样。”胡警官说道。

而李小凡没有吭声,她的注意力都在黄昊的手指上面。

胡警官继续说道:“你这种的激情杀人,一般都归纳为间接故意杀人的行为,或许处理起来会对你还好些,你不会想翻供吧?”

黄昊摇了摇头。

“那我们打下笔录给你,你等下看下,如果没有异议就签字画押。”胡警官继续说道。

黄昊点了点头,他相信车到山前必有路,组织必然会考虑到这些事的。

“你要聘请律师吗?”李小凡趁胡警官在做笔录的时候问道。

“请律师干什么?”黄昊明知故问。

“侦查阶段可以为你申请取保,提供法律咨询,之后可以为你辩护。”

“嗯。”黄昊这个时候点了点头。

“你有没有熟悉的律师或律所?”李小凡说道。

“没有。”黄昊摇了摇头。

“你刑拘的事情怎么通知你家属?”李小凡继续问道。

“你们也知道,我从小是孤儿,在孤儿院长大,后来失火,我流浪到街头,没有家属可通知的。”黄昊淡淡地说。

“朋友呢?”李小凡追问道。

“没有,不用管我。”黄昊继续淡淡地说,其实他还想暗示李小凡不要管他。

但是他没注意到李小凡眼神在不经意间不断地在他的拇指上扫来扫去,但是却一直看不到指肚。

“笔录做好了,你看下?”胡警官将做完的笔录递给了黄昊。

这短短的十秒,李小凡将眼睛死死地盯着黄昊的手指,这十多秒过得相当漫长,漫长得似乎每一微秒都在定格,她像是一个在等待高考开榜的考生,仔细地搜索着每一个细节,生怕落下了她的名字。

然而,她很失望,失望的是,她没有看到那个想看到的人;

但是,她又很高兴,高兴的是,面前的这个犯罪嫌疑人不是她心目中的黄昊哥。

只是——她不知道,很多特情人员都需要掩盖掉自己以往的一些特征,抑或是人为地加上一些特征。

这些,黄昊本人却浑然不觉,他实在不会想到一个女人想从他从前的疤痕那里去寻找他的轨迹、确认他的身份。

或许,男人和女人的差别就是如此。

吴得明此刻还在宾馆里睡着懒觉,身边睡着的是昨天晚上在夜场酒吧把来的妹子,对于吴得明这种混的人来说,人生就如朝露,行乐需及时。因此"有妞不泡,大逆不道"是他的口头禅。

但是不要看他年纪不大,也跟随郭简瑞混了多年,在陆小勇被杀后,他接手到了郭简瑞一块小业务——高利贷,对于不懂法的他来说,外面放贷是一种很不错的生意,现在很多小老板为了流转资金,都纷纷不想通过繁杂的银行审批程序,而找他放贷。

很多人难以理解,为何那么多的老板明知饮鸩却还拿来止渴,但是这个社会的竞争,对于在困境中挣扎的创业老板来说,贷款续命已然成为唯一的活路。银行?银行只是晴天放伞、雨天收伞。通俗点说,他们只肯将钱借给那些有钱的人。再恶俗一点地说,吸血鬼天生就是吸血的,不找有血的找谁呢?

"嗯嘛~嗯嘛~",一首印度亲嘴歌响起,吴得明抓起手机,是一个本地的陌生号码。他拿起了手机,按下了接通:"喂?"

"是明哥吧?听说你这里可以弄到急钱?"对方是个女人,声音很嗲却又显得有些迫切。

"你哪个?"吴得明问道。

"我是道哥介绍过来的,希望你这边能帮我贷点钱,我现在生意钱比较紧。"对方讲的道哥,是湖阳黑道很多人都知道的一个皮条哥。

"可以,你要贷多少?"吴得明悠悠地说道。

“30 万元。”

“一年 4 分利,同意的话,你拿身份证、工商登记或者房产证过来。”

“明哥,不要这样嘛,4 分利太高了点?我们女人家的怎吃得消呢?”

“如果不是道哥介绍的话,以往都是 4 分半到 5 分。”

“明哥,这样吧,3 分行不行?少赚一点嘛!”对方依旧发嗲。

“3 分 8,我也不跟你多讲了,你要就过来办!”吴得明知道这个时候欲擒故纵是最好的手段。

“唔,明哥你好坏哦~”对方似乎沉思了一下,然后说道,“到哪里办?要带些什么?再面谈可以不?”

“柔水区商业购物广场下面的停车场,你到了打我电话,人来了再说,哈哈……”

“明哥,你是说利息还可以少一点?”对方试探着地问道。

“那要看你怎么表现了?呵呵。”吴得明划了个领子过去。

“那明哥的意思就是我得一个人过来咯?”对方继续用着粘死人不偿命的语气说道。

“呵呵,好,我等你过来。”吴得明笑完之后就将电话挂断了,接着点上了一支烟,深深地吸了一口。在他心里,他早已被这个女人超嗲的声音麻到了骨子里,他已然开始幻想着这个女人的音容笑貌,想到这里他嘴角一扬。“女人?哼哼~”

看到身旁那个睡得和死猪一样的女人,他一脸的鄙夷,但是内心却已充满得意,甚至有些忘形起来……

柔水区商业购物广场下面的停车场,吴得明跟着车内 DJ 的音乐摇晃着脑袋,他在等待着一场艳遇,或者说等着一只羔羊,他甚至都已经联想到了自己财色兼收,连他这样平时从不读书的人都想到了两个成语叫着什么“守株待兔”什么“羊入虎口”来着。然而他绝对没有想到的是还有一个成语叫着“螳螂捕蝉、黄雀在后”。

“嗯嘛~嗯嘛~”,吴得明的手机铃声响起了,是那个女人的号码。

“明哥,在哪里?”

“苏 S-66888,银色丰田,你过来吧!”

“你一个人过来,不怕我叫人打劫你啊?”女人依旧尽调侃之能事。

这些话逗得吴得明大笑:“在湖阳这个地方敢动我的还没几个呢!再说,要拿钱你就得到我的地盘去拿,我今天先验验你这个货再说,哈哈!”

“你个死人!”

这句话逗得吴得明更是心里直痒。

当吴得明看到一个美女拿着手机,朝着自己车子走来的时候,他摇下了车窗,示意了下,然后自己打开了车门锁。

就在这个时候,车子后排的门被打开,一支枪指着吴得明的头。

“吴得明吧? 开车,跟我去个地方!”

“兄弟别急,这玩意容易走火,有话好说,都是道上混的。”

“废话少说,发动汽车!”

吴得明紧张之余,他通过后视镜往后看,到底是何方神圣,结果却让他大失所望,对方头戴着一个头套,只露出了两只眼睛。而当吴得明想去看那个美女的时候,发现那个美女早已没了影踪,让吴得明最后悔的是,连对方长什么样都没看清楚,想报复估计都难。

“看什么看? 再看给你加个窟窿!”车上的男子喝道!

而这个时候的吴得明,脑子里已经开始捣鼓,这个神秘人到底想干什么? 是不是图财? 还边想着这些年在湖阳得罪的冤家,以及自己怎么才能逃过这一劫,他第一时间想到了李耀。

但是枪指着头,他也实在不敢掏出手机跟李耀打电话。

“城郊华恒旧货市场,开车!”神秘人发出了第一个指令。

“大哥,有事就在这里商量嘛,或者小弟帮你找个地方商量,我身上还有点钱,你可以先用。”吴得明听到要去旧货市场,而且是在城郊,他心里开始有些畏惧起来。

“现在开始,我说的话如果你再废话,废一句我打你的左腿,废两句我再打你的右腿,再废,我打你第三条腿! 现在去华恒旧货市场!”

“好,好好~”

黄昊想到物是人非,想到遥遥不可知的未来,心里越发觉得沉重。他拖着步子回到19号监室,刚坐下来,几个人就七嘴八舌地围了过来:“怎么?”

“我估计是宣布刑拘吧。”

“没问你新的问题吧? 我跟你说死都不能讲,讲了就死了!”

“不讲也死了,他可是杀人的罪。”

这个时候,“刀疤脸”喝了句:“你们吵什么吵,干活去!”

看到黄昊这个样子,“刀疤脸”凑了过来,拍了下黄昊。

黄昊看了下“刀疤脸”,叫了句:“老大。”

“刀疤脸”安慰道:“我是一粗人,不会说大道理。有些人就该杀,犯了事,我们就得有个男人样,砍头不过头点地。”然后又重重地拍了下黄昊。

黄昊点了点头,看样子“刀疤脸”人还是不错的。

“说真的,按道理我们都不该去问对方犯什么事,省得以为我有什么想法,但是我在这里,你不添乱我就会罩着你,或许哪天我也被拉出去就再也回不来了!”“刀疤脸”感慨道。

黄昊没想到“刀疤脸”今天突然对自己180度的大转弯,他不知道到底是老二在他面前说了什么话,还是“刀疤脸”在他身上找到了英雄惺惺相惜的感觉。

“没事的,咱们都不会死的,咱们都还有机会再见的!”黄昊这个时候也有些感慨,也拍了下“刀疤脸”。

“如果我们不死,判了后能在一个号子里服刑,我就跟你拜兄弟！出去后,老子请你喝三天的酒!”“刀疤脸”说道。

“好!”黄昊很爽快地答道。

突然,胡达那边就开始吼了:“赵羽!”

“到!”黄昊赶紧走了过去。

“过来,做思想汇报!”

“是!”

黄昊走了过去,跟着胡达走向教育大厅,后面还有几个其他的犯罪嫌疑人跟着。

教育大厅“浪子早回头　亲人盼你归”“唤醒良知　重塑灵魂”等几排字赫然映入了眼帘,只是刚进来的时候黄昊或许在思考别的问题,真没有留意到这些标语,在他印象中的标语都是“坦白从宽　抗拒从严”之类的斗争标语,然而在这里却已经看不到了,从这些标语的变化,其实已经可以感受到现在看守所在人性化方面的进步。

“在想什么呢？蹲下来。”胡达说道,“监规背得怎么样？把监规背一遍给我听。”胡达说道。

“看守所是人民民主专政机关……”黄昊勉勉强强,而且在后面犯罪嫌疑人的帮助下把监规给背了下来。

这个时候罗紫曦从看守所外走了进来,她看到了胡达和黄昊,然后径直走了过去。她不敢确认眼前的这个人是否是黄昊,然而让她蹊跷的并不仅仅是身份问题,外界对他的关切度已经超过了她的想象,这个让罗紫曦觉得不可思议。

早几天,杨军特地找了她打招呼。

“罗所,今天不好意思约你出来,主要是有点事情希望你帮下。”杨军说道。

“什么事,都老同学,直接说就是。”罗紫曦显然不想这么客套。

“违规违法的事情我肯定不会找你的,这个你也知道,我这么多年从来没有为原则性的事情找过你一次。这次有些特殊,希望你能为我保密。”

“什么事情说得这么神神秘秘的?”

“凤凰山杀人案,我觉得里面水很深。”

“跟我们有关系吗?”罗紫曦觉得越加奇妙。

“小勇死得不明不白,关键是这个杀人的犯罪嫌疑人,他很可能是我们很久失去消息的同学——黄昊!我也不知道他为什么用赵羽的名字到这里来!”杨军很严肃地说道。

“这是什么跟什么?”罗紫曦觉得有些丈二和尚摸不着头脑。

“目前我没有其他证据证实,所以太多的我也不好说,但是希望你能关照下这个人,看能不能匿名地存点钱给他,或者跟里面的人打下招呼。甚至我感觉有人会杀人灭口!”杨军看起来有些急躁,语言都有些没有逻辑起来。

这些让罗紫曦觉得更加难以理喻。

杨军觉得这个的确难让罗紫曦接受,更难以用只言片字能说得清楚,于是简单地说了下。

“就是这几件事:一、保证这个人的安全和起码的生活;二、用隐匿的方式去做,这案子扯到太多看不到的人,别把自己陷进去,记住我说的;三、今天的事情不要对其他任何人讲,我从来没找过你,以后如果有机会,我会把来龙去脉全说清楚。”杨军很认真地说道。

罗紫曦想到,保证看守所在押人员安全是必需的,起码的生活保障问题也不大,这三点看样子并不难做到,于是她点了点头。

看到罗紫曦点头这么快,杨军知道她肯定不知深浅,他只是再强调了下:“不管外界有多大压力,希望你能帮我做到这三点!而我以人格、党性向你保证,我所做的都是光明正大,经得起历史考验的事情,绝对不会陷害你!你也一定要保护好你自己!”杨军郑重说道。

这种郑重让罗紫曦越发觉得像雾里看花,对她来说,这种案子还不值得让杨军语无伦次,然后还得搬出自己的人格和党性来,但是既然杨军这么下决心,她肯定也不会表现太过轻率,只是点了点头:“我知道怎么做,人在我那儿,你放心!”

两人分开之后没多久,罗紫曦的手机响了起来,打罗紫曦电话的是一个本市的固定电话,她绝对没想到这么快就会有第二个人找她。

“您好!”罗紫曦说道。

“罗所吧? 我卢俊!”那边倒是很直接地就挑明了身份。

“卢主任啊,你好,有什么重要指示啊?”卢俊是他们班现在政坛一号人物,但是到湖阳这么多年了,卢俊都没跟她打过几次电话,这个电话让罗紫曦感觉很突兀。

“是这样的,凤凰山杀人案你知道吧? 市委的班子成员都很关心这个案子,听说这人关你们所,这边一个领导问我案子上的事情,所以我想了解下这个人的状况,届时也好汇报,你看方便吧?”从政的人似乎三句话不离领导,而且多带着让你难以回绝的理由让你做事。

“哦,这个人呀? 还没到我们所来,具体我也不清楚额,而且我不直管监室的。”罗紫曦倒是回转得也很快。

“哦,到时候帮我打听下就是,上级领导定义是说这种是破坏本市招商引资大局的恶性案件,所以我们对这个案子也关注。”

“哦,好的。”罗紫曦敷衍着结束了这次通话。

不久之后,罗紫曦私下委托在外地的一个朋友每个月过来给黄昊在看守所的卡上放2000元现金,另外她私下给熊安安打了招呼说黄昊通过看守所要委托律师,熊安安就名正言顺地接了下来。

黑鹰安全屋中,李耀和一个白衣男子很细致地看着从郭华那里弄过来的设计图。

“黑鹰哥,这图做得真是细致啊,怪不得那么难得手,人手都没办法!”白衣男子说。

“是的,关键是我们现在从哪几个位置留下后门,可以获取到更详细的一些视频资料,那我们就知道厂区的生产机密了。”黑鹰李耀回道。

“是,不使用一些技术进去根本就拿不到资料,使用切入然后窃取的方式一下还是很容易被发现。”白衣男子接着说。

“你以前的那些资料分析得怎么样了?”黑鹰李耀问道。

“嗯,分析得差不多了,果然和我们前面所分析的一样:湖矿公司内部核心工厂应该不是专门生产高温高热的水晶制品,工厂太过封闭,没有发现大型的散热装置,而且你在里面发现气温并不高,可以分析出这个工厂很可能并不是生产,而可能是组装、拼装或者包装。”白衣男子继续分析道。

“说得不错,继续说。”黑鹰李耀喝了口水,说道。

“省教研检测中心陈姐对在村庄所提取的化学品样的分析,以及之后对于吴艮洪、彭德西的血样分析,可以得出一个结论:钡含量物品是村庄沉淀的主要物品,而其来源很可能是其他稀有金属的衰变导致;而吴艮洪、彭德西的血样分析得出,这两人一个发疯、一个死亡的原因都很可能是摄入太多铯137,因为摄入太多铯137会引起人体造血系统和神经系统损伤。同时不能排除的是其他稀有金属的过量摄入,包括钛、铟、铱、锆、铯等。”白衣男子顿了顿,继续说道,“根据水文分析,该村庄的水文源头在凤凰山周边,而凤凰山内有大量的稀土资源,湖矿公司依矿、依山而建,用来采集更多的稀土资源用于生产,但是结合湖矿公司机密车间所适用的日产J8SE900型防化服,这种生产服饰对抗的辐射量是大大超过了日常稀土的生产需求。”

“湖矿公司没有什么官方解释吗?”黑鹰李耀继续问道。

“有,湖矿公司官方声称是拿着更好的防化服来保护生产工作人员”那个人说道:“同时根据之前的调查,所发现的是由于下游洗矿所导致的污染这一说法并不靠谱,因为洗矿的集中阶段辐射含量不至于如此之高。结合这个集中含量和前面所分析的湖矿稀土使用量,我们可以认为:很有可能是湖矿公司大量采掘稀土资源导致对水源的污染!但是最微妙的是,湖矿公司不仅没有承担相应的责任,反而还借机会兼并了湖阳市的所有洗矿池!这其中的关系我想必然不是那么简单,很有可能有很多公务人员参与在内。”

“你接着说下去。”黑鹰李耀道。

“根据上级的分析和回复,以及我们自己接触的结果分析,湖矿公司不仅仅是采掘稀土资源,而且很有可能涉及军用稀土的采掘,因为根据我这里掌握的信息和查找资料显示,很多军用稀土都有着极其重要的高科技用途,例如铟金属早些年就被日本列为战略物资进行全球性的采购。为什么呢?因为铟在高科技武器制造中有极重要的位置。例如日美的导弹防御项目,便需要大量铟金属来制造高灵敏度的导引头;例如美制F-22隐形战斗机的远程探测雷达和隐形座舱盖都需要铟作为原料。”白衣男子说道。

“是的,这个我也知道一些,日本本土资源奇缺,为了防止在战争中的封锁,这个国家在和平年代都会做很多军务的准备。特别是稀缺资源方面分为国家储备和民间储备两种:国家储备是为了保证长期供给和对付可能出现的紧急情况;民间储备是为了防备短期供应问题。这两种储备方式的目标是国内60天的消费量,其中国家储备占42天,民间储备占18天。你知道60天的消费量在今天的高科技战争中意味着什么吗?”黑鹰李耀试问道。

“今天的高科技战争,特别是非对称性的战争,关键性的战役中,比如摧毁对方的防空设施和雷达设施以及关键性的制空权争夺,很可能就是几天到一周的时间。而60天的存储量意味着:能够针对大国发动战争!”白衣男子说道。

“嗯,据美国《全球安全》杂志称,日本近年来以进口废旧金属的名义,从东欧国家买回报废的俄罗斯米格飞机,主要目的就是提取钛、铟、铱、锆、铯、锂、钨等稀有金属材料。而更让人痛心的是日本稀土资源的83%是从中国进口的!我们国家那么多企业却将稀有金属资源当水晶来做手工艺品!”黑鹰李耀感慨道。

“当然,这些现在也还只是我们的推测,我们需要更加详尽的第一手资料去证实这些事情,引起国家的重视和注意。”白衣男子握了握拳。

“我们身上的担子不轻啊!”黑鹰李耀叹了口气,转而又问了句:“那你怎么看这些人员和我所接触的这个日本设计师?”

“这个我就不是很清楚了,不过以前的情报显示的是郭艾平以及郭华都曾在日本待过很长一段时间,只是不知道其中的渊源到底如何。”白衣男子回道。

“我怎么总感觉这个伊灵薇我在哪里见过,没想到是日本人。”黑鹰李耀自言自语道。

“这我就不清楚了。”白衣男子回道。

黑鹰继续问道:“那个白羽的东西送过去了没有?”

“白羽?”

“就是赵羽啊。”

“哦”,白衣男子顿了顿,然后说,“送过去了。”

黑鹰李耀看白衣男子顿了顿,问道:“你认识赵羽?”

“嗯,他原名叫黄昊。”白衣男子回道,但是刚回就意识到自己犯了个错误,作为特情人员是不应该将自己和其他人员的真实身份暴露出来的。

“黄昊？这个名字我好想在哪里听过。”黑鹰李耀似乎并没有介意白衣男子所犯的错误，反而想了起来，想了一会之后，一拍大腿，说道：“哦，对了，她提到过！”

第十二章　真　相

你相信，所以假象就成了真相，而真相有时候就是场新的假象。

湖阳市城西华恒旧货市场，虽说是旧货市场，但是这片旧货市场也有过极其“辉煌”的前身，当然那是在前两任市委书记在任时候的事情了，那时候开发新城区，城西是一度重点开发和规划的对象，为此也有不少投资商纷纷注资开发。然而好景不长，这些开发随着书记的调任和下一任书记开发城东新举措的确认，就渐渐荒废了下来。真正可笑的是，谁都想不到江北区会成为后面真正被开发的重点，还成为富人区。而中国的城镇化似乎就有着这样的传统，走老路总是会被视为没有创新和改革精神，于是东一榔头西一棒子，城市规划都变成了瘌痢头。改变的在改变，重复的依旧在重复，当然也有其他深层次的原因，说不清道不明。总之，昙花一现的城西被开发部分也就慢慢演变成了一个旧货市场、五金市场和仓库基地。

吴得明的车刚开到城西的一条偏僻小路，就被神秘人勒令停车，之后他被一个头罩罩在了头上，只留出嘴巴呼气的地方，双手被死死往后绑住，推倒在副驾驶座，而神秘人坐到了驾驶位，脱掉了头罩，将车驾驶起来，七八拐之后，吴得明已经也分不清东南西北，也不知道神秘人具体驶向了哪个方向。只是心里在想这个神秘人的动机是什么？谋财？害命？还是有什么别的企图？道上得罪过哪位？

“大哥……大哥，哪条道上的？”吴得明声音开始有些发抖。

“有人看你不顺眼！”神秘人冷冷地回了句。

“大哥，有什么得罪的地方请多包涵，钱我愿意出！”

“再废话，老子一枪崩了你！”神秘人似乎发现了什么异样。

吴得明似乎也听出了有些异样，因为神秘人的语气有些紧张起来。

“前面的车靠边停,靠边停!”路口传来了声音,然后“呜哇,嘟嘟”的一声警笛,听起来像有警察和警车的声音,吴得明这么多年来从没有过如此地期盼警察的到来。

“操,今天算你小子走运! 下次老子收拾你!”神秘人哼了一句,打开了边门锁,一个急刹车,将吴得明推到了车子外面,然后一个急拐弯,加速驶离而去……

路边的警察似乎也发现了异样,朝着吴得明的方向走了过来,为首的正是杨军,身边跟着的是刚入警不久的小蒋。

二人走了过去,将吴得明的眼罩摘去。

“怎么回事?”杨军问道。

“警官,我被人绑了!”

杨军拿出呼机,“95,95,我是杨军,上午的接警任务没有排查到,重复,上午接警任务没有排查到。刚刚发现了一起绑架案件,犯罪嫌疑人沿凤凰东路朝城西方向逃窜,犯罪嫌疑人朝城西逃窜,受害人已保护,受害人已保护。犯罪嫌疑人车辆是银色丰田,车牌号苏 S－6……”

“6888”,吴得明补充说明道。

“车牌号苏 S－66888,重复,车牌号苏 S－66888,银色丰田,银色丰田,请协助调查,请协助调查。”杨军继续呼道。

好一会,吴得明才缓过来,这是一条单行道,怪不得嫌疑人赶紧掉头跑掉。

“没事吧? 没事就过去跟我们录下口供!”小蒋说道。

“没事没事,谢谢你们啊!”吴得明回道。

“我请示一下领导。”杨军说道,然后独自走开了,过了没两分钟,他又走了回来,对小蒋说道,“领导刚说了,把这个案子问清楚,今天排查任务我们就不执行了,等下其他同志会来接手,我们把他带到我们派出所去询问调查。”

“哦,好的。”小蒋应道……

不一会儿,吴得明就坐在了长胜村派出所的询问调查室。

“姓名?”小蒋边做笔录边问道。

“我叫吴得明。”

“年龄? 出生年月等基本情况?”

“……”

“你把今天这件事情说一下?”杨军看基本情况问完之后,开始接小蒋的问题问了下去。

“今天我去柔水区商业购物广场那里见一个朋友”，吴得明直接跳过了被一个女人约的过程，“接着，没想到朋友没有见到，一个人就跑到了我后头，用抢指着我，让我开车去城郊华恒旧货市场。”

“你等一下，那个人长什么样子？”杨军打断了吴得明的话。

“戴了头罩，我看不清楚。”吴得明答道。

“多高？”

“跟你差不多吧。”

“身材怎么样？”

“略瘦。”

“当时拿一把什么枪？”

“我不认识枪，是把黑色手枪。”

“他为什么要绑你？”

“我不知道。”

“他说了什么没有？”

“就是让我开车到城西华恒旧货市场，”吴得明想了下之后又说道，“等等，他说了有人看我不顺眼。”

“你是说他要报复你？”杨军继续问道。

“是，我想是寻仇的。”吴得明回道。

“你跟人家有什么仇？”杨军想继续挖下去。

“我都不认识他，我怎么知道有什么仇！”吴得明也有点搞不懂方向，但是他现在第一时间想的是自己的弟弟吴得利，另外就是找李耀。

“你最好想一想，这样我们好帮你。”

“不用了。”

“我劝你还是把自己的事情想一想，到底是什么时候结了仇，因为根据你前面说的，这个人能够顺利进入你车里面，又说是寻仇，肯定是盯了你一段时间了。”杨军帮着分析道。

吴得明不吭声。

“甚至，你有可能出了这个派出所就会被干掉，你信吗？”杨军紧接着说。

吴得明开始有些恐惧起来。

“我想你肯定是犯过大事，跟人家结下了很大的梁子吧？!”杨军走过去，拍了下吴得明，这几句话犹如重锤般敲击在吴得明的心上，但是吴得明知道，自己在郭简瑞团伙里面做的事情自己是不能去说。而且黑白两道,自己肯定还是有办法去查清楚的,想到这里他给自己打了下气,对着杨军摇了摇头。

“警官,我可以走了吗?”

“恕我直言,你现在的证言,很难找到对方,也很难定罪。”杨军似乎已经想到了吴得明会这样回答。

“随便你们好吧,反正你们是公安,如果没别的事我走了!”吴得明说道。

“可以,这个案子我们随时还会找你。同时如果你需要的话,可以打我电话。”杨军说道。

“不用了。”吴得明似乎找回了自信。

望着吴得明远去的背景,杨军露出了一丝诡异的笑容。

吴得明走到路边,看到正好有一辆空的的士,没想那么多,一下子就坐了上去,拿出手机,先拨打的是他弟弟吴得利的电话。

“阿利,你在干什么?”

“没干什么,在场子里。”吴得利回道。

吴得明知道他弟弟最近整了个凤舞高端会所,平时事情也比较多。吴得明想尽快把自己的事情告诉他弟弟,看他能不能一起找人查这个事,“我跟你说个事。”

“正好我也刚打听到一个消息,我先说吧……”

“你说个毛!”听到他弟弟还想先说,吴得明有些急了起来,喝来一句,“我跟你说,我刚被人绑来,妈的,我感觉那个人想杀了我,现在还不知道是哪条道上的。”

“这么快就动手了?”吴得利回答了句。

这个回答让吴得明很是惊讶,似乎他弟弟知道一些什么,他急切地问道:“你听到什么风声了?”

“是,我刚才就想跟你说,我听到一个消息说李耀要把我们俩灭口!”

这个消息让吴得明很吃惊,虽然他内心也知道郭简瑞多次派他们两兄弟跟着李耀,派他们过去一起办事,其实是为了更多地盯着李耀,只是嘴上从来不会去说破。但是吴得明还是不太敢相信这个消息,问道:“消息哪里来的?”

“我这边一个跟公安关系有特殊关系的朋友透露出来的,应该很可靠。我们以前盯了他那么长时间,最清楚他的底细的就是我们两个人了,现在他最想的就是把以前的事情全部抹掉,这样他就可以好好地走他的阳关道了!"

"应该不会吧?!"吴得明觉得还不至于如此。

"反正我现在是劝了你了,我自己会多个心眼,道上的事,没事就别惹了,哪天被整死了还不知道怎么回事!"

"我知道了。"吴得明挂掉了电话。

吴得明左思右想,觉得还是给李耀那里打个电话过去可能更靠谱一些,再说也有必要试探一下,想到这里,他拨打李耀的电话:"耀哥,我,明仔。"

"什么事? 不是说过不能直接这么跟我联系吗?"李耀似乎有些生气。

"妈的,我今天被人给绑架了,对方说是过来找我寻仇的。"

"呵呵",李耀淡淡地笑了一声,接着说,"你小子又到外面惹什么事了,叫你少碰女人! 肯定是女人惹出来的祸!"

李耀的笑声让吴得明感到心里有些发虚,但是他还是接着说道:"不是啊,耀哥,这次感觉是想杀我啊,耀哥,你得帮我,要不然我可就惨了。"

"你现在在哪里?"

"我刚从长胜派出所出来,现在准备回家。"

"你怎么跑那里去了?"

"是这样的……"吴得明准备把事情的来龙去脉跟李耀说详细,没想李耀很简单地说了一句"不要吵我,这种事情以后再说! 没事别给我打电话!"然后就将电话挂断了。

而这个时候,吴得明也快到家了,他让的士停在路口的一家超市旁边,将吴得利的话认真地分析起来,越想越虚,同时越发开始对李耀有些防范起来,想着想着,自己走到了家门口一条巷子里面,就在这个时候,背后灯光突然雪亮起来,吴得明听到了一阵低沉的摩托车引擎的声音朝自己驶来,吴得明赶紧往旁边花坛一闪,摩托车刷的一声从旁边窜了过去,对方正是下午的神秘人,想到对方有枪,吴得明赶紧找有掩体的地方窜躲起来。而神秘人看没办法入手,也就下了摩托车,掏出手枪,向吴得明走去!

脚步,渐行渐近,犹如踩在吴得明心上面一般。

"不要躲了,我让你死得明白一点!"神秘人大声说道,"有人说过,死人是最会保密的,耀哥会记得你! 哈哈哈哈哈……"

而躲在角落中的吴得明,已经颤抖了起来,果然是李耀要灭口啊!

秋冬的夜幕降临格外快,黑漆漆的19号监室,黄昊坐在地铺上,底下已经垫上了“刀疤脸”给他的棉絮,身上围着军用被,他看着这些送过来的东西而思索,想着黑鹰到底要向他暗示什么,一切犹如哑谜一般,让黄昊思索都觉得头皮发疼。

就在这个时候,他听到了一阵的哭声,而且这个哭声很明显是强忍不住地呜咽。这个哭声让黄昊心里有些好奇起来,他起了起身子,往哭的方向望了一眼。

“哪个?半夜三更的哭什么哭!”“刀疤脸”显然也被这个声音弄得很是恼火,他喝了一句。

听到“刀疤脸”的声音,哭声果然小了很多,只是变成了抽泣。

不知道是他身边的人还是哪个说了句:“老大,‘赖子’他老爸早几天病发住院,没钱只能出院,下午听胡警官说人过掉了。哪知道老四……”后面的话还没说出来,嘴巴已经被堵住了,然而很多人都已经知道他想说的是什么。

整个监室突然一阵空寂,感觉就像空气全部被抽走了一般。

“刀疤脸”霍的一声爬了起来,喝了一句:“老四!”

“他×的,你情我愿的事情讲个鬼,我怎么知道他家的事情?!”老四嘟嘟囔囔地说道。

“过来!”“刀疤脸”对着老四喝道。

老四感到“刀疤脸”的浓浓杀气,畏畏缩缩地爬了起来,走了过去。

“啪……”“咣——当——”,老四被结结实实地扇了个耳光,人重重地飞了出去,撞到了旁边的架子上。

“老大!老大!”老四跪了下来,捂着嘴巴叫道。

“果(狗)日的!”“刀疤脸”喝道,由于激动,狗的发音都变成了“果”,这无心的一句话,却让听的黄昊心里“扑通”跳了一下,他似乎联想到了什么。

“大哥,别打了,脸上都几个印子了,明天不好看啊!”老四恳求着说道。

“老四,你给老子记着:大家在一个号子里就是他×的缘分。规矩要讲,但是人不可欺!”

“记住了,我记住了。”

“别以为你读了点书,动点脑子,大家都不知道,把别人当傻子耍,哪天你再来我第一个把你给废了!”

“是,是。”

“三毛!”“刀疤脸”叫道。

“三毛”应了句:“到!”

“你明天出狱的话,记得顺带去下‘赖子’家,带点东西去看一下他老娘,可以的话,替兄弟磕个头,行个礼!”“刀疤脸”吩咐道。

“嗯,我知道了,老大!”“三毛”应了。

“我家你去过的,你去找我弟弟拿些钱过去!大家都不容易!犯得法要认,错了事要改,父母过了,就没机会行孝道了……”“刀疤脸”的一番话,很是感慨,寂冷的19号监室就在这刻温暖了起来,而很多人又因为思念家中的亲人,想到自己所犯的罪行,各个唏嘘不已、长吁短叹。

“赖子”爬起身子,走了过去,然后扑通一声跪在了“刀疤脸”面前,“谢谢老大!”

之后又转身到“三毛”面前,磕了三个响头。

“兄弟,这个礼,替我给老爹老娘行了,我终身忘不了你!”“赖子”磕完头之后已经泣不成声!

这一幕,让所有19号监室的人都对“刀疤脸”更加的心服,人性的光辉在这个人间最绝望、最黑暗、最寒冷、最缺乏人情的地方释放了开来,这种温暖犹如阳光一般洒落了下来,贴在身上,很是舒服。

另一方面,吴得明已经被神秘人给逼到了角落,他从来没有这么害怕过,以至于双脚都有些颤抖了起来。就在神秘人拿出枪走过去的时候,旁边一个声音响起:“站住,我是公安!”紧接着一道亮光闪了过来,照在神秘人的脸上,强烈的战术手电刺得神秘人无法睁眼,神秘人看杀人很难成功,只能赶紧跑回摩托车,紧接着一溜烟跑掉了,临走还恶狠狠地对吴得明说了句:“下次你就没那么走运了!”

吴得明早已瘫倒在那里,心想今天真是悲喜几重天啊,死里逃生了两次。当他好不容易反应过来的时候,来人已经走到了他身边——杨军!

“警官,谢谢!”吴得明激动得已经说不出话。

“我说了吧,如果我们不保护你,出门可能就被人给杀了!”杨军说道。

“妈的,不让我活,我也不让你好过!”吴得明应了句。

“知道凶手是谁了?!”杨军问道。

“知道了你敢查吗?!”

“我今天不是跟你说过了吗?有些事情我也打听到了,而且我向上级汇报了,这件案子无论牵扯到谁,都会一查到底!”

“好！我找个地方告诉你！”吴得明恶狠狠地说道。

“这样吧，我带你去个安全点儿的地方，我确保你的绝对安全！”杨军回道，紧接着又问道，“是不是一个公安？让你这么心有畏惧?!”

吴得明很惊讶，看来果然他们公安已经调查了一些事情了，更加开始信赖杨军，他回道：“是的！”

“怪不得，那你是不是刚跟他打过电话？要不然怎么他这么清楚你在哪里?!”杨军特意问道。

“是呀！”吴得明恍然大悟，“我说怎么会这么巧！”

“那你赶紧将手机关了吧，要不然很危险！”杨军说道。

“嗯，是哦，是哦。对了，警官你怎么知道我在这里呢?”吴得明边关手机，突然想到这个问题。

“我怕今天绑架你的人会杀你，所以跟了一下。”杨军回答得不紧不慢，毫无纰漏。

车子很快开到了一家酒店式公寓，杨军将吴得明带了进去。

“进来吧，这里是我一个朋友的公寓，他出国很长时间了，交给我帮他照顾，平常我没事会住这儿。这里水电煤气都有，食物储备我也放了有一个月的，洗换衣服我都有。你住这里很安全，除非你没事就乱出去或者乱打电话。”杨军说道。

吴得明为杨军的安排感到有点感动，他没想到这个警官想得会这么周到。但是他还是不安地问道：“那我要待到什么时候呢?”

“上级想让我们成立一个专案组进行调查，等我们专案组认为差不多的时候吧，其间你也可以出去，但是你的安全我就不负责了。”杨军说道。

吴得明连忙点头。

“今天你就到这里休息吧，不过你现在要将事情的由来全部告诉我，由于我是一个人过来，无法对你做笔录，我会对你所说的话全部录音，而且希望你主动将这些事情写出来！”杨军很认真地说道。

“好，我怀疑是李耀要杀我！”

“这个话你不要乱说哦！李耀可是我们刑侦二大队的副队长啊！”杨军回道。

“千真万确，因为他想杀人灭口！”

“为什么这么说?”

“因为他以前不是警察，而是一个黑社会分子！”

“不可能,他的履历一直清白。”

“这个是我们老大花了很多钱才帮他洗白的。”

“你们老大是谁?”

“这个我不能说,我只对事,对李耀要杀我灭口的事。”

“他为什么要杀你灭口?”

“因为早段时间,他让我和我弟弟吴得利充当假证人,掩盖他杀人的事情!”吴得明显然想掩盖自己当时是奉命一起参与杀人的事实。

“杀什么人? 为什么要杀人?!”杨军听到吴得明的回答的时候,已经印证上了自己内心的猜想,这种震撼让他内心久久不能平静,原本认为只可能在电视剧里发生的事情,今天却活生生地发生在自己的眼前。

“这个我就不清楚了,我听说他是奉命去杀一个姓陆的人,具体原因我就不清楚了。”吴得明能省就省,能略就略。

“我看你还是有很多事情不想说,比如为什么要让你兄弟俩去做假证呢?”杨军说道。

“我们老大这么安排的。”

“你们老大是谁?”杨军再次问道。

“可以不说吗? 我想活下去。”吴得明说道。

“既然都是你们老大安排的任务,为什么你说是李耀要杀你灭口呢?”杨军继续问道。

“这个我就不清楚了,我听我弟弟说李耀想完全洗白自己的身份。”

“那就不怕你们老大知道?”

“我们老大现在也没精力去管这些事情。”

“你没有说实话!”杨军突然打断了吴得明的话。

吴得明显得有些诧异,因为他的确隐瞒掉了太多以前他、吴得利与李耀一起为郭简瑞做事的事情。他知道如果说出来,很多罪自己也逃脱不了关系,而且当年他们这个团伙被打的时候,如果不是二哥出面将所有罪责都担下来的话,郭简瑞也没有今天。

看到吴得明若有所思,杨军知道再逼问也没有什么效果,甚至可能会有反效果。但是他更知道,如果不趁热打铁的话,到了第二天谁也不知道会有什么变故。他思索了一下,然后说道:“你把你前面所说的事情,自己写下来,我这里已经帮你录音了。你自己再好好、仔细地想一想,把事情全部说清楚,对你有好处!”

“嗯。”吴得明回道。

而此刻的李耀还在琢磨着设计图的漏洞，正当有点思绪的时候，吴得明的电话直接打过来让自己很是恼火，何况郭简瑞和郭艾平在李耀从警之后就多次说过吴氏两兄弟都不能直接找他，以免暴露。加上吴得明一会儿说有人要杀他，一会儿又这个那个，好不容易才将他支开，没想到没过半小时，另一个陌生的电话打了过来：“耀哥！是我，我是阿利，你把明仔怎么了?!”显然对方是吴得利。

“你们怎么都直接打我电话?！老大的命令你们都不听了吗?!”李耀很是生气。

“他怎么跟我打完电话就失去联络了?!”吴得利也不听李耀的质问，只是继续追问。

“我怎么知道?!”李耀觉得这个问题有点莫名其妙。

“我听说你要把我们两兄弟杀人灭口?！有本事就冲我来啊！”

“神经病！”李耀很是生气，他根本就想不到这两兄弟今天会突然脑抽一般地打电话过来。

“我早就听说你要杀我们俩灭口，我现在就跟老大说，我们去老大那里说清楚！”

李耀这个时候心里才开始有些觉得诧异起来，这件事情看来不是这么简单，弄不好自己的身份会暴露！更严重的是，会影响整个侦查的进展！

湖阳城郊，长安陵园，冬日的静谧更是增添了陵园的肃穆。几束菊花搁在一座陵前，三个穿着黑色大衣的男子站立在那里，为首的正是郭简瑞，而旁边的则是吴得利，另一名男子显然如同郭简瑞的保镖一般，警惕地环视着四周。

“老大，看样子他不会来了。”吴得利说道。

“他一定会来，因为他不敢不来！”郭简瑞应了一句。

“老大，你以前对他太关照了，谁知道他会做出这种事情来！”吴得利趁机煽火。

“有些事情查清了再说”。郭简瑞停了停，继续说道：“自从把公司业务分给你们这些人办之后，我不想再管这些小事了，只是扯到过去的一些事情，我想有必要出面一下。”郭简瑞说道。

“爸，他来了。”刚才被认为是保镖的男子这时候说了句，原来他竟是郭简瑞之子郭小刚，而他们所指的正是李耀。

李耀也穿了一件棕色的便服，慢慢地走了过来，走近之后对着郭简瑞叫了声：“老大！”

“你来了？！”郭简瑞对着李耀说道。

“嗯。”

“你记得谁躺在里面吗？”郭简瑞指了指陵墓。

“记得，老二，姜水生。”李耀回道。

“那你还记得他怎么死的吗？”郭简瑞继续缓缓地问道。

“记得，十年前他为我们公司顶罪，后来被判死刑。”

“记得就好啊。”郭简瑞顿了顿，接着说道，“我也还记得你的名字——李羽飞，是吗？”

李耀身体如触电一般地震了一下，然后点了点头。

“所以说，有些事情，它的好、它的坏，总有人记在心里面，人在江湖就是讲这么个规矩，要知恩图报，是吧？”郭简瑞轻轻拍了下墓碑。

李耀拿出几支烟点上，插在墓碑前面的泥土里，之后一屁股坐在墓碑旁边，就像唠嗑一样：“水生，我知道你喜欢抽软包的湖烟，所以，我每年都会来看看你，别人上香，我给你上烟。”

李耀接着问道：“他们都不知道你为什么喜欢抽湖烟。老大，你知道吗？”

郭简瑞摇了摇头。

“因为我跟他喜欢打麻将，他说抽湖烟能胡牌，呵呵。”李耀也拍了下墓碑，站了起来，对着郭简瑞说，“老大，你找我有什么事？”

“你觉得呢？”郭简瑞回头看了看吴得利，然后反问。

“上次阿利打我电话说我要害他们兄弟俩，这绝不可能，但是今天既然老大把我叫来，我就想知道到底是怎么一回事。”李耀说道。

“这个事情可能跟我哥那边有关系，是吗？”郭简瑞似乎并不知道安排李耀杀小勇的事情，但是隐约有这种感觉。

“公司的事情我不想扯到郭总那边，怕扯到过去。耀哥，我打心底认为你为公司做了些事，这个我认，所以我什么时候都先叫你一声耀哥。但是我今天想当着老大的面问你到底把明仔弄到哪里去了！”吴得利先质问了起来。

“我再说一次，我从没有想过，更没有做过要去弄明仔的事情。”

“可是我听说，你想把自己的身份完全洗清！你难道就忘记了当年你杀死了一个警察的事情？！是谁给你把身份换到现在，给了你这身狗皮？！现在人模人样了?!”吴得利似乎有些按捺不住。

“你有什么证据,说这种话?!”李耀看到郭简瑞在,他不想在这个时候把事情全盘弄糟,只能压低声音,一语双关地问道。心想十年前的那件事情还不是你们逼我去干的,何况这个警察最后是死于疾病,但是我怎么可能告诉你们真相呢?! 更想到,这两次杀人任务都派这吴氏两兄弟跟从,其实更是为了监视他,他胸中就一团怒火。

“那你看看这个?!”吴得利拿出了自己的手机——上面赫然有吴得明发过来的短信——“李耀果然要杀我们灭口!”“之后他就再也没有音讯!”吴得利对着李耀和郭简瑞说道。

“你怎么肯定这条短信就是明仔发过来的呢? 或许他因为又扯到什么女人之类的,被人绑架然后别人这样诬陷我呢?”李耀反问道。

“没有几个人知道你和我们两兄弟还有公司的事情,我们都有几年没有联系过! 更何况,为什么要诬陷你?!”吴得利语气很是犀利。

“我只说一件事,我如果要杀你们两兄弟,易如反掌!”李耀一字一顿地说道。

吴得利想到吴得明失踪前说的一些细节,越想也越有些不对劲,心想如果李羽飞要杀人的话,的确要简单而且简洁得多,最厉害的是,他做事利索,从不留什么线索,这么多波折反而奇怪,于是他也不说话了。

“这件事情,看起来很蹊跷,甚至有可能涉及我们公司,至于什么原因,我想或许我哥哥更清楚。小飞,哦,李队,要不你跟郭总去商量一下?”郭简瑞说道。

“这个小事就不需要麻烦郭总了,我想自己有办法。”李耀淡淡地应道。

“阿利,兄弟们齐心才打下这么大一片地,别让死人都心寒!”郭简瑞又对着吴得利说道。

“既然大哥说了,好,我信你,耀哥,但是你明天之前要给我一个答复!”吴得利说道。

“这个时间,我只能尽量,但是一有消息我第一时间通知你们!”

“你知道我最担心的是什么吗?”郭简瑞问道。

“什么?”李耀和吴得利两人都表示不解。

“风云再起啊!”郭简瑞叹了口气,缓缓说道。

“是不是有内鬼?”李耀先入为主。

“这么多年过去了,不至于吧?”吴得利说道。

“小心驶得万年船。”郭简瑞全然没有了当年枭雄的味道,代之的是一种如老狐狸般的狡诈,“李队,这里不便久留,你也早点回去,把这事查一下。”顿了顿之后,他恶狠狠地说,“如果有内鬼的话,该怎么办就得怎么办!”

“我知道了。”李耀回道。

另一方面,杨军又一次到了吴得明住的地方,监控显示他一直没有对外联系。

“你没有开机吧?”杨军问道。

“没有。”

“我说也是,否则你今天可能就不在这里了。”

“呵……”吴得明笑得很勉强。

“你想了下,怎么样?今天准备告诉我一些什么事情呢?”

“我告诉你李耀一些以前的事情,包括他以前在云都时做过的一些事,希望你们能够抓住这个你们警队的害群之马。”

“你说?”杨军拿出了摄像机对准吴得明。

“警官,不要拍我,我怕他会报复,你录音可以,我也答应帮你匿名写下来,你们什么时候抓住他,什么时候我就出来作证!”

“好,你说。”

“李耀,原名叫李羽飞,之前我和我弟弟吴得利跟他共事过。他杀人不是第一次,在2002年他在云都的时候就杀过一个人,而且好像还是一个警察。”

“2002年,云都,警察?!”杨军大吃一惊,这个和他父亲的死可是同一年啊!

“不过后来他跑掉了,一跑就是几年,我们都不知道他去哪里了。几年后大概是在2006年的时候,他以李耀的名字到了湖阳这个城市,然后从警,他身份具体怎么被洗的,我也不清楚,只知道他后来反而一路飙升,一直升到现在的这个位置。”吴得明继续说道。

“他怎么能够有这个身份呢?你之前说是你们老大帮他洗的,你们老大到底是谁?”

“这个问题一定要说吗?”

“一定要说!”

“我们老大叫姜水生,后来被判了死刑,枪毙了。而我们还好都没犯什么事,于是散的散,走的走。”吴得明尽可能地少扯到自己,然后也不想把当年自己做的事情都说出来,毕竟他只想把李耀给挖出来而已,而这个说辞也是他思考了一个晚上才得出的最好搪塞办法,毕竟姜水生已经被判死刑了。

“姜水生这个名字我很熟悉啊”，杨军暗想，然后尽量地去回忆这个案子，他重重地将姜水生、李羽飞两个名字记录在纸上。记完之后，杨军追问道：“你们老大既然能够帮李耀洗身份，为什么他自己还会被判死刑呢？”

“杀警事发之后，云都公安局就要打黑，老大当时就安排李耀也就是李羽飞跑路了，然后好像还帮他牵了线。没想到老大没多久就出事了，至于他判刑前牵的什么线，谁给李耀安排的新身份，所有这些我就都不清楚了。”吴得明对自己这个说法很是满意，因为这个说法既没有出卖郭简瑞、郭艾平两兄弟，也没有抖搂出他们当年在云都的所有事务，一切回答得这么自然，他都为自己说谎水平觉得骄傲。只是看着杨军的时候，他仔细地留意着杨军是否对他的这个说辞有怀疑。

然而杨军根本没有心思去思考吴得明的这些说法是否真实，他已经对李耀的这些罪行感到愤慨，他真不敢相信这个人身后竟然还有着这么多的罪行。

吴得明看杨军听得投入，于是开始添油加醋地将李耀曾经跟随姜水生发迹的一些事情抖搂出来，包括如何垄断菜场、如何垄断长途汽运、如何拿到周边矿山的事一一说来。

杨军按捺住自己的愤慨，仔细地听完，不时地问着吴得明一些问题，看能否获取到更多的再生的证据，包括书证、证人的旁证等。吴得明的话匣子一打开似乎根本就不想停下来，对杨军的问题几乎是有问就答。

突然间，吴得明反问了个问题：“杨警官，我听说你们公安找人做笔录都要两个人呀，怎么你每次都是一个人？”

这个问题让杨军愣了一下，杨军回道：“目前专案组人员有限，上面也说了，不能打草惊蛇，知道你事情的人越多，你就越危险，你懂吗？！”

吴得明似懂非懂地点了点头。

“你把你刚才说的这些仔细地写下来，好吧？你生活上有没有什么要求？我要先出去下了。”

“好，没什么要求，谢谢警官。”

杨军将录音笔停了，等着吴得明写完、按上指印之后，拿了过来，转身走了出门，心想“李羽飞、姜水生，我得好好查查”想到这里，他拿出了手机，先拨打了熊安安的电话。

“安安，我，杨军，是，我换了个手机号码，嗯，要注意保密。我这边查到了一些东西，我放你那里去。对了，原来我们在云都的时候，你听说过李羽飞、姜水生吗?”

熊安安这个时候正在办公室,听到是杨军的电话,确认旁边没人后,将门反锁了。

“李羽飞没有听说过,姜水生听说过,2002 年的时候我们班上不是组织去旁听过这个黑社会案子的审判吗?!后来被判死刑了吧!你不记得当年我师傅在庭上表现得多厉害!”

“你师傅?”

“对呀,高叁律师,我就是那次听了他的辩论,我才坚定了毕业后要当律师,并最后拜在他门下,我们这个所是他在湖阳开的分所,你不知道?”

“这些不重要,我现在将资料给你,还有,这个案子太复杂了,以后我给你资料要换种方式了,你也要注意保密,而且一定要注意安全!”

“这么神秘?!”

“不是神秘,是恐怖!”

“那你还查下去?”

“你应该懂我的!”

“唉!”

“我要找人去查下李羽飞这个人了,我等下把资料放在我车的后备厢的备胎那个地方,我家里有备用钥匙,你问我妈要去!切记,注意安全!”

“嗯,自己多注意!”

杨军叹了口气,他实在不知道这个湖阳市还有多少可以信任的人,而他更加担心的是两件事情。一个是李耀身后到底还藏着何方神圣,能够将他洗一个身份重新安排到警队中,必然不是那么简单。举报材料如果层报的话,还不知道会流到哪里去,甚至会暴露自己,不仅查不清案子,还会殃及旁人包括安安。另外一个他所担心的就是,这些资料是否能够起到证据效果。因为他深深知道,这次他所一手策划的取证,本身严格来说是一件违法的事情,何况他自己也滥用了职权对人进行了侦查,这个在警队是一种忌讳,小点追究说起来是违规,严格说起来,说违法也未尝不可,假如认定为违法的话,这些取证的过程和取证结果很有可能被认定为非法,那也都起不到任何作用。想到这里,他想起了一个人,那个曾经多次在自己法律人生徘徊的时刻,犹如明灯一般的指路人——白杨院长。

阴霾了很久的天气总算过去,太阳总算也愿意探头出来普照四方。有阳光的湖阳在冬日中有种格外的美,空气中都飘着温暖的感觉,而寒气也渐渐被驱散,似乎一切都很美好。此刻的杨军正思索着,考虑了一阵后,他拿起手机,翻找并拨通了白杨院长的电话。

“您好,哪位?”

“白老师,您好,我是您的学生,杨军,现在在湖阳市公安局,您还记得我吗?”

“哦,记得,有事吧?”

“您现在方便吗？我想问您个事情,希望您能指点下我。”

“你说。”

“我不知道该从何说起,但是我一直记得大学时候您给我们的教诲,‘永远不要使用刑讯逼供’,我也一直牢记着。但是我现在处在自己法律人生的一个十字路口,我不知道何去何从。假如实现正义只有一条违法的途径,我应该怎么走？是看着正义被灭失,还是违法去实现它?”

“违法实现的,它就不是正义,你追求正义,就不要用肮脏去玷污它。”

“那,如果即将灭失的是生命呢?”

“那就挽救它。”

“不惜违法?”

“法益有先后,生命无重来。”

“不惜违法?”杨军又问了一遍。

“当年的紧急避险和正当防卫的课程是体育老师给你上的吗?”白杨院长似乎有些生气了起来。

“老师,这个中情况复杂很多,我绞尽脑汁,最后我还是要违反一些程序,只是担心这样取得的证据是否有效?”

“看样子,你们公安真的急需培训了,非法证据排除规则你们都没学?!”

“那,如果这些证据是挽救生命的途径呢?”

“我都被你弄糊涂了,你不能告诉我到底是怎么回事吗?”

“不能,太复杂了,而且我不想涉及您。”

“上天为你关上一扇门的时候必然为你开了另一扇窗,我想应该可以通过正常途径去实现它吧。”

“时间不允许,而且我也很迷茫,找不到信任的人和信任的途径。”

“那我点一句吧,中国没有‘毒树之果’,如何取舍,就要看你的智慧了,千万不要饮鸩止渴。”

“我知道了。”

“坚信自己的内心。假如需要我帮忙的话,我一定尽全力帮你!”末了,白杨院长重重地承诺道。

“好的。”

虽然杨军并未从白杨院长那里得到具体的指点,但是他觉得自己很是温暖。因为此刻,他觉得他不是一个人在战斗,正如这晴空万里一般,已将昨日的阴霾和寒冷一扫而光……

一个多小时后的湖阳市公安局刑侦支队。牛法医习惯性地吃完午饭之后,坐到自己宿舍沙发上悠闲地看电视,正准备好好地睡上一觉,“笃笃笃”响起了敲门的声音。

“哪个?”牛法医问道。

“我,杨军。”门外传来了杨军的声音。

“哦,杨所,有事?”牛法医将门打开了。

“嗯。”杨军边走进来,边看了下周围是否有人,边寒暄了句:“老牛你一个人住这里啊?挺悠闲的嘛!”

“是啊,中午睡一下,杨所过来有什么事?”

“凤凰山杀人案是你去现场鉴定的吧?”杨军漫不经心地问了句,牛法医先是愣了一下,然后点了点头。

“相关的材料可以给我看下吗?”杨军追问了句。

“这些材料都是给具体承办人的啊,不在我这里。”牛法医答道。

“没有复印件存底吗?”

“不在这里,要到档案中心去找。”

“那你还记得现场的情况吗?”

“这个具体的我就不记得了,我都写到材料里去了。”

“致命伤是锐器伤吧?”

“是,我记得和后来鉴定的匕首是相吻合的。”

“刺入角是90度?”

“这个我记不清楚了,好像是。”

“尸体当时怎么处理得那么快啊?”

“当时湖矿和家属催,我们现场尸检后,没发现什么问题就移交殡仪馆去了。你过来问这些是要干什么?”牛法医觉得杨军的问题有些不对劲。

“哦,李队让我再问下案情,还要写汇报材料。”

“以前他好像都是叫小蒋来拿的呀?”

“老哥,这是个专案。”杨军故作轻松地笑了笑。

“具体材料都要走程序才能拿到,但是出具这些材料我肯定要先问下李队。”牛法医开始拿出自己的手机。

“等一下,我听说一件事,你学医的可以帮我解释下吗?”

“你问吧。”牛法医有点不耐烦起来。

“我听说刺破心脏而死的血渍量很小?”杨军继续追问道,他想看牛法医的反应。

牛法医没有吭声,只是点了点头。

“但是现场勘探的相片看上去可不是你所写的20平方厘米吧?”

“有时候会有误差。”

牛法医开始推测杨军的意思,心想这个人今天到底是要干什么?

“人的心血和身体内血液虽然同属一个系统,但是在一些酶的含量上面还是不一样的,是吗?”杨军问道。

牛法医开始有些微微发抖,他意识到来者不善。

“老牛,你认识吴得利和吴得明吗?”杨军继续问了句。

“不认识,怎么?”

“没什么,我只是希望你能把真相告诉我。”

“你认为我隐瞒了什么?”牛法医反问了句。

“是,因为有人需要你一个交代。”杨军淡淡地回道。

“谁?”牛法医追问。

“它!”杨军走到牛法医挂在墙上的制服旁边,指了指警徽,然后拍了拍自己的胸脯。

“杨所今天这些话说得很奇怪,我没有什么可以向你交代的!”牛法医有点生气。

“你杀过人吗?”杨军淡淡地问道。

“你这个玩笑开太大了!”

“当你面对一具尸体的时候,你听到它对你说话吗?那种恳求,那种冤屈,而这些话只有你们——中华人民共和国的法医,这个神圣的职业才听得懂!你却让它们继续含冤吗?!”

“你到底想说什么?”牛法医明知故问。

“我想知道凤凰山案的真相!”

“这个案子不是已经侦破了吗?”

“你用你的职业道德告诉我,这个案子是不是侦破了？是不是非得再冤死一个不是杀人犯的人,你还能够心平气和地在这里看电视?!”杨军话语声开始有些激昂。

牛法医停顿了十几秒钟,没有直接答复杨军的问题。

而这停顿的十几秒,已经告诉了杨军答案。

良久,牛法医开口说道:“我也有职业道德,我有妻儿老小,我儿子马上就大学毕业了,而我和妻子也快退休了,你懂吗?”

“你在害怕什么?”杨军问道。

“死者,并不可怕,残破的身躯也好,腐败的肉体也好,恶心的尸臭也好,我并不害怕！因为他们无法加害于我！人生最恐怖的不是尸体,不是死亡这个事实,而是趋近于死亡和未知的厄运。从这点来说,活人其实比死人更恐怖!”

“把真相告诉我!”

“我不能说,因为这个关系到的,不是我一个人的命运!”

“你知道你这是渎职吗？你不害怕被追究责任吗?!”

“其实我更担心你,孩子,不要介入这个事情好吗？这后面比你想象得更加复杂!”牛法医看着这个依旧带着毛糙冲劲的干警,竟然开始反过来为他担心了起来。

“希望你不要逼我!”杨军睁大了眼睛说道。

“我不会对你说任何东西的,除非你能拨开这个云雾,揭开这个铁幕!”

“我也只告诉你一句话:正义或许会迟到,但绝不会缺席!”杨军愤然离开了牛法医的房间……

李耀此刻正在办公室,靠在自己的椅子上,自从再一次看到郭简瑞之后,心情更加难以平静,这么多年的记忆犹如潮水般一下全部涌了上来,想换个思维好好整理眼前纷繁的事务都显得格外艰难,要用一个词来形容的话,那就是心如涟漪。

1999年,十多年了啊！人生又能有多少个十年？当年热血沸腾的自己认为自己卓绝优秀,加上白杨院长又强烈推荐,于是参加了特情学校的选拔,心想或许自己能够打造出一段属于自己的传奇,然而谁也没想到这竟是一条不归路,而这条一走，竟走了这么多年！

这么多年过去，自己换来了什么？财富？官职？理解？家人？每次醉醒都要问自己，家在哪里？我在干什么？李羽飞？呵呵，自己白羽时期的一个名字而已，我都快忘记自己到底叫什么名字了。转眼就快十年了，当年杀伤的那个警察的嘱托自己怎么也忘记不了，更未想与他竟然是诀别。两年多卧底打拼的腥风血雨，时时如履薄冰，好不容易获取了那么多这个集团的犯罪证据，未想在关键环节却杀出变故，非但没有将郭简瑞、郭艾平抓获归案，自己也不得不远逃他方，一将无能，害死千军啊！

往事真的不堪回首啊，或许真的是天意，苍天要让他完成他未完成的任务，才让他重回苏东，要不然那个死掉的警察怎么瞑目?！可是苍天，你又何须如此？又何须让二郭法外逍遥？又何须发生那次的变故?！现在我好不容易又一次掌握了更多的犯罪证据。怎么又突发了变故？局势越加混乱，而自己又可能会暴露，这个集团反而无法撼动，天意到底要如何?！

不知道又是谁开始插上一脚，找吴得明到底是要干什么呢？又会是哪路神仙呢？吴得明这么多年都没犯过什么事了，又为何会有人说我要害他们兄弟两个人呢？难道会是对着凤凰山案来的?！对，很有可能，既涉及了他们二人，又涉及我，那会是谁？即有侦查意识，又貌似知道一些真相呢。

就在这个时候，李耀手机响了起来，来电的是牛法医。

“李队，刚才杨军过来找我，问我凤凰山案的事情，我没理他，刚走。”

“他问这个干什么?”

“他好像察觉到了什么，我们得多注意一些，特别是勘查笔录和其他人，你最好还是打下招呼。”

“哦。”

“还有，现在这种警察太少了。”牛法医忍不住还是表现出爱才之心。

“是啊，我会想办法处理好的。”

挂掉电话之后，李耀心若两重天：一方面，他知道了是谁在私下查这个案子，而且为这个时代还有一个这样能继续坚持自己信仰和信念的人而欣慰。另一方面，他怕杨军的唐突侦查会导致自己身份的暴露，甚至影响整个任务。当然，他还担心郭氏两兄弟会如何对杨军采取报复，而自己又应该如何去保护。

杨军，也难怪，他是赵羽也就是那个叫黄昊的人的同学，同时又是陆小勇的同学，自然更有可能认出了黄昊，上次审讯他也在指挥室。黄昊的一句话，会不会言者无心、听者有意?

李耀想着自己开始有些头疼,觉得被空调吹得有些胸闷,于是走出门。然而天意或许如此,这个时候,他竟然与杨军不期而遇!

"李队,你好!"

"杨所好,今天什么风把你吹过来了?"

"过来拿点材料。"

"哦,呵呵。"李耀看着杨军,也不想把话给点破了,也就微微地笑了下。

"李队,我问你个问题,不知道你怎么看?"杨军突然打住,直面李耀,提出了个问题。

"噢,洗耳恭听。"

"李队觉得侦查的目的是什么?"

"这个问题太大了点,你觉得呢?"

"还原真相。"

"有人认为侦查的目的就是为了诉讼和追究责任,这样说也并非没有道理,你觉得呢?"

"没有真相,就失去了诉讼的价值。"杨军丝毫不客气。

"所谓的真相,就是我们所相信的假象。何必去执着?"李耀依旧淡淡笑着说,当然他知道杨军不懂他的内心和他这么对待黄昊的出发点。

"那就没有真、假、虚、实、善、恶?"杨军问道。

"你骗别人的时候,是善还是恶?你现在看到的我,是真还是假?你所查到的案件事实,是虚还是实?"李耀反问了句,其实暗示杨军,他已经知道他去找的吴得明。

"作为公安人员,我们的职责是为了找真相,为了保护没有犯罪的人不受诬陷,更是为了抓出真正的犯罪凶手!"杨军依旧不放弃对李耀的开导。

"作为一个过来人,我不希望你万劫不复。"李耀其实的一番苦心此刻毫无办法对杨军沟通。

"有人已经让很多人万劫不复。"杨军回道,接着又说道,"大学时候,刑法老师转过一句话,我牢记于心,美国耶鲁大学法学院院长哈罗德·H.柯在一次开学典礼上送给法学院新生一句谚语:'永远别让你的技巧胜过你的品德'你觉得呢?李——羽——飞——"杨军把最后三个字重重地说了一下。

李耀并没有表示很大的惊讶,但是也有些震撼。因为他知道杨军必然已经获取到了很多相关的材料和信息。只是他实在不期望势态发生其他的变化，而这些又实在无法向杨军直言。

“李队，好自为之吧！”杨军就想转身分别。

“我告诉你一个真正的真相，我想你肯定会为之所动！”李耀突然调转话题。

“什么真相?!”杨军似乎看到了一丝连自己都意想不到的希望，他以为李耀会主动坦白。

想不到的是，李耀只淡淡地说了五个字：“你父亲的死！”

吴得明在杨军安排的地方越想越有些不对，他觉得以以前对李耀的了解，他假如需要对自己做什么的话，应该不会出现这么多的周折。李耀在他心目中向来办事效率很高，而且不留痕迹。而且如果真有这种类似的事情，或许找阿利问一下会更清楚一些。他拿出手机，想拨打阿利的电话，但是转而一想，万一真是李耀，自己这样不会真的很容易暴露？甚至很可能惹来杀身之祸？想到这里，他依旧没有开机，而是给自己换了套衣服，戴了顶帽子，围了个围巾，把自己盖得严严实实的，猫着腰偷偷地走了出去。

一路上，吴得明依旧心惊胆战，好不容易在楼下看到一间报刊亭，他找了一个固定电话打了自己最信得过的马仔（小弟）的电话。

“喂，秃头？”

“老大?！你在哪里？大家现在都在找你啊！”

“别说话，我现在碰到一点麻烦，有人要杀我，你现在带一个别的手机过来，什么都不要对别人说，就一个人过来，到苏园路红绿灯那里，半小时左右可以到吧？半小时后回这个固定电话，我会告诉你等你的地方！”

“好！”

“记住，谁都不能去说！”

“嗯！”

吴得明想到一切已经安排妥当，想到在这个报刊亭等半个小时也很危险，于是装作漫不经心地朝前走去。他想有必要给郭艾平打一个电话，但是上次郭艾平跟他通话的那个手机号不知道是否还在用。不行就先打阿利的电话，向他求援吧！

想到这里，他已经走到了一家烟酒店门口，门口摆放着一台固定电话，吴得明想也没想就走了过去，拿起电话拨打了吴得利的号码。

“喂？哪位？”吴得利先问了起来。

“我，明仔。”

“你在哪里？”

“这个我现在不好说，你帮我找下两位郭总！”

“到底是怎么回事？”

“上次不是跟你说了吗？！”吴得明有些激动起来，不过看到店老板看了他一眼之后，他才把声音压低了下来。

“你听我说，我去找了小郭总，上次我们和李耀见了面，他说不是他干的，是不是我们被人家挑拨了？！”

“不会，上次我真差点命都没了。”吴得明想说自己被警察救了，但是话在嘴边，最后还是咽了下去。

“你放心，这个事情老大也在查，你先躲好，注意安全！”吴得利说道。

“嗯，你等下回秃头电话，换个号码跟我联系！”

“哦。”

“不多说了，我要回去了！”

“好。”

吴得明假装买了包烟，揣到了衣服口袋里，看了看时间，又绕回原来跟秃头打电话的那个报刊亭去。

果然半个小时后，报刊亭的固话响了，吴得明跟报刊亭老板点了点头后接了电话。

“秃头，嗯，你在哪里？……你开车过来了？不要，你看到这条路的红绿灯吗？红绿灯边上有个报刊亭，我在这里等，快点过来！”

不一会儿，一个光头男子左顾右盼却又急行了过来。

吴得明躲在一旁，确认了是秃头之后，拍了拍秃头。

秃头回头刚想叫，吴得明示意他不要吭声。

秃头将手机递给了吴得明，吴得明说道：“你等下回阿利一个电话，让他换一个号码打你给我的这个手机。听懂了吗？”

秃头点了点头。

吴得明转身就离开了，似乎根本就不认识秃头一般。

而在他转身没两分钟，而手机也刚刚打开的时候，电话就已经响了起来，一个熟悉的声音从那头传了过来，显然那是吴得利，吴得明赶紧猫腰窜进了旁边的一条小巷里面去。

“明仔？”

“嗯。”

“你现在在哪里？”

“这个地方我不是很熟悉，是一家叫蓬莱的酒店式公寓，在苏园路。”

“谁把你控制起来的？”

“也不是控制，我前面差点被杀掉了，是一个叫杨军的警察救了我。”

“杨军？”

“是！他是这边一个派出所的副所长。”

“他救了你之后做了什么，为什么不把你放出来，反而你要关机？”

这个时候吴得明压低了声音说道：“他说他是专案组的人，听说李耀要杀人灭口，特地过来保护我的！”

“这个好像不对劲啊，明仔！我们这边怎么一点风声都没听到呢？包括大小郭总都不知道？”

“所以那个杨军不让我出来啊。”

“照道理，如果是特别要查我们的专案组的话，应该都是外地的公检法介入啊！基本不可能启用本地公安办案！”

这一句话，点醒了梦中人，吴得明瞬间清醒了，大叫了一句：“我去！我怎么就没想到！？”

“他骗了你什么东西？！”吴得利追问道。

“没……什么。”吴得明想掩饰自己受骗。

吴得利似乎很清楚吴得明的习惯，他说了句：“明仔，这个时候可不是别的时候，你得把事情原原本本地跟郭总好好谈谈，千万不能搞出纰漏啊，要不然我们可能死无葬身之地啊！”

“那你快过来接我！我要见郭总！”吴得明急地叫起来。

另一方面，杨军根本没有意识到危险已经渐渐迫近，此刻的他正和李耀犹如两个角斗士一般沉默地对视着，揣测着彼此的心理，估摸着对方的底牌，同时等待着那角斗信号的响起。

杨军猜想的是：“李耀到底想干什么？为什么他不暗示性地问我掌握了他什么资料，或者为什么不威胁或者引诱我，让我就此打住？难道他现在什么都还不知道？但是他又怎么突然拿出我父亲的死来跟我谈呢，或许他只是故意拿这个信息来蒙骗我，企图打乱我的思维，直接影响我下一步的取证。甚至他更是想拿这个疑问来转移我的视线，让我被他牵着走！就这点我肯定不能中他的圈套，但是我又该如何去套问出他自己的犯罪底细呢？"

而李耀也在不停地猜想杨军到底目前获取到了哪些方面的书证、物证和线索，哪些方面可能会暴露出自己曾经的一些事情，而他比杨军更难做的是——他不想去伤害这个有抱负、有理想的青年干警。但是他又不能由之任之让杨军这样胡闹下去，因为这样下去不仅仅会伤害到杨军和李耀他自己，也会影响整个案件侦破的大局。他目前为止想到的一个方式，就是透露杨军父亲的一些线索，让杨军分心，这样可以拖延一些时间，事后再告诉他真相也不迟！

李耀用一种深沉的笑容看着杨军，他在等待着杨军的回答。

而杨军则回给了李耀一个笑容，淡淡地说了句："我跟你分享一下我大学时候一个姓白的老师跟我们讲过的一段话吧，李队你想听么？"

李耀点了点头，依旧带着他很深沉的笑容。

"当年白老师嘱咐过我们，永远不要办冤假错案，它就如毒品一样，虽然可以让你获得虚幻的荣誉，虽然可以让你事半功倍，但是它最终会伤害到你自己，赔上你的身心，赌上你的声名，最终万劫不复！要记住的是：即使你会获得荣誉，即使你面临压力，即使你无法抉择，也不要办冤假错案！因为你做了，你将面临终身良心的质问，而历史也会将你牢牢地捆绑在耻辱柱上！"

李耀其实内心已经跟着默默地背诵起来，他知道，这是白杨院长的话，传过一班又一班，一届又一届。每每诵起，都会感慨万分，但是此时此刻，他必须忍住不让自己流下泪来。他知道已经愧对老师，愧对这些谆谆的教诲，愧对自己的良知。但是他更知道，还有更重要的东西在等待着他！

"看样子杨所把你老师的教诲记得很牢啊，但是现实总是很残忍的，要不然像你父亲这么优秀的警察为什么又会如此呢？"李耀故意长叹了口气，他希望这样能引起杨军的共鸣。

杨军淡淡一笑："事情总会有水落石出的一天，我以我父亲为荣！所以我希望李队能告诉我真相！哪怕像我父亲一样付出生命的代价！"

"你知道我们的区别是什么吗？"李耀问道。

"什么？"杨军回了句。

"在我脑海中的真相，他是一种主观的东西；而在你脑海中的真相，他是一种客观的东西。”李耀继续说。

“真相从来不以人的主观意志为转移。”杨军也丝毫不让。

“那你能不能告诉我，法律人应该去相信法律事实呢还是相信客观事实？”李耀的问题显得很刁难。

“客观事实是无法完全复原的，因此我们需要相信法律事实。但是作为侦查人员，要做的事情，就是尽力地恢复法律框架所需的客观事实。”杨军回答得也是滴水不漏。

“你知道，任何人包括法官是无法还原客观事实的，他只能依据法律事实作出判断。”李耀这句话其实是想探听一下杨军所掌握的证据和材料的情况。

“所以，我才敢面对你！”杨军毫无惧意。这一身正气让李耀很是敬佩，更何况短短时间内敢说出这个话必然掌握了不少的线索和资料，这更是让李耀爱惜不已。

“很好，很好！哈哈哈哈……”李耀突然就笑了起来。

杨军反被李耀突然的笑弄得有些措手不及，他问了句：“你笑什么？”

“初生牛犊不怕虎，果然如此啊！你这种勇气我很钦佩。但是，你涉世太浅，人在江湖，身不由己。”

“那由谁？”杨军紧追不舍。

“由天！”李耀仰首望了一眼，叹道。

“亏你还是一个共产党员！”杨军笑道。

“君子以知命为第一要务，古来那么多文人学者包括孔子大人也说知天命，你对天命这个天了解得太少了。”李耀说道。

“我只知道一个人民警察的职责！你所说的这些玄而又玄的东西，跟我们现在所说的毫无瓜葛。你说呢？”杨军表示不解。

“那你现在所感兴趣的东西，和你父亲之死的谜团，你更想知道哪个呢？”李耀很直白地问道。

“逝者逝矣，生者更应珍惜！珍爱生者，即是尊重逝者！何况，我相信你终究会告诉我所有的真相的！”杨军自信地说道。

“我不反对你去查，但是我希望你自己要多加小心！”李耀很祥和地对着杨军说。

“你不想知道点什么吗？”杨军回问一句。

李耀摇了摇头。

“那我倒想知道,有没有人在履历中有一段时间竟然会是空白?”杨军反过来问李耀,因为他想既然洗白,李耀自然有很多值得质疑的地方。

“该知道的,自然会知道。不该知道的,你也很难知道。这就是真相!”李耀说道。

杨军为李耀这种经常卖弄的玄幻式回答觉得可笑,他想还是专注于自己下一步的事情更为重要。然而让他不解的是,李耀为何毫无惧色,也没有任何的失措感,反而回答是如此平和。他没想太多,笑了一下,跟李耀点头示意道别。

而这边的李耀,则长长地叹了口气。

就在他刚走进房间的时候,他接到了郭艾平的电话:

“郭总,怎么你直接打过来了?”李耀的言下之意就是郭艾平为何这次没有使用给他的加密手机打过来。

“你知道最近的事情吗?”

“什么事情?”

“明仔失踪的事情!你是怎么看的?”

“我还在查。”李耀匆匆回了过去,省得让郭艾平起疑心。

“不用查了,是一个叫杨军的在里面搞鬼吧,你看怎么办?”郭艾平似乎有些心急起来。

“郭总的意思是……”李耀大概估摸到了郭艾平的意思,关键时刻他是毫不手软的!

“你懂我的意思的”,郭艾平冷笑地说了声,这种冷笑,带着残忍的杀气,似乎一切生命都毫无价值。

“目前情况下,可能不妥,我有更好的办法。”李耀其实内心还是不希望杨军出任何事情。

“那你说来听下。”

“我们换种方式联系吧!?”李耀回道。

“可以。”

电话那头传来一阵忙音……

杨军此刻还在翻找李羽飞和姜水生他们的情况以及以前相关的案件存档,他认为,真相已经越来越近,甚至有种触手可摸的感觉。然而,他没有想到的是,等待他的,是一场厄运!真相之门甚至即将对他关闭!

第十三章　案　底

案底，暗底，暗砥，暗诋……

“姜水生，男，汉族，十年前因组织、领导黑社会性质组织罪被苏东省高级人民法院判处死刑……打黑行动是由新上任的苏东省公安厅副厅长王振龙一线指挥作战，共抓获主犯3名，从犯13名，收缴大小枪支20余支，各种管制刀具30余把，一举消灭了在苏东省云都市称霸10余年之久的黑社会团伙……”

“唉，查来查去都是这些资料，宣传口子的写法基本如出一辙，查不到实质性的东西。具体案卷如果要翻查要么得到法院去，要么得到省公安厅档案室去调查当时的内卷，内卷调查可不是那么容易，何况是省里的资料”杨军一边翻找一边嘟囔，一边想着“即使熊安安知道当时庭上的辩护情况，但是也不一定就清楚这个犯罪团伙的整个犯罪情况。而让人奇怪的还有，这个犯罪团伙为何当时一点都没有涉及李羽飞这个人呢？最让人奇怪的是，通过全国公安人口查询，我竟然找不到在这件案子里和李耀相匹配的李羽飞这个人！?”

“这个李耀到底什么来头，竟然还可以删除李羽飞的身份信息和资料？甚至连案底都没有？更神奇的是，摇身一变杀回公安现在成为我们刑侦队的副队长?！这得要有多大的能量啊！?他背后会是谁呢？难道就是这个被枪毙的姜水生？不可能啊，他如果能够帮李耀洗白身份为什么他自己又自身难保呢？难道这个李耀是卧底?！不可能，也不能杀警察啊！难道是吴得明骗我？也不可能啊！其他情形基本都对的上，真是让人一头雾水！”

就在这个时候，杨军的另一个手机号码的独特铃声响了起来。当他伸手的时候已经想到了是谁的电话，因为能够知道这个号码的只有一个人——熊安安。

“安安，材料你都看到了没？”杨军一接通就先问道。

“看到了，十年前的案子我帮你查了下我们所当时的一些记录，姜水生的案卷资料多些，都是有关涉黑的一些指证，我师傅也只复印了一些关键证据，不全面，而且资料里面也没有你说的李羽飞。”熊安安说话依旧快人快语，如机关枪一般。

“我想这个可能要去查当时公安的内卷了，因为你们律师也无权翻查我们的侦查内卷。”杨军回道。

“但是这个内卷是在省公安厅啊，怎么调取得到？何况你现在没有正规的切入口，只能找点私下的关系去调查了。”熊安安建议道。

“这样不行，调取内卷必须走正规的司法途径，私下关系调查很容易让帮助我们查资料的人违规，以后影响不小。”杨军还是有些担心，毕竟他不想把其他人再牵扯进来。

“那怎么办？只能找当时清楚这些案子的人了。我们当时都没接触这行，怎么去调？通过什么途径呢？”熊安安有些焦虑。

就在陷入绝境的时候，杨军想到了一个人，他一拍大腿，说道：“我想到一个人，他肯定清楚！而且他肯定会配合我！”

“对了，跟你前面所讲的一样，这个李羽飞曾经杀了一名警察，你查一下当时扫黑有没有过警察殉职，或许倒过来查成效更快！”熊安安建议。

“我现在有点担心的就是，这个殉职的警察会不会就是叔叔……”熊安安尽量把声音说得很小，只是想试探地问问。

这句话虽然很轻，但是犹如晴天霹雳一般地劈在了杨军头上，杨军十年来的阴霾又一次地涌上心头，这是一种仇恨、一种不解、一个心结、一种痛苦——他内心的暗底，不可触碰！熊安安的话成了一根导火线，让杨军刹那间的大脑都爆炸了起来！如果他父亲的确是被这个李耀李羽飞所杀的话，那这会是一种什么样的仇恨！杀父！弑友！害朋！天下竟然还有这么一种仇人天天晃荡在自己面前而不知！想到这里杨军握紧了拳头，脸也憋成了红色，额头渗出了不少汗水。

熊安安听到电话那头一阵寂静，知道自己可能说错话了，连忙叫道：“喂，喂？杨军，杨军！别想那么多了，现在还是先调查吧，很多事情都还说不清楚。”

杨军像被招了魂一样被召唤了回来，情绪也渐渐平静下来。

“你自己好好处理吧，另外证据合法性问题，你应该思考一下。”熊安安接着说，唯恐杨军没考虑周全。

“这个我已经思考过了，我现在是专案组成员，调取相关的证据也不能说违法，只是程序上有一些瑕疵，其他的我会再仔细考虑下，时间紧迫我得去找那个了解案底的人了!"

"哦,对了,忘记跟你说一声,我调这个资料看的时候,我师傅好像反应不太正常,而且我好像之前有听说过我师傅跟这几个人走得很近,反正关系很不一般。"

杨军沉默了一下,说道:"那你自己这块的资料就不要去找了,自己多注意一些。小心你师傅是个无良律师。"

"啊呸——你才是黑心公安呢!"熊安安笑着答道。

另一方面,郭艾平已经换了保密电话与李耀联系上了。

电话那头的郭艾平依旧是冷凄凄的声音:"对有人在翻我们案底,你准备怎么办?"

"我想时间过去那么久了,他很难调查出什么有价值的东西!"

"这个可不是你的办事风格啊。"郭艾平言下之意是李耀没有把这件事看得足够谨慎。

"那郭总您觉得——"

"我听说这个杨军好像就是十年前那死掉的杨智伟的儿子吧!"

"是的。"

"斩草不除根,春风吹又生啊……"

"但是他现在也是专案组成员之一,目前这个关头可能不好办。"李耀一边回答,一边思考如何才能保护杨军并拖延杨军。

"那你觉得呢?"

"郭总,这个我倒是也想到了一个办法,你听我说。"

一阵私聊之后,郭艾平一阵狂笑:"你小子果然有一手啊,哈哈哈哈,但是牢里的那个,我觉得还是要尽快解决,免得夜长梦多!"

"嗯,这个我会想办法。"

"这个你就不用想办法了,你现在做好两件事:一个就是刚才你说的,那个警察这块的事情,有些地方我也会出面帮你协调。另一个就是帮我查查牢里那个人背后有没有什么组织,我总感觉事情没那么简单!"

"哦,那监控那块的事情呢?"

"你放手做就是!"

"好!"李耀等郭艾平挂掉电话后,感觉到头皮一阵发麻,太累了!

长胜派出所和以往一样,肃穆而庄严。刚过中午,派出所进出的人也格外少。所长陈铭根刚吃完饭,泡上一杯红茶,很享受这种清净的生活,正当他优哉游哉地准备走到自己办公椅躺下来闭目养神的时候,一阵急促的电话铃声响了起来。陈铭根有些纳闷,这个时候谁会无缘无故地打电话进来呢?

“喂,您好。”

“陈铭根吧?!”对方那头似乎脾气很大,而且感觉来头不小。

“我就是,有什么事?”陈所一时都还没反应过来这是哪路神仙。

“我鲁俊啊,你们所现在教导员是哪个?”对方说话依旧咄咄逼人。

陈铭根思索了下,鲁俊?市公安局纪检书记?他打电话过来有什么事情啊?!

“哦,鲁书记,现在我们所里教导员刚内退下来了,新的人选还没出来,我暂时兼着教导员……”

“那你马上到我办公室来一下!”鲁书记没等陈铭根说话就匆匆挂断了电话,剩下了一头雾水的陈铭根。

40分钟后,陈铭根匆匆赶到了鲁书记办公室。

陈铭根对着鲁书记点了点头,鲁书记也没说什么,摆了摆手,让陈铭根过来。陈铭根依旧纳闷,到了鲁书记旁边才看到鲁书记此刻正在看着网上的一条微博:标题是十个大字——“派出所所长无法无天,非法拘禁只为抢钱!”里面内容就是直接写着小市民WDM实名举报,因为赚了些钱被人眼红,长胜派出所所长杨军指使人将其关押在一个黑宾馆中,最后逼迫小市民伪造一条欠了40万元的欠条并让他三天之内凑齐!微博中还拍摄了不少该宾馆相片甚至还有杨军本人的相片……

陈铭根看到这些新闻人都傻掉了,怎么还会有这种事情?

鲁书记也没说什么,就是用一种很奇特的眼神看着陈铭根:“陈所,这个里面所谓的‘所长’是你的部下吧?”

陈铭根点了点头,然后说道:“这个纯属无稽之谈!”

鲁书记诡异的脸色变了变,然后从抽屉中拿出一封举报信,递给了陈铭根,说道:“这是今天我刚刚收到的举报信,是直接递给我的,举报的内容是杨军为了陷害别人,以‘凤凰山’杀人案专案组成员名义,栽赃其为‘凤凰山’杀人案的从犯,然后让对方写下一个欠40万元的欠条!”

陈铭根没有吭声,他知道杨军不是这样的人,但是他并不清楚事情的由来,于是选择沉默。

看到对方没有说话,鲁书记继续说道:"据我所知,这封举报信还抄送到了局党组几位成员那里,有消息说甚至连政法委肖书记都知道了!现在互联网真的是不得了啊!"

"鲁书记,我想有些事情还需要调查一下。"

"你也知道现在舆论太厉害了,我也希望我们的公安干警都能够经得起社会'糖衣炮弹'的考验!但是我们也不能给别人落下任何的话柄,你懂我的意思吗?!"

"鲁书记,你说?"

"我今天和领导沟通了下意见,决定暂停杨军同志专案组成员的身份,同时暂停杨军同志职务,待事情查清楚之后,我们再看情况进行处理,你的意思怎么样?"

陈铭根低头没有吭声,书记的话显然是没有任何商榷的余地,看到陈铭根没吭声,鲁书记拿出早就已经打出来盖好章的红头文件递给了他。

"陈所,你的心情我很了解,我相信烈火能炼得真金!经得起组织考验的同志才是好同志!"

"嗯。"陈铭根点了点头。

"既然你现在挂教导员,我希望你今天下午和明天上午把这些涉案的情况调查清楚,明天中午前能给我一个答复!怎么样?"鲁书记问了问。

"嗯。"陈铭根继续点了点头。"请领导放心,我一定会秉公处理,给领导一个满意的答复!"陈铭根郑重地向鲁书记敬了个礼,然后退了出去。

人还没有离开市局门口,一个急促的电话响了起来,来电的不是别人,正是杨军!

湖阳市看守所,副所长范德士正优哉游哉地玩着电脑,手机突然响了起来,范德士拿起手机一看,一个陌生的号码,心生纳闷,心想着游戏还没玩完,于是一下将电话按下了静音丢在了旁边。

然而对方并未罢休,手机没过一会儿就震动了起来,震得桌子"吱吱"的响,范德士有点不耐烦地拿起了手机,一看还是那个号码,看来对方似乎根本就没有想把拨打号码停下的意思,手机没过一会儿又震动了起来,范德士有些恼怒地接通了电话:

"喂,哪个啊?!"范德士正想劈头盖脸一顿各种问候过去,对方的声音犹如从地狱深渊中传来一般。

“范所,是我,呵呵。”

范德士听到这个声音觉得无比熟悉,这个人的声音面貌都还记得,但是名字却有些记忆模糊了,一时准确记不起来。

对方看范德士许久没有回音,猜想他忘记自己了,于是很切时机的自我介绍了下:“是我啊,易蓬辉,呵呵。”

“易蓬辉?”范德士继续在自己脑海中思索,然而就在他一瞬间想到的时候,对方也说了起来:“阿辉,不记得了吗?我肚子上那道疤可是不会忘记您的,呵呵……”

范德士大脑嗡的一声,感觉一片空白,然后手心开始发凉,神态开始紧张起来,他赶紧镇定了下自己的精神,咳了一声清了下自己的嗓子:“阿辉,我当然还记得,有什么事?”

“范所说话好像毫无念旧之心嘛,想当年我们关系不是挺好吗?呵呵……”对方一句一个呵呵,这个笑声极为凄冷,让人不禁想起《银魂》神威的名言——“微笑是杀人的礼仪”。

“有什么事就直说!”对方的笑声让范德士都有些起鸡皮疙瘩。

“呵呵,范所现在性子比以前急了嘛,其实也没什么事,就是这两天我想到您这里来拜访下您,呵呵……”

“到我这里来?”范德士表示自己有些纳闷和不解。

“是呀,要过来办点事,到时候少不了要给您添麻烦,呵呵……”阿辉依旧没有说自己要到范德士这里做什么,这种欲盖弥彰的感觉让范德士越加觉得深不可测,而对于觉得升迁无望的范德士来说,没有什么比平安退休更重要的了。

“阿辉,你就不能直说什么事吗?!”范德士少有地按捺不住自己的性子。

“没什么,当年我被人家捅了差点连命都没了,您不也一点都不慌吗?您不也直接抹平了吗?!呵呵……”这句话提醒着范德士七年前的往事。

那一年阿辉关在范德士管的号子里,一次号子内部争斗,阿辉被人用牙刷柄磨制成的“匕首”差点捅死,而事后范德士为了不影响自己的仕途,通过各种关系最后把事情抹平,对外宣布调查结果就是阿辉自己不小心摔在了玻璃片上刺到的。

没想到冤家路窄,多年后阿辉竟然又会杀回来!

“过去的事情又何必再提呢?何况你又没有吃亏!”范德士意识到这件事肯

定不是那么简单。

“范所不要紧张嘛,我这次过来没别的事,就是过来向你问个好,要点我要的东西,完了回头我一定会好好谢谢您！呵呵。”电话那边的阿辉依旧皮笑肉不笑。

“要什么东西?”范德士问了一句。

“别人给您的,也没什么,到了就知道了,呵呵……”阿辉挂掉了电话。

范德士一阵懊恼,都一群什么人啊,当年如果不是收了对方那5万元,不是为了不影响自己的仕途,怎么也不会去惹到这么一群人！真是想不到,服刑之后,这个阿辉还会找上头来!

陈铭根看着是杨军的电话,疾步走出了湖阳市公安局大楼,然后按下了接听键。

“陈所,你在哪里?我有点急事找你。”

“小军,正好我也要找你有点事情,我要和你私下聊一会儿。”

“正合我意,要不要找个偏远点的地方,要不找个茶座吧?”

“你知道我们市公安局旁边的汇源超市上面的餐厅吗?”

“领导说去超市?”

“这你就不懂了,这个超市上的餐厅是我朋友开的,下面吵闹,里面包厢绝对安静,是碰面的好地方,我现在订好,正好叔叔也很久没有请你吃饭了,你如果先到就跟老板说你是黑根的朋友。”

“嗯。”杨军不得不佩服,姜还是老的辣,说不准这个地方还是陈铭根见线人的一个点,从外表看来超市人来人往反而是一种最好的隐蔽,只是他诧异的就是,点菜吃饭不是有服务员进进出出吗,怎么方便谈话呢?

杨军开车到了汇源超市上的餐厅,但是很明显,这个餐厅是一个快餐店,根本就没有什么包厢。他走到服务员旁边问道:“有包厢吗?”服务员用诧异的眼神盯了他两眼,然后冷冷说道:“没有。”杨军更加丈二和尚摸不着头脑,“对啊,超市上面如果开包厢那怎么赚钱?明显都是快餐式消费的地方,陈所糊涂了?”

就在他纳闷的时候,肩膀被人拍了一下,回头一看原来是陈铭根。“小军,老侦查员,吃饭连个包厢都找不到啊?”一顿奚落让杨军无地自容。“哈哈,跟我过来吧。”陈铭根看到杨军没有吭声,自己笑了起来。杨军跟着陈铭根走了过去,“厨房配菜间”的牌子之后,里面是“经理室”,经理看到陈铭根也没有特地招呼,只是笑着点了下头,接着用着一种奇怪的眼神看着杨军。

“这是杨军,伟哥的儿子。”陈铭根介绍道,在听到陈铭根介绍杨军是杨智伟的儿子后,那个经理表情大变。

“小军,他是龙叔,以前跟我还有你父亲都是很要好的兄弟,只是一直没有向你引荐过,我们平常叫他龙哥。”

“你也可以叫我龙哥。”龙哥很是豪气地答了句。

杨军心里已经揣测了起来,从这个经理间或外露的江湖气息,并不像警界的人,而多年未引荐肯定是有着不可引荐的秘密,或者是时机未到,很可能这个龙哥以前是父亲或者陈铭根的线人。他也没想那么多,对着龙哥点了点头。

“黑根,好久没来,这次要吃点什么?”龙哥问道。

“跟以前一样吧,水煮肉片肯定是少不了的,宫保鸡丁也来一个,小军想吃什么?”

“叔叔你自己定吧,我随便吃什么。”杨军一边打量着这间办公室,一边揣测着这边竟然还有吃饭的包厢?

“龙哥,你自己看着安排吧。”陈铭根也不想花费脑筋。

“好,我现在去安排,你们先进去坐。”龙哥举手投足间都有着一种豪杰的味道,可以想象以前也不是一般的人物。

陈铭根很自然地走到了经理室旁边的一个侧门那里,杨军跟过去之后,发现里面果然别有洞天。一间比较大的休息室,摆放得却另有一番滋味,里面隔起来是一个书房,摆放着电脑和一些莫名的装置,外面是一套木制的茶具,有种古色古香的味道。

“这间包厢怎么样?”陈铭根笑着问了句。

杨军点了点头,果然是个谈事的好地方,只是为什么挑这里呢?跟这个要介绍的龙哥又有什么关系呢?还有个问题就是,这个地方看起来也不像是那种很适合吃饭的啊。

“你是没看到吃饭的地方吧?哈哈,吃饭就在办公室吃,一般人都不会过来的,吃完好好聊聊。”陈铭根笑着说。

杨军心里觉得挺折腾,吃个饭还真是麻烦啊。

“以前我跟你父亲守人的时候,经常就是站在路边吃饭,有时候能到办公室吃个快餐就觉得很不错了,今天回味一下。”陈铭根看样子看懂了杨军的心思。

“叔叔,你今天找我有什么事?”

“你不是说找我有事吗，你先说吧！”陈铭根反过来问了句。

“我想到你这里问一件案子。”

“十年前姜水生的案子吧？”陈铭根淡淡地说。

杨军很是诧异，自己认为极其隐蔽的一件事，怎么陈铭根了如指掌？还是传出什么风声去了，如果连他都知道了，那还有谁不知道？

陈铭根看杨军半天没有回答，估计他在犯嘀咕，于是自己解释了起来：“你小子早段时间骗我说要出警，之后你和小蒋就把吴得明给带过来了，你如果没什么事情应该不会敢去动吴得明、吴得利两兄弟，他们以前是姜水生这批案子里面漏掉的，加上你后来翻查过一些十年前案子的资料。所以我估摸着你在查十年前姜水生的案子，是不是？”

“其实我只是觉得‘凤凰山杀人案’有些蹊跷，吴得明两兄弟又是关键证人，所以我找他们想取证。”

“取证的话你就不会使用这种假出警的方法了，直接找不就是了，叔叔暂时还不糊涂呢，呵呵，是吧？”陈铭根爽朗地笑了笑。

“叔叔果然神勇不减当年啊！”杨军心中佩服。

“其实，你父亲当年的事情跟这个案子也是有关系的，一直不跟你说。一个是因为这件事情牵扯的人太多，你又不太成熟，我怕你会鲁莽做事、引火烧身。另外一个关键的原因就是这件事背景很深，跟现在省公安的一些大领导有直接关系，我怕你知道影响你对事对人的看法。”

杨军用着疑惑的眼神看着陈铭根，似乎在问：那你为什么现在又找到我来说这个事情？

“特殊情况的时候，我们需要使用一些特殊的方法，你找吴得明这件事我也追了下，发现你动了点脑筋，有点头脑了，我觉得现在是时机把原来的案底告诉你！另外，我也想了很久：有些事情年轻人迟早都要自己去面对的，我宠不了你一辈子，对和错，是和非，要自己学会去寻找答案。”陈铭根说话开始有些感慨。

就在他们聊着的时候，龙哥将做好的菜陆续地上了上来。

“小军，这几个菜是当年我和你父亲还有龙哥最喜欢吃的，特别是每次有任务执行之前，我们聚一下，吃上龙哥炒的这几个菜，往往可以马到功成！呵呵，今天就当是一种怀旧吧！”陈铭根对着龙哥说道……

三人酒足饭饱后到旁边小屋反锁聊天叙旧，很是欢畅，隐约中杨军似乎听出了一些关于龙哥的身世，退伍的侦察兵，到公安报到后作为卧底安排潜入云贵交界的一个运毒团伙,团伙打掉后他“逃窜”并变更身份到了苏东省,但他与一些黑帮势力都还有着奇特的联系方式。

“两位叔叔,你们在姜水生这个案子里面,听说过李羽飞这个人吗?”

陈铭根想了想,似乎有些印象却又不敢肯定,他说道:“以前对外接触很多都是你父亲还有龙哥去接触,我主要还是负责内部联系。”

龙哥点了点头,说了句话:“听我一些朋友讲过,这个人身份不简单,后来逃掉了。”

“姜水生这个案子当时还被评为十大最有影响力的案件,在我看来,就是草草收兵,查到的就是冰山一角!”陈铭根淡淡地说道。

“龙哥,恕我直言,这个李羽飞和我们现在的二大队李耀有什么关联没有?!”杨军迫切想知道答案。

“李耀?! 他就是一只白鼠!”龙哥回了句。

“白鼠?!”杨军有些不解。

“就是漂白的老鼠,身份是白的,但是暗地还是有道上的人在撑着,给他信息、资料,甚至给他办人! 是别人养在警队中的老鼠!”

“还有这种事情?!”陈铭根都有些不敢相信。

“但是他和李羽飞的关系,被你这样一说,似乎有点可以挂的上钩,具体还是很难断定!”龙哥答道。

“当年这个案子办的是,说得难听点就是屁股指挥脑袋! 一将无能,害死千军!”陈铭根喝了点酒后有些炮轰的味道。

“当年到底是怎么回事啊? 能不能从头到尾地跟我说一下呢? 我父亲出事跟他们又有什么关系?!”杨军有些急迫地问道。

陈铭根和龙哥都放下了手中的茶杯,开始跟杨军从头到尾地讲起了当年的案情,一个杨军期待了十年的谜底即将揭开!

“十年前的那场暴风雨……

一切都没有预兆,分管大要案侦查指挥的苏东省公安厅副厅长刘大军在一场车祸中突然就这么地走了,事故现场并没有发现什么异样,就像一场普通的不能再普通的车祸一般:刘大军傍晚散步回来,穿过马路时被一辆疾驶的摩托车刮倒,刘大军头部受剧烈撞击当场身亡,摩托车手逃匿,无法直接寻找到车手。由于难以对刘大军死亡进行定性,同时为了不打草惊蛇,警队一方面只发布讣告不透露具体死因,另一方面秘密展开全城搜捕……”陈铭根喝了口茶,缓缓说道。

“当时没有摄像头吗?”杨军急切地问道。

“十年前,很多城市都还没有建立起天网工程,有些主干道质量也很差。”龙哥替陈铭根解释道,同时暗示他想知道的话就不要插那么多嘴,杨军不吭声了。

“一波未平一波又起,就在众多干警都还未从悲痛中走出来的时候,一件特殊的‘礼物’成了导火索,引爆了苏东省省会云都市长期掩伏的炸弹——‘庆祝刘大军升迁’的红色纸条,夹在一大束的鲜花里面,没有署名,由一名聋哑小孩直接送到省公安厅门口,当省厅干警到门卫这里看到这个特殊‘礼物’的时候,小孩早已无处寻找……”

“是事故?是谋杀?凶手又会是谁?当时都无从可知,可以知道的就是:这束鲜花出现在不该出现的地方,写上了不该写的内容,催化了一场暂时不应该发生的战争!当时你父亲和我都在云都市公安局刑侦大队,而我们另一个身份就是我们都秘密隶属于刘大军组建的‘反黑特别行动组’,‘反黑特别行动组’的目标就是锁定并彻底摧毁云都市称霸已久的黑社会组织。”

“当时我也被召唤到这个‘反黑特别行动组’,我负责接触一些关于这个黑社会组织外围的人,但是这个特别行动组还有些什么人,我们三个人至今都不清楚,当时甚至我们互相都不知道,因为我们都与刘大军单线联系。”龙哥停了停,接着说道,“我们通过一段时间的摸查,查出了三个黑社会集团,而其中最大的就是姜水生这个集团,但是根据我们当时的分析,姜水生这个犯罪集团并非如此简单,可是刘厅的意外死亡,切断了我们的深入调查。”

“唉!”杨军和陈铭根同时叹了口气。

“然而事情并没有就这样结束,刘厅意外死亡后,原来从事政工类的主任王振龙火线升任省公安厅副厅,分管大要案侦查指挥。为了打击黑社会的嚣张气焰,营造和谐稳定的社会环境,王厅制定了一场‘反黑风暴’,剑指当时云都市的三大黑社会组织!”龙哥接着介绍,“以前我一直都觉得其实就是一场作秀,或者认为这只是为了获取政绩而草草出兵。现在多年后,自己沉淀了,也觉得这件事王厅敢于出头,与几个组织短兵相接,也算是勇士!”

这个时候陈铭根似乎对于这个定性并不满意:“可惜,他并不是侦查专业出身,经验不足,头脑又容易发热,一将无能真是害死千军!”

“怎么说?”杨军问道。

“大要案的侦查,犹如行兵,必须谋定而后动,这次扫黑风暴行动上,规划不足、沉淀不够、信息不全，决定了这次行动的结果并不能将三大组织斩草除根！”

“当时听说行动很迅猛，打击效果相当不错啊？”杨军插着问道。

“新闻媒介的报道与我们专业素养，你信哪个？”陈铭根反问道。

“这些事情和我父亲有什么关系？”杨军问道。

“我在行动通报会上知道了你父亲也是组员之一，他和我的观点相似，认为在这件打击行动上应该再进行深入的调查，在掌握到更加详尽的信息之后再进行打击！但是我们的观点没有得到支持，我们的观点被认为是畏战思想，同时认为在我们公安队伍被挑衅时没有还击会助长黑恶势力的嚣张气焰。当时被抽调的云都市市局刑侦支队第二大队副队长闻良是最极力主张立刻开展行动，而你父亲当时在会上就和他展开了辩论，甚至吵了起来，但是最后闻良的意见被王厅采纳。”陈铭根喝了口茶，叹了口气，接着说道，“这个决议没过多久，你父亲就出事了！”

杨军没有说话，静静地听着，他在大脑中思索着闻良的名字，在他前期查找十年前案件殉职人员的资料中有些印象，是的，闻良好像在那次反黑行动中殉职了。

“当时并没有什么预兆，有一天，你父亲突然接到一个电话，可能是很重大的线索，他很重视，紧接着就出门了。”

“伟哥说了是什么线索吗？”龙哥问道。

“没有，当时还没来得及说这个，他就出门了，吃饭的时候大概是当天晚上7点不到，大概11点左右的时候，我们接到了报警，你父亲身上中了枪伤，当时重伤被送到医院抢救！之后的事情你应该就知道了吧？”

杨军的回忆一下子就回到了十年前，说道：“是的，父亲住院后由于受伤严重，到ICU抢救了很长时间。之后他时而清醒，时而昏迷，这样维持了一段时间，但是清醒的时候对于‘扫黑’问题一直很关注，也说过几次要跟你面谈，而且非你不谈。”

“可惜我当时一直被派任务，中途去看望过你父亲几次，他都在昏迷状态，没想到最后竟是诀别，也没有听到你父亲的交代。”陈铭根说的时候，心中无限的遗憾。

“在听到你们扫黑的一些讯息以及对他受伤的调查情况后，他似乎很失望，加上本身大脑长期的昏迷，他一度很虚弱，最后一次清醒他就是让我答应他绝不从警……”杨军说到这个的时候，已经有些呜咽，之后的事情三人都知道，也都沉默了。

“你父亲的死有几个疑点，首先是枪伤伤口，假如真的如姜水生后来所供认的是他开的枪，他应该有足够能力让你父亲毙命，而不是重伤。”陈铭根说道。

“对，因为鉴定结论是近距离击发。”龙哥答道。

“而且作案动机也非常可疑，姜水生供认知道你父亲以前就是反黑出身，听到风声说省厅最近在查他，在偶遇你父亲后对你父亲下手。”陈铭根接着说道，“但是我知道，你父亲是接到一个电话后与我分别的，他必然是得到了什么才会动身出去，所以这个供述有问题。”

“还有就是你父亲出事后是在一个很偏远的水库边被发现的，你父亲当时已经昏迷，谁报的警？最离奇的是，你父亲启动了紧急联系方式，还使用了当时极少使用的 GPRS 定位。”龙哥接着说道。

“你怎么知道的？我怎么不知道。”陈铭根都觉得奇怪。

“内幕消息，这个我以前在云贵交界反毒的时候用过，这种装备不多。”龙哥解释道。

杨军也是第一次听到两人说出这么多的内幕，他惊讶之余，有些愤怒：“你们既然知道有这么多疑点，当时为什么不说？为什么不查?！姜水生说谎你们就审他啊，找到真凶啊！我父亲接到电话出去的，你们不会去查通话记录啊？GPRS 既然是少量供应的，可以去查生产地址，编号啊！你们既然是他的兄弟，为什么这些事情十年了什么结果都没有，就只会说值得怀疑、值得怀疑?!”

陈铭根和龙哥两人都低下了头，良久陈铭根说道：“小军，你的心情我们理解，通话记录我们查过，是一个路边的 IC 电话，当时那个 IC 电话边上我们都盘问过，没有见到可疑的人。另外当时姜水生将所有的罪行全部担了下来……”

陈铭根还没说完，龙哥插了进来：“GPRS 这也是我这两年才知道的一个内幕，不知道被省厅的谁把这个事情抹掉了，之前办案条件和现在完全不一样的，那时候用手机的人都很少，很多人也就在路边买的号码，通话记录也不完善啊，何况对方用的还是 IC 电话。”

“最关键的是，当时我们同时打三个黑社会团伙，上百号人，十数个罪名，侦查力量是很分散的。而且上面的指导思想是从快、从重、从严。说真的有点浮光掠影一般，打黑的成果已经成为最重要的目标，而且当时你父亲并不是唯一殉职的人，想把刑侦精力全部放回到你父亲的死因上，当时现实条件也不允许。”陈铭根接着说。

"不说别的,连刘厅的死到现在也并没有查到真相！现在还一直挂在那里。还有闻良的死,也有些不正常因素在内。"龙哥说道。

"你小子怎么知道这么多都没跟我说起过,闻良不就是在一次行动中因公殉职的吗?"陈铭根一副很惊奇的样子。

"我也只是听说,他死前财产流向有些问题,有大额资金到他账上走动。"龙哥说道。

"你怎么想到要去查他的账?"杨军问道。

"老侦查员啊,查什么案子都不能就案查案,接二连三的殉职事件,我不认为是偶然,我觉得有无形的线扯到了他们几个人。"龙哥说道。

"查的结果呢?"陈铭根问了句。

"有结果我自然早就告诉你了,姜水生不久就被枪毙了,他以前的手下坐牢的坐牢,逃散的逃散,很多线都断了。"

"草草出兵、草草收兵,真正的幕后全部都潜伏了起来。"陈铭根依旧有些不满。

"这些都已不重要。因为证据都已经被消灭得差不多了。"龙哥说道。

"那李羽飞呢？和这些事情有什么关系?"杨军决定打破砂锅问到底。

"这个我就不是很清楚了,我前面说了,我并不负责外围,也没有去接触这块的人员。"陈铭根说道。

"根据我掌握的一些信息,李羽飞和艾华集团公司老大郭艾平关系很密切,为他立下过很多次的功劳。在那次反黑之后,郭艾平通过各种关系收购了原来三大组织的公司和财产。而奇怪的是李羽飞消失了两年,之后就像你所说的一样,李耀到了湖阳市……"

"这个李羽飞和李耀是不是同一个人？郭艾平是不是就是湖矿公司老大郭华的父亲？李羽飞为什么帮郭艾平？之后又是通过什么方式回到公安呢?"杨军问道。

"郭艾平就是郭华的父亲,在反黑后他家族的势力急剧膨胀。而李耀是自己考入的公安,当然他事后的升迁你也看到了,但是我知道他升迁跟郭艾平有很大关系。至于李耀和李羽飞是不是同一个人,这个很难说,要有两人的相片还有当时熟人的辨认才清楚,而且这也并不靠谱,何况现在很难找出能认识李耀和李羽飞的人。"龙哥答道。

"我知道有第三人认识他们的！而且我已经找到了!"杨军说道。

“谁?”龙哥和陈铭根一起问道。

看着龙哥和陈铭根一副疑问表情,杨军从容说道:“吴得明。”

“这个名字没听过。”龙哥回了一句,而陈铭根更是一头雾水。

杨军拿出自己的手机,将相片调出来给龙哥和陈铭根看。

龙哥看完之后,思考了一会儿。

陈铭根看他在思考,觉得龙哥很有可能认识这个人:“怎么,你认识?”

龙哥看了下之后回道:“嗯,这个人好像是‘明仔’。”

“‘明仔?’”陈铭根几乎和杨军同时问了起来。

“是,以前郭简瑞手下的一个红人,和他弟弟阿利两个人联手做过很多事情,号称哼哈二将。姜水生案发后,他们两个也没了踪影,没想到竟然在我们这个市里,难怪我上次觉得好像见过他们一样,只是实在不敢确认。”龙哥答道。

“郭简瑞是谁?”杨军问道。

“你查了这么久,郭简瑞是谁你都不知道? 他是郭艾平的弟弟,有线索反映当时真正幕后老板是郭简瑞,但现在证据全部指向姜水生。”龙哥回道,陈铭根也点了点头表示赞同,然后接着龙哥的话说道:“郭艾平现在 52 岁,也有人说他 51 岁,他有三兄妹:妹妹郭风平,50 岁,现在任湖阳市塘山县县委书记;弟弟郭简瑞,48 岁,有黑社会犯罪嫌疑,由于各种原因保护一直没有被挖出;儿子郭华,29 岁,湖阳矿业有限责任公司董事长。据说郭艾平还有一个女儿,名字好像叫郭悦,据说是在 S 大读的书。”

“郭悦? S 大? 我有个同学也叫郭悦,不会是同一个人吧?”杨军反问了句。

“这个我们就不清楚了,这个没去调查过。”龙哥回答后接着问道,“话说回来,你怎么会认识‘明仔’呢?”

“我不认识他,只是最近凤凰山杀人案涉及了他,我认为他的证词有问题,后来我才发现他和李耀之间的关系非常复杂!”

“怎么复杂?”陈铭根和龙哥异口同声地问道。

“据我调查,凤凰山案凶手,很可能就是李耀!”杨军说道。

“啊?!”陈铭根和龙哥都大为惊讶,不敢相信一个刑侦队的队长会做这种事情。

杨军接着说道:“我现在来把凤凰山案情还原一下,李耀等人通过一系列线索得知陆小勇到过凤凰山,在凤凰山他们发现除了小勇之外还有另外一个人——黄昊。”

“黄昊是谁?”陈铭根说道。

“黄昊就是现在被当作犯罪嫌疑人的赵羽!”

杨军顿了顿接着说:“在发现两人之后,吴得明两兄弟和李耀一起,先用电击将陆小勇电晕,然后用电电击黄昊,在与黄昊的搏斗中,黄昊被电击并掉下了匕首,之后李耀戴着手套用黄昊的匕首将小勇刺死! 而黄昊为了躲避李耀的追杀,跌入山谷!”杨军说得很快,语气很激动,似乎这一切的现场发生在他的面前。

“死者指甲中为什么会留下黄昊的皮屑组织呢?”陈铭根问道。

“是因为两人在躲避追杀中撕扯导致,后来他们没找到黄昊,不想让自己留下再多的痕迹,于是想到了借刀杀人的方法。”杨军顿了下接着说,“接着李耀第二天一早就带队出现在现场进行勘察,吴氏兄弟作现场证人,掩盖掉他们三人在现场脚印的事实。否则李耀为什么要移动现场,违反勘察程序呢?”

“这些只是你的猜测吧?”龙哥说道,陈铭根则默默无语。

“我已经有了部分的证据,现在还在收集中。”杨军说道。

“关键问题,作案的动机是什么?”陈铭根问道。

“这个我也还在调查中。”杨军对这个问题也百思不得其解。

“附带的几个问题,黄昊为什么要改名叫赵羽,他们为什么要这么晚在凤凰山头见面? 有这么多巧合吗?”龙哥问道。

杨军沉默了下来,这些事情他的确无法回答,只能转而答了一句:“这些我都还在调查中,有些事情我只能去问黄昊了。”

“你凭什么能问得到?”龙哥问道。

“因为陆小勇和黄昊都是我的同学! 我对他们知根知底!”杨军说道。

“以我对郭艾平、郭简瑞的性格了解,那个黄昊在看守所可能都会有生命危险。”龙哥淡淡地说道。

杨军接着又说道:“根据我对吴得明的调查,李耀以前就叫李羽飞,而李羽飞在2002年的时候就杀过一个警察,和你们扫黑是同一年,而当年殉职的警察并不多,奇怪的是之后他就跑了,2006年以李耀的身份重现在湖阳市。这就很好地解释了李耀的动机,他是郭家的人!”

“你是怎么获取到这些资料的?”陈铭根打断了杨军的话,问道。

“我通过了一些非常规手段,实在没别的办法,黄昊难免马上被判死刑!”杨军低头说道。

“记得我常说的一句话吗？办案首先保护好自己，假如你连自己都无法保护的话，你如何去保护别人？”陈铭根缓缓说道，接着将鲁书记所给的红头文件递给了杨军。

龙哥问道：“什么东西？”

陈铭根说道：“现在有人举报，说杨军非法拘禁，逼迫对方伪造一条欠了40万元的欠条并让他三天之内凑齐！现在市局为了防止事态扩大化，决定暂停你的职务和你在凤凰山案专案组成员身份。”

杨军看着红头文件，头上冒出了一些汗滴。陈铭根说道：“虽然我前面认为你的调查花了些工夫，有一些头脑，但是我更加希望你能保护好自己，目前处境对你来说可不一定是好事。”陈铭根顿了顿，接着又说道：“起码目前看来，你已经惊动了对方，对方已经开始发起对你的反击，你现在已经被暂停了职务和专案组成员身份，你如何进行下一步的调查呢？于法更加无据了啊。”

龙哥走到杨军旁边看了看红头文件，摇了摇头，说道：“以我来看，这招下得可不简单，你这次可不是一般的惊动，对方很可能会反扑，不仅仅是你，甚至连黄昊都会被牵连，甚至有被灭口的可能！”

杨军头“嗡”的一声，半天没有声响，只觉得这些东西的确自己考虑的不到位。

看到杨军久久没有吭声，陈铭根说道：“不能让对方抓到太多的把柄，否则你非但帮不了人，自己也会深陷进去，市局安排，我要在明天之前就对你的调查情况给他一个答复。”

“你把你调查的过程简要地跟我们说下，让我们听听。”龙哥说道。

杨军将自己找吴得明的简要过程大略地说给了两个人听，另外再将凤凰山案中的一些疑问都列了出来。龙哥和陈铭根两人听了有些皱眉，但是一时却又想不到有什么更好的办法。三个人闷头在那里想了老半天……

末了，陈铭根说道：“假如你所说的都是事实的话，现在几个问题，我们要做到位：第一，寻找黄昊无罪的证据。第二，寻找李耀有罪的证据。第三，对你现在的违规取证问题进行合理的解释。第一个角度是为了救人，第二个角度是为了解谜。第三个角度是为了保护自己。三个角度相辅相成，缺一不可。”

“嗯，黑根你说得对，看李耀是否就是李羽飞，假如真是李羽飞，那他很可能知道更多关于当年杨智伟的事情，这个解谜很可能给他一个交代，甚至可以沉冤得雪！也不枉我们兄弟一世！”龙哥接着说道。

“关于李耀的动态,要跟进一下,我预感通过这个关键人物,我们能够了解到更多当年的真相!”陈铭根对着杨军说道。

“对,证实了他的问题,我们就能够知道他的动机,他与湖矿公司的关系,这样你同学的死因就能揭开,黄昊才能全身而退!”龙哥应道。

杨军紧握双手,没有说话,只是默默点头。

陈铭根说道:“我们分下工好了。”龙哥和杨军将头凑了过来,三人一阵商量……他们谁都没有想到,此刻的另外角落,正有人在摩拳擦掌,四下准备。几股力量的搏杀,才真正开始!

第十四章　舛　命

舛：两脚相背，意愿相违。

湖阳市的看守所依旧人来人往，一墙之隔的却是地狱和天堂。见过太多的离别，有些人一走就不知道多少岁月，甚至终身再不见。也又见过太多的重圆，有些浪子回头金不换，有些则白发苍苍两重天。平常的百姓，只能蹲守在看守所的外面，有些是在等待着刑满释放，有些则是想给家人送些衣物、留些钱财，还有些则只是想听听委托的律师见到家人后的反馈消息。各种人生、各种忧愁与期待，在这个门口显现得淋漓尽致……

罗紫曦在自己办公室整理材料，半小时后一个急促的电话响了起来。罗紫曦拿出电话看了下，是胡达的电话，罗紫曦觉得很奇怪，按规定看守所里面是严禁使用手机通话的。

"罗所好，向你汇报一个事情。"胡达的声音听起来很急切。

"你怎么用手机打电话了？"罗紫曦也没管先反问了过去，因为这属于违反规定的。

"里面用固定电话不方便。"胡达顿了顿，然后继续说道，"刚进来一个人，易蓬辉！刚才范所一定要将这个人关到19号监室。"

"易蓬辉？"罗紫曦思索了很久。

"早几年前，被人家捅了一'牙刷'，记得不？"

"哦，这个家伙不简单啊，二进宫了。"罗紫曦说道。

"奇怪范所为什么要将这个人关到19号。不说了，有人……"胡达还没说完就匆匆挂掉了，感觉他偷偷藏在那个角落通电话。

罗紫曦一阵狐疑，决定到监所里面走一下。

"罗所好！"迎面而来的正是胡达，而胡达朝罗紫曦使了使眼色，果然范德士还在里面，旁边是一个正在剃头的犯罪嫌疑人。

罗紫曦也没说什么，就直接继续往范德士那里走过去。

“这个人？”罗紫曦问了问。

“哦，偷人家的摩托车，一早拘过来的。”范德士简单介绍了下。

嫌疑人将头抬了起来，对着罗紫曦就是一笑：“罗所您好，呵呵……”

这熟悉的阴笑，声音相貌与记忆中的易蓬辉完全匹配起来，搞不好又要惹出什么事端，想到这里，她深吸了口气，回道：“哦，是你呀，怎么二进宫，准备故地重游是吧？！”

“这环境好，再说我也想念你们这些老朋友嘛，呵呵！”易蓬辉厚着脸皮说道。

罗紫曦很是不悦，脸色一沉，说道：“好嘛，你就长驻不要走了！”

旁边剃头的人看罗所生气了，一把把易蓬辉的头按了过去，喝道：“不要动！”易蓬辉只好配合，乖乖地将头低了下去。

罗紫曦转身对范德士轻轻问道：“这个人怎么安排到 19 号？”

范德士回道：“19 号人少一些，胡警官管理能力比较强……”

罗紫曦一时找不到可以辩驳的理由，没有说什么，只是将胡达拉了过来，轻声安排道：“这个家伙现在是什么阶段？”

“刚被拘留，还没转为逮捕，具体涉案多少、案件情况都还不清楚。”胡达回道。

“嗯，记得打听下，如果是暂时的话就算了，转捕了的话就要多个心眼，这家伙可是个瘌痢头，不要惹出什么事来。”罗紫曦叮嘱道。

胡达点了点头。

另一边，陈铭根向鲁书记汇报着调查情况。

“鲁书记，您交办的事情，时间紧迫，我先找杨军进行了调查了解。”陈铭根汇报时眼神无意中总盯着鲁书记，生怕书记会生出什么责罚。

鲁书记似乎另有打算，在没有听到他所期待的回复之前，他右手夹着香烟，放在嘴上一动不动，仿佛雕像一样，唯一会变化的就是香烟上那忽明忽暗的烟头，之后是缭乱的烟雾腾然而起，不可捉摸。

“杨军同志的基本情况，杨军同志，男，汉族，1980 年 8 月 28 日生，中共党员，大学本科文化，籍贯……”

“咳，嗯，这个可以不用讲。”鲁书记总算将夹着烟的手从口中拿下。

“那我把杨军同志近些年办案受表彰的情况说下，这些从另外的角度可以说明这个人的品行。2003年工作至今,他荣立过个人三等功4次,获全省优秀人民警察称号一次……”陈铭根讲这些信手拈来,犹如都是自己所做的一般。

鲁俊似乎没有听到自己想听的东西,脸有些皱了起来,当陈铭根再次讲到杨军所办理的大要案情况时候,鲁俊将烟头用力地掐在了烟灰缸中,并且狠狠地拧了两下,说道:“铭根啊,这些功劳我们都清楚,作为党员干部,有功劳我们是会肯定他的。”鲁俊顿了顿,接着说道,“但是我们不能因为他的功劳就放纵他,这样我们反而会害了他,你说是不是? 小错不纠、终酿大祸啊……”

陈铭根点了点头。

“你把调查情况说下,其他的不要说了。”鲁俊点起了第二支烟。

“鲁书记,杨军调入‘凤凰山专案’组,为了查办案件,他付出了很多的心血。后来一个非常偶然的机会,他觉得这件案子后面有些疑问,为了查实查清,于是去找了一个叫吴得明的证人,”陈铭根顿了顿,接着又说道,“鲁书记,这件案子不知道您清楚不清楚,这个吴得明之前做过伪证。”

陈铭根边说边拿出两份笔录的复印件递给鲁俊。“这是他前后矛盾的笔录,是我从市局复印出来的。”

陈铭根接着说道:“这家伙,本身就是社会的混混,想借机捞钱,然后各种虚假证言。杨军觉得里面可能还有问题,于是找了一个机会去找他取证,在调查中可能出现了一些语言方面的冲突,于是就出现了现在的这些举报。”

“就是一些语言冲突,人家就告状?”鲁书记反问道。

陈铭根说道:“杨军说根据他的调查,吴得明有过更多的犯罪记录,杨军甚至怀疑他存在杀人嫌疑……”

鲁书记也并不清楚情况,听陈铭根这样一说,他觉得很有道理,于是点了点头。然后说道:“嗯,形成了报告没有?”

陈铭根一听,有戏,心中有些窃喜,回道:“嗯,写好了,我给你这里一份。”

“我还要包括这个吴得明他们的调查情况和笔录,什么时候给我?”鲁书记问道。

“我尽快。”

“另外,杨军的调查是否通过请示?”

陈铭根回道:“这我就不清楚了,专案上的事情我不好干涉,他也无须向我汇报。”

“那非法拘禁和欠条的事情又是怎么样的?”

陈铭根回道："估计只有问吴得明才能知道了，举报材料的说法那么多种，我们也很难说得清楚，何况我们调查时间也有限，现在这个吴得明一时也很难找到。"

鲁书记说了句："这件事影响很大，事关我们公安的社会形象。这样，我派几个干事帮你把事情调查清楚，你看怎么样？"

陈铭根一时心乱如麻，说道："不需要了，我会多派几个人手。"

没想到，鲁书记很肯定自己的想法："这个还是第三方中立调查比较有说服力。"

陈铭根心想，这件事一时没办法能应付过去，只能先点头说道："嗯，鲁书记说得很到位，我一定全力配合。"

湖阳市检察院，李婉晴穿着深黑色的检察春秋制服，红色的领带衬得她的皮肤更加娇嫩，而制服上的检徽在窗外阳光的照耀下发散出一种格外的光芒。此刻的她正翻阅着一堆的案卷，不时地用笔在纸上记录着关键点和要素，一边用电脑输入着即将开庭的开庭预案，思索着对方律师可能提出的问题，手头的案卷上面赫然写着：涉嫌罪名——故意杀人罪，犯罪嫌疑人姓名——赵羽……

而在湖矿公司总部，李耀向郭华提交安保设计图，他躺在沙发上，认真地回想自己的设计图与原设计图中的一些关键之处。

"日本人做事情果然精细、结构分明，全然不同于普通的安保系统。整体拓扑图有总有分，图纸分画得相当详细，里面同时还放置了各种虚拟目标，防火墙还有虚实之分。线路中还有多处的隐藏解码的关键点，稍有不慎或者强制的切入就会导致回路阻断。在各区域的设置上，按照人员级别分成绿色区域、橙色区域、紫色区域、红色区域。按照不同的紧急情况又有多种应对方略……日本这个民族真是一个可怕的民族！"

正在李耀想问题的时候，门口响起了敲门声。随后一个女子的声音传来："李队长，郭总请您过去一下。"李耀顺着声音看了过去，来者正是总经理秘书顾芃。李耀对着顾芃笑了一下，然后起身说了句："哦，我刚想上个洗手间，麻烦等一下。"

"出门左拐，中间。"顾芃笑了下，指着洗手间的方向。

李耀起身离开，却将所带的安保设计图忘在了沙发上，顾芃眼睛一亮，轻轻将门关上，赶紧靠了过去。

两三分钟之后,李耀从卫生间走了回来径直准备走向总经理办公室。这时,顾芃微笑着说道:“李队,您刚才落东西在沙发上了。”李耀一拍脑袋,脸上一惊,心想:“哎呀,刚才一分神,怎么把这么重要的资料给落在沙发上了?”李耀赶紧将图纸拿了起来,对顾芃点头微笑之后走向总经理办公室。

顾芃也没有闲下来,第一时间将电话打给了工厂内部的伊灵薇。“伊设计师,我是顾芃,上次您说要采购的办公用品,我放办公室了,您有时间过来拿下。”

“好的,谢谢。另外麻烦你帮我去趟你们这里的汇源超市,帮我到楼上餐厅买一些日本料理。”伊灵薇格外平静,也格外客气。

“好的,我明白了。”顾芃回道,伊灵薇随后将手机挂断了。

“汇源超市? 要我去那里干什么? 那里好像没有日本料理吧?”顾芃边想边走回到自己的办公室,将脖子上的项链随手扯了下来,与两个测绘工具一起放到一个工具袋中,将口封上,然后将工具袋放到办公室外的文件传达箱,放完后顾芃将箱子反锁好。顾芃知道钥匙只有办公室和被传达两个部门才有,她看了下没有什么纰漏,然后背起挎包走出办公室。

汇源超市并不大,楼上的餐厅也就一层楼而已,顾芃逛了很久,却一直没有找到伊灵薇所说的“日本料理”店。这让顾芃觉得有些郁闷,不知该从何着手。她想或许很有可能这家“日本料理”店早已关门倒闭了,但是她又没办法就这样回去复命,这种简单的复命简直就是一种无能的象征。

想到这里,她走向了吧台,问了一下吧台一位看起来有些年长的收银员。

“美女,请问下,这里以前是不是有一家‘日本料理’店啊?”

年长的收银员瞄了顾芃一眼,回道:“嗯,好像是有一家,不过后来关门了。”

“哦,那你知道这家店现在到哪里开了吗?”

“这个我就不清楚了。”年长的收银员开始有些不耐烦。

这让顾芃突然有种跌落到深渊的感觉。

这时,店里的一个年轻的姑娘接话说:“我记得好像是我们这里经理的一个朋友开的吧,可能我们经理知道。”

这种跌宕起伏让顾芃有些喜出望外,她说道:“额,找到这家店对我来说很重要,因为我一个朋友从很远的地方过来,就是想吃下这家店的东西,你能不能告诉我你们经理在哪里?”

小姑娘手一伸,手指了指一个方向,顾芃顺着小姑娘指向,七拐八弯之后到了“厨房配菜间”牌子后的“经理室”,顾芃到经理室后发现里面却空无一人,于是自己坐在了经理室的沙发上,左顾右盼。经理室简单而朴素,资料繁多却又井井有条,说明这个经理有着很严谨的作风。

就在顾芃准备起身看下经理室桌面上东西的时候,背后传来了一声咳嗽声。顾芃回头看了一眼,是一个比较壮硕的中年人,眼神犀利地正望着自己。

“您好,我想了解下,以前这边有一家日本料理,据说您清楚现在这家店在哪里?”顾芃问道。对方小愣了一下,然后说道:“这家店并没有在我们这里开多久,知道的人并不多。你既然知道自然是熟客介绍的。”

“是的,我一个朋友让我到这里买点料理带回去。”

“哦,这家店现在不开了,可能没办法帮你朋友带了,她有没有具体跟你说要带什么吗?”对方接着问了一句。

“既然没有,那带什么都不重要了。”顾芃显得格外失望。

“那也不妨说说,或许我能帮忙。”对方说道。

“让我回忆下,好像是龙吟?还是龙鳞?”顾芃尽力地回忆着。

对方听到之后,浑身一震,说道:“知道这个的好像不多啊,我们这个小店还配不上这么大的名号,也做不出这么精致的美食,只是更关键的是你这个朋友姓什么?”

顾芃说道:“伊,伊人在水的伊,伊灵薇。”

对方大笑,这个笑声让顾芃觉得有些诧异起来。

对方接着介绍自己:“我叫阿龙,你可以叫我龙哥,你跟薇姐是什么关系?”

对方的突然直白,让顾芃又是一阵的疑惑。

龙哥看在眼里说道:“我和薇姐在一起搭档过很长时间,这个你放心,她介绍你来自然有她的道理。”

顾芃依旧有些怀疑,她认为在这个城市突然能够遇见跟自己一条线的人实在太难。

“伊伊如水,泊流他方,灵近心生,薇薇若旁。”龙哥突然感慨了一句。

“你是?”顾芃此刻终于相信了对方的身份。

龙哥点了点头,顾芃看到这个场景,觉得也有了些感慨,只是不知该从何而发。倒是龙哥顿了顿,问道:“这次过来薇姐有什么交代?”

顾芃思考良久,没有想起伊灵薇有暗示过什么,只好把她的原话都复述了出来。

龙哥静静地听着,思考了下,然后说道:“她现在肯定是不方便出来接头,她估计主要就是打通下通道,以后你就直接跟我接头好了。我估计你们的任务也差不多要扫尾了。”

顾艽点了点头。

龙哥拿出了张纸,写上了联络方式,然后说道:“这是我的联系方式。”

顾艽小心翼翼地收下了,这个时候龙哥似乎想到一件很重要的事情,突然问了句:“另外我最近也在调查一个跟你们公司有关的事情,你如果方便的话,告诉下我可以吗?”

顾艽点了点头。

龙哥问道:“请告诉下我,你认识李耀吗?你有没有关于他的情报?”

顾艽对龙哥的问题觉得有些诧异,只是简单地说道:“李耀?龙哥你在湖阳这么多年,你不认识他吗?他跟我们这边的大小郭总关系都很好,甚至最近让他接手帮公司做事。是敌是友这个很难讲,另外你在这边调查他是什么事呢?”

龙哥点了点头说道:“我对这家公司了解不深,但我知道没事你们也不会到这里去。现在我有个朋友遇到个很紧急的问题,我希望得到更详细的关于你们公司和李耀的资料,这点你回去跟薇姐请示下。”

“好,我会的。”顾艽点了点头,转身走了。

湖阳市看守所,刚到19号监室的易蓬辉很懂得在监室的存活之道,先是直接过去给老大他们敬礼,看到谁都很客气地点头说好,这让“刀疤脸”和其他几个大佬都非常满意,老四对于这个面目清秀,皮肤又白的新芽更是满意得很,一个劲儿地跟他套近乎,以至于给这个新人念监室规矩的时候都变得格外声细。

黄昊却不想去凑热闹,他心里担忧的不仅仅是任务的进展问题,同时对自己所面临的困境想早日摆脱但是又不知道该从何解脱。

“赵羽,提审!自己出来!”外面狱警叫道。

“是!”黄昊站了起来,朝外走去。

提审他的,不是李耀,不是李小凡,而是他昔日的队友——美女熊安安。多年未见,黄昊都有些惊讶,但他很快恢复了平静,在他看来,现在不是给熊安安他们表露身份的时候,只是奇怪的是怎么会这么巧,竟然是熊安安做他的律师。

熊安安也没有完全做好准备去面对这种情况,昔日的队友今天竟然成为阶下囚,这种情形看起来很微妙,能言善辩的熊安安甚至一时都不知道该怎么说出口,倒是她旁边的助理律师先说了起来:“赵羽吧?看守所按你要求委托我们将担当你的辩护律师。这位是我们龙华律师事务所主任律师——熊安安,我是她的助理龙兵。这是我们的律师所的受委托书还有我们的律师执照……”

黄昊很淡定,没有任何的表示,这个和熊安安他们以前看过的涉嫌故意杀人的犯罪嫌疑人不一样,那些当知道自己可能被判处死刑的人看到一根稻草都要拼命挣扎,除非心已经先死了。但是黄昊给熊安安的感觉却不一样,是一种说不出的味道,以至于熊安安都不知道该从何说起。是先确认到底是不是黄昊呢?还是直接从辩护人角度谈问题?

会见室就是龙兵一个人按照程序跟黄昊在说话,告诉他享有的相关权利和义务,现在所涉嫌的犯罪,以前他们所为重刑犯减刑的成功经验等。在龙兵介绍完后,他焦急地看了一眼熊安安,照道理,她平常犹如机关枪一般的嘴巴早已打开话匣。

良久,熊安安说道:“你是赵羽吧?”这个问题似乎只有黄昊和她两人才懂,而龙兵则有些摸不着头脑,这个问题似乎多此一举。

“是。”黄昊答道。

黄昊一发出声音,熊安安更加确认了杨军所说的,这个人果然是黄昊没错,因为一个人再怎么改变,声音是很难改变的,何况他们大学那么多年在一起,有时候一个细微的眼神都能彼此了解,何况是说话。只是熊安安就更加觉得可疑起来,为何他要改名换姓?

“刚才我的助理律师已经向你介绍过了相关的程序、你的权利还有我们在这个阶段所能为你办的事情。就我个人见解而言,你申请取保候审的可能性不大,但是我目前阅的只是诉讼文书和部分案卷材料,因此我希望你能把整个案情原原本本地告诉我,这样我才能更好地给你选择做无罪辩护或者是有罪辩护。”说完,熊安安用期待的眼神看着黄昊,她多么期望黄昊这个时候告诉她这一切都是假的。

黄昊想了良久,李耀那边还在等着他拖延时间,黄昊又不想把细节讲得太多,因为他知道熊安安是属于有问题必然要打破砂锅问到底的那种。最终从他口里挤出了几个字:“人是我……杀的。”

熊安安对这个答案觉得更加不可思议,她淡淡地说了句:“你知道被杀的是谁吗?”

黄昊答道:“不知道。”

熊安安觉得以前的黄昊不可能这么不近人情，何况陆小勇的死，必然也是黄昊所不能承受的，也正因为此，她内心的疑惑也随之越来越多。她甚至开始有些无法控制自己的情绪，然而她尽量理智地控制自己，只是说道："不管你愿不愿意让我当你的律师，我觉得有件事实我必须告诉你。被害人叫陆小勇，是我大学同学……"

熊安安还没说完，龙兵连忙咳嗽了下，暗示熊安安不能继续这样说，否则对方完全可以不要你当辩护人，所里就又少了个刑案单子。

熊安安没有理会，接着说道："但是我既然要当你的律师，我一定会最大限度维护你的合法权利并为你尽可能地减轻刑罚。所以我问你的问题，希望你能仔细回忆然后告诉我所有的真相。这对你是百利而无一害。听懂了吗?"

黄昊点了点头。

熊安安继续追问道："那你是否希望我做你的刑辩律师?"

此时的黄昊内心也期望这个时候能有那么一个人坚定地站在他这边，起码能增添那么一丝的安全感，黄昊又点了点头。

熊安安说道："那请把真相告诉我。"熊安安"真相"两个字说得格外的重，似乎想让黄昊将一切原原本本地告诉她。

黄昊知道组织纪律也好、特情整体进展也好，他不可能把事情的真相告诉给熊安安，但是这个时候不可能什么事情也不告诉她，于是他选择将在公安刑侦大队中的供述以重复的方式回答了一遍给她。而多年未见的熊安安，虽然语速依旧很快，追问问题依旧犀利，但是看得出多年的法务经历让熊安安成长不少。在黄昊复述案情的时候，她除了用录音笔录音，手上更是没有闲下来，不断地记录着一些关键的节点和词汇，时而皱眉、时而摇头。这让黄昊很是感慨，倘若当年他自己没有离开S大，今天的自己是否会和熊安安他们一样，是法律工作者的一员呢?

熊安安停下了笔，开始继续追问黄昊问题：

"我问你几个问题，你仔细回忆下，然后实事求是地告诉我。"

黄昊点了点头，此刻的龙兵没有停止手头笔录的记录，一静下来，会见室就只有他奋笔疾书的沙沙声。

"当天晚上，你是几点去凤凰山吃的饭? 为什么会那么晚到山顶上去?"

"大概到了8点多吧，在下面一个饭店吃的，后来喝了些酒就不知道怎么晃到山顶上去了。"

“当天山顶上人多还是人少?”

“人不多。”黄昊一直在猜测着熊安安问题的动机。

显然熊安安不喜欢照常理出牌,不像其他律师一般直接从犯罪构成各个角度去直击问题。显然龙兵也习惯了她这种问题的方式,这些问题他也很认真地记录了下来。

“你喝了多少酒? 为什么晃了几个小时?”

“这个我不记得了,反正喝了挺多。然后也不知道时间了,印象中好像在凤凰亭睡了一觉。”黄昊尽量将谎言掩盖好。

“也就是你一直处在酒后不清醒的状态。”

“可以这么说。”黄昊此刻明白了熊安安的意思。

“你既然都已经不清醒了,怎么会有抢劫的念头呢?”

这个问题让黄昊觉得很难回答,按照常理来说一个醉酒的人,在意志都已经不清醒的状况下,要故意去抢劫财物、然后还要故意去杀人,主观上的确太勉强了些,光这个问题就让黄昊对熊安安另眼相看。

“我不记得了。”黄昊只能这么模糊地回答。

“你是职业杀手吗?”熊安安问道。

“不是。”

“那你怎么一刀就致命了呢?”

“那天我们是在冲突中不小心撞到的。”黄昊显然还想继续圆谎。

“那就是说你对被害人的伤害是无意的,或者说是一次意外?”熊安安问道,这个问题显然已经包含了她所期待的结果。

“可以这么说吧。”

“你在醉酒的严重不清醒状态下,想过或者想去杀被害人吗?”

“没有想过,当时很混乱,不小心的,跟你说的一样是意外。”黄昊只好顺着熊安安的问题答道。

“另外,你在哪里被抓的?”熊安安想起了那天在殡仪馆,黄昊曾留下了战队的徽章,假如眼前的男子是黄昊的话,他去看小勇最后一眼,说明他还是没有灭绝人性,只是为何那么巧,他去完殡仪馆后就立马被抓了呢。

“路上,我在路上被抓的。”黄昊依旧模糊地回答。

“你在路上是指你本来就准备去投案自首呢还是继续潜逃和逃匿?”熊安安的话题这个时候变得格外的直接,本身一个刑辩律师是不会把这个问题说得这么直接的。

黄昊很明白熊安安想为自己翻案，而且他也很明白熊安安刚才的问题是想从他自首角度再去做文章。只是黄昊被问得实在想不出如何应答，最后只好说了下："我真记不清楚了，能不能让我回去考虑下？"

"好吧，我希望下次过来提审的时候，你把案件发生后你的行踪、你又是如何逃脱警方的追捕等情况也跟我说一下，我好对你提供刑辩服务。等下我这边做完笔录，你看下是否属实，核对无误的话签个字。"熊安安看到黄昊一脸的犹豫，也只好作罢，指着龙兵所做的笔录说道。

黄昊点了点头，开始惆怅了起来，然而他绝对没有想到，接下来他命运的遭遇又会如何。

湖矿方面，李耀正迅速地按照自己的方案对湖矿公司的工厂保安线路进行布置，并将相关的视频资料进行着调试，不久后，湖矿公司的面目即将大白于天下。而伊灵薇这边已经从顾芃那里拿到了图纸的影印件，正迅速地进行破解。

此刻忙碌的还有两名公诉人，他们正在赶往看守所的途中，准备提审这个移交过来公诉的犯罪嫌疑人"赵羽"。而为首的女公诉人，就是黄昊一直想等却无法等、不能见却最想见的人——李婉晴。

关于杨军的举报事件一直在发酵，乃至有信件直接送到了市委书记贾书记手中，这让贾书记很恼火，直接将市纪委书记刘书记和政法委书记肖书记叫了过来，一顿斥责之后，贾书记说道："湖阳市发展和湖矿公司的巨大贡献是分不开的，和平安良好的社会环境是分不开的。我也不希望我们队伍里有人这样明目张胆地违纪违法！这件事情要仔细地查一查，不要流于形式，不管涉及谁，都要一查到底，绝不姑息！"

"是！"肖书记和刘书记站了起来。

没多久，市纪检专案组就成立了，按照专案组的要求，要公安局纪检部门将杨军带到市纪委去谈话，这让鲁书记也觉得意外，他身子往椅子上一靠，心想，怎么会？不是已经调查了吗？闹这么大?！哪儿捅了天啊？

二十分钟后，杨军驾车到了市公安局鲁书记办公室，刚推开门，里面还坐了4个人，个个一脸的肃然。

"杨军吧？我鲁俊。"鲁俊在看到杨军推门进来后先自我介绍。

"您好，鲁书记，找我有什么事？"杨军答道。

“我给你介绍下,这几位是市纪委的领导,胡主任、刘主任和王科长。”鲁俊一一介绍了下。

杨军一脸茫然,怎么市纪委的到这里?一转念,觉得似乎有张极大的网向他迎面扑来。

“你就是杨军?”市纪委的胡主任戴一副镜框眼镜,神态严肃,然而似乎颈椎有些问题,说话的时候忍不住把脖子摇了一圈。

“是。”

“我们是市纪委的,你到我们那里去一趟,有些事情要找你调查,请你配合,好吧?!”胡主任说道,这话也没有任何回旋余地。

“请等下,我跟我母亲说一下。”杨军拿出手机,但刚拿出来就已经被制止了。

“组织找你调查谈话,不要想太多,配合一下。”鲁俊跟着帮腔。

“你家人我们会通知,你现在把手机关掉,把身上物品交给我们小王,好吧?!”胡主任继续用那种语气说道。

随着杨军手机关闭,他在湖阳市失联了……

此刻,李婉晴和助理检察员小陈已到湖阳市看守所,这起抢劫案让她有些费解,很多细节上都有出入,甚至让人从常理上觉得不解。但是案卷材料却与书证、物证、案发现场都能够达到高度的吻合,这是李婉晴看过的最奇怪的案子,她甚至怀疑这个案子是不是被市公安“做”出来的。

奇怪为何本院侦查监督处能把这个案子直接批捕,更不知道怎么这个案子这么迅速就到了市公诉处,所有能够解释的或许就是因为这是专案的原因,或许真相只有赵羽本人才最清楚,公诉神圣的职业使命感让她觉得更应该还原事实真相,她才有信心将凶手法办……

看守所提审室环境依旧有些幽暗,这种没有空调又湿寒的冬天最让人讨厌,坐不久之后双脚就得不停地跺动,否则脚趾头不知道何时就麻掉了,同样难过的是自己裸露在外面的手指,但职业责任已经驱走了她身体的寒痛。

世事难料;

一切的难料;

一切的难以置信;

一切的难以言表;

一切的难以形容;

都在赵羽推开门的一刹那,发生了……

空间似乎定格了很久很久,以至于空气都凝结得快要跌落下来。两人似乎都已经失重,站立在太空中,背后的审讯室,背后的其他人员似乎都已经隐遁,周边是无尽的死寂,只剩下了他和她……

“如果这是最后的结局,为何我还忘不了你？时间改变了我们,告别了单纯……如果再见是为了再分,失去才算是永恒,一次新的记忆为何还要再生……难道爱情可以转交给别人,但命运注定留不住我爱的人,我不能、我怎么会愿意承认,你是我爱错了的人。”

曾经大学期间,他们俩最喜欢而又熟悉的歌曲,这一刻成为最痛、最残忍、最无情的背景乐。

“不！不可能是他/她!”这是两人内心的共鸣,曾经最美好回忆中的他/她,怎么今天会在这样一种场合,以这样一种方式突然出现呢?！难道真是命运又一次无情的玩笑和嘲弄?!

“咣!”看守所民警的关门声将二人拉回了现实世界。

多年养成的职业素养让二人都选择回到了自己原本的位置。

“赵羽?”李婉晴先问。

黄昊选择了点头,没有发声。

“我们是湖阳市检察院公诉处的,这是我们李处长,我姓陈,我们主办你的这起抢劫案。”同行的小陈赶紧介绍。

黄昊将头深深地埋了下去,依旧没有吭声。

“你将这个表看下,上面列明了你的权利和义务。”小陈将权利义务告知卡递给了黄昊。

黄昊看了下,将卡递回给了小陈。

“你前面在市刑侦供述是否属实?”小陈接着问道。

黄昊点了点头……

小陈连续的十多个问题,黄昊一直没有吭声,只是选择性地点头或摇头。他不知道自己在这种情况下该如何去面对这个昔日的恋人,但是这一切他已然没有选择。

李婉晴看到小陈的问题难以继续下去,轻咳了一下,插问道:“我有几个问题要问下你,你仔细回答我。你平时都会带刀在身上吗?”

“是匕首,人是我……杀的。”黄昊终于开口说话,熟悉的声音此刻彼此听起来有种说不出的滋味。

"你当时跟被害人陆小勇是否发生了厮打?"

"我不记得,那天我喝了很多酒,也是很碰巧我刺到了他。"

"你抢了他多少钱?"

"我不记得了。"

"你是否翻动了他的钱包?"

"嗯。"

"那钱包上有没有你的指纹?"

"那我就不记得了,或许是他将钱给我的。"

"希望你仔细回忆。"

"我不记得,反正人是我杀的,你们处分我吧!? 不要再问这些问题了!"黄昊一头混乱,他只希望案子赶紧判决,李耀那边尽快将资料收集到手,再还自己清白,这种诬陷自己的感觉真的不好。

"这不是谁杀人的问题,我需要知道更多的案情,我们都需要尊重事实和法律! 你作案是为的什么?"李婉晴为这个极像黄昊的人的这种自暴自弃觉得愤怒。

黄昊胡乱答道:"我没了工作,没了女朋友,很消沉,就憋屈,就想抢钱杀人发泄!"

"你这个动机说得极其混乱,如果你只是为了发泄,那你就是故意杀人,而不是抢劫。如果你是抢劫,那你现在告诉我,你抢了多少钱,之后用到哪里去了?!"

"这个很重要吗?"

"是。"

"我后面躲避公安,租房子什么的花费不少,具体抢了多少我不记得,大概有两三千吧,这些我在公安都供述过。没什么……其他问题了……吧?"黄昊故意显出一个极不耐烦的样子,他内心实在不愿意再接受这种煎熬,但是他又实在忍不住想多看李婉晴两眼,纠结的心情让他极想表现出的不耐烦表情但是却又表演得十分不像。

"11月的天气,你在凤凰山顶还看得清楚人吗?"

"嗯,旁边有路灯。"

"我印象中山顶没有路灯。"小陈插嘴说道,这句话让黄昊憋了一口,但是却让李婉晴有了新的认识——这个人连性格都很像黄昊,有时候真是谎话连篇,有时候又是玩世不恭。

“哦,那我不记得,我不是本地人,但是我那天看人还是看清楚了,可能是有月光吧?”黄昊作回忆状。

“你知道你这个罪最高刑是什么吗?”李婉晴对他这种死到临头还装模作样产生了一丝厌恶。

“知道,死刑。”

“那你准备怎么办?”李婉晴追问道。

黄昊听出了李婉晴的那种厌恶感,他知道她最讨厌就是那种没有追求、稀里糊涂却又自以为是的人。或许这是让她去厌烦这个我的最好途径,或许只有这样她才不会因为我而伤心吧?纠结而矛盾的心让他左右为难,是让李婉晴同情自己而相认呢?还是让李婉晴厌恶自己而别离?纠结让黄昊有些痛苦,但是想到这个任务还没有完成,他不想让李婉晴陷入地更多,厌恶或许更好,他内心在苦笑。但是依旧继续玩世不恭地回道:“不怎么办,该怎么判就怎么判。”

“你觉得自己这样很酷?!你想过自己的家人没有?想过自己的未来没有?”李婉晴对这种连自己生命都不重视的人,从内心看不起。

黄昊内心很是痛苦,为李婉晴依旧保持着慈爱、宽容的性情而高兴,以至于他自己也不知道该如何去应对李婉晴这个如水般的女人,这也是他以前虽如野马般但被她驯服的原因,他决定不说话,只是依旧装作无所谓的样子将脚摇了摇。

小陈显然比李婉晴更为愤怒,在他心目中,这个人就是一个社会的残渣,毫无悔改、忏悔之心。

他喝道:“对于你这种抢劫杀人犯、社会的残渣,没有任何值得同情的地方。你这种人不死,真是天理难容!”

一句话让黄昊有些大怒,李婉晴说说自己还能当一种反面被关怀的享受,你小样算个啥?他回道:“我这种人死了,才真是社会的悲哀!”

李婉晴为赵羽的这种回答方式觉得奇怪,她淡淡问了句:“为什么你死了是社会的悲哀!”顿了顿,又继续说道,“如果我没记错的话,你自己说你是初中文化,起码有点表达能力吧。”

“是啊,你们都是高学历人才,什么高等语文、高等数学也都很好吧!”黄昊说完之后开始有些后悔,因为他无意中将自己和李婉晴的某次经历透露了出去。而这句话一说出之后,李婉晴着实震撼了几秒钟,用着极其惊讶的眼神看着赵羽——这个人,难道真的是黄昊?!!

杨军被找去调查前30分钟,熊安安正在从看守所回律师事务所的路上,手机QQ突然响了起来,一个莫名的求加好友信息发了过来。熊安安心想:“现在百无聊赖的人真是多,看到只要是有女人头像的总有这样那样的求交往信息。”她打开刚想删除,低头一看内容,大惊失色——“他们动了,B计划!”熊安安意识到不对,但是很淡定地将信息删除,然后对开车的龙兵说道:“掉头,我要先到市区办个事……”

湖阳市纪委办案区位于市区街道边,没有挂门牌,只有用心的人结合前后的门牌才会发觉这间门牌应编1866号。街道边上前面是一个大铁门,紧接着是栋小楼房,后面是一栋大楼,从外表看来和民宅一样。只有知道内幕的人才知道这是湖阳市政界“终点”——传说中的“66号屋”。

杨军以前听说过纪委,也认为就在湖阳市政府里面,没想到办案区竟然有这么大的规模,穿过外面带密码锁的小楼房,工作人员将他带到了后面的大楼。后面大楼即使白天也灯火通明,通道两边装有摄像头,一个个单间隔离开来,下面地板砖光泽明亮,里面可能已经开通了中央空调,不细看还会以为到了宾馆。仔细看才会发现不同,边上几间带了指纹锁,工作人员将一间打开后,示意杨军进去,杨军走了进去。

这是一个审讯室,两边的摄像头全方位监控,室内全部用软包包装了起来,甚至连坐的桌子、凳子都是软包的,室内几乎没有棱角,灰色的主色调让人觉得格外压抑,有种上天无路入地无门的感觉。此刻他最担心的不是别的,因为其他一切都调查得比较顺利,只是担心熊安安,他希望他所嘱咐的那些事情熊安安都能牢牢地记在脑子里,不冲动、不盲动,直到最后关头!

接下来是对他的谈话,胡主任和王科长都未从湖矿相关的事情谈起,而是从人生、党性、杨军的成长历史、家庭情况各个方面开始问话,杨军也有问必答。临近中午的时候,胡主任和王科长丢了句话:“你自己的问题还是自己好好考虑清楚。”杨军点了点头。

而在市纪委办公室,分管纪委二室的华建国主任和其他的谈话人员、外调人员、材料人员等一大桌召开着案情评析会,分析所掌握的一些情况,同时讨论如何对杨军开展工作,而目前所掌握的资金、房产、资产情况来看,似乎还不能证明出杨军存在巨额索贿的问题,更难以证实杨军对湖矿公司发展存在诋毁或者干扰的情形，但是所展示的部分举报信却又是言之凿凿，加上这已经被列为专案，这让部分谈话人员也很是费解，于是纷纷从自己的角度进行着剖析，有说从电话记录上对相关人员排查、有说从男女关系方面先作为突破、也有人只破不立，还有人干脆低头不语。

“刚才大家都各抒己见，都有自己的道理。我个人认为吴得明这个人的证言会起到格外重要的作用。可以直接证明杨军的索贿行为和非法拘禁行为，甚至不排除杨军以公安的身份进行抢劫！我觉得这个工作可以放在第一步……”之前在市反贪局从事过多年侦查，后被调至市纪委二室当主任的华建国主任总结道。

大家纷纷点头，这时一个年轻人急促地推了进门，走到华主任旁边，耳语了两句。华主任大惊失色：“什么?！这么巧?！”

桌上人员都疑惑不解。华主任说道：“刚刚过来的消息，吴得明在10分钟左右前，被一辆汽车撞死，目前鉴定结论和死亡原因还没出来……”

“这真是写小说一样啊?！太不正常了吧！”

“可能后面有一个团伙都说不清楚啊！”

这个案子背后的案中案成为最大悬疑，各种猜测如乌云般密布了起来，压在每个人心上沉甸甸的！

“正因为这样，所以大家要更加坚信吴得明这封举报信的可信性！要加大对杨军的谈话力度，还原事情本来面目，给举报人一个公道！给社会一个公理！”华主任态度坚决，语气强硬……

低沉天空下的，不仅仅有湖阳市纪委，还有湖阳市看守所的李婉晴等人，此刻的李婉晴被对方无意的一句话说愣了。

“高数？高等数学?”那是大二时候的一件事情了，知道这件事的人可并不多啊。那次选修的高等数学考试，天天上自习、每节课必到，考前还把老师说可能考的题目背了一遍的李婉晴，结果只考到了可怜的40分，这也是她大学唯一一次去补考的学科。而从不上课，就只是考前将高等数学、微积分公式通了一遍的吊儿郎当男黄昊，竟然考了80分。至此很长一段时间，李婉晴没办法在黄昊面前抬起头来，黄昊最喜欢奚落她的一句话就是用孔乙己的话说来：“你读过书么？读过书，我便考你一考，积分的基本公式有几个写法?”每次谈到这个，李婉晴就恨不得找个地洞钻进去，杀人的心都有，以至于她发出“句子封杀令”，没想到时隔几日，黄昊又有了新的说法："高等学历的高等人才，想必高等数学也很好的吧？"

都十多年了，竟然还被奚落，奚落得一脸黑线，让她怎么都不能不把这个眼前的囚徒跟黄昊联系起来。

"如果没什么其他问题，我还得回去做工呢，今天做工任务完不成，等下怕没饭吃。"黄昊说道。

"做什么工？"小陈问道。

"扎那种小灯泡一样的，就是那种五颜六色一闪一闪的小灯泡，串起来很好看，小孩子很喜欢的那种。就是太小太难弄，我手都磨破了，你看看？"黄昊将磨破掉指纹的双手伸出来给她们看。

一阵辛酸从李婉晴心底涌了上来，她真不知道该如何面对，以至于眼圈都有些发红，但是她又实在不想被人看见，强忍着说道："没什么要问的了，我去叫人还押。"

李婉晴以这个借口转身走了出门，留给黄昊的也是一阵的痛心。

"你们要做多少工？怎么把手都磨成这样？"小陈问道。

"我们每个监室都有任务，完不成任务的监室会被批。"黄昊说道。

"这个有法律规定？"小陈接着问。

"《中华人民共和国看守所条例》第三十四条规定：'在保证安全和不影响刑事诉讼活动的前提下，看守所可以组织人犯进行适当的劳动。'"黄昊背监规和条例已经达到一定境界。

"这个让你做工是有偿的吗？"小陈似乎要打破砂锅问到底。

黄昊哈哈一笑，答道："你做了这么多年的公诉人，你不会这个也不知道吧？还好，据说我们这个比劳教还是好多了，哈哈哈……"

黄昊的笑声有些凄惨、有些自嘲、有些落魄，谁也不懂他背后的苦楚，也没有谁有义务去关怀他的苦楚。在中国，"恶人被磨"就是应当的，而去磨炼他们的狱卒就变成了正义的使者。当然，黄昊是自己非要到这个"狗咬狗"的"狱"里面，从开始选择起，早就没有了退路。而他不知道选择在舛命中的，现在不仅仅只有他……

第十五章　魔　舞

末法时代，群魔乱舞。

没想到吴得明就这样死了，李耀关灯坐在家中沉寂了良久，以前一起打拼、一起狂欢的日子他着实也不能忘记，明仔这个小子贪利却能大气，好色而不忘义，有几次持械群殴都是两人一起血淋淋地杀出来……虽然他不能忘记自己的身份，但是人毕竟是感情的动物，经历过的各种悲欢沉淀下来还是让他不能忘怀。

有时候他觉得自己根本就不适合去做特情人员，太多的秘密，太多的压抑，让李耀内心感觉承载不下却又宣泄不出，很多时候自己就感觉像身处黑暗中的婴儿，恐惧而无助。多面的人生让他对各种情形应接不暇，他甚至觉得自己已经有了一些精神分裂，两个、三个甚至更多的人格在他内心发生着冲突。

这些痛苦让他觉得头很疼，以至于他习惯性地走到厨房，拿出一瓶高度白酒，想麻痹自己，然而路过客厅时，看到了湖阳市云月寺慧缘居士写给他的“慎魔”二字，他默默地将白酒放了回去，想干脆回床睡觉去。然而他没走几步，酒欲和无尽烦恼和忧愁终究占据了心头，他回头将酒拿了出来，坐在餐桌边，独饮独酌，念道：“叶落霜泛愁，碎月映寒柳，独饮凉亭外，孤杯盛残酒……”

湖阳市纪委办案中心，对杨军的谈话慢慢进入正题，但是围绕着吴得明的死讯问题，纪委又召开了一次扩大会议。讨论在调查过程中是否能将吴得明的死讯告诉杨军。

桌上有三种意见：

第一种认为应该告诉，这样杨军会知道案情的重大性，为了洗清自己的责任，杨军会将吴得明的相关问题撇清，防止被认定为杀害吴得明的凶手，这样他就会将所有的经过详细地向专案组交代；

第二种认为不应该告诉,他们认为将这个消息告诉杨军之后,杨军必然会坚定其反调查的信心,认为死无对证,然后矢口否认所有的事情,那么将大大不利于下一步工作;

第三种明显是和稀泥,觉得应该看案情来,告诉有告诉的好处,不告诉有不告诉的作用,在某种情况下,告诉会如何,在另一种情况下,不告诉又会怎样。至于这个案子,现在这个阶段,还不明朗,暂且搁置,即不谈也不能不谈……

剩下的,就是观望态度,没有自己的主意,哪边风大就往哪边倒。

这种势态让华主任也很是为难,采取何种措施都是有风险的,这让华主任迟迟也没有定下主意。

会议围绕一个议题开了 3 个多小时,一直开到几种意见都觉得讨论得已经没有意义,都不愿再陈述自己的意见为止。华主任看到之后,接过话题说道:“刚才,大家的意见都很有自己的道理。我认为目前形势并不明朗,对于杨军是否要加害吴得明依旧很难定夺,现在公安那边的意见是意外事件。我们现在可以试探性地看下杨军的态度,假如他有意加害,那么我们可以告诉他加害的后果必然严重。假如他无意加害,我们可以把他所做的事情与这个后果联系起来,让其感觉到事态严重性,他需要提早撇清,那他就会将事情原本告诉我们……”

散会后,华主任对目前进展很是不满,但是市里的意思是要尽快调查清楚,进不能进退不能退,这种压力让他很是憋火。

另一边,湖矿公司内部,伊灵薇和顾芃正抓紧时间破译李耀留下的安保设计图。

“之前只是对厂房内部有些了解,但是没想到竟然有这么复杂,不愧是安保大师的设计之作,想要添附在这套安保措施上获取厂房内部的机密,那也是非常困难。”伊灵薇说道。

“对这个图,李耀的确花了很多心思,但是我有一点不明白。”顾芃说道。

“什么不明白?”伊灵薇问。

“他这样做补丁,其实在这几个点,假如要导出相关的数据的话,那这些监控数据都会出来。”顾芃指了指图纸的几个关键连接点。

“用我的理解就是,他是有意的。”伊灵薇解答道。

“他到底是哪条线的人?”顾芃一脸的疑惑。

“我不清楚,但是跟我们肯定不是一条线的,或许他只是求财,也可能他想倒卖相关的制作工艺。”伊灵薇猜道,边继续仔细地审查图纸。

突然她惊讶起来,对顾芃说道:“你来看,这里有个很明显的问题,我虽然没有看过图纸,但是根据我多次出入情况,在这里几个点,公司内部结构不是这样的?! 李耀怎么会这样设计和施工呢?”

“这几个点是什么点?”顾芃问。

“正是最核心的几个操作室,我也没有进去过,但是大概的位置我清楚,结构图不是这样的。”伊灵薇说。

“李耀这个图不是他自己施工吗?”顾芃接着问。

“本来是,但是进展到差不多这里的时候,他找的施工的人被车撞死了,不能说不蹊跷。目前所有的施工都是郭华叫人去做的。”伊灵薇答了句,然后接着问了顾芃句,“你怎么看?”

“只有一种可能!”顾芃狡黠地看了伊灵薇一眼。两人几乎是异口同声地说道:“郭华并没有将真正的原始图纸全部交给李耀!”

“郭华太不简单了!”伊灵薇叹道……

湖阳市看守所,罗紫曦被一堆事情弄得头皮发麻,加上一个来者不善的易蓬辉更是让她惴惴不安,总觉得会发生一些什么不祥的事情,女人的第六感让她说不出个所以然,就在胡思乱想的时候,一条陌生人信息跳了过来:

“饿虎扑羊,多加提防。”

罗紫曦觉得有些奇怪,就在她觉得丈二和尚摸不着头脑的时候,手机又响了起来。

“喂? 您好。”罗紫曦迅速接通了电话。

“罗所,你好,听出我是谁没?”对方的声音很熟悉,但是感觉平常联系得不多,罗紫曦怎么都想不起来这个名字。

“呵呵,果然是贵人多忘事啊,我啊,卢俊。”卢俊显得很大度,一点都没有生气的样子。

“哦,卢主任啊,这么晚有什么指示啊?”罗紫曦强打起精神。

“我哪敢指示罗所,对了,有件事,你知道吗?”卢俊显得很神秘。

“我们在穷乡僻壤的,消息哪有大主任灵通啊?”罗紫曦回道。

“我们班的杨军,被纪委找去调查了,据说有很大问题,你知道吗?”卢俊的口气似乎不是发布信息,而是探信。

“啊？不可能吧?！他怎么会被纪委找去?”罗紫曦觉得这个消息犹如晴天霹雳,但是结合之前的那个短信,她可以肯定——出事了!

“额,听说拿了人家很多钱,还非法拘禁了一个被害人,人家检举信直接写进了市政府,直接给了市委书记!”卢俊轻声说道。

“天,不可能吧?”罗紫曦尽量显得并不好奇,只是惊叹,这让卢俊更想抖搂更多的内情。

“嗯,我还听说那个被害人今天死掉了,搞得疑云密布,市里已经把这个案子当打黑的专案来看!”卢俊神秘说道。

“杨军我觉得不是这样的人啊。”罗紫曦回道。

“是啊,谁知道呢,我以为你知道这件事呢。”卢俊显得很失望。

“额,你不跟我说,我真不知道,现在进展怎么样?”罗紫曦问道。

“不清楚,还在纪委,好像待了很久了。”卢俊回道。

“哦,不好意思,卢主任,我现在在值班,改天我们再谈?”罗紫曦说道。

“嗯,这件事还没公布,你也不要对外说哦。”卢俊最后叮嘱道。

“好的……”

挂断电话后,罗紫曦头皮发麻了起来,难道之前杨军所说的都是实情？那这件事背后就太蹊跷、太恐怖了,在湖阳市随便将杨军控制住,这背后是什么力量啊？那他交代我的事情是否与他的遭遇有关？这个赵羽背后扯动了多少关系啊？罗紫曦头一仰,靠在椅背上,看着天花板,一头雾水,毫无头绪。

此刻的看守所内,黄昊还在出工。小灯泡看起来很简单,却非常不好做,特别是对手指粗大的成年男性来说,很是麻烦,严重一点的被灯泡磨得指纹都没有了。那些上了年纪眼睛又花的犯人,只能在昏黄的灯下慢慢对、慢慢做。在这里,只有那些盗窃的惯犯还能“一展身手”,三下五除二就搞定了。

“做完没有？要熄灯了!”远远传来“刀疤脸”的声音。

“快点,今天的任务都还没完成呢!”“老四”在黄昊耳边叨咕。

黄昊手指此时已经钻心的疼痛,由于长期劳作,腰间的脊椎一块都酸胀无比,他站了站身子,伸了下懒腰。心想:这无间苦狱,何日是头?!

“还有这闲心啊,站起来干什么?!”远远又是一顿吆喝。

“报告,我去喝杯水。”黄昊回道。

“我帮你倒,我帮你倒,呵呵。”刚进监所做工不熟练的易蓬辉满脸堆笑站起来说道。

黄昊也没想那么多，让易蓬辉帮自己倒水，自己转身回去做工。

没一会儿，易蓬辉将黄昊的装水的铁杯端了过来，这个时候平常不做工的老二突然走了过来，突然撞了易蓬辉一下，水倒掉大半。易蓬辉不经意间恶狠狠地盯了老二一眼，转而又是一脸堆笑。

老二一改常态，怒道："你他妈的没长眼睛啊？差点烫到老子！"一手将易蓬辉端的水杯甩翻。

易蓬辉敢怒不敢言，转而又是一脸堆笑，连忙道歉。

"对不起，二哥，对不起，羽哥，呵呵……呵呵……"

黄昊看了一眼，想没有必要闹起来，说了句"不用"，然后自己将水杯捡了起来，自己到旁边倒了杯水。

一杯水后，黄昊继续做工，做了没几分钟，他突然觉得浑身发烫，精神有些不佳，视线有些模糊，然后心脏莫名加速，感觉整个血管都在激烈跳动，刚想向管教请示，突然觉得天旋地转，心脏绞痛，他按着心窝，眼一黑倒了下去，囚友们乱作一团。

"胡教，胡教，出事了，出事了！叫狱医，叫狱医！"老二等一行人也赶紧呐喊要求施救。

这个时候，狱医小潘扑腾扑腾地跑了过来。

"咦，今天潘医生反应速度很快，来得很早嘛。"群人依旧调侃，这时小潘匆匆检查之后，拿出了一只试剂准备给黄昊注射。

"潘医生，如果我没记错，这个试剂有点像是治疗心律过缓的吧？现在能用吗？"老二急性地问道。

小潘有些诧异、有点犹豫，然后接着说："是啊，这个你也认识啊？现在他昏迷，就需要强心针……"

这个解释让老二也不知说什么好，毕竟他不是专业人员，他让了开来，几个囚友围着赵羽，看着小潘将注射液注射到黄昊体内。突然，赵羽的手一下搭拉下来，管教胡达有些心急，将赵羽眼皮打开，只见他瞳孔慢慢在放大，气息渐渐减弱……

湖阳市看守所办公室，罗紫曦的电话又一次急促地响了起来。

"胡达，什么事？"

"罗所，出大事了，19 号监室的赵羽出事了，看起来快不行了！"

“什么?! 赶紧把人送人民医院,组织抢救啊! 我马上过来!”罗紫曦不敢相信自己的耳朵,刚刚得知杨军被双规,这边赵羽竟然生命垂危? 这难道会是巧合? 那这也是惊人的巧合啊!

但罗紫曦也没有时间去想那么多,急匆匆往监区跑。

监区门口一阵忙乱,胡达正指挥人员将赵羽担了出来。

“什么情况?”罗紫曦急忙问道。

“做工的时候突然晕倒过去,刚小潘给他打了一针。”胡达额头上已经冒出了汗滴,对他来说,假如这个犯罪嫌疑人死亡不是意外的话,那可能她的警察生涯就到此结束。

“小潘呢?”罗紫曦问道。

“我在这。”小潘在人群中答道。

“什么问题?”罗紫曦问了句。

“我不知道,我看他昏迷,第一时间就是给他打了一支强心针。”小潘颤颤地说道。

“赶紧送最近的人民医院,我来联系那里的医生……”罗紫曦赶紧说道,心想还好与市医院有绿色通道,市里最好的内科医生正好又是她小舅,希望赵羽没事,要不然怎么对得起杨军?! 跟医生联系完之后,罗紫曦赶紧又向上做简要汇报,然后直接开车赶赴医院。

湖阳市人民医院,急救室门外,罗紫曦和胡达神色各异,各自有着自己的忧虑,又不知该如何谈起,于是只能默默地坐在那里,眼空洞洞地望着,真是漫长的一夜……

3 个小时后,急救室门开了,主治医生——罗紫曦的小舅杜医生走了出来,对着罗紫曦说道:“紫曦,你过来一下。”

罗紫曦心里极度紧张,她害怕医生说出那个令她恐怖的结果。

“小舅,人怎么样了?”罗紫曦还是把自己最先担心的事情问了出来。

“暂时没事。”

这个答案让罗紫曦松了一大口气。

“但是,有件事,我需要跟你说一下,这件事你知道就好了。”杜医生很是神秘,轻声说道。

“什么事?”罗紫曦很是不解。

“这个人从症状上看来很像是心源性猝死,但是我刚才在抢救的时候,仔细检查了他的脏器，不像有心脏病的生理基础。另外，通过前期血检化验，他有几个指数非常不正常，有药物反应。”杜医生说道。

“你的意思是?”罗紫曦半天没有反应过来。

“考虑到这个问题，我在手术过程中特地提取了几份血样，并安排人员检测了，初步已经可以证实——”杜医生将罗紫曦拉近了些，轻声说道，“这个人被人下毒了，还好量少，抢救得快”。

这句话不异于晴天霹雳，让罗紫曦张大嘴巴，电视中才有的情节竟然活生生地发生在自己的面前。

“我们是看守所，在我们眼皮底下投毒?！外面的食品药品都进不来啊，这不太可能啊!”

“所以，很可能是内部人员操作的，这事你知道就行，怎么做你自己把握好。”

“以你的专业分析，这个投的是什么毒?”

“这个要做化验才能出结果，血样我已经给你提取好了，等下我私下给你。根据我的分析，投的应该是药品，而且是两种以上的药品混合发生的作用，但体内残余毒素比例不对，这个让我也很迷惑，所以我推迟出手术室，就是想让你更清楚里面的情况。”

罗紫曦更加感到惊讶，还有这种事情?!

“暂时看来有点像是洋地黄类，然后事后还加上了抗心律失常药物，用以加剧心房颤动，导致这个人产生‘奎尼丁晕厥’。投毒的人很高明，这些药物的生物降解性很强，时间一过的话，体内痕迹都很难找到。所以你一定要多注意，记住:谁都不要轻易相信!”

“你能不能帮我留一份血样留底，然后其他的帮我检验分析一下，结果告诉我一个人就是。”罗紫曦对着杜医生说道。

杜医生拍了拍罗紫曦的肩膀，转身离开。

罗紫曦联想到了杨军之前跟她的见面，对她说的那些话。而杨军刚刚被纪委调查，这边立马就出这样的事情，不可能有这样的巧合啊！想到这里，她有种不寒而栗的感觉。似乎医院已经成了一座活生生的坟墓，此刻她不知道能够相信谁，而谁又能将她从这个库窖中拉出来，这么多年这么多所里的同事，虽然有些人人品不行，但是她却从来没想过会有人敢在看守所里面做投毒的事情!

当她走回到急救室门口的时候，胡达看她脸色极不好，于是起身轻声说道:“罗所?”

罗紫曦仔细地观详了下胡达，想到胡达也算跟自己同事近10年，如果连胡达都靠不住的话，那所里实在找不到能办事的人了。她想到这里，看着胡达焦急的眼神，回道："还好，这个人脱离了危险。"

"那就好，那就好。"胡达一刻悬着的心总算放了下来，一会又觉得哪里有些不对，"人没事，罗所你好像有心事？有什么不对？"

罗紫曦凑近了对胡达轻声说道："赵羽这个出事非常蹊跷，不排除可能有人搞鬼。"

"搞鬼？"胡达感觉有些莫名其妙。

"是，他体内发现了毒素，很可能是人投毒。"

"不会吧！"胡达张大了嘴巴，看守所里面还出这种事情了！？

"我现在交给你两件事：第一，要强化对赵羽安全的保护，毕竟他这个可是市委高度重视的专案，你要保证每一秒都有人盯着他，不能有任何的闪失，要不然我们都要为此付出巨大的代价！"罗紫曦一字一顿地对胡达说道。

胡达看到罗紫曦异样认真，脑门上又渗出了不少汗水。

"第二，我交给你一个机密任务——开展狱侦，侦查结果我们一对一联系。这件事包括对所领导都要明松暗紧，对外我们要统一口径，就说这个人心脏病突发，包括我们所领导，事后我会补充汇报。懂了吗？"罗紫曦说道。

胡达看到罗紫曦这么坚定，他点了点头。

"他的饮食、医疗、身边的人都给我全面看紧！"罗紫曦说道。

"嗯，我一定加倍注意！"胡达回道。

杨军被纪委控制后，音讯全无，这个让杨军母亲很是焦急。她相信他不会去做违规违法的事情，但对她来说，他就是她后半生的唯一。

出于担心，她通过各种途径打听孩子的情况。然而，信息依旧没有得到任何的反馈，自己丈夫的同事很多已经退休人走茶凉，而她一个女人又能怎样？

俗话说病急乱投医，对于她来说更是如此。她想到了上次陆小勇追悼会上出现的杨军的同学，那个市里还算有点职务的领导——卢俊，并且还千方百计获得了他的电话号码。

"喂，您好，是卢主任吗？"杨军妈妈甚至有些紧张，但是她每一次找人都是寄最大的希望。

"你是？"卢俊在电话那头答道。

“我是杨军的妈妈。”杨军妈妈声音很小，跟蚊子声一样。

“哦，阿姨……您好！”卢俊从声音听来似乎有些惊讶。

“有个事……我想问一下，就是关于杨军，你在市纪委有熟人么？”杨军妈妈压低着嗓音说话，似乎在干一件见不得人的事情。

“喔，有几个朋友，嗯，阿姨，这个事情在电话不好说，这边我会尽量帮你了解情况，我们同学也都很担心他。”卢俊回答显得很老练。

“哦，那就太好了。”杨军妈妈似乎看到了些许希望。

“这事我记得了，我这边还有点别的事。”卢俊电话里传来一阵喧杂声。

“嗯，好，谢谢你哈，卢主任。”杨军妈妈等了一会儿，挂断了电话。

人生有时候真的难以想象，特别是让一个上年纪的妇人去求人的时候，更是觉得让人悲凉。杨军妈妈打完电话，看着杨军父亲的相片，忍不住两行热泪流了下来，一个人坐在床边无助地呜咽。

这个时候传来敲门声，杨军妈妈擦了擦眼泪，走出去开门。

来的是熊安安，这个在杨军出事后，给杨军妈妈最多关怀的孩子。

“安安来了？”

“嗯，阿姨……”

熊安安像一个乖乖女一样陪着杨妈妈聊些家常，尽量不去扯杨军的事情，以免刺激杨军妈妈。而且她知道杨军被调查背后有太多、太多难以让杨军妈妈理解的事情。更何况，杨军“私下”调查的方式事实上也是违法的行为，唯一期待的就是等待机会“逆袭”，为黄昊洗清罪名；唯一要做的就是继续按照杨军事先和她约定的，继续调查同时保护好原有的证据材料直到正义到来的那一天。

李婉晴自从提审赵羽之后，对这个专案花费了更多的精力，把相关的书证、物证、证人证言都仔细看了一遍，她的认真让处领导很是满意。然而李婉晴对这个案子却有另一种看法，以至于她怀疑自己专业判断是否是因为受了这个像黄昊的人的影响。

她的思考是：这件案子不可思议的地方在于，假如案卷中反映的赵羽是为了抢劫而杀人的话，按照刑法及相关解释应该定抢劫罪更为准确，而不应该是故意杀人罪。

同时，这个案子不同于以往的案件，以往的案件书证、物证等细节上抛开犯罪嫌疑人供述都能单独成为证据链，而这件案子的书证、物证等都显得很零散，没有起到几组间接证据结合能证明事实的作用,唯一的就是犯罪嫌疑人用口供将这些间接证据串联在了一起,高度吻合的证实着一件事:赵羽杀人。这个貌似看起来极其合理的抢劫杀人案件背后甚至有一种可能——这个案子是“做”出来的,但这也仅仅是李婉晴的一种直觉而已,而这种可能性几乎为零。

这两点让李婉晴内心下了一个决定,她形成了书面材料列明了自己的看法并要求改变定性,她的主张是“证据有瑕疵,建议退回补充侦查”。

李婉晴的汇报让公诉处敖处长觉得有些无措,他没想到这个爱将认真审阅了两天之后提出一个这样的观点。但是李婉晴从法理、从事实、从案件的变数娓娓道来,敖处长也充分相信自己的爱将,由于是专案,他让李婉晴和自己一起将材料上报分管副检察长。分管领导在接到材料后有些担心,因为是专案,必须考虑到政府的反应以及公安的感受,但是李婉晴的坚持以及她对案件的精确剖析让分管领导也同意了她的看法。

检察院要求补充侦查的决定传达给了市公安局刑侦队,市公安局刑侦队觉得很是恼火,对他们来说,检察院的公诉机关在这么一个铁案面前的要求无异于在鸡蛋里面挑骨头。

“他们公诉机关就是巴不得整个作案现场都有现场直播,然后现场原封不动,所有人员包括路过的老头老太太到齐、所有物件全部随案移交。侦查现场本身就会受客观的影响,不可能完美重现。真搞不懂他们是要干什么?!”侦查部门一肚子火,对他来说补充侦查就像是在说他们侦查能力不行一样,很是丢面子。

谁也不知道,补充侦查决定在经过这样的发酵后,竟然形成了一场轩然大波……

李耀在酒精的麻醉下好不容易换来一个沉睡,却被一阵急促的电话吵醒。他极不情愿地将手机拿了出来,来电是一个未知的固定电话号码。

“耀哥……”

“是你?什么事情?”

“你交代我的那件事情我没办好,那个赵羽今天突然发病送医院去了,具体原因还不明,但是看起来好像很不妙。”

“你怎么办事的?!这件事我交代过你多少次!”这个结果让李耀很是不满,假如让自己这个特情学校的师弟赔上一条性命的话,那自己将毕生后悔。

“对不起，耀哥，这件事很是蹊跷，我怀疑有人搞鬼。”

“搞鬼？”

“嗯，可能是有人要下手，但是我不知道是哪方面过来的。”

“你把眼睛给我擦亮了，这件事给我好好地盯紧！”

“嗯。”

李耀隐约感觉郭家已经急不可耐地要动手。

吴得明的意外，吴得利又以料理后事为由退出了内部工厂安保系统的安装，这让郭华正好有理由找自己的施工队伍进行施工，而李耀更找不到合适的借口到安保系统里面植入更多的漏洞，这个方案几乎难以再执行下去，这本身已经让李耀很是恼火，再加上赵羽在看守所出事，李耀心情也渐渐难以平复。

就在这个时候，又一个电话打了过来，是刑侦大队二大队游队。

“游队。”

“李耀，在哪里？市检察院对我们这个案子发了建议书过来，要求退回补充侦查，你过来看一下？”

“这个案子证据不是很扎实了吗？”李耀有些疑惑地问道。

“是啊，物证、书证、鉴定意见、个人供述、证人证言哪个不齐备啊，我就不知道他们检察院怎么想的，你等下过来看下他们的补充侦查意见再说吧！”

“好的。”

李耀知道，让赵羽走到现在这一步也是无奈之举，这个方式换来对核心工厂的内部接触，但是没想到现在竟然是困难重重。他原本也想将这个案子延迟一些送到法院，这样能为自己争取不少的时间。

他更没想到案子引起了市领导重视，市里包括政法委下达要求快侦、快结、快审、快判……总之，一切都没有沿着李耀既定的方向发展。现在看来郭家又下定决心要除之而后快了，继续留在湖阳市看守所谁也不知道下一步会发生什么状况，或许尽快审理，让赵羽以服刑为由找机会离开湖阳这个是非之地或许才是上上之策。

怀着各种纠结的心理，他回到办公室，拿到了补充侦查决定书以及补充侦查的意见书。他心底不得不佩服市检察院公诉处的检察官，这个案子从证据角度基本上是很难看出端倪，何况赵羽配合的多次自证其罪又有审讯录像辅证，能够阅卷就提出这么多的补充侦查意见，说明这个承办人很不简单。

“主办人——李婉晴？很好听的一个名字，素养很高。”李耀嘴边笑了笑，露出了许久不见的笑容，然后拿着材料到游队办公室。

“游队。”

“李耀，材料都看了下么？你怎么看？”

“罪名定性的确值得商榷，在移送前侦查终结会议上，这个有过争论。从赵羽个人的供述来说，他是为了抢劫而杀人，定抢劫更符合他个人供述。但是从我们掌握的几个其他证据来看，一、犯罪嫌疑人后续的逃窜和反侦查看得出花了不少的成本，而且不太可能在凌晨的时候到一个这么偏僻的地方去劫财，钱包里钱没了很有可能是事后的掩饰行为。二、我们有个不利证据，事后这个赵羽到过死者的女朋友也就是周丽家，还送给周丽 2 万元钱，这无疑对我们定性的为财的动机有较大的冲击。综合来看，我们觉得赵羽应该是激情杀人之后为逃避侦查故意制造的一个假象，最后我们大多数人都倾向于定故意杀人罪。”李耀很仔细地分析解说。

“所以公诉机关要求你们补充说明赵羽的主观动机，就是要你们补充材料证明他拿钱是否是事后的掩饰行为？”游队恍然大悟。

“是的，您也知道，当时我们接到通知是要求立刻移送，所以这块我们认为是小细节，也就没有继续做下去。何况抢劫的加重情形与故意杀人罪其实法律后果差不多。”李耀继续解释。

“是啊，后果差不多，罪名是哪个有这么重要么？还退回补充侦查，搞得这么正式。”游队有些不解。

“同样，对于赵羽去周丽家，检方认为我们在这块的动机没有说清楚，认为这个可以证明赵羽主观恶性问题。但是我们也很紧急要求移送，这块也没有翔实下来，但我认为这个是边枝细末的小事。真正的问题在于他们提出来的间接证据的缺乏，或者他们认为间接证据难以形成证据链，而我们目前最主要的证据就是赵羽的自我供述，他们认为这个可能会有瑕疵。”

“你怎么看？我觉得有点吹毛求疵了，任何犯罪现场证据都有可能发生转移、消失，要求穷尽现场证据本身就是不科学的。况且任何时候口供才是证据之王，照他们检察机关的说法，没有足够的间接证据，那十多年前的积案就不要办了，就全部要疑罪从无了？”游队表示难以理解。

“这个问题上，我当时也考虑了很久，间接证据很多其实是因为赵羽的反侦查行为导致证据灭失，但是我当时做笔录的时候，不想把赵羽太强的反侦查记录到笔录里面，因此这块就没有要求做得很详尽。”李耀说道。

“为什么?”

“因为如果太强调赵羽的反侦查能力的话,那这个杀人案的动机就很值得推敲。既然这个人有这么强的反侦查能力,那么为什么要杀陆小勇呢?而这个问题至今赵羽也没有给我们一个明确的真正答复,他的说法就是为了抢钱,这是其一。其二,既然这个人有这么强的反侦查能力的话,那是否不是一次作案,而是多次作案?那我们就这个问题可能会陷入一场持久战。这与上级领导的批示是相违背的,我们就无法快侦快结。”李耀继续解释道。

“嗯,说得也很有道理,但是有些就不好跟公诉部门沟通了。”游队点头称是,停了一会,接着说道,“这样吧,李耀,你现在做这几个事:一、提审赵羽,证实他掩饰故意杀人的主观态度,另外问清楚去周丽家的动机等,这些笔录材料分开做,放着以备不时之需。二、他去周丽家的那份笔录,如果影响定性又不是很重要的话,可以拿掉不附到卷里去了,这个你自己把握一下。三、就其他间接证据灭失问题,通过赵羽的笔录进行补充说明,这个也装卷。至于我这里就把情况向上反映一下,要求检察院公诉机关尽快移送起诉,必要的话进行一些协调,要不然上面的压力一直放在我们公安机关身上,认为我们久侦不破、效率低下。这些事情就麻烦你自己抓下,其他人办还是毛糙了些。”

“好的,我知道了。”李耀点了点头,心中开始规划下一步方案,这将决定案子是否要加速移到法院还是要继续迟延。

带着这些想法,李耀带人到湖矿市看守所去提审赵羽。

大病初愈的赵羽走路都有些无力,只是到了提审的讯问室后看到李耀,眼睛发出了一丝光芒。李耀对着同行的干警说了句:“我有点事私下问下他,等下我叫你。”随行干警点了点头,走出去将讯问室门关上。

李耀环顾了下四周,没有摄像头,没有监控。将头凑近了与赵羽窃窃私语了起来。

“黑鹰,你好,我一直等你消息呢。”黄昊有些期待。

“赵羽,你这次出事是不是有人搞鬼?我分析是郭那边的人,你自己要多加提防。”李耀说道。

“嗯,我分析很可能就是后来进来的那个人。”黄昊回了句。

“哪个?”李耀也很想知道答案。

“易蓬辉,你认识么?”黄昊说道。

“哦,好像跟过郭简瑞,没想到埋这么深。”李耀都后悔没顾及好。

“湖矿那边进展怎么样?”黄昊问道。

“我接触到私密的内部工厂了,本来都已经让我去布置内部的安防线路,没想到中途又出事了。不瞒你说,现在搁置了下来,我也有些发愁。”李耀一脸的沮丧。

“你有没有想过别的途径,我在里面一直在思考这个问题,可惜我没办法出来帮你。”黄昊安慰了句。

“我身边有人手。”李耀回道。

“我知道,他吧?”黄昊笑着说道。

“嗯,对了,有件事我要告诉你,杨军你认识吗?”李耀突然想起杨军的问题。

“与本次任务有关?”黄昊反问。

“有关。”李耀点了点头说道。

“认识,他是我大学同学。”黄昊很坦然。

“有些事情我也要坦率地对你说:他或许因为想帮你翻案,开展了一些调查,涉及郭家的利益,另外还激起了原来的一些往事,郭本来想把他除掉。由于我知道杨军在调查的时候涉嫌违法,为了保护他,我建议让郭家的人找到理由把他告到市里了,现在他被纪委找去调查了!”

“为什么要这样做?”黄昊很是不解。

“在纪委,或许他才是最安全的,因为没有人敢在那里对他动手,这是其一。其二,他的一些调查干扰了我们这次调查任务下一步的计划,我不得不让他停下来,否则事情会更无法收拾。其三,你也知道的,当你‘沉冤得雪’的时候,杨军的调查就会显得格外有价值。他也将以一个英雄的形象回归警队,这对他政治生涯是一次磨砺。而组织也会因为他经得起调查、有正义的追求而对他提拔。”

“黑鹰你想得真的很周到。”黄昊点了点头,他实在理解李耀的良苦用心,这个调查已经让很多人陷了进去,代价已经太大。

“还有,有一些事情,本身是机密的,我希望有一天通过你,将这些机密告诉给杨军。”李耀接着说道。

“什么事情？与任务有关?”黄昊依旧显得有些天真。

“与你的任务无关,与我有关,而且与杨军的父亲杨智伟的死有关,而这个也是他多年的心结,我希望你能为他解开。”李耀说得很是郑重。

“你完全可以自己告诉他啊。”

“这个便宜就让你去占吧,这次任务重新把我激活,完成这个任务后估计我不能再在湖阳待下去了。”

“那你说吧？”

“整件事情是这样的……”李耀如数家珍，细细道来，把多年置放在心中无法对外的机密原原本本地向黄昊端出。这些以往的故事，让黄昊听了很是感触。

“黄昊！”李耀突然念出了黄昊的真名，这让黄昊吃了一惊。

“什么事，黑鹰？”

“你知道无间是什么意思么？”

“不知道。”

“无间就是无穷无尽，这是一件何其痛苦的感觉……”李耀很是感触。

“嗯，我理解，但是这是我们的职责。”黄昊说道。

“说真的，我们不是拍电视剧，不要以为我死之前会说：‘这是我最后一期的党费’，党不缺我这一期的党费，党要的是我好好活着！再何况在黑社会混，我也没法交党费？我倘若真死了，死之前我会说：终于解脱了！这无间苦狱！”李耀的话很是伤感，但着实反映这么多年来真正内心的孤寂。

“好了，说这些也没用了，我们现在要做的还是任务，你有没有想过其他的途径？”黄昊打断了李耀的抒情。

“你说？”

黄昊一阵轻语让李耀似乎看到了新的希望。李耀停了停，说道：“你不知道啊，现在力量多方化，我也看不透里面的蹊跷。”

通过华主任的借调，湖阳市检察院反渎局傅局长率队到来，让湖阳市纪委增加了新的审讯力量，同时也让华主任看到了加快调查的希望。专业的不同、视角的不同让傅局长在案情进展讨论的会议上提出了新的审讯方向。

“目前调查的进行地很全面，也获取了很多基础性的资料，就现阶段而言，我认为应该围绕举报信中涉及的问题进行调查。谈话可以围绕以下几个方面：第一，他是否违规使用过枪械。违规使用枪械则违反《中华人民共和国人民警察使用警械和武器条例》，不构成犯罪也要追究行政责任。就这一点我认为可以调取枪支管理的相关记录，而且我们看能不能找到一些他违规使用过枪支的蛛丝马迹。”

傅局长停了停接着说：“第二，他是否将人非法拘禁了，这个我们要从外围着手，如调查所住宾馆的视频监控录像，看看是否有与吴得明共同出入过或者有胁迫过吴得明的录像等,还可以找宾馆服务员进行了解作为旁证。”

傅局长的话逻辑性很强,让在座的频频点头称是,他喝了口水,接着说道:“第三,那就是我们下一步需要知道的事情了,这个有几个方面:吴得明的死是否与杨军有关,虽然目前公安调查结论是意外,但是我们还要从他这里求证,这是一方面。另外,假如他控制了吴得明的话,他到底要获取的是什么?是不是求财?问谁要的?是否成功?这涉及他所涉嫌的罪名是非法拘禁、绑架还是抢劫。而他的动机是什么?是不是他个人行为?还是背后有一个团体?想起到什么目的?这些都是我们需要调查和了解的。当然这个也只是我个人意见,希望起到抛砖引玉的作用。”

参与调查的胡主任听完之后,接着说道:“傅局这个分析很到位,之前我们没有考虑到,比如杨军是否会有生活作风问题、这次拘禁人动机、背后的利益集团甚至黑幕,这些都要引起我们的高度重视,甚至不排除他们一次两次这样操作。必须将这个利益集团一网打尽,防止这种资产阶级腐化、特权思想的蔓延!”

王科长听完之后也接着说:“嗯,通过前面与杨军的谈话,我了解了他思想的变化和堕落的历程……”

华主任不想把一个会议又延长,于是打断了王科长的话:“咳,嗯,前面傅局的一些分析还是到位的,也符合刘书记交代的尽快调查真相的要求。我把班换了下,大家都同意的话,下一步就围绕这些问题进行深入谈话,散会。”

由于缺乏睡眠并被连续谈话,杨军脸色有些发白,精神略显萎靡。傅局走了进去,与其他人坐在杨军对面不同,他将凳子移了过去,坐在了杨军旁边。

“杨警官。”傅局说道。

杨军点了点头。

“你拘禁人的事情,我们都已经查清楚了,包括宾馆的录像我们也调取了,这件事你为什么不承认?”

杨军欲言又止,他也实在不知该怎么说,他想过很多借口,如只是和吴得明在那边聊天,自己只是找他取证,但是这些借口都没办法去圆谎,因为调查取证必须要两个侦查人员以上,他找不到侦查人员来证实,而且也没有领导授权他这么做。他也想把自己真正的调查初衷说出来,但是他现在手头调取的信息并不够充分,而且他也隐约感觉到自己被调查的背后有着更深层次的原因,不敢随便将现在所调查的资料交给对方甚至市纪委。这种复杂的心情让他觉得难以取舍,最终只能继续沉默。

“你是不是有什么顾虑?”傅局问道。

杨军摇了摇头。

“是不是有人命令你这么做?你如果有什么要求也可以提出来,要相信组织,会给你一个公道。”傅局说话依旧很平实。

杨军点了点头,又沉默了很久,接着说道:“我没什么要求,这件事组织已经找我调查过,我纯粹就是觉得‘凤凰山’杀人案背后还有事情需要进一步调查……”

纪委随行的王科长插话说道:“所以你就非法拘禁、栽赃陷害,让吴得明写40万元的欠条给你?!”

杨军白了一眼,将话打住了,他认为多说无益。这种类似的急先锋、早定性、扣帽子的言语他已经厌倦。

傅局回头看了下王科长,然后转过来对着杨军说道:“你接着说。”

杨军觉得这个中年人说话很温和,而且很平实,起码还值得一谈。想到这里,他接着说道:“吴氏两兄弟的举动非常可疑,他们在之前的调查里面就做过伪证,这个在之前的材料我已经向组织反馈过了。所以我想找他们了解更多东西。”

“如果有疑义的话,你可以通过合理合法的途径去反馈啊,而不是使用违法违规的手段。”

杨军真想讲这个赵羽就是黄昊,那个李耀就是凤凰山杀人凶手,那个黄昊和死去的陆小勇都是自己曾经大学的同学,铁哥们……但是这些话到嘴边,他自己都觉得没有逻辑,而且里面有太多让自己都无法理解的问题。又何必将事情解释给傅局听呢?

傅局看到他欲言又止,抱着试探的心理但又装作很平淡地说道:“如果我调查没错的话,这件事不是你一个人在参与吧?”

这句话让杨军愣了一下,他第一反应是会不会熊安安也被发现了。但是他心里很快发现这很可能是傅局的一个陷阱,马上将自己的失态掩饰了过去:“没有,就我一个人。”

傅局笑了一下,说道:“这边还控制了一个人,你想知道是谁吗?”

杨军意识到刚才自己已经暴露,装出事不关己的样子摇了摇头。

“你是不想把他卖掉呢?还是担心自己会被卖掉?”傅局继续追问。

“我一个人,不存在什么卖不卖的问题。”杨军说道。

“这件事我们也无须争论，真相就在那里，就同你自己所做留下的痕迹一样，你无法否认。尽快积极配合我们的调查，对你、对组织来说都是有利无害。”

“我所说的都是事实，希望组织本着实事求是的态度对‘凤凰山’案进行进一步调查。”杨军很诚恳地说道。

“我想事情都会水落石出的，就像你控制别人一样，你能先把这个事实告诉我么?”傅局显然是用对方话借力打力的高手。

“在‘凤凰山’案没有查清楚之前，我无法向组织交代我的问题。”杨军本意中的这个“无法交代”是难以交代或者交代不清楚的意思，然而这句话在其他人耳中的感觉却无疑成为一种挑衅和一种交易——你查清“凤凰山”案，我才交代问题。

这种逻辑让坐在上面看着审讯录像的领导们很是来气，而审讯室的王科长更是盯了杨军一眼，接着说道:“杨军！你这什么态度?！组织找你谈话难道是给你做买卖的?!”

“杨所，你受过多年法治教育，你对以暴制暴怎么看?”傅局借问道。

杨军感觉这个问题问到了曾经自己内心最彷徨、最犹豫的那个点，他也不知道该如何表达。

傅局感觉问到了杨军，他说道:“看住心中的老虎，你扑倒饿狼固然是好事；但是对兔子而言，你与饿狼无异。在当你把自己视为英雄，而无视同等凡人的生存、健康、自尊时，你已入心魔。换句话说——知法犯法！”

然而，在这种封闭的环境，杨军的确不知道该信任谁，他也无法向傅局进行交代，最终他选择的依旧是沉默。

傅局等了等，然后对杨军说道:“我建议你尽快把事情说清楚，这样可以减少你的责任，有件事，我有必要告诉你。”傅局顿了顿之后，附耳对杨军说:“你控制的那个人，吴，在你进来之后就死掉了！目前可以肯定的是你很难逃关系！如何自救就靠你自己！”

这无疑是一个晴天霹雳，让杨军愣了很久。这意味着各种莫须有的罪名都可能层叠在自己身上，想出去将变得异常艰难，真是有嘴也说不清了。更何况，吴得明是一个关键证人，他是以前的郭氏集团骨干，串联了以前扫黑真相，李耀秘密以及现在的凤凰山案……他是对所有案件都熟悉的人，也是能够证明黄昊无罪的人！

吴得明的死，对对方来说，可谓一箭双雕，既磨灭了证据，又让自己身陷囹圄,这是怎样的一种力量?!

“你想好了,就告诉我,希望你不要在犯罪的道路上越行越远!你母亲还等着你早点回去!”傅局依旧说得很平淡,却字字敲击着杨军的灵魂。

“我、说。”杨军蹦出了两个字。

这两字让在监控室看录像的领导们雀跃起来……

湖阳市看守所。

李耀和黄昊还在对调查湖矿公司商量着。

“你对现在几方力量怎么看?”李耀问道。

“从小勇以前的记录来看,那个顾芃不像是敌人,她很可能也在调查湖矿公司,但是来路不明,她的背后或许也有一股力量,否则不可能安插到湖矿这么久,我认为她可以接触或者和她一起分享情报;杨军是一个有理想有追求的人,但是的确不能让他的莽撞影响我们的任务,你现在拖延也是无奈,但他枪口肯定对向你。”黄昊分析道。

“根据我现在的调查,杨军背后也有几个人,而且他们在查郭家黑社会问题,我想应该有渠道跟他背后的进行接触,如果能沟通好,或许能化敌为友。”李耀说道。

“郭家那边对我下手,还要防止杨军继续调查。我觉得现在最重要的就是和顾芃那边接触上,因为就郭氏来说,你和顾芃现在都在暗处。”黄昊说道。

“嗯,你说得很有道理,下一步的事情我也基本有眉目了。倒是你要多注意安全了,你觉得就你目前安全和身体状况,你案子进程应该快些到法院去,还是继续耗下去好?因为检察院公诉的李婉晴提出要我们补充侦查。”李耀说道。

“这个案子,我们不能不说配合到位,她竟然还能找出要补充的地方,眼光还是很不一样啊?!”黄昊边说,心里其实更加杂乱。

“你认识?”李耀反问了一句。

黄昊点了点头,陷入惆怅……

与此同时,坐在办公室的罗紫曦接到了她舅舅的电话。

“紫曦,化验结果出来了,这个证实了我前面的猜想。中毒是两种药物合一起的反应,一个是洋地黄类的初始样本,吸收快、隐蔽快!但是检测中这种药物用剂量不大。另一个是强心针,强化了药品的反应速度和反应强度。还好前面的洋地黄类药物剂量不大,这个人才活下一命。所有的检验结果和样本我都已经封存起来了,你什么时候过来拿一下?"

"好的,谢谢老舅,这个事情麻烦你帮我保密一下,我现在还在调查,这件事不是那么简单。"

挂掉电话之后,罗紫曦发了条短信给胡达。

"洋地黄类药物,你查下近期物品的进入19号监室的情况,还有,留意小潘。"

"收到,已有头绪。"胡达信息回得很快。

一大早,市政法委书记肖根生从家里步行走到了办公室,突然想到"凤凰山"杀人案很久没有过问了,也不知道现在结果如何,是否移交到法院了,什么时候能开庭,快判了没有。想到这里,他一个电话直接打到了公安局副局长兼刑侦支队队长游德贵那里,电话响了不久才有人接听。

"喂。"那边听起来还有些喘气,感觉从老远地方跑过来接的电话一般。

"德贵,你好,我肖根生。"肖书记一下就听出了对方的声音。

"肖书记,您好!"显然游德贵也没有反应过来,这个领导这么早就打电话过来了,还好自己到得早。

"你们'凤凰山'那件案子进展情况怎么样? 市里很重视啊。"

"呃,这个,肖书记,现在市检察院将案件退回补充侦查,目前还在我们二大队补充侦查中。"

"你们上次给我汇报的材料不是案件侦破了吗?!"肖书记似乎很是不满,这让游队愣了很久,良久才回话:"侦破是侦破了,我也没想到检察院会退回补充侦查,他们要求还是苛刻了一些。"

"苛刻是要达到法律效果,对于命案的严谨是没有错的,这个你们也要理解和支持。但是对于案件的社会效果和政治效果你们也要多考虑,务必搞准、务必求快、务必让群众满意,这三个务必你好好领会、传达。3天之内我要听到报告!"

"是!"

军令如山,游队马上将姚队、李耀叫到了办公室,李耀将自己所在看守所补充做的笔录情况告诉了两位领导。

"目前主观态度上赵羽已经交代了其杀人动机,就是激情杀人。翻皮包是事后的掩盖行为。证言与现场勘查笔录、物证等更加吻合,我认为可以尽快以故意杀人罪移交检察院公诉处起诉。”

李耀的观点获得了两位领导的赞同，并且一致同意将去周丽家的笔录材料去掉，省得冲淡犯罪的主观故意……

但这份由二大队队长姚队亲自移交过去的材料依旧没有获得“李无情”的认可，李婉晴在看了下证据目录和主要的证据材料后叹了一口气。

“姚队，其实我意见书已经写得很翔实，就是要求你们更多在间接证据上着手，就目前的这些间接证据而言，我个人认为还是没有形成一个严谨的证据链，而能够证明赵羽杀人的，目前就只有赵羽的供述。”

“是啊，他主观上的故意、动机也证实了，客观上的杀人行为、杀人结果也有相应物证书证佐证，这就已经达到了证明标准啊。”姚队有些不解。

“形象点说吧，间接证据应该犹如一个封闭的环，推理出唯一的结果，并且可以排除所有的合理性怀疑。而个人供述只能是另外一条单独的线，进行相应的佐证，这两者才能说达到统一。而目前这里是通过这根线去缝合这个没有封闭的环，看起来很严谨，实际上是充满风险。”李婉晴说话依旧有着她独特的味道。

然而，这显然难以说服姚队，对于姚队来说，这件案子犯罪嫌疑人供认不讳，客观证据扎实充分并能有效印证其供述。这样铁板钉钉的案子何来风险？他问道：“有什么风险？”

“假如犯罪嫌疑人翻供，那就抽掉了核心线，这个看似封闭的环，就将一一被对方律师剥落——这就是庭审的风险。”李婉晴说道。

“我这里给赵羽多次做了有罪供述的笔录，而且有几次都做了同步的录音录像，他翻供理由根本不存在，而且你们提审的结果应该也是如此吧？他认罪吧？”

李婉晴点了点头，刚想继续说话，姚队抢先说了起来：“既然他多次供述，那有什么风险?！再何况，今天上午政法委肖书记特地过问这个案子的进展情况，希望你能从大局出发。”显然，姚队也有他自己的担忧。

李婉晴笑了一下，答道：“真的对不起，姚队，这件案子如果就这样，我很难受理。”

“李处长真是很难讲话啊。”姚队叹了口气，转身离开了李婉晴办公室。

助检员小陈一直听着李婉晴和姚队的对话，她有些不解，因为这意味着很多不必要的麻烦。

“晴姐，这样处理……”

“每一起案件，我们都要经得起历史的检查。”李婉晴淡淡地回道。

这次不欢而散的对话不知道怎么很快就传到了市政法委肖书记那里。对他来说，一件人证、物证俱在的案子，竟然还产生这么多波折，这是肖书记始料未及的。而湖矿的影响力、社会公众对这件案件审理的期盼以及市领导对案件侦结的要求，这些都让肖书记如坐针毡。而一份文件正好落入了他的眼帘，他想到这里打通了一个电话。

“小罗？对了，我们最近在给市检察院做积案率调研是吗？呃，我要去一下……”

不多久，肖书记到湖阳市检察院进行积案率调研，他特地让人叫湖阳市检察院安排公诉部门的相关人员列席。会议上，肖书记听取了湖阳市检察院的相关报告，然后侃侃而谈：“……我们市检察院的工作我还是很满意，现在我说一点不足之处……积案率高的原因是什么？更多的是在于我们司法机关的效率问题。这是民众满意率下降的一个重要因素。有些案子能拖就拖，不需要反复走的程序一而再再而三，浪费司法成本。这是一个观念问题，必须得到纠正……我们必须牢固树立大局观，必须追求社会效果、法律效果和政治效果的统一。对于重点工程建设领域的、涉及湖阳市经济发展大局的、危害民众安全感、民愤极大的案件，我们必须提高认识、提高质量、提高效率……”

会议后，肖书记将公诉的分管检察长以及敖处叫了过去，讲了几句话后乘车而去。而不到10分钟后，正在食堂用餐的李婉晴便被叫了上去，几位院领导都端坐在那里，看得出他们连饭都没有心思吃。

“婉晴，‘凤凰山’杀人案公安补充的材料来了吧？”分管领导问道。

李婉晴点了点头，说道：“补是补了一些过来，但是，这些材料特别是间接证据上还是有不少瑕疵，我作为承办人认为有风险。”

“敖处，案子你看了下吗？你怎么看？”分管领导接着问道。

“这个案子是李婉晴负责，我粗略看了下，具体不是很清楚。”

“现在我们是关起门来在说，这件案子不是简单的一件杀人案。第一，关注度高，从市政到普通民众，都普遍关注。第二，这个专案涉及湖矿公司，涉及以后湖阳市的招商引资，涉及湖阳发展大局。第三，相关领导已经不是第一次找我了，说明案件有很大的复杂性。简单地说，大家现在都知道案子破了，现在压力和焦点就都会在我们公诉身上，很简单，既然破了为什么不起诉？这个必然涉及我们检察工作下一步的满意度考评，你们要多思考这些问题……”分管领导语重心长。

李婉晴内心有些波动,但是话到嘴边又不知道该如何开口,这让她看起来很纠结。

“我想说的是,对我们来说并无风险:第一,本案中没有任何的刑讯逼供;第二,犯罪嫌疑人自己是有多次有罪供述的。退一万步,按照国家赔偿法,犯罪嫌疑人自己编造自己有罪,无论如何我们是可以免责的。”分管领导顿了顿,接着说下去,“所以该把关要把关,但案件如果没有出入的话就尽快移送到法院,不要把压力留在我们这里,我看周末前移到法院应该没问题吧,婉晴?”

李婉晴也不知道该怎么样,毕竟这件案子犯罪嫌疑人一直都是很稳定的有罪供述,或许真的是自己多虑了,或许是因为看到这个人像黄昊,影响了她法律人的判断力?她自己也说不清楚了,但分管领导的分析也有他的道理,如今也就只有走一步看一步了,实在不行到法庭再退补吧,想到这里她点了点头。

当李婉晴要求公安将案卷材料移交过来的时候,李耀松了一口气,毕竟他总算有时间腾出手做自己想做的事情了,毕竟对他来说,时间异常紧迫。

另一边,在杨军出事后,熊安安秘密而仔细地整理着杨军留下来的资料,心中对黄昊整个案件有了更多的了解,但是她无法理解的就是黄昊为何要如此?李耀又何必如此?这像一张极大的网让人无法钻脱,让人充满迷惑。唯一可以肯定的是,手头的资料让她对黄昊杀人案的无罪辩护充满自信。

让她震惊的是——李耀竟然是李羽飞,他与姜水生涉及十年前的打黑案,种种迹象表明,李耀甚至可能与杨军有杀父之仇!这是一场什么样的阴谋,竟然隐藏了十年,在今天不仅逍遥法外还能继续行凶杀人,更加怪异的是将罪名还栽赃在同学身上,黄昊又如一个傻子一般配合认罪,如今还能动用纪委的力量将杨军控制起来……这是何等难以理解的一件事情?!看着杨军所取得的这些资料让自己觉得内心都在颤抖,这真的如杨军所说的一般——恐怖!

就在熊安安仔细看资料的时候,手机响了起来,是李婉晴。

“喂,‘李无情’啊?”熊安安条件发射式的回应李婉晴。

“熊诉棍,你当赵羽的辩护律师?”李婉晴也反唇相讥。

“是啊……”熊安安答道。

“案子现在移到公诉了,赵羽那边我们也通知了,你可以过来复印案卷材料了。”李婉晴还是不忘公事。

“咦,‘李无情’,不会是你当这个案子的公诉人吧?”熊安安问道。

“是,怎么,怕了?!”李婉晴也善于抓住一切可以讽刺对方的机会。

“哈哈哈哈,我怕什么,这个案子,你可能要砸,你信不信?!”熊安安甚至有些暗自得意起来,因为她手上有着太多李婉晴所没有的资料,这是难得的一次可以彻底打败这个“李无情”的机会,想到这里熊安安怎能按捺住内心的那种小得意。

“鹿死谁手还不一定呢,你不要过于自信,省得屡战屡败。”李婉晴回应道。

“哼哼,你不觉得这个赵羽很像一个人?”熊安安说道。

“这就是你认为这个案子会砸的原因?你自信的由来?!只是像而已,丝毫不影响我的业务素养,像谁都没用……”李婉晴说道。

“‘李无情’,听我一句劝,这个案子你就别办了,你办了会后悔,甚至终身后悔。”熊安安自认为这是自己难得的一次妥协和好意的劝说。

“谁后悔还说不定呢,咱们走着瞧,你想过来复印材料就来,反正我通知你了。”说完,李婉晴将手机挂掉了,心想这个熊安安,竟然把被告长相也拿来刺激我!果然只是个讼棍而已。在内心鄙夷完熊安安之后,又一种惴惴然的感觉无由地涌了上来,这到底是怎么回事?!竟然有职业生涯第一次开庭的那种恐慌和虚浮感?!熊安安虽然平常说话大大咧咧,但是这次回答却感觉充满着前所未有的自信。还是自己的确职业素养受到了影响?这些让李婉晴自己都无法解释,她深深地喝了一口水,拿出赵羽的案卷仔细阅读……

第十六章　联　合

联而合之，以镒称铢；并敌一向，千里杀将。

云都市，某私人会所。

郭华、郭艾平、郭简瑞还有几个特殊的贵宾在一起享受着男性SPA。

“艾平兄，最近湖矿那边是不是有什么问题啊？”胖男子眯着眼睛享受着，一边对着郭艾平说道。

“湖矿那边现在基本是犬子郭华在打理，但是藤原兄，如果有什么不满意的地方，你也可以直接跟我说，我一定改进。”郭艾平很是认真地回答。

“是的，藤原叔，我们也这么多年的交情了。有些事情但说无妨。”

“现在我们那边对货品质量要求越来越严格了，但你们这边货质量好像反倒下降不少，这让我们的下家很不满意啊。”被称为藤原的胖男子说道。

“这个问题或许是因为近年开采的问题，矿品质量可能有些下降，提纯需要更多的资金，你也知道我们已经过了招商时的减税期，加上人工成本、运输成本的增加，贵方的价格却几年如一日，不好做啊。”郭华说道。

“你这边的所谓人工成本和仪器，很多可是我方提供的，成本我们已经承担了不少了，这个成本说回来的话，那还是你们当地政府的扶持力度不够啊，我们在马来西亚那边可是政府全程垫资，土地免费划拨。”藤原说道。

“这个就要看卢主任他们的政策导向了，是吧，卢主任？”郭艾平说道。

“现在地方税收考评抓得很紧啊，我们也不好做，政策上该倾斜的都已经倾斜了……”被称为卢主任的湖阳市发改委副主任卢俊回道。

“可是我们也希望你们考虑下，当初可是被列作重点外资企业引进的，为你们地方提供了很多的财政收入不说，也解决了很多劳动就业问题，同时给你们地方也创造了政绩。假如你们这边质量不提高的话，同等价格，我方或许只能慢慢转移重心到南亚还有澳洲各地了。”藤原说得很绝情，一看就是多年商战老手。

藤原的话出来后，现场气氛好像凝固了一般，在场的几方都打着自己的算盘。

“藤原兄，贵公司在我们这边投资了这么多，另起炉灶的话又需要增加更多的资金投入。据我调查，澳洲市场价格要比我们高很多，而南亚有两个致命点：一个是品位更低，你这边可能要更多的资金和设备去提纯；另外一个是政策风险更大，不像我们这边大陆市场有连续的支持力度。”姜还是老的辣，郭艾平缓缓回应道。

“是啊，政策导向这块我们或许还有一点空间可做，如近期资源枯竭，我们准备出调研报告争取资金扶持，这对企业、对我们政府效益、对我们长期合作也都有益。”卢俊接着郭艾平的话说道。

几句话后，让藤原也迟疑了一阵。

“藤原叔，以往我们供货含货的工艺品和不含货的工艺品比例是三比七，我想我们可以提高到一比一，这样货物比重会增多。但是我也希望贵公司价格提高 40%，你看？”郭华这个时候建议道。

“最多提 30%，我不可能提价去买你那些没用的水晶工艺品，我看中的是货！”藤原说道。

“我方提高比重的话被查的风险是增大的，我们提高了两成的货物比重，提价 40% 并无不妥。”郭华依旧坚持自己的提议。

“价格我回去考虑一下，但是你们提高比重两成我们可以定。我还一个要求就是近期你们要把供应数量增加 50%，你们采掘和发送太少了，现在已经满足不了我们的需求！”藤原说道。

“贵方要多少，我们就能做多少！关键是价格不能少！”郭华说道。这句话说出来后，郭艾平侧目瞪了他一眼，对他来说这个承诺其实意味着极大的风险。

“好！那就一言为定！从下月起，你们产量要翻番，含货率 50%，我方提高 40% 价格。那我就先走了，回去起草好协议给你们。”藤原起身说道。

藤原穿好衣服后，驻足在门口，说了一句：“另外，我需要提醒一下诸位：近期我们获取了部分情报，你们国内有一些人包括军队方面在对我们业务在开展调查，所以尽快采掘对大家来说都是有百利无一害。”说完之后，他便离开了，仅留下几个人躺在那里。

“华儿，你怎么擅自做主提高产量和含货量？这个风险太大了！”郭艾平说道。

“父亲,你刚才没听到藤原的情报吗?我们这个业务我认为在近半年之内最好就要完结,因为现在介入的各方因素越来越多。”

“对不起,我想问下,你们刚才说的含货量和风险是什么意思?你们是不是背着我做什么?为什么还会有军方的来调查?”卢俊插了一句,问道。

“卢主任,该你知道的我们会告诉你,对你来说,政绩和利益才是第一位的,别的知道太多对你不好。”郭华冷冷地对卢俊说道,这让卢俊心里有些颤抖,他绝对没想到一个招商背后还有着这么多的机密,而他最担心的就是这个风险会不会影响到他的乌纱帽。

郭华似乎看出了卢俊眼中的恐惧,笑了一笑,换了一种语气对卢俊说道:“卢主任,这个你放心,我们都是正当生意,顶多踩点红线,另外除了你刚才说到的调研报告,我上次提的建议不知道你考虑了没有?”

“什么建议?”卢俊说道。

“就是让湖矿扩大产能,引入国有资产入股的提议,这个能够有效提高湖矿产能和规模化,打造湖阳市矿业品牌形象,提高地方财政收入,国资入股也能减少我们的纳税额,毕竟以后就是一家人了嘛,对不对?”郭华笑着拍了拍卢俊的肩膀。

“那你刚才还说近半年之内完结业务?”卢俊说道。

“你多虑了,我们肯定要转换生产模式和营销模式,争取国有资金入股,然后打造湖阳市的又一个上市公司。至于这个我到时候可以给你一个项目计划书,到时候你也可以投点资进来,名利双收,多好?”郭华笑着说道。

卢俊一阵沉默,如果能像郭华所说的这样,或许这是一个很好的契机,因为打造一个上市公司,对当地财政、对自己的政绩、对自己个人来说,这无疑都是一次飞跃。

郭华转身从自己包中拿出一张银行卡递给了卢俊。说道:“这件事还希望卢主任多多费心,我还有点事要和我父亲、叔叔他们聊一下。”卢俊习惯性地将银行卡收下,然后穿衣服走了出去。

沉默了很久的郭简瑞在看到外人都出去之后说话了:“华儿,你真准备把我们湖矿卖出去?”

郭艾平说道:“简瑞,我觉得华儿比你要强!小刚,你也学着点,以后做业务多用脑子!”

“是!”被称为小刚的郭简瑞之子郭小刚答道。

郭简瑞没有吭声,他在急速地思考着,良久说道:“我想听一下强在哪里?”

“叔叔,没有货的话,水晶工艺品就只是低端产品,我说了我们现在高利润顶多维系半年。让国资接股,我们将土地、厂房套现转其他行业,你不觉得是最好的后招吗?!”郭华说道。

郭简瑞笑了一笑,心想真是长江后浪推前浪啊,或许自己真的是要被淘汰了。

这时候,郭艾平想到另外一个问题,然后问道:“对了,安保的事情做得怎么样?李耀还在做么?”

“没有,我已经让他停了下来,我换了日方的人做。”郭华答道。

“为什么?”郭艾平觉得有些奇怪。

“他做公安太久了,我觉得有些靠不住,我不想我们最后反过来落把柄落在他人手中。”郭华说道。

“那这件事就你自己定吧,还有上次的风波,都弄好了没有?”

“到公司获取资料的陆小勇已经被干掉了,跟他接头的那个在看守所,上次派人去处理,好像没成功,最近移到法院去了,能判他个杀人罪也不错。”郭华答道。

“哥,那事儿是我找人进去的,我没想到竟然会失手。”郭小刚说道。

“要用点心,不要惊动别人,留下后患!”郭简瑞说道。

“嗯。”郭小刚回道。

“对了,听说有人在翻以前的事?”郭简瑞问道。

“这个我们已经把他告到纪委去了,最好想办法把吴得明的死靠到他身上去!”郭艾平说道。

“嗯。”郭华说道。

持续的冷空气南下让人防不胜防,然而在阴暗了数周后,湖阳市迎来了许久不见的日出,在难得的睡了一个懒觉后,李耀心情也变得愉悦了一些,但是现在这个扑朔迷离的走向,成败还是未知,他也不知道能否将这个难得的愉悦心情延续下去,他唯一知道的就是:时间不多,他今天要去见几个很重要的人……

湖矿公司的大门对李耀来说永远都是敞开的,李耀径直走到办公室,先看到的是总经理秘书顾芃。顾芃依旧带着那种不可言喻的味道,淡淡地对着李耀笑了下:“李队,找郭总还是?”

李耀也笑了笑,开玩笑地说道:“找你不可以么?”

“呵呵,李队真会开玩笑,喝茶还是喝咖啡?”顾芃莞尔一笑。

“喝茶吧。郭总什么时候能过来?”

“郭总有点事出去了,可能一时半会回不来,你没预约?”

“没有,今天突然想过来看下,对了,你上午有空么?”李耀喝了一口茶,然后很认真地对顾芃说道。

顾芃笑了笑,她没想到李耀这么认真地约她:“李队有什么事?”

“你觉得泡这种红茶用什么水比较合适?”李耀端着杯子站了起来走向顾芃。

“这个我真没怎么去研究,按道理有些矿泉水是不错的。”顾芃有点不懂李耀的意思。

李耀走到顾芃旁边说道:“我想研究一下井水和河水哪种适合。”

顾芃愣了一下,笑道:“李队开玩笑了。”

李耀对着顾芃轻轻说道:“那井水怎么才能偶尔犯河水呢?”

这个话让顾芃愣了一下,这话怎么这么耳熟,突然她想到了一个人——陆小勇!李耀和陆小勇是什么关系?!难道他知道陆小勇的秘密?到底是敌还是友?!还是碰巧?

李耀接着一语双关地又说道:“放心,我不是‘狼犬’,不会批上耳鼻喉科的衣服做狼外婆的。”

这句话让顾芃更加确定了小勇和李耀的特殊关系,只是她怎么都无法确认李耀到底是敌还是友,在这方面她自己也意识到自己和伊灵薇的差距——就是在某些关键的时刻不知如何抉择。

“放心,我和他一样,是去村里的。”

这些让顾芃依旧不敢轻信对方,毕竟他和郭家走得是如此的近,弄不好只是试探自己,倘若自己就这样暴露自己的话,一步错那将万劫不复……

“对不起,我不太懂你的意思。”顾芃的防线让李耀有些无语,对李耀来说,这种暴露于自己而言其实风险远大于对方,李耀摇了摇头,放下杯子,苦笑道:“那你考虑下吧,有时间打电话给我。”

说完,李耀有些失望地转身准备离开,突然想到一件事,他又折了回来,对还在那里发愣的顾芃又轻轻说道:“对了,设计图你们看了吧?有机会我们好好聊一聊。”

说完又笑了下,这一笑让顾芃无可适从,心想:“难道上次设计图是他故意给我留下的?!这到底是怎么回事?”

李耀转身走了,留下一个不知所措的顾芃在那里发愣。

刚离开总经理秘书办公室的李耀有点郁闷，本来还想问问郭华对于施工的问题的，没想到郭华竟然出去了，想到这里他拿出手机拨通了郭华的电话。

“李队，有事？”

“嗯，郭总，安保的事情现在进展怎么样？”

“哦，吴得明出事了，吴得利这小子现在也不知道跑哪里去了。你这边没有人手了吧？”

“这个我可以找其他人施工。”

“不用了，我这边约了几个客户方面的人，他们会帮我做好。还有事么？”郭华的回答显得格外凄冷。

李耀也不好继续纠缠下去，说道：“没了。”

对方将电话挂掉，让李耀很是失落。而比失落更多的是一种直觉，犹如猎犬一般嗅到了一丝的不稳，那是来源于郭华身上的危险味道，甚至已经超过了郭华的父亲郭艾平。因为郭艾平身上至少还保留着一丝仗义，而郭华却在进化和超越中将这最后一丝人性都磨灭掉了。

“看来这条路的确不好走了，没想到取得了郭艾平的信任，他儿子竟然又留了一手……只能另寻他路了，时间紧急又如何得了？”李耀边走边想，就在李耀刚走到门口的时候，一个熟悉的声音从后面响起：“哎呀，李哥，什么风把你吹过来了？”

李耀低声自语了一句：“该见的都不见，不是冤家却不聚头……”李耀转身过去，果然是冤家，小颖子——“郭悦”。

“颖子，你怎么在这儿啊？”

“你都能在这儿，我怎么不能在这儿啊？”

“哎，我过来找你哥的，没想到不在这儿。”

“就没想过过来找我？”郭悦嘴巴一嘟，显然很不高兴。

李耀为这个丫头觉得闹心，无奈地笑了笑：“你到这里干什么？”

“实习啊，你不知道？我在澳洲就是学稀土工艺及市场营销的啊。”

“嗯?!”这个回答让李耀很是意外，没想到这个丫头竟然到澳洲是进修这个！那或许她对这个研究要深很多。

“所以我说你一点儿都不关心别人，唉。”郭悦很是抱怨。

“我没想到你竟然会去学这个。”

“是啊，我父亲本来就想让我学这个，然后跟我哥一起打理业务啊。”

“哦,那你对稀土加工也很有研究了?”

“可以这么说吧。”郭悦一脸的自豪。

李耀顿时觉得自己弱爆了,为什么之前就没想到郭悦会去学这个,或许她是最适宜的内线,或许从她身上能够得到不少信息。想到这里他说道:“好吧,好吧,这么多年没请过你吃饭,今天我请你吃饭怎么样,再聊聊你的超级研究?”

“好啊,真是难得,让李大队长放血,得狠狠地宰一顿,小宰一下,吃烤全羊怎么样?很久没吃了,嘻嘻。”

李耀真觉得无语,点了点头。

湖阳市城西,内蒙古烤全羊店,李耀将自己大半个月的工资垫了进去,换来了颖子的大快朵颐。

“哎,别光吃啊,告诉我一点你的超级研究的事情啊?”李耀都有点发急。

“你看吧,这么多年你一点都不关心我,现在你急啥?”颖子一边啃着羊肉一边瞟了李耀一眼。

“你看吧,你哥让我接这个安保工程,而公司机密工厂又格外神秘,又不让我进驻,我不知道该怎么做这个工程了,是不是有很多不一样的东西?”

“呃,我目前也还没进去过,不过应该都差不多吧,顶多就是含量问题还有稀土的加工工艺问题,不同的稀有元素还是不一样的。”颖子答道。

“怎么不一样呢?”李耀问道。

“你是真傻还是假傻?这可不像我崇拜的偶像呢。”颖子这回可算彻底找到自信了。

“弟子愿闻其详!”李耀作揖状。

颖子拿起一把盐,洒向了火盆,一阵火焰腾了起来。

“徒儿看到什么?”颖子问道。

李耀一脸茫然。

“哎,你中学的化学是扫地大妈教的么?我再问你一句,你知道烟花为什么燃放会发出不同的颜色?”颖子追问道。

“对不起,我是文科生。”李耀貌似一脸黑线。

“这个可是常识啊!算了,我给你科普吧!烟花燃放发出不同的颜色是基于焰色反应:铜燃烧时,火焰会变成绿色;硝酸锶、碳酸锶燃烧时,能使火焰变成红色;硝酸钠、草酸钠燃烧时火焰是黄色。刚才食盐中的纳遇火会发出黄色光芒,而钾盐的火焰会呈浅紫色,懂了?”

“这和稀土有什么关系?”李耀依旧没有绕过来。

“也就是说不同的元素的特性在反应中是不一样的,因此要判断工艺不一定要做试验才能知道,观察就能知道其中的蹊跷了,只是数量和元素不同而已,稀土也是这样的,懂了?”颖子解释道,说完之后又说了一句,“当然,你不懂说了也没用!”

“你懂又有什么用呢？嘿嘿,我估计你也不能进入机密工厂,因为我觉得你哥哥不会准许你进去。”李耀估计激她。

“我进去了你怎么办？赌什么?”颖子很是硬气。

“你想要什么?”李耀继续顶下去。

“我想要什么你就能给我什么?”颖子反问。

“呃,只要我能做到。”李耀说道。

“你发誓?”颖子一脸的得意。

“我发誓!”李耀一脸的真诚,接着问,“你如果不能进去怎么办？你用什么证明?”

“你肯定输,我拍下来总可以证明吧?!”颖子答道。

“好！三天之内,没做到的话,我要想个方式惩罚你,比如回澳洲不准再骚扰我。”李耀说道,显然加大了筹码。

“你就这么讨厌我啊？真变态,呃,但是如果我做到的话,你就准备服侍我一辈子,我说往东你不能往西!”颖子充满自信。

“一言为定?”李耀问道。

“以烤羊为盟,违约就烤成它这样!”颖子笑嘻嘻地说道。

两个人正准备出门的时候,李耀接到了一个电话。

“李队,你好,我顾芃。”对方声音很是温柔。

“哦,顾秘书,有什么事?”

“你不是说要请我喝茶吗？出门就给忘了?”顾芃说道。

“哈哈,难得赏光,你定地方还是我定地方?”

“我定吧,我等下发地址给你。”

“好的。”

颖子看到李耀一脸阳光,问道:“什么事情让我们李大官人如此高兴?！还有比跟我一起吃饭更高兴的?”

“呵呵，乱讲。单位上有事，我先送你到公司门口，我要去见一个朋友。”

“女的？”这或许是很多女人最关心的问题。

“是的。”

“不得了啊，李哥哥，不过等我调到资料之后，你要履行的誓言就是永远不准见别的女人！哼——”

“那也得要你有这本事。”李耀也打诨道。

“拜拜。”颖子下车转身离开。

湖阳市某咖啡店，下午场显得有些冷清，李耀按照短信的地址来到14号包厢，通俗的不能再通俗的一间包厢，谁也不知道包厢里面的蹊跷，外表看来却极像几个朋友间的午间茶聚会。

“顾美女主动约我喝茶，这真是让人有些意外啊。”李耀进门之后看到顾芃直接笑道。

“喝茶还是咖啡？”顾芃也笑了笑，问道。

“茶吧，咖啡喝不惯。”李耀回了句。

“用井水还是河水泡？”顾芃显然比上午脑子灵光多了，难保不是被高手开过光。

“你用什么，我就用什么，我们是一路的。”

“你是哪路的？”顾芃问道。

“和小勇一路的，你呢？为什么进村？”李耀说道。

“查点事情。”顾芃回了句。

“是为了机密工厂吗？”李耀追问。

“你呢？也一样？”顾芃反问。

“嗯。”李耀点了点头。

“我们不同，你是郭家的人，是吗？”顾芃说道。

“你怎么确认我是郭家的人？”李耀笑着说。

“李耀，原名不详。1978年2月9日生，20岁开始就跟郭简瑞在云都做事，参与云都的长途汽运、周边矿山以及部分大菜场的垄断，2002年的时候犯事，中途隐姓埋名了4年，2006年改了个面目和自己的个人资料以李耀的身份考入了公安，先后做过巡警、刑警，2010年因办案优秀升任市刑侦支队第二大队小组长，2011年就是今年由于第二大队副队长病退接任第二大队副队长至今。”顾芃拿出手机，对着手机念道。

“哈哈,你这些资料调取得还真花心思啊。”李耀说道。

“那你就认为是对的了？你怎么说你不是郭家的人？又如何证明你和小勇是一道的呢？我觉得很奇怪。”顾芃用着审视的眼光看这李耀,这次表现与上午截然不同。

“有这么多疑惑也很正常,就像我也很难理解你既然拿着郭家的工资去村里调查一样,你又是图什么呢?”李耀问道。

顾芃一阵沉寂,似乎谁也不想把自己的真实身份暴露出来,毕竟走出这一步,需要很大的勇气。

李耀说道:“我让你听一个电话吧,你就会知道我所言非假。但是代价是你也要告诉我你的身份。”

顾芃点了点头。

一个电话拨通后,顾芃对对方的声音很是惊讶,惊讶得让她表情扭曲得有些怪异,她不敢相信竟然能和对方通话。李耀又是如何做到的？这种惊讶转而成为一种怀疑,顾芃很谨慎地问了对方几个机密的问题,对方对答如流证实所言非虚,这让顾芃脸色轻松起来。

“怎么样？信我了吗？我可是摊牌了。”李耀双手一摊,以示自己毫无保留。

“那你可是资深卧底了,假如我去告密的话……”顾芃故意说道。

“没有假如,告密的话你就出不了这个门。我今天想赌一把。”李耀的话很决然。

“你这可是威胁了,让我不得不和你联合?”顾芃问道。

“你并不是最重要的,我希望得到你背后的力量,我等你的答复。”李耀端坐着,等待着顾芃的选择。

这个时候门推开了,进来的是伊灵薇,面带着神秘笑容,淡淡说道:“李队长,目前看来你有些失策啊！难怪贵国有句话叫作‘英雄难过美人关’,这么容易就暴露了,你确定赌得起?”

后面的几个字一字一顿,犹如敲击在李耀的心脏上。这种吃惊大大超过了他自己原本的猜测。难道顾芃的背后是日本人？那小勇的暴露或许就跟他们有直接的关系了！她们果然是敌非友吗?！那他们调查湖矿的目的是什么？假如对方是日本人的话,那这次摊牌就是彻底的失败了。搞不好对方还会要挟自己成为他们的间谍！那这次的调查后果不堪设想。

“怎么办?”李耀大脑高速运转,额头大汗直流。

“如果没查错的话,我还知道你更多的资料,比如,你叫李羽飞,我说得没错吧?”伊灵薇继续用深不可测的语气说着。

这让李耀越加紧张,看来用提前暴露来换取联合的想法太过冒险,没去想顾芃背后竟然是这股势力!而犯错的还有黄昊,他怎么会认为对方可信赖?

但李耀转念一想,不可能啊,刚才顾芃和那人的通话告诉我她绝对没有恶意;假如伊灵薇是敌的话,她完全可以不动声色地隐藏自己,然后伺机而为啊,根本就没有必要出来跟自己这么多废话。

难道?对!只有一种解释——她们还缺乏安全感!她们在暴露之前要完全试探我!而且,李耀的直觉告诉他——这个伊灵薇很眼熟,想到这里,李耀露出了笑脸。深深地喝了一口茶,说道:“伊大设计师,你们既然对我如此了解,为何你们却不能对我开诚布公呢?”顿了顿之后又说道:“难道你们也要我也浪费再多一些时间去调查你们的资料,然后我们继续看着这个机密工厂而无动于衷?”

“呵呵,李队说笑了,你有什么好主意?”伊灵薇语气有所放缓。

“在这种没有信任的语境下,我拿不出任何的好主意。”李耀看起来很郁闷,因为他一度冒险将自己身份表露于外,却依旧得不到信任。

“我们很难想象李队竟然会是郭家的卧底。”顾芃说道。

“我也很难想象你竟然在外面偷听。”李耀反唇相讥。

“好吧,为表示我们的诚意,我告诉你,我不是日本人,我姓胡。”伊灵薇自我介绍道。

“那你们为谁工作?哪部分的?”李耀追问道。

“我们是总参三部下面的单位,你呢?”伊灵薇说道。

“地方‘武装’。”李耀轻描淡写地回道,似乎还透露着对二人的不满,但是二人说自己是总参三部的,这倒是值得相信,因为在他的情报网中,竟然难以收集到对方的情报,这本身就很不正常。倘若说对方是军方的人,那一切解释就合理多了。退而言之,伊灵薇作为军方的驻外人员,暴露身份意味着更大的风险。对她来说,谨慎比一切都重要。

“看来你还是有些不信啊?”伊灵薇笑着说道,“假如你真不相信,那拿什么证明给你都没有意义,因为没什么是不可以伪造的。”

“呵呵,信与不信其实也并不是最重要的了,假如是,我们都是一次性的生意。关键是把这次生意做好,做好了,自然也就信了。”李耀说道。

“你准备怎么做?”伊灵薇问道。

“你有设计师的身份，我不知道你现在潜入获取到一些什么信息。”李耀反问。

“安保系统本来就做得很细，没有相应的感应牌根本就没办法进入相关区域。这个我试过多次，依旧不能进入。而郭华对自己的感应牌保管得又异常的严格，顾芃多次也没有得手。”

“监控谁管？”李耀问道。

“监控人员三班倒，都是日方的退役军人，平常与我们都是隔绝的，只对生产负责。”伊灵薇回道。

“那你的身份不能潜入？”李耀问。

“你对日本人太缺乏了解了，日本人的敬业精神和细致远非你想象的那样，如果是安排他的任务，其他人是无法接近的。”

“那如果暴力入侵呢？”

“在极端情况下，你有没有想过核心的厂区有自毁装置？而这些自毁导致的污染，必然又将导致下一次的村民事件！”

“村民事件？”李耀问道。

“嗯，就是长胜村闹鬼的事情，其实就是一次污染失控！”顾芃插了一句，说道。

“那下家呢？你是否跟踪过？”李耀接着问。

“下家是一个叫藤原毓文的工艺品商人，他做分销渠道，部分产品通过隐秘方式供应给日本军火供应商，根据我们深入调查，还有不少产品供应给了美国的军火生产商。”

“你们有没有想过在运输中途去截一部分？”

“根据我的调查，他们在工艺品的生产中，有一些是掺杂了提纯的稀土，有一些是没有掺杂，而且发货的比例不一，难免你这次收集到的只是一部分的工艺品。况且中途不是那么好截的，即使截到一点，又能说明什么呢？”

“那你们就干发愣？”李耀说道。

“所以我最近一直想买消息，看他们什么时候会运输大量的稀土出口。”伊灵薇说道。

“然后呢？”

“按你说的，拦截，然后调动部队现场封锁，曝光，抓人。”

“有那么简单就好了，要不然你为什么这么久都没机会呢？”

“如果不是上次长胜村事件,这个也不会有军方重视,我也不会从其他任务调回来。反倒是你,十年又起风云啊。”

“我本来算‘退休’的人,谁知道会被重新用起来,咳……你的方法很好,但是如果情况紧急,对方急于毁灭罪证,他们有可能会将核心工厂毁掉,那还是可能造成污染,你想过吗?”

“所以要足够的人手,在关键时刻要能去制服住相关人员啊。而且对方的自毁装置也一定要摸清楚。”

“嗯,所以这不是哪一方能做下来。”

“这样吧,我们两边线都盯一盯,有消息互相通个话,下次换个联系地点,顾芃这里有一个紧急联络的号码,你记一下,以后你和她单线联系。”

李耀点了点头,他知道伊灵薇不方便出面。顾芃递给了他一张纸条,就在站起身和伊灵薇握手的时候,他突然想验证一个问题,就按照特情学校的密语手法去跟伊灵薇握手,他想验证对方是否也是特情学校出来的人,然而,对方的回应让李耀吃惊不小。伊灵薇竟然是“黛”级的特情,想来比自己还高一个层级。

李耀的吃惊让伊灵薇颇为得意。

但是颇为得意的形态却让李耀突然想起特情学校的一个人——“薇姐”。

“薇姐?”李耀叫道。

伊灵薇笑而不语。

李耀突然想起一件事:“原来如此,凤凰山那晚让赵羽逃跑的短信是你发的吧!”

“注意安全! 早点回家!”伊灵薇一语双关地回道,显然这句话就是黄昊在凤凰山收到的短信,李耀点了点头,从内心确信了对方的身份,伊灵薇则笑了笑,转身和顾芃一起出门。

此刻,李耀悬着的心终于放了下来,他想到还有另外的朋友要去见,这对他下一步的走向很是重要。

想到这里他拿出了手机,上面是一个自称“龙哥”发过来的一条信息:“李耀,想会会你……”

李耀听过这个名号,而且通过中间人,得知对方正是翻老案的那批人,而李耀也正好想好好会会他们,李耀一个电话拨了过去。

“我是市刑侦队李耀,怎么会……”李耀很爽快地说道。

“你找个地方吧,我等下过来。”对方“嘟”的一声挂断了电话,显然对方也是一个很直爽的人，这样看来谈话应该不会太累，然而事实上，李耀根本就没想到龙哥会对他有多少的成见——“认为他只是一只‘白鼠’、‘凤凰山’案的真正杀人凶手还可能是杨军被纪委调查的诬陷者……”

下午3点40分，玉江河畔玉龙楼，寒冷的天气让这个景点几乎已经没有游客。李耀伫立在三楼，遥望着秀丽的玉江，灰色的风衣随着寒风吹起有些飘逸，眼角已经浮现出一丝沧桑。

“李队长，这么冷的天，还爬这么高吹风？不怕头痛啊？”远远传来了龙哥的声音。

“吹得让人清醒一点，站得高也望得远啊。人生就跟着江流一样一去不复还啊。”李耀指着玉江说道。

“但是它灌溉了这么多良田土地，滋养了这么多人繁衍生息。如何不复还也有了它的价值。”龙哥回了句，接着说道，“不像有些臭水沟，奔流多少年，掩饰再好，也是徒然。”龙哥说完之后，看了看李耀。

李耀似乎已经猜到了对方的想法。

而龙哥显然更想知道李耀想干什么。这也决定了龙哥先发问：“李队长找我来不是吹风看江吧？”

“哈哈，这个我真倒没这个兴趣，只是据朋友牵线，我也想认识下你而已。”

“我这个人从来都是话不投机半句多。”龙哥的一句话噎得李耀很难过，李耀说道：“不谈，怎么知道自己投机不投机呢？”

“那你说说，你如何能让我觉得投机呢？”

“8511734，我不知道你有没有印象？”

这串号码念出来之后，让龙哥愣了好一阵。这个号码是如此耳熟，以至于他当年他和陈铭根为寻这个号码的使用者花费了多少心思——这个号码就是杨军父亲杨智伟被刺杀那天晚上叫杨智伟出去的路边IC卡电话，李耀怎么会知道这个号码?！想到这里，龙哥问了一句：“这个号码跟你有什么关系？”

“那天晚上，是我拿这个号码跟伟哥联系的。”李耀很坦然地回答，继续望着江边，似乎在沉思着过去。

“是你！那你知道那天晚上伟哥发生的事情?！”龙哥有些激动了起来，有种有心栽花花不开、无心插柳柳成荫的感觉。

“是，我完全知道！”李耀回答依旧肯定。

“你当时在场?！”龙哥问了下去。

“我当时在场,全程参与!”李耀回答依旧肯定。

“你是李羽飞?!”龙哥想到了一个关键的问题,

“是,我是李羽飞!”李耀回答依旧肯定而且明确。

“你约杨智伟出去干什么? 谁开的枪?”龙哥开始直奔主题。

“我约他谈事,但是我没想他竟然被跟踪了。我没想到会发生意外,有些事情我也没办法控制下去。”李耀依旧坦诚。

“我如何能相信你? 你不是郭家的家丁吗?”龙哥继续追问。

“那我再告诉你一个机密的东西——编号 995931 的 GPRS!”李耀信手拈来。

这个让龙哥觉得大脑太小了,这个编号的 GPRS 不就是伟哥当年被抢救时候的一个 GPRS 关键标注吗? 再经过一段时间的思考后,龙哥才觉得这个李耀所说的,很可能是真话!

“你想说的是什么? 我关心的是谁开的枪打的杨智伟?”龙哥步步紧逼。

“这两个问题其实可以合在一起,枪是我开的!”李耀淡淡地说道。

“你是杀伟哥的凶手?!”这个回答让龙哥青筋暴起! 杀他的兄弟、害他兄弟的孩子,这些怎么能容忍下去?!

玉江玉龙楼,龙哥怒气冲冲指着李耀,似乎恨不得将他碎尸万段。但理智告诉着他,这背后必然还有故事!

“说到这个问题,我认为应该还有一个人,我想一并告诉,本来我约他差不多时间到的,没想竟然晚了这么久。”李耀回答完之后,抬手看了看手表,似乎他有些无视龙哥。

“我现在关心的问题没有其他,就是你到底是不是杀伟哥的凶手。”龙哥几乎要跳起来了。

“我不杀伯仁,伯仁却因我而死。”李耀叹了口气。

这种穷酸劲让龙哥无法接受,龙哥一拳挥了过去,而李耀也不是吃素的,将龙哥的拳头接住,然后说道:“话没说完,你急什么?! 我是凶手我为什么还要见你们?!”

这句话让龙哥停了下来。正好耳边响起一个熟悉的声音:“阿龙? 你怎么在这?!”

来者不是别人,正是长胜派出所所长陈铭根。

“黑根,他说的就是你?”

“是的,路上有点状况,你们这是干什么?!”

“你来得正好,这个李羽飞就是当年杀伟哥的凶手!”龙哥说道。

陈铭根一脸茫然。

李耀用力将龙哥手甩开,喝道:“话都没听完就动手动脚,怎么跟娘们儿一样?!”

龙哥一脸郁闷,正准备再次进攻,陈铭根走了上去拦住了他。“听他说完,我也在这,还怕什么?”

龙哥想想也对,将拳头放了下来,只是依旧瞪着李耀。

“刚才有些事情跟你讲了,陈所没听到,我再复述一遍,8511734 这个电话是我打过去的。”

这个号码一念出来就让陈铭根愣住了,多少年了,大海捞针般的找这个人,没想到今天竟然以这种方式出现。他的出现,或许意味着十年前的扫黑风暴的秘密即将揭开。

“你到底是谁?”陈铭根问道。

“我是李羽飞,编号 YC9217,反黑特别行动组卧底,参与了十年前的反黑行动。”李耀回答道。

“你和刘大军?”龙哥意识到自己错怪了人。

“我单线与他联系,而他的后备联系人就是伟哥。”李耀回答道。

“后备联系人?”陈铭根有些纳闷。

龙哥替他解释道:“上线为了防止自己发生意外或者紧急情况无法联系下线,指派的另一个单线联系的后备就是后备联系人。”

“刘大军本来安排我潜伏任务,我于是加入了郭简瑞团伙,随着情报收集的进行,郭氏集团的黑幕也渐渐揭开,资料也趋于齐全。但是发生了一个变故,让事情走向完全变了。”李耀缓缓说着。

“刘大军发生意外的事?”龙哥点点头说道。

“不,还在之前,我们反黑特别行动组出现了内鬼,走漏了我们要侦查的信息。为此郭艾平和郭简瑞制订了一个计划——‘断尾’!”

“这个真没听说,‘断尾’?!”龙哥有些迷惑。

“是的,像壁虎一样,将公司的犯罪都让姜水生去顶,然后以此为转机实现洗白,为此还特地找了一名律师提供法务。同时,刺激警方,让警方提早行动。”李耀简单说道。

“那刘厅的死,是否是他们计划中的一部分呢? 还是一次意外?”龙哥问道。

“我也只知道一部分的计划,因为当时我也未获得完全信任,所以我不好妄下结论。”李耀解释道。

“但是在刘厅死后、郭家却用鲜花的方式刺激警方神经。所以在扫黑会议上,当时我们也出现了两种意见,一种是我和伟哥都认为在这件打击行动上应该再进行深入的调查,在掌握到更加详尽的信息之后再进行打击;另一种是主张立刻开展行动,还击黑恶势力的嚣张气焰。”陈铭根回忆道。

“嗯,由于我当时知晓了部分的计划,于是我将所得的信息部分告诉了伟哥,伟哥强忍刘厅逝世的悲痛,强烈反对冒进,要求沉下来深入调查,防止中计。伟哥指示我调集更多详尽的证据材料,我准备将证据提交给伟哥的时候,意外发生了!”李耀说道。

“就是伟哥出意外的这次?”陈铭根问道。

“是的,我没想到他竟然被跟踪了,而且跟踪他的人将行踪告诉给了郭简瑞,郭家决定一石二鸟,一方面除掉异己、另一方面继续刺激警方。当时是姜水生带了我和吴得明、吴得利等人去动手。我们到的时候,伟哥已经被暗中的马仔敲晕,姜水生示意让吴得明他们动手,我知道情形不对同时为获得他们的信任,所以是我过去开的枪,但是我避开了他的要害,而且只开一枪,后面都是用枪身捅了几下,让他们看起来我开了几枪……”李耀回忆这些不堪的历史的时候,觉得内心格外痛楚,以至于后面有些说不出来。

陈铭根拍了拍李耀,表示理解,而龙哥则是一阵长叹。

李耀休息了下缓了一缓,说道:“然后姜水生要我们将伟哥抛尸,还特地嘱咐不能留下痕迹。我怕伟哥出意外,于是将身上的 GPRS 紧急装到伟哥身上,然后找借口通知警方,后来的事你们都知道。”

“你送得及时让伟哥得到抢救,但是他天生就是那种直性子,在得知准备了长时间的打黑得流于形式,刘大军和自己的血白流,郭家成功逃脱并反而渔利,最终伟哥含恨而逝。”陈铭根说道。

“或许我能够明白伟哥为什么受伤之后一定要求见你了,而且非你不见,他可能就是想把李耀的身份引荐给你,可惜……”龙哥分析道。

“连续的警员殉职和遭刺,让省厅很是恼火,接下来就是狂风暴雨式的打黑行动,将三大黑社会团伙剿灭,但是由于缺乏周密的组织,加上对方的有计划‘断尾’,这次打黑其实只除表而未及里,只能说浮光掠影。”陈铭根说道。

“反过来,我们成为郭家打击另外两大团伙的‘工具’,郭家事后兼并了原来三大组织的公司和财产,成就了现在的集团公司。成功洗白,成为最大赢家,唯一代价就是姜水生的性命。”龙哥说道。

“你们知道得太少了,姜水生当时就已经得了不治之症。这场打黑,面上警方完胜,实际最大赢家是郭家。”李耀说道。

龙哥和陈铭根第一次听到这些内幕,回顾十年前的扫黑。突然觉得一切都恍然了,堵了多年的心结一下释然了。

“可是,这样顺利,你们不觉得奇怪吗?”李耀看到他们的释然,突然问道。

“嗯?”龙哥和陈铭根几乎是不约而同地发问。

“首先,警队卧底是谁、谁走漏了我们侦查的信息?谁知晓伟哥动态然后将情报卖给了郭简瑞,导致意外的发生?”李耀连续发问。

“云都市市局刑侦支队第二大队副队长闻良?”龙哥猜测道。

“闻良不就是在一次行动中因公殉职的吗?”陈铭根问道。

两人将眼神移到了李耀身上,他们希望得到一个明确的回答。

李耀只是点了点头,思绪一晃回到了十年前。

十年前,扫黑风暴行动的某天夜晚。

云都市市局刑侦支队第二大队副队长闻良回到自己卧室,一整天在外让他一身汗臭、黏在身上很是难过。匆匆洗浴完,疲惫让他很快进入了梦乡。

梦中他孤身一人,眼睁睁看着儿子白血病最终无法治疗,妻子也离他而去,这让他浑身颤抖,梦中叫道:“雅玲!小培!雅玲!小培!”噩梦让他惊醒,他坐起身来。

双眼一睁,陡然间看到一个黑乎乎的人影站在他床尾,更差点把他活生生吓死。

他伸手想去床头柜拿武器。

“别动!”李耀喝道。

“你是?”闻良的恐惧感逐渐增强起来。

“你不认识我,但是我认识你。闻良吧?你知道杨智伟死了吗?是你害的吧?!”李耀点了一支烟,默默说道。

“你是?”闻良心里有些打鼓,这到底是何方神圣?

“怎么?做了坏事,自己不敢承认,老天也不会饶你,做噩梦吧?”李耀吐了口烟圈,说道。

“我没有……”

“你图什么?！刘厅这么信任你！杨智伟与你也如同手足！你却出卖情报、出卖组织、出卖战友!”

“你乱讲!”

“哗!”李耀将一大沓东西丢在了闻良床上。闻良借着月光,看到里面很多大额的资金往来,这些都是自己匿名的账户,李耀竟然全部核实了,低下还有着不少闻良与郭简瑞接触的相片以及个人出入娱乐场所的相片——看来,对方的确掌握了自己很多的东西。

“你觉得你应该怎么做了断吧？这些材料出去你也是身败名裂,你所做的都会竹篮打水一场空！你也难逃一死!”李耀语气很决然,意思很明确,闻良你必须死!

闻良爬了起来,跪在了边上,号啕大哭了起来:“我知道我错了,但是我也没有办法啊,你知道我儿子得了白血病,需要大笔钱去医治。我老婆又有中度的抑郁症,我这个家已经不像家了呀!”闻良说得很是凄凉,以至于有些呜咽抽泣。接着说道:“你看看我家现在有什么值钱的？都没了啊!”

“这些都不是你出卖的理由！你是一名警察！你必须有你的职业操守!”李耀喝道。

“职业操守?！我儿子白血病的时候,警队给了我什么?！啊？我向单位借支5000元,单位领导竟然不准许说财务制度管理严格。最后还是同事们募集了1万元给我,但是又怎么样？杯水车薪！我没办法去保障！所谓的公费医疗我也先要自己垫资,我到哪里去拿钱?！当职业操守无法保证我儿子生存的时候,我又如何去保证我的职业操守?!”闻良一阵发泄。“你看看,我每天的医疗单都以千计,我工资才多少？1500元！我能干什么?!”闻良翻出了自己床头柜,里面一沓沓的医疗凭证。

“那你想过没有,杨智伟也有儿子！他也有家人!”李耀喝道,这让闻良冷静了下来。

“我问你,你除了出卖杨智伟外还出卖了哪些人？刘厅是不是你害的?！我只需要你的答案!”

“刘厅的死不是我害的,背后是其他人！至于伟哥,我没想到郭简瑞会下手！他只是让我提供出入情况而已。我只是卖了我们侦查的一些情报,我没害人!”闻良说道。

“刘厅的死背后是谁?!”李耀问道。

“我不知道,好像是我们省厅的高层,出卖情报我也是间接受他的指挥,要不然我情报不可能那么全！我听说他和郭家联手制订了计划!”闻良答道。

“那你跟谁接头?”李耀追问。

“这真不能说,说了会死的!”闻良很是害怕。

“你不说也一样会死,你信不信?!”李耀拿出了枪指着闻良,子弹上膛拉动枪支滑块的声音让闻良愈加恐惧。

“他代号W,他的背后是谁我不知道,但听W介绍的语气是高层。”

“W是谁?”

“我不知道,我没有跟他见过面!”

“联系方法?!”

“每次都是他单线找我,我没有他联系方式!”

“你为什么同意这样做?”李耀将抽完的烟头丢在了地上,踩了踩,问道。

“W答应帮我找适合我儿子的移植骨髓,并通过匿名方式给了我大笔的钱。最近我儿子要做最后一期手术,手术成功就好了。”闻良露出了一丝难得的笑容。

“所以要去害人?”李耀继续问道。

“伟哥是个好人,我会给他一个说法！前提是我儿子能治好！但是我怕W会加害他,我没有选择！我不知道他背后到底有什么力量！我只能错下去！我也知道事情办成,W一定会杀我灭口,你们也不会放过我,所以我肯定会给伟哥一个说法!”闻良咬着牙说道。

这让李耀很是意外,看来他也是一个很重情义的人,但是……

“我知道你是伟哥那边的人,我相信你和伟哥一样是重情重义的男儿！我求你这次放过我,我一定会在近期给伟哥一个说法。我求你两件事:一、不要告诉我儿子我是这样一个父亲,告诉他我是一名优秀的警察！因为我儿子从小一直以我为荣！我希望他走正路！二、保护我儿子,我想我死后,W也不会加害他,但是我希望你保护好我儿子！要像保护自己的儿子一样！远离W,远离苏东！求你了!”闻良磕了几个头。

“听你言,看你行。我会盯着你,盯着你儿子!”李耀说完转身离开。

10天后,闻良在一次行动中身先士卒与黑帮混战,以身殉职,发现他的时候,全身是血,脸上却带着一丝微微的笑……

不断遇见不可预测，在面对中不断选择，看似我们从未被导演，最终在一次次选择中走出一条终究还是早已被导演的轨迹——或许这就是人生。

与李耀分开到湖矿公司之后，颖子下定决心要在这个李耀哥哥面前露上一手，省得一天到晚把自己当小屁孩看，调到录像羞死他去……想到这里，她一阵闷笑，很是高兴。但是她静下来一想，也知道进核心工厂需要特别的通行证，怎么向哥哥要呢？她平常不动的脑子这个时候开始高速运转了起来。

“有了！我也来个‘连环计’！”颖子想到一个办法，拿起手中的电话拨打了她父亲的电话：

“悦儿，什么事？”郭艾平虽然叱咤风云，冷酷无情，但是在自己这个娇滴滴的女儿面前骨头却找不到那两根。

“老豆啊，你看吧，让我到澳洲学了这么久，现在回来实习了，我可真心想帮老豆打理生意。”颖子先把舞台搭的高高的，哄得郭艾平很高兴。

“哎呀，悦儿总算长大了，也知道要关心家里的生意了？哈哈……”郭艾平在电话那头一阵得意。

“那可不？人家去澳洲学了那么久，也总算明白了老豆的良苦用心嘛。我可多次拿到奖学金啊，你知道吧？现在对稀土加工和科学管理那是相当了解、相当专业。”颖子一阵自夸，说得天花乱坠。

“哎哟？还有这种事啊，我怎么不知道呢？”郭艾平最想听到的就是儿女有出息，显然颖子老早就抓住了她老爹的心。

“你不知道啊，现在最先进的管理模式和最先进的仪器，对稀土中的各元素可以提高筛选率，效益可是数倍增长啊。”颖子说道。

“嗯，这我倒真没听说。”郭艾平回道。

“那个技术叫多元素冷萃取原子筛选技术，又叫 Multi element cold extraction atomic screening technology，简称 MEC – EAST，汉语叫么扣伊斯特，不做科研的肯定不知道，效益起码要增加 2 倍以上！”颖子一阵胡掰，说真的，让她重复一遍估计都有难度。

“么扣伊斯特？能增加 2 倍效益？这个我真没听过。你哥知道吗？”显然每个人都有容易被骗的时候，因为你的心理盲区，或者你从未想过要去怀疑，枭雄也不例外。

“我哥？他就是个土鳖，天天就是陪着那些领导喝酒、应酬，技术上和管理上的事情他哪真管过？我上次问他简单的材料产出比和边际成本，他都答不上来。我再问他资产状况,他竟然还要临时找财会来跟我说。我就说他管理得一塌糊涂,他干脆就只发工资给我玩,不让我参与了!”胡搅蛮缠似乎是女人天生的能力,不需要逻辑只需要信口一说便能如滔滔江水,而这些又一次地让郭艾平深以为然。

“不会吧?你哥哥可能还是看你是女孩子,不想让你……”郭艾平刚想好好地劝劝闺女,没想到颖子马上就将他的话打断插话了。

“你从小到大就说哥哥对,我现在到国外进修了,不管是技术还是管理,而且从专业对口上,我都下了多少工夫啊。你就一句我是女孩子。”颖子一边说一边抽泣。接着又说道:“你觉得我不应该管就不要让我读这个专业嘛?就不要让我一个人到国外去嘛?这些年吃了这么多苦,回头来还是要拿钱养着,你根本就无视我的价值!”紧接着是颖子一阵一阵的呜咽。

这让郭艾平有些心疼起来,想想也对,平白无故头脑发热就把她一个人弄到澳洲去学这个专业。原本是想以后能给他们一点家业做做,没想到弄成这样,这让郭艾平只能安慰郭悦:“悦儿,悦儿,好了,我跟你哥哥说一下,不行我下次给你开一个公司?”

“现在有这么好的机会不让我参与,老是说下次下次,下到什么时候?你们如果看我看不下去,就让我早早嫁人好了,省得你们看不惯,眼不见为净。哼!”颖子看来是把气真赌上了,这或许也是女人的天赋之一,生气也能假戏真做。

“好了,悦儿,你告诉我你到底想干什么?给你个什么职位?”郭艾平想想或许封个职位给她最好不过,起码可以先安安她的心。

“什么职位?湖矿公司不是我们家的吗?怎么还有我不能去的地方?连出入都有问题,你们根本就不在乎我!空职有什么用?!”颖子说道。

“不会吧,不让你出入?!”郭艾平一听,觉得有些纳闷。

“是啊,厂里不是还有一个什么加工厂区吗?凭什么我不能进去?!到底是不是我们家的?!”颖子把大小姐脾气演绎得淋漓尽致。

郭艾平这个时候总算明白了小姐脾气的由来,她很可能说的就是核心加工工厂,照道理肯定是不能允许其他人进入的,毕竟涉及太多的机密,而且他也不想让自己的女儿陷入其中。

“哦,这个厂子是跟别人合股的,里面有些生产上的秘密,你哥哥肯定是有所顾忌了,你也要理解嘛!”郭艾平好生开导。

“什么了不起的机密啊,就湖矿的这些生产线路,我老早就看腻了,还当什么鬼宝一样的。真是!"颖子一阵抱怨。

"不好看,不好看,你也就不用看了嘛。"郭艾平顺着说,

"不行,我就好奇了!"颖子怎么能让老豆这样开溜。

"你也要考虑下,我们要考虑合伙人的感受啊！这个签了合同的,总不能让我们付违约金吧?"郭艾平只能拿合同什么的来说事了。

"进进出出又不止哥哥一个人,他们怎么就知道谁进去了？再说我也只是进去看看而已。难说我的专业角度可以看出不少问题,以后能大大帮助我们公司的发展呢!"颖子有时候也是唇枪舌剑。

郭艾平想了想也对,或许她能从日本的工艺中学到不少,这样也省得动不动受制于对方。想到这里他说道:"呃,这个事,我跟你哥商量下,你不要急。"

颖子说道:"好,那你明天之前给我答复哈,不准骗我,如果骗我,我就回澳洲,找个鬼佬嫁了,我不回来了!"显然,她下的赌注很大,这让郭艾平好气又好笑,真是冤家啊!

另一边,李耀对闻良和十年前的扫黑事情的介绍,让龙哥和陈铭根一阵长吁短叹。

"今天所说的闻良一事,我没有对任何其他人说,他儿子我现在已经送到他外省亲戚那里去了,我希望你们能够帮我保密。"李耀说道。

"那 W 是谁？W 背后的人又是谁?!"陈铭根问道。

"我由于对伟哥动了手,郭家让我逃一阵,我于是到外面待了两年。同时公安这边由于我的 GPRS 编号被泄露,后来的上线联系到我,在知道相关情况后也要求我回避。于是我这两年没有插手调查,回湖阳后,更没有发现 W 的踪迹,也没有看到郭家与 W 或者与 W 的上线有过联系。"李耀解释道。

"所以我当时也觉得很奇怪,为什么当时黑社会资产都涌向郭家,竟然没有任何的跟进,想必幕后还隐藏着黑手啊!"陈铭根叹道。

"也难怪刘厅、伟哥他们的死,后续都没有什么报道。"龙哥也说道。

"我为了不将这些事沉下去,同时吸引出 W 他们的注意,一直反映情况,后来都毫无音讯。你们是否知道？要为十年前被杀的刘大军报仇的更应该是我！难道我报道出来还有内幕,这种报道会影响当时打黑的成就吗?！还是因为当时姜水生已经将所有的罪名都承担了下来？而他们都不知道姜水生当时就已经身患绝症？还是故意知道也不说？然而一切依旧石沉大海！这么多年,我难过!

我觉得一事无成！我不能为他们昭雪！"李耀郁郁而压抑地说，"后来我的上线要求我继续沉淀，换身份回到湖阳市，继续深挖犯罪证据。这些年我都在沉淀，都在调查，而我事后才发现湖矿公司还有着更多不可告人的事情，于是我申请组织派人过来调查，没想到组织这次对湖矿公司的了解不够，以为是C级任务，这也导致了陆小勇的死亡，也就是'凤凰山'杀人案的发生……"

"说到这里，你为何又要迫害杨军？"陈铭根打断了李耀的话问道，"凤凰山案是不是你干的？"

李耀笑了笑："杨军调查告诉你们的吧？我现在在调查湖矿公司的一个巨大内幕，据我所知，有可能涉及W和他背后的人。我不想被杨军打断了我的侦查，因为这背后涉及几个人的身家性命。"

"可是，你也不能……"陈铭根说道。

"他只是暂时被隔离而已，这对他来说是更好的保护。据我所知，为了杀人灭口，凤凰山的那个'凶手'赵羽在看守所差点被害死。"李耀说道。

"湖矿有多大的阴谋？以至于一次次害人？!"龙哥有些诧异。

李耀冷笑了一声，说道："这就是我找你们的原因。"接着，李耀将自己在湖矿调查的情况、现阶段进展情况一一向二人讲述，唯一没有透露的就是关于陆小勇和赵羽的身份。

李耀的介绍让龙哥和陈铭根颇感意外，没想到湖矿公司竟然与日方有这么深的渊源，更没想到后面还有这么多的黑幕，以至于甚至有日本军方介入，想到这些，又联想到与郭氏还有着那么多的瓜葛，龙哥和陈铭根都恨得牙痒痒。

"你为什么今天给我们说这么多？你可知道你这样完全把自己暴露了？"龙哥问道。

"生或者死，我都已经渐渐看透。我现在更需要的，是不要有遗憾，不要让我再用十年的时间来感觉自己一事无成！不要让我再用十年的时间来看郭家逍遥法外！不要让我再用十年来默默祭奠那些殉职的人们！"李耀说这些话的时候，声音都开始有些颤抖，显然他激动地表达着自己的内心，他顿了顿调整心情说道："你们信任或者不信任，这次事情成功还是不成功，我都不会继续在湖阳这个地方待下去。我希望我们这些力量能够联合起来……"

"对，要形成合力。"龙哥点点头说道，"我有一个朋友在湖矿，有军方背景。"

"我想我大概知道是谁？"李耀眨了眨眼，两人心照不宣。

"说道合力，我想杨军之前跟我们谈到过，我们还有两支力量！"陈铭根说道。

“谁?”李耀问道。

“你到时候就知道了,关键是现在你有什么计划?”陈铭根问道。

李耀看了看表,说道:“很晚了,边吃边聊。”

“到我那儿去,安全。”龙哥说道。

李耀伸出了自己的手,说道:“为了刘厅!为了伟哥!”

陈铭根搭了上去,说道:“为了雪耻!为了正义!”

龙哥也将手搭了上去,说道:“为了荣誉!为了国家!”

三人相视一笑,十年啊!是该算总账的时候了!

第十七章　奇　正

"凡战者,以正合,以奇胜。"

凤凰山杀人案即将开庭审理的消息传遍了整个平静的湖阳市,这既有湖阳市政府为了宣传对大型投资企业的保护力度的因素,也有熊安安为辩护、为拯救杨军铺垫而联络本地媒介的原因,当然郭氏集团也想借这个机会加大对企业经营的宣传力度。不少写手也在收到三方的约稿后,一起炒作着这个案件,甚至不乏同时以三个不同甚至相反角度谈论的"大家",一时间本平静的苏东省传媒业竟被一件并不吸引眼球的杀人案弄得热闹非凡。

"凤凰山杀人案的迅速侦破和移送起诉,反映了湖阳市政府对命案必破的承诺,更让投资者看到一个平安、法治湖阳的建设……"《平安湖阳》报道;

"湖矿公司有着优良的业绩,甚至有内幕消息传递出湖矿公司即将吸收当地资本国有化,对于即将上市的艾华集团公司无疑是一个利好消息。凤凰山杀人案的快速侦破、快速审理,在一定层面上反映了该公司对于保护成员利益的决心和意志……"《苏东财经》报道;

"凤凰山杀人案尚未宣判,媒介便已匆匆定性,似乎被告就已经确定有罪无疑。一面是渺小的个人的轻微辩驳,另一面则是官媒和商媒的强大话语。而法院是否又能在这次的风暴中独立审判,这对法治精神无疑是一次考验……"《苏东法治报》报道。

熊安安依照以前与杨军约定的 B 计划,与长胜派出所所长陈铭根进行了联系,陈铭根将李耀、龙哥见面的事情一起告诉了熊安安,这让本来就对"凤凰山"案感觉迷茫的熊安安顿时开悟了不少,事情的来龙去脉似乎都变得更加清晰,她开始被陈铭根、李耀以及杨军这些公安人员的执着与坚持而感动,更为肩上的重担而感觉到有一丝丝的激动,毕竟成与败直接关系到太多走向——关系到李耀身份乃至暴露的生命危险、关系到赵羽沉冤是否能够得雪、关系到所深爱的杨军是否能够重获自由，还有可能再次遭受污染侵害的百余万湖阳百姓，关系到国家本身所缺乏的战略资源……以至于熊安安有了一种女战士的感觉，这更让她有了一种依靠感。“是的，杨军，你是对的，我们的背后永远都有着支持的力量。”熊安安心想。

陈铭根等人所制订的计划让熊安安频频点头，摆在他们面前有两条战线，一条就是“凤凰山”案的审理，目前这个像是正面战场，对熊安安而言，在第一阶段只是一个策应战场，目的是尽可能吸引郭家以及郭家背后势力的注意，可谓“明修栈道”；另一条就是陈铭根、李耀他们所要去调查的湖矿公司的核心工厂以及背后的黑幕，这条才是他们真正的目标，可以说是“暗度陈仓”。

“陆小勇的死、赵羽的被诬陷、杨军身陷囹圄、李耀现在暴露身份，一步又一步的牺牲，为的就是铺垫贴近湖矿公司，揭开这个公司的黑幕，代价真是太大了……”熊安安感慨道。

“是啊，这个赵羽能情愿去接受这种诬陷，李队虽然没有说他的身份，但是我可以想到他也有特殊身份，难怪前面怎么追捕都追捕不到……”陈铭根说道。

熊安安内心知道黄昊的身份，只是她也不想说破。

“因此，你在法院审理阶段要配合我们这边调查的进展，而且要尽可能地吸引到郭家的注意，但是又不能操之过急，你辩护进展得太快、太顺利，凤凰山真相揭露得太急，那我们调查时间就会紧迫，因为现在时机未至。在我们得手之后，主要战场就是你这里了，李耀甚至可以帮助你提供最关键的证言和证据，然后我们尽快拯救出赵羽，李耀也要尽快撤离，防止对方被逼急了杀人灭口，懂了吗？”陈铭根说道。

“懂，《孙子兵法》我还是看了的，‘凡战者，以正合，以奇胜’。第一阶段，我是正，你们是奇；第二阶段，他们要补救，你们成了正，而我成了奇。而奇正的变化也看两边进展情况，只是让我原本想通畅淋漓的直接无罪辩护的计划要变更了。”熊安安说道，但是她心想这场辩护既要能吸引郭家的注意，又不能太早将已有证据抛出，比之前预想的还要难，让她更加不爽的是，这次不能直接一举拿下多年的对手——“李无情”。

“战势不过奇正，奇正之变，不可胜穷也。”陈铭根也点了点头，他从内心赞赏这个看似大大咧咧的女孩子。然后突然想起一件很重要的事情，问道：“对了，我听说你和杨军？”

熊安安先是羞涩地点了点头，转而似乎意识到了一件很艰巨的任务她还没做，决然说道："我会等他出来，我也会救他出来……"

陈铭根嘴角露出了笑容，杨军谨慎而少言，内心却充满着激情，而这个熊安安思维活跃、能言善辩，内心却能保持高度的理性，和杨军真是不可多得的绝配。

湖矿公司这边，郭华已经安排了自己的心腹安装相关的安保系统。他想到卢俊那边的进展，于是打了个电话过去："卢主任，上次那个计划书，市政现在怎么样了？"

"市里倒是工作开展得很顺利，大家都基本同意入股，就是国有资产入股湖矿公司，也就是增资扩股的这个方案省里一直没批，要省里通过可能会有些难度，甚至可能会有不少的曲折。"卢俊说道。

郭华显然很是不满："这个有利于地方经济，有利于扩大产能的各方都有利的事情，怎么会通不过？再说省里也知道我们艾华集团的实力，也是省重点扶持企业。"

卢俊插道："估计推是推的动，就是要花费比较多的周折，很多部门都要去跑，项目审批要一道一道来……"

"这么长时间对大家都不好啊，你也知道现在国际市场都在变化，资源不尽快整合，那获利空间就会逐渐萎缩啊。"郭华说道。

"这个我知道，市里也想尽快推动这个项目上马……"卢俊说道。

郭华打断了卢俊，说道："如果这个项目近期不能启动的话，我们艾华集团很可能将战略重点进行转移，你也知道现在很多中西部省份都在翘首以盼。"

"现在有一套这个方案，如果可以的话，我们一起来推一下？"卢俊似乎很神秘地说道。

"你说说看？"郭华将一支烟点着，放在嘴里狠狠抽了一口，依靠在太师椅上，对着手机问道。

"换条道走，不走这个立项，立项、报项、审核要太长时间，我们可以参考借壳上市的方式，借已批项目运作投资。"

卢俊的话一下说到了郭华心坎里，郭华没有吭声，默默想着："卢俊真是个人才！作为一个内参，他察言观色的投机能力简直是人中少有。这从他从政之路就可以看得出，研究生毕业后他未找到工作，恰逢有选调机会，于是选择选调下乡。在下乡未待到3个月，他无意中知道省里领导会过来视察，卢俊极懂得用简朴包装自己，然后在极其恰当的时机给自己一个镜头，与省领导握手并将事先熟背于心的省领导相关讲话精神予以复述，这让省领导对其大为赞赏，称为难得的心系基层的高素质青年。之后的模范效应让他成为明星,这也成就了他升迁的第一步,而实际上,下乡期间卢俊本人连3户农户都没走过,不久后这位'心系基层'的高素质青年如愿调入招商局,并将引进湖矿作为了自己的政治投机资本,也成就了他一路的升迁。"

卢俊的话打断了郭华的沉思,卢俊说道:"现在市国资入股的市政工程建设集团公司已经获批了一个市政广场项目,内部审计价值3亿。现在通过我们的规划、预算和前期预审,加上改签和附带项目的运营,市政工程建设集团公司预计可以拿到5个亿的项目款。湖矿公司可以建一个影子公司参与市政工程建设集团公司的合作运营,而这个影子公司的全部运营资本由市财政额外支付,多余的2个亿我们拿出来,相当于市政对你公司入股,你看?"

"这个办法倒不失为一个好办法,只是现在也只是一个构想。"郭华说道。

"所以你们要找贾书记,我这边负责国资口子。如果湖矿公司承诺给财政保底分红,我想很多人都会支持的。湖矿公司做大做强、市财政能盈利又能解决大量的劳动就业问题、带动产业链条升级,何乐不为。"卢俊的语言天生有着很强的煽动性。

"呵呵,那你们这些功臣也少不了,到时我公司会找你们募集部分原始资金,就希望你也早点草拟一个项目规划运营书。我们好早一些跟领导报告。"郭华笑着说,顿了顿,又说道,"还是研究生聪明啊,这招叫什么来着?"

"明修栈道,暗度陈仓。"卢俊在电话里笑了一下,接着说,"所以近期贵公司要增加媒体曝光,增强大家的信心,然后侧面对国进民退、国有资本保值升值进行宣传,媒体到位,工作也好做多了……"

"卢主任和我想的一样啊,所以我准备对近期'凤凰山'杀人案的审判建立几个宣传点,说得不一定到位,你到时候给我整理一下思路。一是作为抓到真凶和对真凶伏法的奖励,设立'平安湖阳'奖,对公安局奖励人民币10万元,对公诉机关奖励8万元,对法院奖励8万元,这个算是我们对司法机关维护社会稳定的鼓励。二是我公司冠名,以传播法治方式对庭审进行直播,并传达我公司对地方司法的支持以及对本公司员工的关爱。"

"郭总的想法还是很前卫,只是庭审直播你公司冠名可能不好,可能会有碍法庭审理之嫌。但是可以通过赞助我们当地新闻媒体,由他们进行大幅度直播和报道,然后给你们软文广告,在吸引注意力的同时,增加对你公司财经运营情况的宣传,让大家觉得投资给你们有利可图,而这种民间呼声又必然反馈到市政贾书记他们那里，增加胜算。”卢俊说道。

“好吧，就这么定，你起草一个方案，我这边之前注册过一个公司，直接运营就可以。”

郭华挂断电话之后，郭悦的电话打了进来。

“喂，哥？在干什么！想打通你电话这么难?!”郭悦一阵唠叨让郭华头皮都有些发麻。

“颖子啊，什么事?”郭华真心被这个妹妹折腾得没有脾气。

“老豆打了你电话没有?”郭悦又抛出一个问题。

“什么事？这么火急火燎的。”郭华反问。

“就是让我为公司做更多贡献啊，毕竟在澳洲学习这么久，老豆也说要让我学以致用嘛!”

“我不是让你参与了各项会议么？公司你到处都可以走走转转，你可以提出你的意见和建议嘛……”

“还说到处转呢，你那个核心工厂包得严严实实的，就不准让我进去！公司不是我们家开的呀？你老妹就这么不招人待见了?!”郭悦噼里啪啦的一阵，让郭华有些头晕。

“这家工厂是我们引进国外的技术，跟别人有协议的，技术严禁外泄，所以没办法。”

“那你可以进去不?”

“自然可以。”

“老豆可以进去不?”

“他也可以。”

“你们两个土包子可以进去，为什么我一个专业人员，又是郭家的人就不能进去呢?！何况你不知道吧，现在最先进的技术可在我脑子里，难说我看完之后能够给我们公司一些新的启发呢。”

“这个可能不方便。”郭华显然有些犹豫。

“多元素冷萃取原子筛选技术，MEC－EAST，末可·伊斯特，是现在最先进的技术，我觉得我去看下，或许能学到不少对方的技术，对我们公司未来发展肯定是非常有利的!”郭悦说得非常坚决。

“那好吧。”郭华显然也想看看这个妹妹能否给自己企业，特别是未来的发展奠定良好的技术基础。

而电话那头的郭悦，听到哥哥的同意之后，早就乐开了花，她为自己的计策骗过了聪明绝顶的父兄而洋洋得意。而满心想的更是李耀的那种低头、佩服、愿赌服输的囧样，这让她挂了电话之后一直默默发笑。

湖矿公司内部生产也由于订单的增多，工厂生产进入白热化，设计工作任务的增加让伊灵薇在觉得有些奇怪之余，更感觉到了机遇正在渐渐接近。她开始推算起来，从以往生产流程来看，第一批货物将在5天后运送出厂，下周第二批货将会有大量出厂，这会是一个很好的阻击机会，在与顾芃联系后，顾芃开始留意近期公司货运规律并开始查找和预判相应的货车、具体路径以及发车时间。与此同时她将信息通过转告给了龙哥，龙哥和陈铭根、李耀他们纷纷摩拳擦掌，各自召集人手开始收集、整理以前的情报，对运输队伍的战斗力甚至火力进行评估，预演各种阻击方案。

郭悦如愿地跟着郭华走到了机密工厂，在进厂之后，郭悦才发现这间工厂的确比自己在澳洲所去过的厂子大有不同，不仅规模更大，保密之严也让人难以理喻。随着一道道关卡的通过，她渐渐觉得这间工厂工艺完全不同于其他稀土加工。从加工程序上而言，这间工厂更侧重于的是稀有元素的提纯和保存，而不是利用。在材料选择方面，提纯使用中对轻稀土提取得更少，而重稀土提取得更多，但是重稀土很多都并非民用，而是军用。一个可怕的想法涌了上来，这个难道就是李耀想要获取的真相？但是李耀跟着郭家这么多年，到底想干什么？争强好胜的大小姐脾气和想到李耀面前显摆的想法终究占了首位，郭悦拿出自己换衣时偷偷放在防护服外面的手机，按下拍摄键后偷偷放在了上衣口袋，只露出摄像头部分。这一切郭华并没有警觉到，只是光顾着向她妹妹介绍工厂的加工能力和盈利情况，而工厂的人们也纷纷专注于自己的生产，丝毫没想到有人在秘密拍摄。

在出了厂子之后，郭悦按捺不住内心的兴奋，第一时间就给李耀去了电话。“李队，上次打赌的事情还记得吗？”

“这个自然记得，一只烤羊嘛。”

“不是烤羊，是你要服侍我一辈子……”郭悦依旧大大咧咧。

“颖子，你瞎扯，我请你吃烤羊好了。”李耀说道。

“才刚吃过没几天，换西餐怎么样？我要狠狠宰你一下。”

“哎，好吧，你定地方，我埋单。”李耀虽然口头上有些无奈，但内心而言却异常期待获得郭悦的资料。

郭悦所定的塞纳西餐厅离李耀所在的地方并不遥远，十五分钟不到的车距。优雅的音乐在大厅回响着，然而李耀却毫无心情，他在小包厢中焦急地等待着郭悦的到来。

“我来了——”郭悦几乎是跳着进门的，差点将李耀吓一大跳。

“怎么样？还是我厉害吧？”郭悦急忙表功。

“还不知道厉害在哪儿呢，难说也只是嘴皮工夫。”李耀说道。

郭悦将手机拿了出来，在李耀面前晃了两晃。

“喏，你来看，这就是厂里的情况，我拍了下来。”

“我看看？”

“你先下单，点瓶这里最好的红酒，然后来份最贵套餐，嘿嘿……等了你这么多年，总算你请我吃一次了。”郭悦有些拿大刀砍土豪的感觉，这让李耀有点招架不住。

“大小姐，我只是一名公务员，一个月工资都不够……”李耀哭穷道。

郭悦杏目圆瞪，很是生气地说道：“哎呀，你跟着我叔叔、我爸那么多年，还会请不起一次客，真是，视频还要不要嘛？”

“好吧，好吧……”李耀连忙点头，着实无语，然后说道，“你去点单，把视频给我看。”

郭悦嘴巴一撇，幽幽地说道：“在西餐厅，让女士去点单，你竟然还说得出口，啧啧啧……”郭悦边说的时候是一脸的不屑和鄙夷，这让李耀很是郁闷，准备起身去点单。

郭悦又是一阵幽幽的言语：“没看过到西餐厅还要跑去点单的，你以为是乡下大碗菜，看菜点菜？”

这话说地让李耀有些不知所措。

“你不会按铃啊，服务员自己会过来。”郭悦一副这还要我来教的老资格模样。

李耀脑子这才转过弯来，问道：“可以把视频给我看了吧？”

“没有我讲解，你看了也白看，过来，坐我旁边。”郭悦拍了拍自己身边的位置。

李耀有些木讷地坐了过去。

郭悦也没说那么多，把李耀手一挽，将头靠在李耀肩上。

“你不说看视频吗？”李耀想挣扎但是被郭悦赖住。

“人家今天拍累了,你也知道里面管得多严啊,这点资料可是来之不易啊。休息下都不可以啦?边吃边看好吧?”

李耀无语。

没多久,套餐和红酒纷纷上来,郭悦也开始和李耀享受起这难得的悠闲,毕竟这是她期待多年的结果。在喝了点红酒之后,她缓缓说道:“你知道吗,当年我爸特地让我去澳洲就是让我远离你,我一个人在那边没有朋友、没有熟人,我当时就是想跟你打个电话。但是没人知道你去哪里了,家里人也不肯告诉我……我就给原来的兄弟们托口信,等你来联系我。”说着说着郭悦眼圈就红了起来,这让本想再问着要视频的李耀一时都开不了口。而且他也深知道,他迟早要背离郭家,想到这里他很是感慨,也叹了一口气。

这个感慨让郭悦误以为是李耀对自己感情的表达,她将自己凑了过去,对李耀问道:“你喜欢我吗?”

李耀摇了摇头,找借口说道:“我都一大把年纪了,哈哈。”

这让郭悦沉默了一阵。

李耀说道:“你只适合做我妹妹。”

郭悦有些不爽,起身准备走。

这让李耀有点头皮发麻,这下玩大了,赶紧改口说道:“你先做我妹妹……”

郭悦还是走。

李耀问道:“你去哪里?”

郭悦答道:“上洗手间,不可以?!你先拿去看,回来我再给你解读。”郭悦将手机解锁后丢给了李耀。

视频的播放,显然是在偷录格式下,与之前拍摄的机密工厂的外貌特征等很是吻合,这让李耀很是高兴,他连忙将郭悦的视频转发到了自己的手机,随后转传给暗做特情鉴定的省教研检测中心。

不一会,郭悦走了回来,问道:“你看不懂吧?我来给你解释,我家这个工厂的确和其他工厂不一样,主要有两大方面。一个是这间工厂侧重于提纯和包装而不是生产。另外一个就是提纯的以重稀土为主。”

“重稀土?”

“嗯,这个是按照他们物理化学性质和地球化学性质的某些差异和分离工艺的要求来分类的。”郭悦故意隐去了更多用于军工的解释。

“能用于军工吗?”没想到李耀会这样直接问。

“嗯,很多都有特殊用途。”郭悦看瞒不过去,点了点头。

“那这些又是如何包装呢?”李耀问道。

“你看,这里有两条线,一条是刚才提取过来的轻稀土,做到水晶里去了。另外一条是重稀土,也包装到水晶里去了。根据目测,差不多比例在1:1。”郭悦回答道。

“怎么区别呢?”

“包装要大一些,而且包装材料也不一样,这个跟设计的容器也有关。”

李耀想到了这方面就可以直接与伊灵薇联系了,或许她更清楚所设计容器的大小和生产数量,这让一切越加清晰起来……

另一边,庭审直播的想法得到了政法委肖书记等人的赞同。苏东省政法委在接到庭审直播的请示报告后,也认为这种方式具有很大的普法价值,能够将司法机关的形象全面展现出来,具有积极的意义,因此决定将“凤凰山”杀人案的庭审直播任务交给苏东卫视,这种方式在苏东省尚属首次。

庭审直播的消息在经过报道后,将原本就沸沸扬扬的“凤凰山”杀人案推向了一个新的高潮,以至于案件的旁听证一证难求。而湖阳当地的司法机关也是高度重视,法院甚至要求审判员和书记员练习出庭的走法,如何增加镜头感,为此还将略显寒碜的刑事审判庭紧急修补了一番,而检察机关也强化了公诉人相关培训和应急演练,一时间本来很熟悉的事情变得陌生甚至有些烦琐不堪。

对于湖阳市司法公开的标志性事件,法检两家都下大决心,要将最好的素养展现在公众面前,因此丝毫没有懈怠,而作为辩护人的熊安安在得知庭审直播后,陡然间觉得身上重担又沉重了不少,对于案件的辩护角度、技法和层次更是精心准备。

有压力的不仅仅是法庭上的三方,对于肩负直播重担的苏东卫视法制栏目的总监舒锐来说,这次的直播也是一次巨大的挑战,他甚至不惜自己重出江湖与几位司法特约嘉宾一起担任评论和讲解。对于宣传效果、法庭直播的搭建等,舒锐也请教国内直播过的省市,同时花大力气对直播人员、节目档期以及相应配置都予优先调配,时间就在各方准备中渐进倒计时。

法庭审理终于在各方的盼望中如期而至,各路媒体在宣传方面也各有侧重,但更多媒体最终的焦点还是聚集在了先后出场的三大美女身上。“快来看,快来看,湖阳市检察院的李婉晴来了。”本地媒体眼尖,一下就看到了检察院的车子驶入法庭前停车坪。

苏东法制频道记者开始了介绍:“此次湖阳市检察院派出是以李婉晴为主的公诉力量。李婉晴是湖阳市检察院公诉处副处长,苏东省十佳公诉人。多次主办市里乃至省内重大案件,并成功将凶犯送入监狱甚至送上死刑台,行业内封她为‘李无情’。”

李婉晴穿着检察冬装,白色的衬衣、黑色的外套、红色的领带和检徽将她曼妙的身材衬托无余,面对各路媒体的长枪短炮,李婉晴只是淡淡的一笑,而后马上又回归到肃然,李婉晴和助理检察官小陈在大众的目光中率先走入法庭。

法庭外,熊安安的车子刚刚到达,熊安安和助理律师走了出来,她穿了一件红色的外衣,将律师袍挽在了手上,面对媒体大众她笑得更为灿烂,并招了两下手,似乎在彰显着她的自信与魅力。而后不远就是法院车子,冷若樱也走下车来,她也没穿法袍,穿的是一身雪白的外套,这和她白皙的脸色很配,她则一直保持着她标志性肃然的脸,以至于媒体都更倾向于将焦点放在走在前面的熊安安身上。

“熊安安,龙华律师事务招牌律师,我省著名律师高叁的得意门生,号称火系美女,资质过人,代理过很多刑事案件,有过多次卓越的表现,被誉为省内律师界的潜力股。冷若樱,湖阳市刑二庭副庭长,原湖阳中院副院长冷朝阳之女,16岁考入S大政法学院,19岁考入中政大深造主攻刑法学,有着多年的刑事审判经验,是湖阳市少有的青年刑法专家。”苏东法制频道记者介绍道,显然记者对相关材料还是进行了一番调查。

停了停之后,记者继续报道:“更为惊奇的是,今天控审辩三方的主角竟然师从同门!都是我省S大政法学院的学子,没想到多年之后竟然同台竞技。而他们当年的刑法老师白杨院长今天也将出现在旁听席。而根据他们班级群反馈的资料,三位美女分别有‘水美人’‘火美人’‘冰美人’之说,这无疑给此次的审判带来了另一番风味,我们也期待三大美女在本次庭审直播都有上佳的表现,给我们上一堂难忘的普法课!”

纷纷就座不久后,书记员宣读法庭规则,随后请公诉人、辩护人入庭,熊安安已换上了律师袍,显得比以往更为庄重。

“全体起立,请审判长、审判员入庭……审判长,开庭前的准备工作已经就绪。”书记员念道。

而冷若樱已换了法袍,和审判庭的另两位庭审法官就列审判席。

“大家请坐。”冷若樱说道。

随后“砰”的一声，冷若樱将法槌敲下，“凤凰山”杀人案审理正式开始！

审理开始后，黄昊被带到了法庭，这是让他难以忘却的一幕：控、审、辩三方都是自己曾经的同学，甚至旁听席上还有几个自己认识的人，听闻还有自己所尊敬的白杨院长，然而由于特情的身份，很多人他根本就无法相认，唯独熊安安提审告诉他外围已经联盟并开展工作，这让黄昊放心不少。

在经过程序性的问话和权利义务告知后，庭审进入到了法庭调查阶段……冷若樱说道：“被告人赵羽，下面你就起诉书指控的事实，向法庭做简要的陈述。”

“我没有想陈述的，之前该说的都说了，有问题有异议包括陈述都由我辩护人全面代理。”黄昊说道，因为他知道他必须根据外围调查情况才能决定是认罪还是翻供。而此时此刻只有熊安安才知道外围具体的进展情况，因此他很默契地看了熊安安一眼。

熊安安点了点头，暗示她已经懂了黄昊的意思，毕竟多年“战友”的配合已经达到这个境界，以至于熊安安很享受这份默契。

“辩护人你有什么要替被告人说的吗？”冷若樱问道。

“现在没什么说的，该说的时候再说。”熊安安摊平双手似乎很无所谓。

“请辩护人珍惜陈词的机会，而且法庭审理不存在你所说的‘该说的时候再说’。”冷若樱提醒道。

“这个熊安安律师这种说法是否不够尊重被告人的权益呢？看起来水平好像也就这样。”下面的群众也开始议论纷纷，而白杨院长也被苏东法治频道邀请到后面与主持人舒锐一起点评审理过程。

“审判长，我会在法庭辩论结束后进行总结陈词，假如被告人需要的话。现在这个阶段我不进行陈述。”熊安安说道。

“那好，现在由公诉人就起诉书指控的事实对被告人进行讯问。”

冷若樱看了一眼李婉晴。

李婉晴站了起来，她想到的第一个问题，这个也是她认为能够帮这个像黄昊的人减轻刑责的问题。

“被告人赵羽，你归案经过是如何的？是否认为自己具有自首情节？”

黄昊没有吭声，只是看了一眼熊安安。

熊安安站起来，代为回答道：“我代为回答，辩护人不认为被告人有自首情节。”

这个问题回答完之后,让在座的更加哗然起来。

“白教授,众所周知,自首情节是法定的从轻、减轻环节,对于起诉的‘故意杀人罪’而言,可能就是死缓与死刑的区别,您对熊安安这种辩护怎么看?”直播的主持人舒锐向白杨院长问道。

“律师辩护更多要侧重于事实,目前赵羽的归案情况和过程我们尚且不知道,所以不好评价。但是从辩护而言,能够争取自首和立功机会的法定从轻、减轻机会是一定要争取的,这也是固定套路。”白杨院长也只能表示有些难以理解。

而表示难以理解的不仅仅有白杨院长,李婉晴都有些诧异,因为赵羽是在路途中被抓捕,而从以往很多律师而言,会将这个诡辩为被告人自动投案途中被捕,从而争取自首机会。以往这也是熊安安辩护中最喜欢做的事情,为应对这可能性自己还准备了不少资料,今天熊安安的套路实在让人不解。

“咚——”冷若樱敲下了法槌,“肃静,公诉人请继续提问。”

李婉晴点了点头,问道:“你在公安的供述是否属实?”

“部分属实。”黄昊显然已经懂得了熊安安的一些意思。

“哪部分不属实?”李婉晴问道。

“不属实的地方一下说不清楚,等一下我会让我的律师替我说。”黄昊说道。

“你在公安是否遭受了刑讯逼供?”李婉晴问道。

“没有。”黄昊答道。

“那就是说你的供述都是如实的、出自内心的供述了吧?”李婉晴问道。

黄昊默不作声。

“被告人请予回答!”冷若樱追问道。

黄昊看了一眼熊安安,说道:“你们说得很绕口,我想后面的问题让我律师代回答,直到我自己选择回答为止。”

“从来没有看过这样辩护的,也从来没有看到过不把自己命当回事的。”旁边开始议论纷纷。

“从被告人角度而言,他是如实并发自内心的供述。”熊安安回答道。而此后连续几个李婉晴认为熊安安必然反驳的问题,熊安安都没有提出质疑。

熊安安“我同意”“我没有意见”“是事实”的回答让李婉晴越发有一种警觉感,这种感觉就像进入了一座不设防的空城,这怎么可能?!但当李婉晴看着熊安安也好、赵羽也好,他们脸上丝毫没有任何的惧怕,也没有那种缴械的味道,这让李婉晴有了多年以来未曾有过的迷茫。

“公诉人是否还有问题要继续提问?”冷若樱看到李婉晴问得差不多了,问道。

“没有了,审判长。”李婉晴坐了下来,思考着下一步熊安安会对被告人提一些什么问题。

“下面辩护人可以对被告人发问。”冷若樱对熊安安说道。

“呃。”熊安安缓缓地站了起来。

她的站立,让李婉晴反而有了一些期待。

“审判长,鉴于我被告人问题都由我来回答,我不想自问自答。所以我不对被告人发任何问题。”熊安安又坐了回去。

旁听席都觉得有些不可思议,照道理,辩护人都会问被告人一些暗示性的问题,从而不管是在道德上、在案件构成上还是罪轻罪无上能够进行铺垫,为之后打感情牌或者其他战术作铺垫。

冷若樱考虑到庭审直播的效果,宣布休庭10分钟。

“白教授,您对刚才的审理怎么看?”舒锐都为自己之前准备的多种方案感觉到有些浪费,照目前看来,公诉方完全占据了上风,被告人毫无抵抗的意思,而辩护人更不像辩护人,感觉成为公诉人的帮腔。

“按照常规,有些有异议的地方都会抓紧时间进行辩驳,每一个问题都应该寸土必争。而公诉人的是否如实供述、是否发自内心的供述、有无刑讯逼供等其实已经形成了一个大的包围圈。也就是让被告人自己做的有罪供述成为最后定罪的依据。辩护人非但没有帮助突围,反而帮助强化和肯定公诉方的行为,这种方式目前我也没看出蹊跷在哪里。我想辩护人可能想把主要的防守放在后面的法庭举证质证阶段。”白杨院长解说道。

“那,白教授,你现在对三位传说中的冰、火、水美人怎么评价? 据说这几个都是你的得意门生?”舒锐开始将话题转移到对个人评价上去了,前期庭审实在太过平淡,甚至有种控辩混合双打的味道。

“呵呵,主持人这些资料掌握得很详尽,她们几个的确都是很优秀的学生,今天我们的‘水美人’李婉晴开局很好,有种大兵压境的感觉,而‘冰美人’冷若樱今天法庭的控制也表现很优秀,完全能够站在中立的立场,依法有序地按庭审程序审理。只是今天的‘火美人’完全没有了以往的那种激情,但从眼神、神态以及我对她的了解而言,她绝不可能缴械,我感觉她在布置疑兵,甚至有空城计之感,谁也不能说就不是‘十面埋伏’”,白杨院长向来喜欢下棋,连庭审都能讲的犹如对局。

“嗯，白教授的比喻很贴切，现在我们先插播广告，等会儿回来我们继续看质证环节。”舒锐说道。

随着湖矿公司广告的播出，对于湖矿发展投资获利的倾向越发明显。电视机前的多位领导为这次首创的庭审直播表示很满意，在他们看来，公诉人的表现已经完全压过了辩护人，庭审秩序井然。而郭华看到的却不一样，他看到的是湖矿广告在本地乃至省内的黄金时间播出，看到的是各种资本涌入离湖矿越来越近。

与此同时，湖矿公司第一批货物也将送往海关，他们绝没想到，这一路的行程早已经被李耀等人暗中全程跟踪，他们等待的是下一批大货的送出。

“陈所，发短信给熊安安，一切尽在掌握中。她就知道我们这边第一步进展顺利了。”李耀对着旁边的陈铭根说道。

“今天她开庭吧？”陈铭根问道。

“是的，她在等我们这边的消息，也该给湖矿一包猛药了。”李耀笑着说道。

“好，我发过去……”陈铭根嘿嘿笑了笑。

湖阳市中级人民法院，熊安安收到了来自陈铭根的短信，她会意地笑了笑。

“熊姐，继续开庭了。”助理龙兵走过来对熊安安说道。

“咚——”冷若樱敲下了法槌，“大家肃静，现在开始法庭举证质证，首先由公诉人就起诉书指控的事实，向法庭提供证据。”

“谢谢审判长，公诉方本来有三个证人，分别是吴得利、吴得明和胡志。但是吴得明在一次意外中死亡，其弟弟吴得利深受打击离开了本市，无法联系，现在只有胡志一个证人，但是鉴于他也并不是直接目击人，而且他也有证言罗列，因此公诉方不准备提请证人出庭。”李婉晴说道。

“辩护方有无异议？”冷若樱对着熊安安问道，

“没有。”熊安安依旧还是那个如实配合的样子。

“请公诉人继续举证。”冷若樱说道。

之后李婉晴陆续向法庭出示了相关的证人证言、书证、现场勘查笔录、尸检报告、DNA鉴定等证据材料。

令人无语的是，不管是黄昊也好，熊安安也好，都没有提出质疑。“没意见”“是这样的”“我同意”之类的话语予以肯定，这让很多旁听的都觉得有些索然无味，这场庭审似乎没有预计中的那么精彩。

而直播的舒锐也将话题转向了很多理论性的问题，因为本来充满期待的质证环节结果也是如此平淡。然而白杨院长却移开了话题，说道："主持人，假如你们现在就认为赵羽有罪的话，那还为时尚早。"这让舒锐觉得有些不可思议："白教授，您来解释一下为什么这么说？"

"公诉目前最有利的就是所有的证据材料被告人、辩护人都没有意见，也就是都予认可。但是最大的缺陷在哪里？从刚才所有的证据材料来看，这些证据材料都是间接证据，也就是——都不能直接证明赵羽就是杀人凶手。"白教授缓缓点评。

"相关的证据链不是已经形成了吗？比如，赵羽的承认关于自己杀人的供述、赵羽在凤凰山的脚印、赵羽在凤凰山遗弃的匕首、尸检报告证明匕首就是杀人凶器、匕首上有赵羽的指纹、死者手上有赵羽的皮屑组织等等，这些应该说已经很完善了吧？！"舒锐问道。

"嗯，分析起来确实如此，但是还有一种情况。"白教授说道

"什么情况？"舒锐问道。

白教授笑了笑，指向了屏幕，那边熊安安也站了起来。

"辩护人，你有什么证据要向法庭出示吗？"冷若樱问道。

"有！"熊安安回答得很响亮，似乎她就在等待着这个环节。

而这个回答也让李婉晴心里一惊——"证据突袭？！"

而这边的白教授也点评了起来："对，就是这个，证据突袭！"

"证据突袭是什么意思？"舒锐问道。

"简单地说，就是一方将自己所获取的重要证据隐藏而不出示，在庭审的时候突然出示。这种方式其实是不合理而且没有公平性的，因为公诉方在移交起诉后，会将所有的材料提供给辩护方进行复印。但是辩护人如果刻意隐藏关键证据的话，那公诉方便无法应对了。所以现在学术界准备对相关的刑诉条文进行修改，要求强化庭前会议的证据透明，以增强公平性。"

"您的意思就是熊安安利用了现行法律的漏洞？！"舒锐问道。

白杨院长笑了笑。

那边的熊安安已经从身边的材料包中拿出一份材料，然后递交给书记员，书记员交给冷若樱。

熊安安介绍道："刚才公诉方也提到了证人吴得明，我这里也有一份吴得明的笔录，他证实了一个关键问题，也就是被告人赵羽并非杀人凶手！而真正的凶

手另有他人!”

“而为了证明这份笔录是吴得明自己手写的,我做了笔迹鉴定和指纹鉴定,证实和公诉人提交的是同一个人。”熊安安接着说道,“而也正是因为被告人赵羽并非杀人凶手,所以辩护人及被告人都觉得就不存在自首一说!”

熊安安的话一出,整场都喧闹了起来,而李婉晴也开始有些着急起来,这份证据到底是什么?从何而来?!

冷若樱将法槌敲了一下,“肃静!”在旁听席渐渐寂静下来后,对着熊安安问道,“请问辩护人,类似刚才所举证的,而庭审前未交换的证据是否还有?”

“审判长,还有。”熊安安说道,“在起诉书中所说明的被告人是临时与被害人发生争执,但是我获取了一项重要物证,证实被告人与被害人之间并不是临时发生争执,而是可能有过很长时间的谈话!”

周围人群开始寂静下来,而此刻的李婉晴正认真地阅读着熊安安所出示的吴得明笔录以及同一性认定。

“晴姐,还有证据。”助理检察官推了推,才让李婉晴停下手中的事务,认真听了起来。

“这是案发时凤凰山所采集的烟头,以及当时采集烟头的拍摄相片,烟头上的DNA我已经做过了鉴定,分别属于被告人和被害人。鉴定中用字母进行了标注,烟头有7个之多!另外,从两个人的脚印位置来看,当时两人位置应该是并排坐。该证据说明二人关系密切,且在案发前进行了长时间的沟通!那么被告人就没有理由会杀被害人!”

熊安安停了一下之后继续说道,“同样,针对起诉书所指认的被告人由于图财而临时杀害被害人的情节,我这里也有一份证据。就是在案发后被告人曾经到过被害人女友家,用过一个信封装了2万元送给被害人女友,该事实有被害人女友的笔录以及信封指纹鉴定等佐证。一个无业的又图财杀人的人,为何要送钱给被害人女友?这份证据有被告人的指纹鉴定和当时笔录为证,奇怪的是这份笔录竟然没有出现在公诉案卷中。”熊安安说完之后将证据交给了助理,助理将证据交给了书记员然后递给了冷若樱。

“另外,我手里还有一份证据,也是由吴得明亲笔书写,暴露出湖矿公司背后有着很大的黑幕!”熊安安几乎是呐喊的声音,这使旁听席开始议论纷纷,而更多的媒体也将镜头瞄向了熊安安,一个个特写记录了熊安安的执着,此刻的熊安安犹如英雄一般矗立在城头。

舒锐也抓紧时间安排人员进行拍摄，突然手机响了起来，是一条短信：“本次赞助商是湖矿，不予评论，插播广告。”舒锐赶紧安排人员将拍摄停止了下来，然后插播广告。

冷若樱把控法庭的能力果然非凡，她敲了敲法槌，问道：“辩护人，你手中证据是否与本案有关？”

“有一定联系，但是需要更多证据补强。”熊安安回道，

“如不能直接证明，就请在补强后再予出示。你方是否还有未出示的证据材料？”冷若樱问道。

“暂且没有。”熊安安回答道，助理律师龙兵刚想提醒熊安安，熊安安看了他一眼，龙兵心领神会，知道这是熊安安还在埋伏笔。

“公诉人是否需要对辩护人提供的证据进行质问？”冷若樱问道。

李婉晴果然也很老练，在简单记录下之后说道：“首先，对方辩护人所出具的这些证据，没有在庭审前进行证据交换，这显然对公诉方不利。进一步而言，这些证据都没有经过合法性审查，辩护人也大可不必如此激动。其次，即便被害人和被告人有过长时间的交流，不代表酒后的被告人不会因为冲动而杀人，也无法对现有证据链造成冲击。而事后被告人去被害人女友家送钱即使是事实，也属于事后行为，不能用事后行为来否认事前故意。否则抢劫就只需要退钱就够了，这个逻辑显然靠不住。至于于案件无关的证据，公诉人不做答辩也不做无意义的质问。”

李婉晴接着又说道：“从刑诉法角度，目前辩护人所提供的证据材料既没有告诉我们所取证的途径，也未告诉取证的主体。因此公诉方认为其一不符合程序性要求，其二未经合法性审查，因此请求合议庭判定无效。”

熊安安站起来作答：“我所出示的证据都是原始证据材料，全部客观有效，并且是通过合法途径取得。吴得明的个人手写材料证明了案件的事实经过，属于有效的证人证言。烟头证据和送钱的证据都是由公安机关采集和制作，令人奇怪的是相关证据和笔录都没有出现在案卷中，这明显违反刑诉法相关规定。而侦查机关和公诉机关选择性出示证据材料且不扪心自问，还要求合议庭宣布证据无效，辩护人是无论如何都不能接受的，这也是绝不符合法律规定的！”

李婉晴翻阅了下手中的资料，对冷若樱说道：“由于辩护人提供的证据和笔录是新证据和新材料，我方需要进行合法性鉴定，同时针对辩护人的新证据，公

诉方要求补充侦查,因此请求法庭予以延期审理。"

冷若樱看了看旁边的审判官,轻声耳语了几句,达成一致意见之后说道:"由于辩护人临时提出新的证据和材料,需要进行合法性审查和相应的鉴定,根据公诉人请求,经本庭合意后决定案件延期审理。"随着冷若樱敲击法槌,案件审理暂停在法庭调查阶段。

舒锐此刻继续进行直播:"请问白教授,延期审理是什么意思?"

白杨院长回答道:"在需要通知新的证人到庭,调取新的物证,需要重新鉴定或者勘验情况下,或者是公诉方发现提起公诉的案件需要补充侦查,提出建议情况下,法官都可以决定案件延期审理。因为前面我也说过了下,证据突袭对无准备的一方并不具公正性,这是一方面。但是另一方面,由于公诉人员以及法官都非专业人员,因此对新发现的证据都需要进行合法性、关联性、真实性核对,这需要时间,所以延期审理是一种恰当的选择。"

"那到目前为止,白教授您觉得今天谁赢谁输?各自表现如何?"舒锐问道。

"首先就法庭辩论而言,我不太喜欢用赢与输的说法。因为不同的案子,证据材料充分与否、个人素养水平的高低甚至外界舆论的影响,都有可能影响到案件最后的判决,很多证据扎实的案子辩护人也无能为力,但不代表辩护人水平不行。毕竟庭审很多都不是由公诉方或者辩护方能够左右的,特别是现有证据材料不利于己方的情况下更是如此。但是不管哪方面结果,我们都希望是程序合法、实体合法,那这就达到我们控审辩法律共同体一致的目标。"白杨院长答道。

"那白教授,对您三位弟子如何评价?各自表现如何?"舒锐追问道。

白杨停了停,缓缓回答:"至于就三个学生自己岗位表现来说,我觉得他们都非常出众。我为这么一个简单的案子,我的学生们能有这么好的庭审效果和表现而自豪。现在我逐个来点评和预判,首先熊安安比以前我所了解的大大咧咧已经完全不同,我觉得她为庭审做了很多准备,甚至不排除为整个庭审进行了充分的谋划和布局,如不出所料,下一阶段她还会提出新的资料。公诉人李婉晴在碰到证据突袭后能够理性分析,不仅未出现慌乱的情况,还能对新证据的合法性进行质疑,体现出很高的业务能力和心理素质,而她下一阶段必然是对相应证据进行鉴定和审查。至于冷若樱,她一直是一个孤傲但是富有才学的女子,从法官角度来说,她能做到对诉辩双方不偏不倚,这是难能可贵的。同样今天她控庭的效果不错,对于熊安安在提出新证据之后也能理性的对待,这也是相当不易的。"

“那我们今天的访问就暂时到此结束，我们也期待下一场控审辩三方能有更优异的表现。”随着主持人舒锐宣告结束，本次庭审直播就此暂时告一段落。

庭审的反响无疑远超预期，立场和角度不一让各方的反应迥异。就媒体记者来说，他们更多对熊安安在庭上所说的湖矿黑幕表示极大的好奇，并纷纷想尽办法联系上熊安安要求爆料，争上头条。这一切与熊安安前期计划的不谋而合，通过媒介的揣测能让湖矿重视并转移注意力，为李耀等人进行策应。因此，熊安安选择性的爆料了一些湖矿污染之类的边角料，又暗示与凤凰山杀人案有关不便接受访问。这种欲擒故纵的方式引爆了很多眼球，一时间关于湖矿公司的各种猜测、小道消息也都流传起来，甚至连陆小勇和郭华抢女友所以被除的花边新闻都开始流传起来。

媒介关于湖矿的各种猜测让郭华很是不爽，原本准备做的正面广告竟然事与愿违、不仅没有收到预先的宣传效果、反过来还招惹了不少小报记者和各路神仙，这让郭华不得不花大量精力去应对。这让郭华有些来火，他甚至有些迁怒于熊安安，却未想到是哪里得罪了这个女律师。在得知熊安安所在律所是高叁律师事务所分所，且这个熊安安又是高叁律师的门徒时，他想到要通过高叁这层关系做工作，让熊安安不再继续辩护下去，更不要给湖矿添乱。想到这里，他拿起了手中的电话。

政法委肖书记等人却未免对庭审略显失望，于他们期待而言，庭审的战斗应该是以公诉方完胜、被告人认罪伏法、辩护人无话可说、法官一锤定音才能称为完美。李婉晴前期的追击表现，让人感觉到酣畅淋漓，但是之后熊安安的突然举证，法庭竟然不予制止，最后李婉晴在庭审中要求补充侦查，这一系列更让肖书记他们感觉李婉晴是在找借口、落荒而逃。想到这里，他对身边的秘书说道：“这次直播效果差强人意，达不到惩罚犯罪、公开普法的目标。今天下午把出庭的公检法三家叫过来，围绕下一步庭审直播做一些指示。”

急促的电话很快通知到了相关部门。下午的时候，李婉晴、冷若樱、李耀及相关的分管领导人都被通知到参与会议。肖书记直入话题，说道：“今天的庭审直播，是我省第一次公开的庭审直播，影响范围广、昭示含义深，它具有里程碑式的意义。这个也引起了省委主要领导的重视。今天庭审直播还算顺利，可圈可点的地方也很多，优点我这里就不准备多说了。我就说说缺点吧，首先法庭对于那种无关紧要的举证就应该及时地予以制止，让辩护人陈列那么多根本就没有经过证实的证据材料，让犯罪分子反客为主，对我们司法机关提出质疑，这是我们要追求的效果吗?! 其次公诉机关对于这种没有经过合法性认证的材料就应该坚持要求否认到底,对方都没有提出要求补充侦查,公诉机关提出这不是涨别人志气、灭自己威风?! 你们觉得呢? 另外,还有公安的侦查部门,这些证据材料你们是怎么把关的? 与公诉机关是怎么衔接的? 怎么会让辩护律师获取到,而我们公诉机关却没有,被这样一阵偷袭?”

一阵沉默,李婉晴、冷若樱等都选择了不语。

“但是现在既然已经延期审理了,也未免不是个好事,你们需要再好好地审查自己的证据材料,公安机关和公诉机关要做好衔接工作。那个敖处长,你们请示一下,配置更强的公诉力量对我们这个公诉人进行协助,不行从基层调嘛! 那个市中院,对于庭审的把控也好提高一些警惕,司法机关是专政机关,是打击犯罪的机关,不合理的要求、不正确的说法甚至是哗众取宠的闹剧,要坚决予以制止的,不能把丑丢到全国去了! 我就搞不懂,这种铁案竟然辩不赢? 到底是干什么吃的?! 一群孬兵!”肖书记实在觉得心里有些恼火,换十年前早就拍桌子了。

离开大院后的李婉晴与冷若樱相视无语,她们彼此都知道内心在想着什么,淡淡一笑之后便互别离开。在回市检察院的路上,李婉晴接到了助理检察官小陈的电话,电话中小陈告诉李婉晴他找到了公安所未移交的部分材料,李婉晴安排小陈第一时间将相关资料全面进行复印、采集。

在对材料仔细分析之后,她们发现了熊安安带来的材料一部分是长胜派出所的原始资料,另外一部分是市刑侦未移交过来的内部卷宗,但是关于吴得明的材料却依旧不知道由来。就在这个时候传达室将一份未署名的奇怪信件送到了她的办公桌。李婉晴觉得有些纳闷,但此刻的任何一种异常都会引起她的高度警觉。

信件打开后,里面是两张举报信,举报的内容是杨军为了陷害他人,以“凤凰山”杀人案专案组成员名义,栽赃举报人为“凤凰山”杀人案的从犯,将其关押在一个黑宾馆中,然后让举报人写下一个欠 40 万元的欠条,另外还打印了不少的宾馆相片以及杨军本人的相片,而举报人正是已经意外死亡的吴得明。

杨军被举报然后被纪委调查的事情,李婉晴也知道一些,这些信件更加印证了她的一种感觉——熊安安所获取的材料,很可能就是从杨军那里而来,如果熊安安提供的材料是在杨军非法拘禁下获取的,那无疑就缺乏法律效力了。也正是如此,材料的真实性、合法性决定了下一步庭审的成败,而确定这份材料的真实性、合法性与否，无疑必须通过杨军这边才能得知。想到这里，李婉晴打通了分管领导的电话，并将自己的意思告诉给了分管领导，希望分管领导能与纪委联系，了解该材料的来龙去脉。

而在纪委控制中的杨军，也从纪委人员口中得知“凤凰山”杀人案已经开庭审理，并通过调查人员得知了一些情形，这些零碎的情节组起来，对杨军来说却非常重要，经过推断，起码可以肯定熊安安和陈铭根都并没有被纪委控制。而这也正是他和熊安安初始约定准备应对的替代 B 计划，按照这个计划，熊安安和陈铭根等人肯定已经接头了，作为呼应的是，杨军要在纪委这边将湖矿的黑幕也抖搂出来，从而策应庭审的开展，正在此时，傅局走进了审讯室。

“杨警官，你前面向我们所讲的你与吴得明有接触到底是怎么样一回事？”傅局问道。

“前面我已经向组织交代过多次，我是为了调查凤凰山案，觉得吴得明有些可疑，因此找他了解情况，在调查中他先是极度不配合的。后来经过做工作，他供述出凤凰山杀人案凶手另有其人。”杨军回道。

“另有其人？”这个让傅局也有些诧异。

“对，一个叫李羽飞的人，以前是黑社会组织成员……”杨军想把更多事情抖搂出来。

傅局打断了杨军的话，说道：“这个问题等下再谈，我问你几个细节？你找吴得明是否通过了组织安排？”

“没有，我是临时看到他的。”杨军说道。

“那你这次过去找他谈话是几个人去的？”傅局追问。

“就我一个人找他谈的。”杨军回答道。

“你当时是否控制了吴得明？”傅局继续追问。

“是的，因为他不肯配合，我怕他会趁机逃掉，所以我控制了他，但是我没有使用任何的暴力手段。”杨军停顿了一下，然后说道。

“谈话形成了什么没有？”傅局问道。

这个问题让杨军又愣了一下，但是他可以猜出很可能熊安安已经在法庭上出示了相关证据材料。

“形成了一份吴得明的供述，同时他也说出了现在湖矿公司的一些内幕……”杨军说道。

“你所说的这些内幕现在是否有证据证实？”傅局问道。

“有一部分,但是还需要继续查找。”

“这些与你的职责是否有关?”

“我认为有关,我需要调查凤凰山案的真凶。”

“你这种取证的程序是否合法?”傅局层层追问。

“程序有瑕疵,因为我没有请示相关领导。”

“还有呢?”

“作为侦查人员询问应该是两个人以上。”

“还有吗?”

“我不应该将他控制在宾馆,询问场所有问题。”

“你觉得你违法了吗? 有没有非法拘禁?!”

“我是‘凤凰山杀人案’调查组的成员,我有职责查清案情,且我从调查案情出发,没有拘禁他人的故意,所以我不认为我是非法拘禁。另外,我也没有限制吴得明的出入自由。”杨军答道。

“那你让他写欠条也是职责行为吗?”

“这个是子虚乌有。”杨军否认道。

“我再问下,你所获取的吴得明的供述材料后来怎么处理的?”

“我放在了家中。”杨军大脑急剧的转动,或许这个是最好掩盖熊安安获取途径的说法。

“为什么不提交给调查组的领导?”

“我觉得证据不足,等证据再充分一些,我会给相关领导汇报。”

“那这份材料又怎么外泄了呢?”傅局问的时候看杨军看得死死的,生怕错过任何一个细节。

“这我就不知道了。”杨军选择回避。

“这么重要的材料,你不给领导,却会外泄? 这点实在说不过去,是不是你控制吴得明的时候还有其他人参与?!”傅局问道。

“这个真的没有!”杨军坚定地回道。

“事后吴得明到哪里去了?”

“这个我就不知道了,我没有拘禁他,他后来自己走了。”

“在凤凰山案现场勘查中,你是否留下过材料?”

“我材料都交给了刑侦队,我们派出所没有管辖权,只是协同封锁现场。”

“那现场烟头又是怎么回事?”

“哦,这个是当时我安排警员采集的,印象中我让警员提供给刑侦队了。”杨军选择了说谎,毕竟这个材料是他私下安排警员采集并留下的,但是他不想此刻说出证据移交给熊安安的事实。

“好吧,暂时先问你这么多,等下给你作个笔录。”傅局转身离去。

不多久,杨军的笔录就形成了,而随后傅局将笔录的复印件交给了市检察院公诉处。

而另外一方面,省教研检测中心针对“机密工厂”视频的检验、分析结果反馈给了李耀,而李耀也分享给了伊灵薇。根据检验结果,重稀土为防止辐射泄漏一般要使用更大包装和特殊材料包裹,伊灵薇根据这个检验结果,为湖矿公司设计出容量大和容量小两种包装,并将方案和图纸反馈给了李耀,一切都在按部就班中运转……

庭审在人们的期待中又一次到来,庭审曲折的走向、一些黑幕的曝光,公众不免议论纷纷,而这种民意的酝酿,更刺激了媒介的各种猜测。对犯罪嫌疑人赵羽是否犯罪,公诉人能否有效应辩则成了争论焦点,但大部分媒体都倾向于专案必然能以有罪判决的方式判下来。而在同样经历了上一次直播精彩后,各路媒体也为此纷纷摩拳擦掌,唯恐在报道和信息争夺中失去制高点。

此刻熊安安与李婉晴心情却又各不相同,她们都有着各自的肩负,而最终的指向都是一个点——胜诉。唯一不变的是冷若樱,对她来说,以法律事实为依据,找寻相应的法律准绳,遵从内心对法律的信仰尔后进行判决,就是她唯一的追求。

各路媒体也纷纷将视角转向了衣帽间的控审辩论三方,她们在衣帽间整理着着装,似乎她们都明白这是一场焦点之战,她们缓慢地整理着每一个褶皱,神色格外庄重,身上的检察官服、法官袍和律师袍在她们的眼中显得格外珍贵……

随着法槌敲响,第二轮庭审开始,首先说话的依旧是冷若樱:“本轮庭审继续围绕上次庭审中辩护人提出的新证据,公诉人对新证据是否进行了审查?”

李婉晴点了点头,站起身说道:“经检察机关进行审查,我们认为辩护人上轮所提出的证据为非法证据,没有证明效力!”

台下一片哗然。

苏东法治频道主持人舒锐此刻与S大白杨院长也开始点评审理过程。“白杨院长,李婉晴所提出的没有证明效力是什么意思?”舒锐问道。

“从法理角度,证据必须具有三种特征才能被使用:(1)客观性,也就说证据要客观存在,而不能是主观臆断。(2)关联性,也就是说证据要与希望证明的案情有着关联。(3)合法性,就是说证据的取得必须依照法定程序取得。但是一般申请非法证据排除的都是辩护人,今天由检察机关来提出辩护人的证据是非法倒是少见。"

"为什么呢?"

"因为从举证角度而言,大部分是由公诉机关承担举证责任,证明被告人有罪,而辩护人针对公诉机关的证据进行辩驳或者排除。这次庭审很有特色,完全不按常理出牌……"白杨院长也觉得奇特。

"肃静!"冷若樱敲了敲法槌,"公诉人,请进行说明。"

"根据我们检察机关进行的调查,辩护人出具的关于吴得明的供述材料是通过长胜派出所副所长杨军获取,而这次获取的方式,则是未经组织许可,采取非法拘禁方式进行的非法取证。当前杨军在市纪委机关,他对这份材料的由来进行了说明,这里有他的个人交代。"

说完之后,李婉晴将纪委调查的材料递给了助理检察官,而后通过书记员交给了冷若樱,冷若樱看后又转递给了熊安安,而后继续问道:

"公诉人,对辩护人提供的其他证据如何看待?"

"辩护人出具的P-35烟头和相关鉴定意见及P-36牛皮纸指纹和相关鉴定意见,我方经过取证,确认是公安机关移送遗漏的材料。然而两份证据充其量只能证明被告人的事先行为和案发的事后行为,没有与案件有关的证明效力,因此公诉人不予辩驳。"李婉晴回道。

"辩护人,你对公诉人提供的这份材料以及公诉人的观点有什么意见?"冷若樱对熊安安问道。

熊安安此刻认真地看着杨军的笔录,试图从笔录中思索出杨军的进一步指示,然而这份其他人员做的笔录又如何反映?但是杨军的遒劲有力的签名已经给了熊安安答案——他很好,依旧精神;这份笔录是他所确认无疑。这给熊安安更大的勇气,去面对这场恶战。

"辩护人?你对公诉人这份材料是否有意见?"冷若樱又追问了一句。

"有!"熊安安站了起来,大声回答,随后就是快鞭炮一般的熊式口才:"首先,这份材料丝毫不能证明杨军对吴得明采取了暴力的拘禁;其次,杨军作为调查组成员,对相关犯罪嫌疑人有调查的权力;再次,作为辅助证据,我这里有吴得明当时供述的录音录像可以证明杨军取证并未采取暴力或暴力威胁,吴得明完全处于平静状态;最后,无论是这三点意见还是P-35、P-36,公诉人不能以没有无罪的证明效力来否认其证明效力,换言之,疑点利益应归于被告人。另外,我现在申请展示吴得明的供述视频!"

"熊安安还有视频?""这个放出来又会是什么样的内容?""没想到竟然还藏了一手?""绝杀又见绝杀啊!精彩!"台下又是一篇哗然,对于这场一波三折的庭审更觉得精彩。

议论纷纷之下,如果有人注意的话,会发现李婉晴脸色露出了些许紧张,又是一场突袭!?这一些显然都在李婉晴的预计之外,她近十年来第一次遭遇这么多的证据突袭!而此刻紧张的,却不仅仅是李婉晴……

第十八章　审　判

我们犹如一个个囚犯,执行着命运的宣判。

冬日的湖阳,依旧处处寒气逼人,多日的风雪过后,厚重的云层终于渐渐散开,洒落出一道道许久未见的光线,照在雪白的大地上,映出一片明亮……

湖阳市中级人民法院的审判已进入了白热化,熊安安说手上还有视频资料一事让旁听席议论纷纷。

苏东法治频道主持人舒锐也开始自说自话:“没想到,这个熊律师竟然又一次的证据突袭,白院长,您怎么看?”

“理性的来说,上次冷若樱法官已经很明确地问了熊安安是否还有证据要出示,然而熊安安又一次的隐藏证据,这种方式其实我并不赞同,首先是对公诉方不公,其次是延误审判时间,降低审判效率。”白杨院长说道。

当然,他们都无法想到这些都是熊安安的策略,而这个策略不仅仅是为了庭审,更是为了一场局外人无法猜测的战争。

冷若樱又一次敲击了法槌,在旁听席安静之后,她对着熊安安说道:“辩护人,本庭上次问过你是否还有证据要出示,你说没有。我希望为了维护庭审的持续,你将新证据全部陈列,否则本庭将予以排除,辩护人要承担不利后果,听清楚了吗?”

“听清楚了。我现在请求出示相关视频,以证明吴得明系主动交代而没有被刑讯逼供。”熊安安说道。

冷若樱点头同意。

随着庭审屏幕的播放,吴得明的录音录像呈现出来,然而这个录像似乎是在偷录状态下进行的:“……这次的凤凰山案完全是一场策划,策划人是李羽飞,他原来是云都黑社会的得力干将,跟着姜水生混了多年,也是得力助手,后来潜逃到了湖阳……我们老大叫姜水生,后来被判了死刑,枪毙了。而我们还好都没犯什么事,于是散的散,走的走……”

这个时候熊安安的助理扯了扯熊安安,因为他看得出,这份视频和原始视频根本不同,显然后面通过了剪辑加工。然而,他不知道,熊安安之所以剪辑,是不想将李羽飞就是李耀的事情现在就公之于众,引起更大的哗然,而这个后果她实在无法把控。

当然,经过剪辑的录像是显而易见的,这自然瞒不过火眼金睛的公诉人。李婉晴显然不会放过在大众面前这样的“攻击”机会:“审判长,这部视频有多个问题。首先,从内容来说,这个视频明显经过了剪辑,那被剪辑掉的部分,会不会存在刑讯逼供?指供诱供?我想辩护人也说不清楚。其次,这部录像的程序也有多重疑问:一、偷录是否具有法律效果和证据效果?二、取证的程序是否符合法律规定?而我从纪委获取的刚才那份资料已经可以证实一点,所有过程是杨军一个人完成的,那么这个已经违反了刑诉必须由两名干警以上的取证规定,显然程序违法。”

李婉晴的锐利攻击引得旁听席一阵掌声。

李婉晴停了停,继续说道:“最重要的,也是最关键的,这份录音录像材料的内容根本无从证实赵羽是否杀人凶手,甚至可以说风马牛毫不相及。”

冷若樱点了点头,对着熊安安问道:“辩护人还有什么要出示的吗?”

熊安安起身答道:“有的,但是我还要先对视频进行进一步的说明,我手头有着完整版的视频资料,之所以进行剪辑,是因为资料涉及更多黑幕……”

熊安安的黑幕一说出,让旁听席又是一阵议论。

冷若樱和李婉晴此刻完全不知道熊安安到底卖的是什么药。冷若樱想了一想,说道:“鉴于刚刚开庭,为保障庭审秩序,辩护人完整的视频资料可以稍后提供,目前你是否还有其他要出示的?”

熊安安说道:“有的,我手里有几份材料,证明湖矿公司曾经存在过污染泄漏问题,泄漏的提取样本和检验资料我有备份。”

旁听席一阵哗然,湖矿公司竟然有污染泄漏?!这无异于一颗重磅炸弹炸到人群中,各地媒体记者也纷纷将镜头转到了熊安安身上,似乎等待着她更多的爆料。

“我反对!”

这个声音来自李婉晴,她猛然站起,让很多人都觉得很惊讶,“反对爆料污染问题？难道是湖矿的托？”有人小声议论着，“服务本地经济发展大局……”

“审判长，本次案件完全应围绕‘凤凰山杀人案’的法定构成要件进行审理，本次庭审中辩护人一而再、再而三的脱离庭审主题，公诉人反对辩护人这种冗阘、无聊而又哗众取宠的方式！”李婉晴说道。

还没等冷若樱说话，熊安安也毫不示弱，起身直接反击：“公诉人先入为主，这是一个法律人最不应该犯的愚蠢错误；不等人将话讲完，这更是一种无礼的行为！审判长，我现在重申一下，湖矿污染与陆小勇的死有着直接关系，原因在这！”

紧接着，熊安安拿出了一个证件，那是一张记者证，上面赫然写着陆小勇的名字。

“这是陆小勇的真正身份，一名记者，他到湖矿真实目的就是进行湖矿污染的调查！而这，也是导致他被杀的理由！”

所有人此刻都哗然，而震惊的，还有冷若樱和李婉晴。

直播室的法治频道主持人舒锐赶紧将画面切换回来，他对白杨院长问道：“白教授，您对刚开始的庭审就出现激烈的交锋怎么看？”

“这也就是证据突袭的不当之处了，按照我国的相关解释，控辩双方调取到的新证据应该在审理规定的期限前完成相互交换，这样才有利于双方围绕证据进行调查和辩论。”白杨院长顿了顿，继续说道：“对于第一次出现的新证据，要求延期审理自然无可厚非，然而又一次出现新证据，这就不利于审理的进行了。”

“那就没有办法了吗？”舒锐追问道。

“这个目前也没看到相关的禁止规定，实际上会这样去操作的律师很少，毕竟这让控审双方都很反感，而且也有违对等辩论的精神。有证据就摆出来，是非曲直让大家客观去评价，这其实也没有什么可以遮掩的。”白杨院长解释道，他对熊安安这种方式有些反感。

“那这是否违法呢？或者审判长是否可以不采纳她的证据呢？”舒锐问道。

“假如熊安安的证据，确实能够证实赵羽无罪，那这些证据即使在二审、即使在死刑判决之后都能够起作用，那审判长如何能禁止举证呢？”白杨院长沉思了一下，然后缓缓说道。

“熊律师到底意欲何所？看来这个我们也只能继续看下去了，但很显然，她的频频爆料以及庭审的交锋，给我们上了一次不一样的普法课。”

随后，镜头转换到了熊安安那里，而周围也变得寂静，都不约而同地用着期待的眼神看着熊安安。

熊安安长吁了一口气，她知道，在湖阳市披露湖矿公司，这意味着自断生路，以后在本地乃至本省都没办法再混下去，她也开始有些紧张，以至于拿证据的手开始了略略的抖动，双脚也开始有些不适，不知如何站立才好。

“我手里有陆小勇所摄录的湖矿污染的部分录像、提交的部分污染数据材料以及官方的测量标准，以及他个人的笔记本……”熊安安拿出了一塑料包证据材料，一张张有条不紊地出示着。

“然而，他的这些材料只有零星地流落到了我这里，而且为了保密，我不能泄露出这些材料的渠道，但是他的笔迹和视频真实性都可以进行鉴定。让人遗憾的是，这些资料没有公布他就死于非命。”熊安安说到这里，不禁自己都有些感动了起来，以至于声音都有些呜咽了起来……

而审判庭，格外的寂静，犹如一个空旷的舞台，熊安安就是这唯一的“舞者”。

“而这，就是我站在这里的理由！”熊安安说道。

短短 2 分钟的转变，足以让湖矿震动，让整个湖阳震动……

庭外，很多人已经无法观望下去了，首先就是湖矿公司的郭华，随着熊安安的控诉，他额头青筋也开始暴露了起来。顾芃此刻正在旁边，起身说道：“郭总。”

“你赶紧做下面几件事：一、联系相关的媒体，定好基调：熊安安这次所谓的爆料是为了获得辩护费用，而采取诬陷湖矿公司的做法，希望广大媒体不要轻信和报道，否则我们保留追诉的权利。必要的时候，我们由公司法务人员和公司行政人员召开新闻记者会。二、安排公司法务人员与这个熊安安所在的律所联系，要求熊安安所在律所 24 小时内向我公司道歉，否则我们将拿起法律武器。”郭华擦拭了下自己的额头，厉声说道。

对于一个在这种逆境下，还能想出这么周全的应对方式，这也是郭华的过人之处，也是他的可怕之处，顾芃心想，然后应道：“好的，我马上去安排。”

郭华“嗯”了一句，顾芃转身走出办公室。

郭华将桌上的杯子摔到了地上，狠狠地说道：“娘的，我就知道这个陆小勇是内贼，没想到还有外贼！”

顿了顿，他赶紧拿出了手机……

而另一边，这个直播也让一直关注的肖书记觉得有些不满，他知道，不能任凭这个熊安安这样在庭审现场撒野下去，万一这次的司法公开严重影响到了湖阳经济的发展以及湖阳政府的形象，就怕难逃瓜葛了，想到这里他赶紧拨打了一审法院院长电话……

消息也层层反馈直接传到了贾书记那里。而此刻反馈信息的秘书候在旁边，等待着书记的进一步指示，然而贾书记似乎想得更为深远一些，迟迟没有下达指示，只是转身问道："湖矿污染的事情不是调查过了吗？怎么会有这种负面新闻在法庭公开审理的时候出来？！"

"是啊，污染事件曾经调查过，经过环保部门鉴定，都是下游不规范的洗矿过多导致的水源污染，在我们进行综合治理之后，特别是湖矿公司合并一些不规范的选矿和洗矿厂后，污染情况明显好转。"秘书回答道。

"你的意思是，这个律师是拿着以前的新闻转嫁到湖矿身上，然后想以此来获取辩护的胜利？"

"嗯，不排除这种可能。"

"做好两件事。一、宣传口子要起到澄清的作用，当然客观调查也要同步，这个调查你安排人员尽快、秘密进行，必要时核实那个律师的文件材料；二、联系肖书记，停止这个律师在公开庭审的时候的类似言行，毕竟这个关系到的，是湖阳经济未来的发展，是近十万员工的就业问题，是上百万湖阳人的生存问题，也关系到市委、市政府要支持湖矿公司发展的决策，来不得儿戏！"

秘书点了点头转身离开，他也不愿去面对这种急速传播的舆论消息，何况这种污染信息又是网络和舆情最喜欢的题材，以讹传讹之下，弄不好是一次大的舆情危机甚至大规模的民间举动，他想了想，额头都渗出了汗滴。

外界的反馈信息很快就传递到了庭审现场，一个书记员从幕后递给了冷若樱一张纸条，显然冷若樱是第一个接到的外界信息的，这个举动也让台下又是议论纷纷，然而冷若樱似乎有自己的想法。

她说道："辩护人，请简要地阐述与本案有关的证据材料。"言下之意已经很明显，但是显然又不是粗暴地打断辩护方的举证，把握庭审的能力不由让人称赞。

"根据这些推断和证据指向，只有两种可能：一、赵羽并非凶手，他是被人陷害；二、赵羽幕后还有更大黑手，他只是被雇杀人。而这两种可能辩护人认为都应该退回公安机关补充侦查。进言之，现在的证据链显然有巨大漏洞，现场的鞋印，赵羽的皮肤组织、DNA、凶器上赵羽的指纹这些都并不能说明凶手就是赵羽,唯一的证据材料就是赵羽的口供,然而被告人有数份笔录说自己当晚喝醉了,这与他供述自己清醒杀人是相互矛盾的,根据疑罪从无的原则,我认为凤凰山杀人案的凶手并非赵羽!”熊安安说道。

而关于证据链的漏洞,显然直刺到了李婉晴最担心的弱点,她起身直接面对赵羽说道:“被告人,你现在如实向法庭供述,但是我需要提醒你的是,在法庭如实认罪能够获得从轻的判决,而你也有可能不会被判处死刑。”

“公诉人,你这是在诱供、变相逼供!”熊安安站起来说道。

黄昊笑了笑,笑得很怪异,而又有些惨然。人生最痛苦的事,莫过于让曾经相爱的人,今日竟持刀相向,一直挂念的李婉晴,思念了十年的李婉晴,今日竟然想判他死刑?这无异是一个人生惨痛的玩笑。自戕?还是将刀交给这个曾经心爱的女人?黄昊心在泣血,以至于长叹起来……

就在黄昊仰天长叹的时候,一些短信陆陆续续地发了过来,原本在法庭内部应屏蔽的信号此刻不知什么时候解除了屏蔽。庭内的媒体在收到信息后,看了看手机,但都已经知道了大概的意思。

直播室的舒锐也一样,在他准备提问的时候,外面有人打手势,这个手势是台长有急事时候才会做出,显然是有重要安排,他示意了下暂停直播转插播广告,接着他起了起身,走出了直播间。

“什么事?”舒锐问道。

“领导来了电话,我们这个节目是湖矿公司赞助的,那边现在说的湖矿污染的事情纯属谣言,提醒你直播引导的时候注意一些。”来人说道。

“那这个污染有没有相关的信息?”舒锐追问道。

“嗯,领导说这个污染问题以前曝光过的,原因是下游很多不规范的洗矿厂,无证洗矿、无技术洗矿,所以导致污染的高发。事后湖阳市对这些厂进行了整顿,湖矿公司也对相关洗矿厂进行了整合,大大减少了污染。”来人说得很快,似乎想把领导的意思尽快传递过去。

“相关的新闻资料是否带过来了?”舒锐问道。

“带了。”来人亮了亮手里的光盘。

“哦,这样啊,那你等下把相关的数据传到编导那里,弄好后示意我插播这些新闻和信息。”舒锐说道。

“好的!”

回到演播室之后，直播也继续进行下去，舒锐很淡然地对白杨院长说道："白杨院长，您知道熊律师所说的污染的事情吗？"

白杨院长摇了摇头，说道："这个很少关注。"

"我这里有一份资料，现在让我们一起看下。"

"好的。"

随着以前湖阳电视台的一则追踪新闻报道，一个个体作坊洗矿带来的污染展现在屏幕面前，个体作坊的污染影响，无证洗矿、无技术洗矿的客观存在，之后是湖矿公司开始的绿色洗矿，关爱环保、爱护城市母亲河的宣传广告……

显然，在这种播报之下，湖矿公司的形象得以再次重塑，以至于舒锐都无须做更多的介绍。

"如此看来，熊安安的举证似乎有些偏颇了。"白杨院长说道。

"嗯，让我们继续看庭审进程吧。"舒锐说道。

此刻，被告席的黄昊也停止长叹，调整一下自己的状态，对着李婉晴说道："好吧，既然公诉人这么想让法官判我死刑，我也说下我的请求，假如判我死刑，我希望由你来执行！"随后淡然地笑了下，而这种熟悉的玩世不恭，熟悉的语调，让李婉晴竟然也渐渐有了感触，以至于内心深处最软弱的一面不知不觉竟被唤醒。

"这个人，真的是黄昊?! 命运怎么会给我们开这么大的玩笑?!"李婉晴内心深处颤抖了一下，愣在那里，以前和黄昊在大学时期的海誓山盟的一幕幕在眼前重演——

"如果有一天，你敢对不起我，你就给我小心一点。"桃树下，两人并排坐在草地上，李婉晴靠着黄昊的肩膀，突然嗔怒道。

"不可能啦，不知道你脑子又想到哪里去了。"黄昊用手捋了捋李婉晴的长发，笑着说道。

"你如果敢找其他人，今天法制史老师讲的各种古代肉刑方式，你就自己选一种吧……"李婉晴依旧佯装发怒。

"果然是学霸，什么时候都要扯到读书上面去。"黄昊无语，摇了摇头，接着故意玩世不恭地说，"那你知道法制史还有'七出三不去'呢，你哪天不顺父母、无子、妒……"黄昊如数家珍地说，话没说完，已经惹的李婉晴更加生气，举手就要打。

黄昊起身就跑，边说："还有多言、淫、恶疾、盗窃，我就一纸休书把你给休了……”

李婉晴看追不到，索性一屁股坐了下来，在那儿生闷气。

黄昊一看不妙，赶紧凑了过去。

“好了，小生知错了，要不我今天先把自己给‘髡’了？”黄昊指了指自己的头发。

李婉晴瞟了黄昊一眼。

“你总不能把我给‘宫’了吧？”黄昊继续说道。

李婉晴“哼”了一句。

“来来，我去找把剪刀，由你来执行好吧？”黄昊起身说道，这惹得李婉晴扑哧一笑，脸色一下就多云转晴了。

黄昊又坐回旁边，抱住了李婉晴，“好啦，跟你开玩笑啦。”

“哼，你如果敢对不起我，我就把你给枪毙了。”说完，李婉晴伸出手指，顶着黄昊的头，做了一个开枪的手势。

“哈哈，就凭你们100米5发子弹全脱靶的枪法？”黄昊一看李婉晴没生气了，又逗了起来。

“诶，你还记得我们军训打靶不？你们女生一排开枪，山下的靶标分毫未动，‘啪啪啪’子弹全打十多米高的山坡上去了，场面多么壮观啊。”黄昊一脸的不正经。

“嘿嘿……”李婉晴也想到了当时的糗样，自己也笑了起来，枪之前真从来没摸过，一扣扳机子弹不知道怎么就跑光了，更不知道飞哪里去了。

这种美丽的画面，瞬间就被击碎，时光荏苒、白驹过隙、人生无常等一切词汇，似乎都难以形容此刻李婉晴的失落、悲伤和遗憾……

李婉晴想着过往，想笑又想哭，依稀已有些许泪水不争气地在眼眶打转。

“婉晴姐。”助检员小陈赶紧推了推李婉晴。

李婉晴意识到了自己的失态，咳了句，赶紧调整了一下，说道：“被告人，我刚才问你的是，被害人陆小勇是否是你杀的？”

“我那天喝醉了酒，我不记得了！”黄昊说道。

“法官，我认为公诉人这种纠缠不休完全没有意义，或言之，我认为这是公诉人由其证据薄弱而产生的一种不自信！”熊安安又一次站起来反对道。

“对方辩护人显然是在混淆视听！”李婉晴反唇相讥。

“辩护人是否还有新的证据要出示？”冷若樱似乎已经受不了她们二人的这

种无端纠缠。

“没有了。”熊安安说道。

“你那份完整的录音录像资料有多长时间?”

“45 分钟。”

“考虑到辩护人出具的完整录音录像资料可能具有新证据的效力,本厅宣布休庭 1 小时,休庭!”冷若樱敲击法槌,说道。

庭外,各路的媒体记者开始议论纷纷起来,对熊安安将在庭审幕后出示的证据也充满各种揣测,然而刚刚收到的“凤凰山杀人案”的批示他们又不得不格外重视,这让各路媒体开始有些无所适从,转而将信息获取渠道转向同行,看同行究竟准备如何报道,这让原本肃静的法庭变得喧闹不宁。

而另一边,刑庭会议室,熊安安将证据通过刑庭的背投播放了出来,随着视频完整的供述,对李耀的控告以及李羽飞过往涉案的揭露,让冷若樱和李婉晴有了一阵寒意,这种刺骨的感觉是从所未有的,而陪审员更是噤若寒蝉,面面相觑,不知所措。而这和庭外的喧闹对比而言,真是冰火两重天。

刑庭会议室一阵沉默,证据材料的提供者熊安安率先发声:“这些证据材料现在牵扯到其他人员,但是为了保证被告的人身安全,我希望这些证据材料范围不要扩散。”

冷若樱和李婉晴几乎异口同声:“这份证据材料真实性……”李婉晴停了下来,让冷若樱说完。

“辩护人,其一,这份证据材料的真实性现在还没有经过鉴定,我们无法确定真伪;其二,被害人的控诉未必代表李耀便是杀人凶手,相关事实也有待确认;其三,按照程序,这份新证据我们肯定要通过组织程序向上请示。公诉人意见应该和我差不多吧?”

李婉晴点了点头,这时李婉晴的手机响了起来,是一条来自单位同事的短信:“李处,关于湖矿污染的情况,熊安安在说谎,相关视频的复制版本我已经发到您邮箱,请查收。”

李婉晴问道:“冷庭长,您这里可以上网吗?我这里也有一份新证据材料。”

熊安安显然也有些意外。

冷若樱点了点头,指了指旁边的一台电脑。

李婉晴赶紧过去收自己的个人视频资料,这份视频材料和庭外媒体记者以及舒锐所收到的几乎一模一样,但是内容却显然和熊安安的完全不一样。

谁对？谁错？

会议室一篇沉寂……

随着视频的播放，时间很快就过了原定的1小时。

这让庭外焦急等待的媒体记者们产生了更多的质疑。

“怎么办？这个庭如何开下去？”这个问题让冷若樱开始发愁。

李婉晴说道：“这个庭没办法这样开下去了，相关的新证据我们都必须进行核实，当务之急还是回到法庭，否则外面会闹翻掉了。”

“要不要先请示一下领导？”陪审团的两位老同志建议道。

显然，一再的延期审理，肯定无法达到原定的公开审理目的，甚至会因为准备不周而被批。

“刚开，难道又延？！”冷若樱自言自语，“开还是不开？”这个问题让冷若樱头皮发麻。

“还是先问下领导的意见吧，这个案子我们不能草率，即便被领导批评、被媒体抨击，我们也不能失去理性，更不能随意庭审下去。”李婉晴说道，然而显然很不理性地白了一眼熊安安，似乎在想：“有东西早拿出来嘛，现在弄得大家都这么尴尬，熊诉棍。”

此刻的熊安安，没有时间想她们的问题，她要关心得其实更多。

“上次公诉人已经申请过一次延期了，不能超过两次，这次辩护人你申请吧？”冷若樱问道。

熊安安似乎想通了自己的问题，淡淡地笑了一下。

“那好，我再征求下领导的意见。”冷若樱说道。

李婉晴也点了点头，说：“这个事情，关系重大，我也必须向领导汇报。”

“我只有一个担心，被告人的生命安全！我希望这个范围越小越好！”熊安安继续强调了一句，“你们能否保证？”

这个问题让李婉晴、冷若樱都很是尴尬。

“我尽力而为。”李婉晴说道，对她来说，或许这意味着那个貌似黄昊的被告人赵羽真可能不是杀人凶手，而多少在她心中还是激起了涟漪。

“我会对领导直接说明。”冷若樱说道。

“但是我丑话说在前头，如果被告人因此出了闪失，我熊安安永远都不会放过你们！”熊安安说道，虽然她心里也知道，很多事情根本就不是她们所能掌控的。

“喂，领导，我有一件极其重要的事情要单独向您汇报。”李婉晴已经先走到旁边拨通了电话,然后冷若樱也走到另外一边拨通了电话。

接下来,除了二人略显隐秘的通话声,周边感觉不到任何其他的杂音,无论是电话那头还是电话这头,每个人似乎都能感觉到自己血液中那微微的跳动,还有那一丝的颤抖……

等待、持续的等待,庭审现场开始充满各种猜测:发生争端、阴谋、被摆平、交易等不一而足。

过了一会,法庭大屏幕打出提示一条消息:“新证据审核中,请耐心等待。”

这种信息就如同“晚点,时间待定”的春运期间的词汇一般,似乎大家都在等待那趟永远等不到的火车。

在推迟了2个多小时后,李婉晴、冷若樱、熊安安等人才陆续回到庭审现场,像一勺冷水,浇入了翻滚的汤水中,瞬间止沸。

“庭审继续。”冷若樱敲击法槌,丝毫未对迟延开庭作任何说明,这或许就是“冰美人”的习惯——没有理由、没有说辞,用庭审说话。

这种操作方式或许有违面对媒体的操作规范,甚至可能成为舆论的焦点,然而作为一个司法工作人员,与其喋喋不休地与媒体一再解释、讨价还价、各种诉苦,不如在本职工作中给人答案,因为审判结果比过程、解释,其实重要得多。

“辩护人提供的视频资料刚才已经进行审查,公诉人有没有意见?”冷若樱问道。

“对该视频,我方暂时没有意见,但是我方刚收到一个新证据,因为并不涉密,所以我申请播放。”李婉晴说道。

这犹如一针“强心剂”,让很多媒体记者兴奋了起来。

冷若樱点了点头,李婉晴将送到检察机关的视频原件交给法庭。

这个视频和舒锐所播放的视频是一样的,主要作用就是对污染进行说明,从而对熊安安所举证的陆小勇是为了调查污染说进行反驳。

视频的播放,已经将污染的原因罗列得很清楚,就是不规范的洗矿池列为罪魁祸首和直接源头,而湖矿的集中和规范反而起了整顿的作用,这让在座的媒介都松了一口气。

然而,熊安安似乎已经早想好了对策,她坐在那里,嘴角上扬了一下,一种格外的自信神态。

“辩护人,你是否有意见?”冷若樱问道。

“有!”熊安安回道,然后站起来说道:“公诉机关拿出来的很明显是早先在我们电台播放过的一段湖矿广告,我实在没想到它还能当证据用。为什么这么说呢?第一,它经过多次编辑、剪辑,选择性使用,缺乏客观性;第二,它依旧没有说明是哪个地段,存在多少污染,是否就是某家小洗矿池产生的污染,换句话说,就是它并不能说明就不是湖矿公司产生的污染,缺乏关联性;第三,公诉人没有说明它的来源,是科研机构还是司法鉴定机关,或者说是不是来自湖矿公司市场公关?辩护人认为缺乏合法性。这样的一份广告能做证据,我认为不免可笑。”

这段话似乎刺到了李婉晴的痛处,让李婉晴脸色有些难看。

“我需要再申明的是,我前面所出示的证据材料和鉴定材料,有着配套的土壤样本,可以证明这些物品的采集地点,而且我这里还有一份书证,配套证实采集的GPRS位置,可以精确到半米之内,这个显然可以再行印证。”熊安安停了停,拿出书证材料,用似乎宣战式的语气说道:“而这个GPRS位置,明显属于湖矿公司!而不是所谓的小洗矿池,他们这是在混淆视听!”

这个时候,李婉晴显然发现了自己信息是多么不对称,所掌握的资料与熊安安对比,简直就是少得可怜。而此刻最幸福的莫过于庭审现场的媒体记者们,一个接一个地爆料,极大地满足了记者天生的好奇心和窥探欲,一时间熊安安又一次成为庭审的焦点。

冷若樱显然不能让庭审再一次出现混乱,她也理解熊安安一再的证据突袭对李婉晴带来太大的压力,这显然对李婉晴过于不公,她看了一眼李婉晴,问道:“公诉人有何意见?”

李婉晴说道:“第一,辩护人出示的证据现在未经证实,我们也未做匹配试验,是否真实依旧值得怀疑;第二,即便辩护人所述属实,与被告人是否是杀人真凶依旧没有直接关系;第三,辩护人一而再、再而三的出示庭前所未陈列的证据材料,在公诉方将所有材料都给辩护人的情况下,信息显然不对等,不符合平等对抗精神。”

李婉晴停了停,继续说道;“由于辩护人的证据突袭,而让公诉方又一次的延期,这显然利用了诉讼程序,这种方式公诉方无法接受!”

熊安安起身说道:“我方所有证据材料目前已经全部陈列,鉴于平等对抗,辩护人申请延期庭审一次,让公诉方有足够的时间查证、核实。”

冷若樱向李婉晴问道:“公诉人可有意见?”

“没有,我方要将相关证据材料全部核实一遍,希望辩护人不要又拿一些无关紧要的证据材料类影响案件审理。”李婉晴说道。

“本庭宣布延期审理一次，时间另行通知，休庭！”冷若樱敲击了法槌，留下一群茫然的媒体记者。

“这是要打持久战啊？”

“看来广告费都可以多收不少。”

“难道还有第三季？”

“这真是让人看不懂……”

当舒锐镜头扫向冰、火、水三美人的时候，发现没有一个人有轻松的表情，似乎这次的延期并没有一个胜利者，而这也昭示着下一场将会是一场更艰辛的恶战……

庭审中熊安安的爆料，恰似一颗原子弹，震动了整个湖阳。不仅是湖矿公司，湖阳的政坛也开始充满着各式的猜忌，而居民的恐慌心理更是前所未有。

这种混乱，是湖阳市领导所不愿看到的，也是未曾预料到的。基于舆情的应对，市政召开紧急扩大会议，这会从下午开始，一直开到了凌晨3点多，这在湖阳历史上也未曾有过的。

最紧张的，莫过于郭氏家族，随着熊安安有意无意地搅拌，各种底层暗潮开始急剧涌动。

“华儿，看来对方来者不善啊。你现在准备怎么办？”郭艾平在听闻之后立马打电话给郭华。

“一、尽快拿到那个采集土壤样本GPRS位置的数据，尽快修补，不能留下任何的把柄；二、按照推测，熊安安证据材料的来源是从杨军那里过来的，要想办法掐住源头；三、那个赵羽，还是要想办法……”郭华回答道。

“你最重要的地方没有抓住。”郭艾平在电话那头说道。

“我知道，我已经安排下去了。”郭华似乎父子连心。

“那个熊安安，我会想办法让她不再出庭的。”

“喔？”

“她师傅就是高叁。”

“哦，你已经联系了？”

“是的，另外，这边加单的事情你要尽快。”

“我知道了。”

“做大事，不能有妇人之仁！”

“嗯,我知道了。”

湖阳的清晨,许久未见的阳光普照着湖阳大地。随着一大早湖阳晨报、湖阳都市报的发放,头版头条的通告消息如同这阳光一般,目标就是扫除人们心中的那团“污染”阴影。

“告湖阳市民通知书:

湖阳水质在去年周边洗矿池综合整治之后,得以大幅度好转,至今并未出现水质污染情况,请市民们不要以讹传讹,更不要盲信盲从,对于故意编造虚假消息进行传播且造成恶劣后果的,有关部门将依法进行责任追究。

同时,为保证公正和客观,我们欢迎其他质量监督部门和第三方对湖阳水质进行抽查和检查。

附:今日水质抽查指数:

涟南区:水质抽检情况……

柔水区:水质抽检情况……

江北区:水质抽检情况……

塘山县:水质抽检情况……

附:各水质监控点联络电话 ……

苏东省湖阳市人民政府

苏东省质量监督总局

苏东省水务集团

……

(即 日)”

同样,当地电视台的新闻栏目和网络信息也没有停止宣传,甚至还有数名专家和政府官员从自来水接水直饮的视频。一切似乎都按照初始计划在平息。

熊安安在自己的房间整理着材料,突然电话响了起来。

“您好,哪位?”

“我。”对方话很少,但是熊安安听出了这熟悉的声音。

“师傅!你怎么换了手机。”自从离开云都到湖阳这边的律所后,熊安安和高叁老师联系得就不多了。

“你现在处境很危险,到我这里来一趟。”高叁的话语中,无形地给人以压迫感,似乎没有选择的余地。

“好。”

“自己多注意一点。”高叁再次强调，似有所指。

熊安安显然有些无措起来，师傅对于自己的栽培，这显然是无法忘记的，只是这个时候突然的电话过来，而且又说得如此紧迫，到底是什么事？难道就是因为这次辩护的事？她觉得一头雾水，但是这个电话显然不能置之不理。

想到这里，她赶紧驱车开往云都，高叁老师律所所在地。

云都与湖阳距离不到200公里，在现在高速便捷的情况下，驱车很快就到了。熊安安急性子容不得心里有事，到所后都顾不得与其他人打招呼，直奔高叁办公室。

熊安安都没敲门，直接将门推开，这种心急火燎似乎高叁早已习惯。高叁微微笑了一下，说道：“哎呀，安安，这么多年，这个习惯还改不了啊？”

熊安安也笑了下，学着说：“哎呀，老高，你就不要这么笑我了，笑了这么多年，这个习惯你也改不了啊？”

高叁又是大笑，凡事都喜欢针尖对麦芒，死顶到底，这似乎真得到了自己的真传。

“还是喝咖啡？”高叁问道。

“改了，现在喜欢喝茶，你这里有人参乌龙茶吗？”熊安安回道。

“这个习惯可不是那么好改啊，受什么影响了吧？”高叁追问道，而这种追问似乎早已从职业习惯变成了生活习惯。

熊安安想起了最后与杨军的见面，想起了那家咖啡厅，她只有一个信念——等杨军回来，再重新开始享受她喜爱的咖啡，因为或许只有和心爱的人一起共享喜欢的东西，这才是幸福……

高叁觉得自己还是很了解自己这个得意门生的，由此他认为自己在接下来的时间里有充足地把握说服她。

“找男朋友了吗？”高叁很慈祥地问道。

熊安安点了点头。

“快准备结婚了吧？结婚记得叫我。”高叁继续问道，这是他的连贯追问，似乎是一个很大的圈，你永远不知道他到底想要什么答案。

熊安安没有想那么多，因为对方是她所敬重的一个人，她从事律师的指路人。

“结婚的事情，现在还不知道。”

“哪里的，可以说么？”

"公安的。"

"哈,能让我们安安美女看上的,想必是很优秀的青年啊,也真是修了好福气……"高叁赞扬道,然后突然又问道,"是大学同学吧?"

"咦?"熊安安的反映显然已经证实了高叁的猜想。

"哈哈……"高叁没有继续追问下去,但是显然他已经得到了答案。

"老高把我叫过来有什么急事?"熊安安显然不想赶赴变成一场纠缠。

"我听说你最近接了一个大案?"高叁问道。

"还好,一件小刑事案件而已,算不上大案。"

"今天找你来,跟我一个朋友有很大的关系,我这个老友通过一个机密渠道得知了一个消息,我认为有必要让你知道。"高叁说道。

"师傅,你说吧。"熊安安对这个奇特的"老友"越发不解,但是显然高叁不愿意告诉姓名,自然有他的理由。

"就是你的刑辩已经触及太多人的利益,甚至已经造成了当地的恐慌,换句话说——你忘记了我教你的最重要一条。"

"什么?"熊安安觉得很奇怪。

"不要触及政要。"

"但是老师您以前也教过要铁肩担正义啊。"熊安安很是不解。

"政要比正义其实更为有力,更为让人恐惧。或许空洞地说教,你未必能懂,你看下这篇文章。"高叁说完之后,拿出一张类似报纸的刊物给熊安安,说道,"这是一份样刊,我花费了不少代价才最终撤下来。"

熊安安觉得有些不可思议,什么事情竟然还要高叁师傅亲自出马。然而当她拿到这个刊物之后,就发现事情远不像她想象得那么简单,即便只是其中一个版面,熊安安也从刊头看出了这篇刊物代表着官方的表态。

"作为法律共同体的一员,无视事实与真相,为博取公众眼球、为获取高额代理、为个人出位,丝毫不顾忌自己言论的恶果,在公开场合信口开河、肆意传播,让民众惶惶不可终日、让政府让纳税人为她的恶果埋单。这种行为显然不应止于澄清,不应止于以正视听,更不应止于简单的治安处罚……否则,任何人员都可以随意捏造事实,让政府疲于奔命、让民众惴惴不安……这种不负责言论无疑要付出相应的代价……"

熊安安觉得有些无语,她不知道这样一篇文章根本目的何在。但是可以肯定的是,这不是个好消息。

“你看懂了什么没有?”高叁不失时机地追问道。

“我没想到一个辩护能够引起政府媒体的注意。”熊安安说道。

“这个想法还太稚嫩了,继续往深里想。” 高叁笑着说。

“还能有多深?”熊安安反问道。

“诽谤罪和危害公共安全系列犯罪,你想选哪一个?”高叁继续问道,

“但是,我觉得我哪一个都不符合。”熊安安据理力争。

“如果这篇文章发表的话呢?”高叁追问道。

熊安安一时语塞,各种可怕的后果让她不寒而栗。

“这个……你是从哪里得来的?”熊安安不免好奇。

“说来好笑,也是你们同班同学——卢俊那里得来的。”高叁毫无保留地说道,“所以师傅也是从权衡角度考虑,帮你把这篇文章截了下来。希望在有限的时间内给你一个缓冲时间。”

“缓冲?”

“嗯,慎重考虑这个案件还接不接,就案情而言,我觉得你做得已经足够了,剩下的不妨交给法院判决。”高叁说道。

“师傅,你懂我性格的。”熊安安依旧很倔强。

“就你个人代理所获取的薪酬,我通过一个中间渠道,对方愿意支付5倍的价格。”高叁继续说道。

显然,如果是一般的案子,熊安安或许真的难以抵挡这种诱惑。倘若需要,她可以很轻易地找到理由拒绝出庭、拒绝继续代理。然而,高叁低估了熊安安的决心,低估了这个案件背后杨军与熊安安等人的艰辛付出,更难以理解黄昊等人缘何将生死置之度外。

熊安安沉默了很久,以至于高叁以为谈判基本已经达成共识。

“对不起,高叁老师,人生总需要一些坚持!”熊安安笑了笑,坚毅地回答道。这种坚毅,让熊安安想起了黄昊、想起了杨军,想起了系列事件中前赴后继、依旧坚持不懈的人们。

高叁叹了口气,不知该如何继续,但是他又为这个弟子某方面超越自己而感到一丝的荣耀,或者说是感到一丝久违的感动。

湖阳市纪委,针对杨军的调查已经加大了力度,十多天来缺少睡眠,让杨军精神开始虚弱。他开始难以理解这种方式,然而这似乎又不需要以他能否理解

作为条件，一切看起来理所应当。

由于不认可这种方式，傅局最终找了一个理由带队离开了调查组，而主办的胡主任在中途接听到一个电话后，得到了一条颇为确切的消息，这让他很是兴奋，对他来说——一个绑架他人、索取数十万元，与不明人士勾结，胡乱造谣生事、扰乱湖阳当地经济正常发展，激起民怨民愤的穷凶极恶分子，即将臣服于他的脚下……

“杨军，我现在问你一个问题，你有女朋友吗？”

杨军没有回答，或是因为早已没有气力，或是实在不屑。

“你不知道吧，最近凤凰山案的审理出现了不少波折，我们现在有充分的理由相信，有一名律师也介入了，并且还造谣生事。”胡主任若有所指地说道。

显然，杨军心中最脆弱的部分已被触及。

“你觉得我们应该对她采取什么手段吗？这种造谣的行为，已经危害到了本地的经济发展、危害到人民生活的正常秩序。”

杨军依旧没有吭声，但是原本颓废的精神显然又一次重振了起来，他很认真地听。

“有些东西，其实大家都心知肚明。有时候违法和违规，也就是一个度上面。只是这个度，你怎么看待、怎么衡量、怎么悔过，就你这个事情来说，那名律师我们是不是也要调查？”

杨军说道：“你们可以对律师立案调查？”

胡主任笑了，说道：“看来你是承认有人和你是同伙了。你认为我们会让你的同伙逍遥法外吗？”

杨军总算知道什么叫关心则乱了。

“杨军，我不希望你这个事情把别人给害了。你说，一个不明就里的女孩子，生生被你拖到这场事件里来，你不是在误人吗？倘若最后因为引发群众的恐慌，定上罪名，我就不知道你到底是在帮她，还是害她。”

杨军这个时候，心里“咯噔”了一下。事实上，他确实不希望熊安安被牵扯进来。

胡主任看在眼里，他认为找出这个扰乱湖阳社会秩序，揪出造谣滋事幕后黑手的机会到了。

“根据我们的调查，你和那个人关系非同小可，不妨我们做一个交易：作为一个从犯，我们可以不追究她的责任，而且我们也相信你只是被一些不法分子利用,如果你能将幕后的人员交代出来的话,我们可以对你也既往不咎。”

胡主任顿了下,接着说:“但是,如果你这边不把幕后的情况交代清楚,你只会在这个犯罪深渊里渐行渐远。你要知道你这个案子的幕后据说有境外的势力插手,危害结果上升到什么层面,可决定了你未来的出路。”

杨军对这种推论觉得有些难以接受,但听了胡主任的言论,似乎现在湖矿公司那边已经将打击面扩大了,也正因为此他开始更加担心起熊安安来,这种担心显然已经让杨军已然有所动摇。

熊安安那边,刚刚告别高叁律师,正准备到地下停车场取车,突然想到她其实应该将那份被高叁老师拦截下来的样刊带走,起码她可以找卢俊倒查,到底是何方神圣如此不分青红皂白。想到这里,她关上了车门往回走。

虽然被誉为苏东标志性的商务大厦,然而配套的商务电梯却格外寒碜,不仅数量少而且空间小。这让等待变得格外漫长,进入电梯后也显得格外拥挤。到高叁律师事务所的楼层后,熊安安深深地叹了一口气,然而当她到高叁办公室的时候,却发现办公室已经锁上。

“怎么一转眼就看不到人了。”熊安安不免嘀咕。

“高主任刚走了。”过来的一个小伙子友善地提醒道。

熊安安不免有些失望,只好乘电梯重回地下停车场取车,然而就在她坐回车上时,她却突然发现了两个身影从车前走了过去。一个是师傅高叁,另一个则是大名鼎鼎的郭艾平!

“郭艾平?!”熊安安大惊失色,这个也算是苏东省的知名人物了啊,他跑到律所要干什么?照道理怎么也不需要自己出面啊,看来事情并非小可。而且他又是怎么和高叁扯上关系的?

熊安安开始有些不解,大脑开始飞转起来:难道高叁所说的5倍代理费就是郭艾平所出的价格?难道苏东的那篇文章也是郭艾平这边的人所安排的?或许在我拒绝之后,他们又会有新的部署?那会是什么部署呢?知己知彼百战百胜!熊安安下定了决心,跟踪摄像!

她蹑手蹑脚地打开了驾驶室的门,慢慢地从车后面跟着走了过去。郭艾平和高叁一路走,一路商议着事情,由于地下停车场的空旷,他们谈话也显得肆无忌惮。

“这个妮子这么不买账,那可不要怪我不留情面了啊,老高!”郭艾平说道。

“这件事情没有挽回的余地么?好歹她也是我徒弟,带出来也相当不容易。”

“但是你要知道，她这次在湖阳给我捅出了多大的娄子！这样下去，我们可能全盘皆输，搞不好以前的事情也会全部扯出来，你想过这个后果么?!”

“小孩子，教训下就可以了。”高叁眼神中依旧带着苦苦地哀求。

“老高，这种话难道还要我说多少遍？如果不听话，把她干掉！这可是W的意思，你也知道W决定的事情，你我怎么去违背？你有几个脑袋?!”郭艾平依旧走到了车边，怒气之余也带着一丝彷徨和恐惧。

“干掉?!”熊安安听到这个词，大脑一片空白！前所未有的恐慌涌上心头。

“事到如今，你还是劝她早点撤出来，我看在多年来的情分上，今天才到你这里来，否则我根本不可能特地自己开车过来，我现在还要去给W复命，你要一起去吗?”郭艾平打开车门问道，高叁想了一下上了车。

“W?！难道就是杨军私下接头所说的幕后黑手?”看来今天是揭开他庐山真面目的绝好时机了！熊安安按下按键，结束了这次的偷拍，然后继续蹑手蹑脚地爬回车上。

而那边郭艾平的劳斯莱斯已经启动，开向出口。

熊安安的幸运，在于她开的是一辆新车，高叁也并不熟悉，更不用说郭艾平，而繁忙的车道更着实给了熊安安跟车的好机会，假如是在高速上或许早已被甩掉不知多少条街。

熊安安是一个极其聪明的女人，即便不是专门的侦查人员，她也知道跟车不要紧密跟随，而是插一辆车或者两辆车，远远盯住便是。车辆七拐八拐之后，到了一家普通的超市地下停车场，郭艾平将车停了下来，似乎在等人，熊安安则将车遥遥停在另一个可视的角落。

熊安安对这种会见，觉得似乎有些不可理喻，照道理这些大头见面应该都在大酒店或者私人会所，不知道怎么会挑这样一家普通超市的地下停车场，或许他们的出发点就是大隐于市？又或许他们是为了防跟踪，更有一种可能就是这个W正好在逛超市，但是不想在电话中长聊，总之一切在难以理喻中等待着。

没过多久，停车场一个角落的喇叭声响起，然后是长短灯变换了两下，郭艾平和高叁下了车，熊安安也赶紧拉开了车门，借着车辆的掩护，弯着腰跟了过去。

只看到郭艾平和高叁纷纷上了一辆车，这辆车是一辆极其普通的帕萨特，车牌号也没有什么特别之处，车上的驾驶室似乎坐了一个人，但是由于停车场的昏暗，熊安安肉眼都看不清楚，更何况是用手机拍摄，想到对方很可能逃走，熊安安决定靠近一些拍摄。

而就是这个拿着手机边拍摄边前行的动作，成为一个致命的失误——在拍清楚了驾驶室人脸型的同时，由于脚下打滑，熊安安身子一下撞到了旁边的皮卡车，皮卡车发出了尖锐的警报声，以至于所有人的视线都直接投到了熊安安的藏匿之处。

这个意外，对双方来说，无疑是一种突发事件，两边对视了一下。也就几微秒的时间，车中的人咆哮了起来，喧杂的声音让熊安安知道了事情大为不妙。

“跑！”这是熊安安本能的反应，而“追”则是对方第一时间的做法。所幸熊安安离车辆不算太远，郭艾平和 W 追出来后，发现熊安安已经上车，他们又跑回了车子。

熊安安是幸运的，因为私下的隐秘会面，W 并没有带手下出来，她赶紧跑回车子，紧急发动汽车，迅速离开，没一会 W 也开车紧紧追随。

熊安安的幸运还在于，W 临时联系和调动人员需要时间，这给熊安安逃脱赢得了短暂的时间，然而随着时间的流逝，追过来的车辆似乎已经不止 W 一辆汽车，而没过一会，W 的车子就看不到了，取代的是 2 辆丰田巡洋舰还有一辆路虎。

熊安安肾上腺素急剧释放，她有种在电影中与黑社会分子在街头飙车的感觉，然而不同的是——电影中的黑社会总是追不到好人，而现实是对方的车比自己性能要好得太多。

云都城市建设的变化，让熊安安只能依靠导航，她的第一感觉就是——逃离云都市区，跑上高速。因为在市区如果她被强行泊车、强制拦截，那她极有可能就此凭空消失！但上高速，对方不可能强行泊车，何况到了湖阳，她完全可以找到当地的警方或者其他可靠的人帮她应急和处理！

这场追逐，无疑成为生命的赛跑！熊安安打开双闪，一路奔驰，她第一次敢在呼啸的车流中大闯红灯。她也是第一次在街道上狂按喇叭，将车速开到了八九十迈。

智能手机的便捷，给了她腾出双手的机会，面对这群穷凶极恶的凶犯，她无疑要为自己想好退路——“把事情搞大一些，这样就会留下更多的罪证，对方也会因此而被监控摄录，想要抹平这些影响、想要消灭这些物证更会越加艰难！”

高速路口已经近在咫尺，而后面的车辆似乎也已经预知了熊安安的想法，路虎车已经离熊安安越来越近，以至于连续追了熊安安尾部两下。

“坚持！马上就到高速了，这辆车极限也能跑到一百六七十迈吧，生死有命、富贵在天！你们好车就真敢这么开吗？”熊安安显然已经下定了决心，而这个决心来自W要将她除掉的决心！

“咣当！”熊安安的车子没有停车，直接撞断了高速收费站的栏杆，旁边一名站立的民警吹了口哨，几个人跑向巡警车。

后面的丰田、路虎显然也不会吃素，更不可能乖乖停下来拿通行卡，“咻、咻”一辆接一辆的闯关而去！

警报、责骂、追逐……

这是熊安安人生第一次对警方人士如此嚣张，但她显然也不敢就此停留接受交警调查，她实在不知道这个W到底有多大的能耐。但这种紧张，反而让她找到了当年游戏中的全身心投入的感觉。

“人生如戏，就应同游戏。”熊安安当年是这么认为的，从最简单的暴力摩托到后来的极品飞车各个系列，熊安安也一直追随。

“玩得起继续，玩不起出局。”熊安安现在依旧这么想，所驾的新车油门第一次被彻底踩到底！

“提前量、预判、走位”，这是CS中的步伐和基本功，却没想到用在这种场景下。

然而熊安安也知道，这场追逐她必须替代选择，想到这里她语音查找了李耀。

“李队，这是我刚才拍摄的W的一段视频，你鉴定下这个人是哪个。”

“W？你怎么接上头的？”

“快接！搞不好我今天要死在这里！”熊安安喝道！然后点击迅速将拍摄的视频发送了出去。

“生当为人杰，死亦为鬼雄！没想到我大名鼎鼎的熊安安就这样玩完了？！杨军，你以后如何见我？！”熊安安长叹，几辆车在高速上陆续呼啸而去！再背后则是一阵警笛响起……

第十九章　未　末

未，木老于未，象木重枝叶；末，木上之端，象木之尾穷。未末皆从木，一者欣欣向荣为生，一者穷途终结为死。

沸沸扬扬的污染爆料，让湖矿公司洗矿池周边显得格外安静。但在凤凰山案审理后，这份安静又一次被打破，洗矿池周边居民在晚上的时候总会听到一阵阵的轰鸣声，但次日清晨却怎么也看不到重工器械，除了一系列的车轮痕迹之外。

郭华对自己一系列的安排显然有些得意，好不容易从法院弄出来的被污染地区的 GPRS 坐标，自然应当发挥出它的实际意义，狸猫换太子的把戏对于一家公司来说并非难事，要做的无非只是将这个区域的土壤挖掘出来，然后再来个移花接木而已。

急促的电话终止了郭华的得意，“爸，什么事？”

“你那边那个律师，现在把我们的事弄得一团糟，刚才甚至还跟踪偷拍了我！你最好把湖矿那些稀土赶紧高价处理掉，再这么留后患下去，谁也不知道会怎么样！”郭艾平显然有些愤怒。

“哦，我这个已经安排装车了，这两天可以大量运出。只是那个熊安安，怎么会知道你的行踪？”郭华反问道。

“这个就不要再说了，我已经派人跟上去了，最好是销毁掉那些影音资料，要不然还不知道她会传给哪些人！总之，你这几天小心一点，我最近总有家里出了内鬼的感觉，只是无法排查出到底是哪个。”

“还有这种事？！”

“是的，甚至很可能是我们亲近的人，要不然不可能知道这么详细！查出来我非宰了他不可！”郭艾平在那边显得有些愤恨。

“嗯,那个律师也留不得了,越搞越大!”郭华附和着说。

“这个不用你操心。”郭艾平回道。

而此刻的熊安安,正在高速上疾驰,穿插于货车之间,这实在是一件极其危险的事情,庆幸的是她将视频和相片已经全部成功发送给了李耀。

GPRS 定位下高速回到湖阳还有 75 公里,150 公里每小时的均速下也还要半小时,而后面的车辆已经越迫越近,熊安安此刻感觉自己就像非洲大草原上被狮群追逐的小角马。

“看来,真要给自己安排后事了。”熊安安心想,有些凄然、有些悲凉,却又不甘于就此香消玉殒,想到杨军,想到赢定了的官司自己却不能对李婉晴发出得意神色,她狠狠踩了一脚油门,从超车道穿了过去。

后面的车子显然也是亡命之徒所驱,他们的目的很简单——拿到熊安安的手机,消灭相关罪证。手机铃声响起后,副驾驶室的黑衣男子接了电话。

“任务有变,可以不计后果,重复,可以不计后果!”

“收到!”黑衣男子挂完电话后,拿出了手枪,边上膛边自言自语,“那就让她爆胎出个车祸,相信鬼也查不出!”

而前头的熊安安显然没有预料到对方会用这样一手!她只是拿起手机,拨通了自己备存给助理的语音信箱……

车辆的陆续穿插,让背后的黑衣男子一时难以瞄准,直到车辆驶上云阳大桥,熊安安占据左道急剧行驶。

“嘭——”熊安安右前方车胎的突然爆炸,车子一下往左边隔离带方向撞去,熊安安猛打方向盘,但 150 多码的速度,决定了她无回天之力,车辆撞出了右边的防护栏,直接从十米高的桥上跌落……

几乎是同时,李婉晴的办公桌上出现了 3 个快递文档,更巧的是这 3 个快递都是同城邮寄:一个是湖阳市某律所寄来的两份文件,湖矿公司洗矿池某地的土壤鉴定资料证实湖矿不存在污染,以及就此问题已经对熊安安提起民事诉讼的材料复印件;另一个是一张普通的光盘;最后一个来自市纪委,内容是杨军的个人有罪供述,证实他绑架人质,勒索钱财,并勒令他人修改证言。李婉晴想到休庭间熊安安对她和冷若樱的耳语细节,此刻不寒而栗,职业生涯中最难做的选择题此刻摆在她面前。

湖矿公司运输车辆已满货准备出发,首车驾驶员端木,一个有着 10 余年驾驶经验的粗犷男子,此刻在车前悠闲地抽着烟,他不为人知的另外一个身份是前自卫队队员，漂洋过海过来当一个异国的驾驶员，这项工作显然让他有些失望，喜讯是这一切总算快要完结了。想到这里他将烟狠狠地吸了一口，把烟头丢掷在地上狠狠踩上一脚后，他上车将货车发动。

车辆驶出大门的时候，一个美女远远地朝车队打招呼。

和大多数男人的选择一样，端木将车停了下来，摇下车窗，用熟练汉语问道：“美女，什么事？”

“去市区吗？我也是湖矿的，想搭下车。”美女一脸的真诚。

“去是去市区，就是这车不能载人，公司有规定，你不知道吗？发货区是严禁进入的。”端木指着厂部大门回道。

美女走到车边，拍了拍车门，“师傅，方便就送一下呗。”

端木虽然想搭讪美女，但是想到后面还有更重要的事情要做，他朝美女挥了挥手，致歉地笑了一下，把窗户摇上去之后，脚踩油门，绝尘而去。

搭车未遂的美女开始显得有些郁闷，走出载货区后，拿出手机打通电话：“饵料已上，‘鱼群’跟踪是否正常？”

“位置显示正常，谢谢！”

“剩下交给你们了，我们也要撤了。”

“收到！”对方说话毫无累赘之处，甚至有些冷漠。

而货车司机们却显然不会如此淡漠，“当兵三年，母猪赛貂蝉”的道理于他们而言也是同样适用，只是湖矿近乎变态的规定让他们早就憋屈良久，好不容易逮到的一个调侃机会他们自然也不会放过：

“端木啊，你小子走桃花运了啊，这么大一个美女你都不接。”对讲机里面传来调侃之声。

“回家之后，有的是女人，哈哈……”端木自我解嘲地说道。

“端木队长，今天走哪条线路？”

“B2。”

行驶在环城高速上，清风拂面，让人觉得格外清爽，心旷神怡之下，端木忍不住哼起了家乡小调。

一队婚车从左侧超车过去，增加了不少喜庆的味道，为首敞篷车新娘对着大卡车队的微微一笑，让端木更是心花怒放，远在他乡异国多年，今天碰到的还真是不少桃花运啊。

古来隧道,湖阳城郊的最大隧道,全长1500米,通过隧道后不远就可以驶上跨江大桥,风景优美至极,因此也不乏到此处附近拍婚纱照和风景照的人们。

在端木车辆随着婚车进入隧道后将大灯打开,然而隧道依旧显得格外幽暗。就在这时,端木卡车突然爆胎,车辆也随之差点失控,端木赶紧将车靠边停下,而后面的车也随之停滞下来。

“端木……吱吱……”隧道内的通信似乎变得不畅,难以想象波段难受影响的对讲机也会突然失灵。后面的卡车显然开始有些慌乱:“端木,我们后面来了一队工程车辆……前面情况怎么样?”

一辆婚车由于刹车不及撞上了端木的大卡。

端木打开双闪,准备下车进行检查,然而就在此时,婚车内的几个人跳了出来,要端木给说法。

端木车队中的见状不妙也下来两个人……就这样,两车队的人吵了起来,隧道由此拥堵。而在背后的工程车队将道路彻底封锁,后面车辆只能绕旁边的分流道分流,这将隧道内的两队人马与世隔绝。

“你把我们车撞了,耽误了我们这边的婚期,你说怎么办?!”

“明明是你们的车自己撞过来的,怎么还怪我了?”

“这显然是你大车的责任,你看你都横在马路上了!”

端木显然不想将事情闹大,他拿出湖矿公司的出厂证明文件:“兄弟,这是湖矿公司出口的工艺品,我们这边急着要送,到时候会直接影响湖矿公司……”

婚车方的男子听闻之后更加暴怒:“哦,湖矿公司就了不起啊,就可以不赔钱啊? 你看把我们婚期都耽搁了,你说怎么办?!”说完推了端木一把。

端木火大,正准备拿出手机叫人过来帮忙,婚车方的男子们围了过来。两边互不相让,甚至还互相推搡。

端木这边就是几辆货车,人数显然占劣势,但是他们对自己素养还是格外有信心,只是货车内所运输的物品让他们还是有所顾忌。

婚车为首的一个人走到端木身边,说了句:“要不这样吧,我们商量一下,你看怎么样?”于是他一边搂着端木,一边跟他商议,就到车边人群的视野盲区的时候,为首者和旁边的年轻人突然发力,两手一拷,将端木架了起来,紧接着旁人用一团布料塞住了端木的嘴巴,抓扭堵整个过程一气呵成,当端木手头被手铐一锁的时候,他才如梦初醒,意识到这可能是一场阴谋,但随后一针让他意识逐渐模糊……

不到5分钟,后面的几个司机也被控制,端木等人则都被塞进了前面的几辆婚车里面。在更换首车的轮胎后,隧道内的货车全部重新启动,朝隧道外开去,最后一辆湖矿的运货车则被后面的工程车铲开了厢门,就像刚刚发生了一场碰撞的事故。

在事故发生的20分钟内,在信息快捷传递的背景下算过了很久,湖阳不少媒介记者蜂拥而至,他们希望第一时间采访到交通事故的情况,交警也随之而来,拍照取证判断事故责任。

当湖矿公司知道这个事故的时候,时间已经过去了近40分钟,被曝光的一辆被撞货车,不知去向的另外8辆货车,以及无法联系上的端木一行人,让郭华觉得惊愕,他想到这起事故极可能与熊安安所爆料的污染有关,他马上安排人员第一时间到现场封闭,防止里面所包装的稀土由此暴露出来。

郭华所担心的一切,这些劫持者早已想到,在新闻记者们拍照的时候,几个人员穿着防化衣赶到现场,一个个拿出仪器现场检测,相关人员的举措动作,让新闻记者们更找到了金矿的感觉,他们遥遥拍摄,现场直播说湖矿所携带、运输的物品可能有严重泄露……防化人员的几个取证动作并带走几件物品之后,这点燃了原本就充满质疑的舆论。

郭华在办公室看到直播,直恨得牙痒痒:“难道说货车全部被劫持了?!”郭华想到这些,头皮都发麻。

而劫持者龙哥和李耀,此刻却是一种心境。

“其他的都被我们扣了,还一辆留着被我们乔装的防化人员暴露污染信息,这下可谓一箭双雕。”

“是啊,不过我现在有件更重要的事情要去办!”李耀突然神情严重。

“什么事?”

“熊安安出事了!”李耀答道。

李耀的回答让龙哥一惊,李耀接着说道:“我刚已经派人到现场去了,现在我也要过去一下,倘若熊安安真出事了,我要跟某人做个了断。”李耀站起身之后,又说道:“还有些资料我也保留了下来,到时候有人会交给你,剩下的事情还要麻烦你们了!”

李耀拉拉衣领,似乎下了一个很大的决心,慢慢走向汽车,留给龙哥的,只是一个坚毅的背影。

李耀开着警车，拉响警报灯，一路朝着云都的方向疾驰，虽然他已经安排人员过去接应，但他更希望能够接应到熊安安，找出事件的凶手，时间对他而言每一秒都是极宝贵的，这个时候手机响了起来。

“黑鹰。”

“嗯，怎么样？”

“那辆车爆胎，坠湖，我们现在在打捞……”

“凶手呢？”

“不知去向，我已派人在调查他们的出入高速记录和行程记录。”

“在哪个地方坠湖的？”

“云阳大桥，有十多米，估计……”对方声音有些悲观。

“尽力打捞，我现在去办件别的事情。”

“好的。”

又一个人被扯进来，而且还是一个与特情无关的人，一个只想追求她的公平正义的人，一个为了实现她男友目标而牺牲的女人。

“该终结了吧！W！”李耀感慨道，然后拨打了另外一个电话。

“假妹？”

“是。”

“我听朋友介绍你这里货最全，我现在要些东西，你帮我倒些货过来，我大概1个多小时后到云都，你有办法吗？”

“要看你要什么东西，一般的军品我这里有备货，再高端的就要看了，幸运的是我正好在云都，一般配货没问题。”

“好的，我要这些东西……”李耀对想要的相关器件如数家珍。

另外一边，古来隧道，记者和围观人群越来越多，一时间网络、论坛、自媒体上关于湖矿公司运输货物里面装有高污染物品的信息传得沸沸扬扬。

几车货品的突然“消失”已经让郭华大为恼火，这边又爆出来的负面新闻让他应接不暇，他坐在沙发上直抓头，只能一件件处理了，他想到这里拨打顾芃的手机号，结果半天却没有人接，这在以往是不曾有过的。

“什么鬼?！人倒霉什么事都能摊上！”他放下电话，拉开门朝着走廊大叫：“顾芃！顾芃！”

郭华半天没见人应，反手把门重重关上，“嘭”的一声让旁边办公室的人一个个噤若寒蝉。

郭华几乎是用咆哮的声音打通另一个电话:“我们货出事了,你到公安去追下这个事情,另找几个人从黑道过问下,到底是谁这么大胆!另外,尽快把货拿过来,不管用什么手段!不管什么后果!就是千万不要落在记者手里!快!”

不一会儿,一个固话打了过来,郭华看了下,这个号码很熟悉,赶紧按下接通。

“郭华,你小子搞什么名堂!”对方口气很大,似乎在火头上。

郭华一听,吓得手机都差点掉了下来,赶紧赔上笑脸:“领导,怎么了?”

“怎么了,你湖矿东西污染的新闻都上网了,你想抹黑整个湖阳政府吗?!”

“哎,那都是别人造谣!”

“我不管你用什么办法,24小时内让这些负面消息消失!”接着就是一阵忙音。

这些陡然变化让原本焦头烂额的郭华更加头痛不已。

苏东省公安厅,新搬迁的大楼显得格外雄伟,与主楼并不太相称的是两栋裙楼,其中一栋是餐饮、锻炼、休闲的大楼,另一栋则显得有些神秘,没有挂牌,少有人来往,以至于让人怀疑这里是不是档案室或者闲置的办公楼。

然而,李耀知道,这栋楼是苏东省公安厅下属特别机构所在地,特情情报中心。作为尚在执行任务的他,李耀依旧有进入该楼地下指定楼层的资格,只是他没有想到,他要以这样一种身份、这样一种特殊的方式回归。

进入楼层,七八拐之后,他找到了特情的入口标记——一个特殊的档案标记,档案以颜色的特殊分类方式,预示着不同的准入级别,一道独特的门楣让他找到了入口,他轻抚着门框,一改木质的架构,冰冷的触觉之后他找到了指纹感应地,那是一道极薄的塑料片,贴在门框上丝毫看不出分别。

在指纹感应之后,上面露出了一道小屏幕,李耀将脸靠了上去,验证他的虹膜。隔壁轰然的一声,一道隐蔽的大门由此打开,李耀随即走入。

指纹准入的电梯成了第二道枷锁,或许是为了防止有人乘虚而入,奇怪的电梯并没有按钮,似乎它知道来的客人所拥有的级别,而且知道这个客人的身份,电梯轿顶全范围覆盖的几架微冲,更是警告着来客现在正处于危险地带,一旦身份不明或者行为不轨,后果可想而知。

李耀感慨着情报中心技术的进步,更知道他此刻不像是回到娘家,而是被守候的猎物一般,等待着命运安排,只是心中的愤然早已超越对恐惧的忧虑。

当电梯到达地下八层的时候,人似乎都像从地里面长出来的一样突然多了起来，只是每个人脸上的那种漠然，让人感觉犹如机器一般。李耀拿出手机瞄了一眼，毫无信号，再翻开衣服偷偷看了下，从假妹那里拿过来的传输装备的信号也极其微弱，但能够穿透数十米的地下，假妹的装备已算精良。

情报中心主任办公室，李耀单线联系的最高领导办公室。

“报告，YC9217 前来报到！”李耀直接敬礼。

“黑鹰？任务完成了？”李主任很是和蔼。

“报告首长，没完成。”

“没完成你跑回来干什么？！”李主任显得有些纳闷，这显然不是以前黑鹰的性格。

“因为我有更加重要的事项需要进行汇报。”

“什么事情？”

“关于 W。”

“W？！你找到了？！”李主任起身将门关闭好，而且按下了桌上的一个按键，想必是产生防窃听或者对外静音干扰的功能。

“我们和伟哥有多年出生入死的经历，所以我把这个人的关键信息告诉你，我现在也不知道他任什么职务，因为还没来得及查，但是我想你肯定知道他现在人在何处，而且这也算是我对你、对伟哥、对刘厅的一个交代！”说完之后，李耀拿出了手机，里面存有熊安安所发过来的偷摄录像。

“是他？！……”李主任一阵沉默，良久没有发出声音。

“你认识吧？”李耀问道。

“你准备怎么办？”李主任反问。

“人做错了事，总要付出代价！”李耀对主任没有回答自己的问题反而反问觉得有些奇怪。

“但是这个人，你现在动不得。”李主任叹了口气，徐徐说道。

“为什么？！”

“因为他现在已经洗白了，而且已经是我们公安厅的副厅级干部，我也说很奇怪，怎么他提拔得这么快。”李主任开始碎碎念，“你要知道，这个人虽然洗白，但是跟特情还有着千丝万缕的关系，甚至不排除特情总部里都有他的靠山。”

“你只需要告诉我他现在的职务。”

“……”李主任一改前面的唠叨，转而一阵沉默。

“怎么？你不想给伟哥、刘厅一个交代？”李耀有些诧异。

“黑鹰，之所以一再选择你做任务，就是因为你办事有气度，懂忍耐，但今天的你似乎已然没有了往年的那种定力，你平常也是修禅的人，今天却只像个莽夫。”

“因为就在刚刚，一个善良的姑娘，为了获得这段视频，可能已经失去了生命！”李耀说道，然后指了指手机。

“但你现在报仇，会打破特情现在的一种平衡，甚至接下来会带来一场灾难！”

“特情平衡？”李耀第一次听说这个词汇。

“是的，其实从你履职开始，特情总部在某些领域的见解上开始分裂，随着时间推移，这种分裂越来越明显。刘厅的死，可以说是这种博弈的开始，但之后双方相互制衡，形成了一个长达十年的平衡状态，这种安定的环境是来之不易的……”李主任叹了口气。

“所以，你们就放弃为刘厅伸张正义的可能？”李耀问道。

“逝者已逝，我们何苦让更多的人受牵连？要知道，这种平衡一旦打破，可能会是一连串的连锁反应，我实在不敢预测……”

“我可不可以这么理解——你是一个彻头彻尾的懦夫？”

李主任很尴尬地笑了。

“又或者，你和这个人的关系非同寻常？甚至……”李耀有些后悔告诉李主任 W 的真实身份，但他转而一想假如李主任早已被买通或许早就知道 W 的身份。

“你要知道，你的真实身份现在就只有我知道，我如果不保护你，把资料给 W 的话，你或许出不了这个门，甚至你不少亲友也会由此受牵连……”李主任一种又怜惜又畏惧的奇怪眼神看着李耀。

“告诉我，他的确切信息，不要浪费我的时间去查。”李耀咬着牙说道。

李主任看到了一头似乎早已暴怒的雄狮，充满兽性紧咬着牙关步步向他逼近，似乎他已经闻到了死亡的味道。

“我不认为这是最佳的途径，或许我们还需要再商量一下，希望你冷静……”李主任深呼吸了一下，然后恢复了以往的平静，他知道现在绝非惊动 W 那派人的最佳时机，他必须要保存好苏东省的有生力量，等待全面反扑机会的到来。

李耀没有发声。

“你要知道，对方已经积累了十年的力量，你现在去激怒他们，会导致更多的无辜人员受牵连……”李主任继续阐述着时局。

“对方为什么可以积蓄这么久？就是因为你们这些人的懦弱，就是因为你们这些人贪生怕死，就是因为你们跟着他们一起贪赃枉法！”李耀显得有些气愤，“在我们的前面，一个又一个维护正义的人死去，甚至有些人连姓名都没有留下，换来的是你们的苟且！换来的是你们所谓的安逸！时至今日，你们还在以百姓安危为借口！难道你们没有看到稀土资源已经源源不断地运输至国外?!难道你们没有看到湖阳的百姓之前一直饮用着高污染的水源?!”

李耀顿了一顿，用几乎颤抖的声音接着说道：“我相信，正义和光明总会到来，但这绝不是以我们的退让作为代价，更绝不是以更多民众利益作为代价，因为举国之下我们已退无可退……假如牺牲总是难以避免，那就请从我李耀开始！就让我追随那些已经牺牲的同志们，吹响进攻的号角，宣告那些贪赃枉法者的死亡！”

李主任点了点头，他看起来像被这种精神深深感染，更似乎从中知道了自己的失职与下一步的职责，他默默写下了一张纸条，递给了李耀——“苏东省公安厅治安警察总队总队长章晓庆。”

“十年，太久！”李耀拿着纸条，压抑了十年的复仇之火开始熊熊燃烧，李耀拿着纸片走出了大门。

而目送李耀离开后，李主任脸色一沉，把眼镜推了一推，默念：“再见，黑鹰！”

从现代文明来说，复仇并非一个合法的概念，然而这又何尝不是刻在人类乃至整个哺乳动物骨子中的一个印记。“有仇必报”是一个惯常逻辑，只是控制这种冲动的他律变成了法律，控制这种冲动的自律就是道德。

此刻的李耀就如同侠客一样，他有他的道，那就是——血债血还。倘若真会引起什么特情大厦的崩塌的话，那就让自己成为向这个绥靖的平衡宣战的先锋吧！

Fiat justitia, ruat caelum!

想到这句古罗马法律格言，李耀似乎又回到了当年热血状态，又回到了那个充满憧憬的美好时代，此刻他已无所畏惧！

苏东省公安厅章晓庆办公室并不隐蔽，只是前面七拐八弯显得有些多余，但这种格局似乎很被中国官员所喜欢，显现出太多的官场哲学，既要显示官威无处不在,又需要一些字画的遮掩。

对于章晓庆来说,他在乎的并不仅仅是官场哲学,而是利益,虽然说他刚接受了当地媒体的采访,又一次地谈论到了民众安全感问题和城市的平安建设,刚刚接受了省级媒体记者的采访,那种自负和自傲显现了出来,一根黄鹤楼点上之后,随着烟圈的腾起和消散,他开始想象着下一步的升迁之路……

头脑发热间,他忽略掉了一个刚刚进门的人,一个不速之客直到他走到跟前。

不怀好意的气息,杀气重重! 看似喷火的双眸,似乎要让他从地球上彻底消失!

"你是谁?! 跑到这里干什么?!"章晓庆对这个不速之客显然毫无好感,作为总队长镇住这种陌生人他还是有自信的。

"W!"李耀直呼其代号。

章晓庆脑筋飞速运转,这个人难道和今天上午的是一伙的? 过来寻仇?! 他是怎么通过一道道安检的?!

作为自卫,章晓庆第一时间想去拿抽屉里的手枪,

但对方锐利的眼神让他瞬间读懂了这背后的警示意义。

"你在说什么?"章晓庆装得很傻很天真,似乎他是一个莫名的无辜者。

"明人不需要说暗话吧?!"李耀毫不客气地坐在了章晓庆对面。

"有什么事?"沉默一阵之后,章晓庆语气软了一些。

"做错了事,终究要付出代价的!"李耀冷冷地说道。

"我做错什么? 哈哈哈……"章晓庆似乎在自我解嘲,更想展现出他原本的雄辩口才。

李耀依旧没有吭声,冷冷地看着这个政客的习惯性表演。

"如果你没什么事,请出去,否则我叫人了!"章晓庆厉声说道。

李耀静静地掏出手枪,放在了桌子上,这是另一种威胁。

章晓庆从枪支身上知晓了两条信息:一、来者不善;二、这人是警队的,他不停估摸着对方的来路以及来意——从他原来分管刑侦总队时期的一些利益往来,到近年治安案件中得罪的一些财团老板,再到近年收钱后提议提拔的警员,他一直想不通来者身份,而这恰巧就是特情身份单线管理的优势。

"做多了坏事吧? 还没想出我是谁?"李耀用着极冰冷的眼神看着这个隐匿多年的敌手,而他未被认出的原因还在于他只是基层的一个小队长而已,在这种鳄鱼级的大佬眼中,或许只是一只苍蝇而已。

章晓庆并不是一个吃素的人，多年的历练让他知道此刻要先缓和对方的情绪："哈哈哈哈，兄弟呀……有什么事情不妨明说。"

在边跟李耀说话的时候，章晓庆假装很无所谓地玩弄着自己的手机，一边却极迅速地通过手机中的视频软件将李耀拍摄、截图、录音，并将数据直接导入人脸识别数据库和音频识别数据库。

作为省厅治安警察总队的领导，要装载这些软件平台对他来说，实在是轻而易举，不一会儿数据库中就将匹配的数据传送了过来，而章晓庆看到之后觉得有些诧异起来，心中默想："湖阳？难道真和那个女的有关系？湖阳刑侦队的，不可能是特情人员吧？和传闻中的调查湖矿有关？"

李耀从对方充满狐疑的眼神中看到了一些端倪，他也知道时间延长的话，不免会惊起更多的人，到那时候要脱离只会越加困难。

"W，我们在这里谈？还是换个地方谈？"李耀话中有话。

"到里面谈吧。"章晓庆知道在办公室谈这些事情对自己并没有什么好处，更重要的是里面配套的卧室里他有几道隐蔽机关，足以应对这位不速之客。

而对李耀而言，这句话意味着章晓庆承认了自己 W 的身份。

不知从何时开始，县厅级干部办公室要配备休息的卧室，有时候里面还有一整套设施，就像一个小单间一样，章晓庆是个极聪明的人，从这个房间装修包括里面的茶几的细致讲究可以看得出，他花费了很多心思。

两人对坐，似乎是一对等待决死的仇敌。

"你是谁的人？"这是章晓庆的单刀直入，对他来说，世上只有敌或友。

"我们都是特情的人。"这是李耀的回答，他也是通过主任才知道特情上层已然分化，但他从这里也知道了一件事——主任对他身份的保密工作做得很好，他所执行的系列任务起码这个 W 是不知道的。

"你在执行什么任务？为什么要找我？"这是章晓庆的第二个问题。

"我找你，与任务有关，但也无关。"

"你想要干什么？不妨直说。"章晓庆开始试探这个来客意图。

"想要一个公道，还有一个答案。"

"好吧，你问。"

"今天你逼死了一个女律师，为什么？"李耀开始发问。

"有这事？"章晓庆又想装傻，但当李耀用眼神告诉他那边还有一把枪的时候，章晓庆知道装是装不过去的。

“你知道，任务总有牺牲，总有意外。”章晓庆显得极难过的样子，“我们特情有很多东西，是不能被常人所知道的。”

“这是你的理由？”李耀追问。

“你喝茶吗？”章晓庆突然一转话题。

李耀点了点头。

章晓庆给李耀泡上一壶茶，丝毫不畏惧李耀手中有枪，这让李耀开始对这个对手有一种畏惧感——此人相当不简单，危而不乱。

“你看起来喜欢下棋。”章晓庆又一句话丢了过去。

这句话让李耀愣了一下，他不知道章晓庆是如何得知的，但这恰是章晓庆所想达到的目的，通过告诉对方你的资料和信息我已经大概知晓了而达到心理震慑的作用。

局面在沉默中开始有些扭转的势头……

李耀知道自己碰到了一个极强的敌手，比那些只会喊打喊杀的厉害百倍，因为你在绝对优势下，对方毫不慌张，更让你不知对方乾坤，而从一开始的示弱到现在的试探，都还只能说是对方的开始。

“人和棋子终究有天壤之别。”李耀毫不示弱，更知道对方下一步想暗示什么，于是他先把将人比拟为棋子的这条路给堵死。

“《集结号》看过吗？”章晓庆又换了一个角度。

“自然看过。”李耀答道。

“如果特情安排你啃骨头的命令，你会怎么做？是撤手撤退还是坚持命令？是看中性命还是看中任务成败？”章晓庆将茶一饮而尽。

作为复仇，中国人向来擅长讲究的是“师出有名”，当你憎恨一个人的理由在交锋中一点点磨灭，复仇者要么直接泄气、要么不知所措、要么歇斯底里，然而，这个复仇者是李耀，他有着十多年的仇恨，他有着他要追求的正义。

“即便是战争时代，我们也不应将枪口指向平民。”李耀也将茶一饮而尽，然后话锋一转，“更何况，你这条命并不比他人高贵多少。”

章晓庆被这个回答呛到了，只好干咳掩盖自己的失态：“咳，任何时候，意外都难以避免，更何况是特情很多东西都不能够外泄的，你也知道，这涉及更多人的性命。”

“她知道了你什么东西？你要如此紧张？”李耀看到对方露出了一个破绽，穷追猛打。

“这不是你应该知道的。”章晓庆赶紧回避问题。

“那你不妨告诉我,我可以知道的,比如十年前的那场打黑风暴。”李耀继续追问。

“难道你认为打黑有错吗?”

“没错,关键是你是打黑还是黑打?”

这句话似乎刺到了章晓庆的软肋,章晓庆迟钝了一下,回道:“这都是你的个人猜测。”言下之意,反正你又没有证据,事情过去那么久了,你奈我何?

但李耀,十年来一直在寻找着那个真凶,一直想找到机会来祭奠那死去的几位战友,更期望这个罪恶的集团能够彻底覆灭,让自己能够重见天日,他等得太久了……

“十年前,你采取的方式何尝不跟今天一样,将人害死?和刘厅一样,又说是一场意外?”李耀暗示着十年前反黑特别行动组刘大军之死的事情。

章晓庆开始有些乱了手脚,他没想到对方知晓这么多信息,这么一个对手竟然隐藏了这么多年,他开始感觉到有些脊梁发冷,以至于喝茶的手都突然停在空中,不知是该继续喝下去还是把杯子放一边。

“你到底是谁?”章晓庆又一次追问,问完之后按下一个按钮,随着门口慢慢封闭,谈话的地方竟然关闭成为密室。这个举动让李耀看到对方已然开始发虚,更感觉到事情真相离自己越来越近。

“我只想从你口中知道真相。”李耀追问。

“当时要打黑,除掉三个组织是上级的命令,我不知道你说刘厅之死和这个有什么关系?”章晓庆用尽一切办法装迷糊。

“我能找到你,W,我就知道你的事情,你不要有侥幸心理,更别想装糊涂来糊弄我,十分钟之内你不告诉我,我或许就不想再跟你废话下去。”李耀下的是最后的通缉令,言辞之间告诫着对方,我所说得并非虚言。

章晓庆最忌讳的莫过于对方有枪,他实在想不通对方是怎么通过公安门楼安检的。

“但是,如果你杀了我,你是绝对走不出这个密室的。”

李耀冷冷答道:“我为何要杀你?我只需要你告诉我更多的东西,仅此而已。”顿了顿之后,李耀又说道,“而且既然你说是密室,那假如你死了,短时间内也没有人会知道,章队长你是这个意思吗?”

章晓庆有点后悔用这个来要挟对方,于是开始沉默。

“打不开的密室,无非要你的密码、你的指纹、你的虹膜之类,密码我有办法破解,你假如真死了,短时间内指纹、虹膜还是能用上的,所以你也别吓我。”李耀继续施压。

“这样吧,你既然说不杀我,你好歹也要拿出诚意,我告诉你真相,你把枪放到这个抽屉里,你觉得怎么样?”章晓庆说道:“而且,在这个房间,你也知道,我肯定打不过你的,我也不会玩什么花样。”

“好,可以。”李耀很干脆地回答,然后将枪放到了两米外的台面上,李耀对空手制服对方显然有足够的信心。

然而,接下来的事情,却让李耀付出了代价……

苏东省公安厅,一次极特殊的对决。

“你果然是一个有信用的人,在我跟你讲真相之前,我想问你一件事。”章晓庆很郑重地对李耀说道。

“什么事?”

“你在特情学校多年,陌生人的茶你都喝,你不觉得你太大意?”章晓庆笑着说。

“这么香浓的红茶,没猜错的话是极品大红袍,你舍得往里面放药?”李耀反问,“而你也不会每天没事就往嘴巴里放解药吧?起码我进门到现在没看到。”

章晓庆干冷地笑了,心想这个对手还真是有勇有谋,不过他故意这么说还是有他的道理,这样点破实际上还是为了在玩笑中降低对方的戒心,事实上,他选择的方式并不会愚昧到当着对方的面下药。

“哈哈,果然是高手,也不知道是哪位老师带出来的,敬佩!”章晓庆继续戴高帽。

“你可以回到主题吗?”

“可以,不过,你要付出一些代价。”章晓庆突然话锋一转,透出了遮掩已久的杀气,而李耀突然觉得头皮一麻,直接就晕厥了过去。

“身为特情人员,到别人的地盘也不考虑清楚。你所坐的椅子,是我这边特制的电椅,一旦我打开开关,两边的金属扶手就足以击晕任何壮汉。”章晓庆面露出隐藏许久的狡诈。“你不就想知道刘大军是怎么死的吗?我就让你以他的方式追随他而去好了。”

说完之后,章晓庆从密室的抽屉中拿出一个类似于耳罩式的物件,戴在了李耀头上，看起来极似一个音乐发烧友。“你知道吗？这项技术当时可是谍用科技，里面是迷你的超声波，但是大功率之下会导致人颅内血压提升，接着是部分毛细血管破裂，死亡症状和颅内出血是一模一样的。”

“当年的刘大军，我跟他说过多次让他参与打黑，尽快实现资产集中，以后可以用来办大事，可他就不听，还想汇报。”

章晓庆边说的时候，边围着李耀转，似乎在欣赏他的猎物。

“于是呢？我就送给他一个这样的 CD 装备，然后安排人通过摩托车撞倒他，之后再通过遥控让他颅内出血，而整个的过程就成为一场交通意外。而这，就是刘大军的昨天，也将会是你的今天。”

章晓庆搓搓手，虽然是五短身材，却把双手往背后一靠，大有指点江山的味道：

“这十年来，我们布置人马，在各地的政商界乃至军队都拥有了强大的力量，而这种力量可以给我们更广阔的施展空间。其实正义和道德，不正需要这种力量来实现吗？可惜特情队伍中竟然还有你们这些守旧的顽固分子阻碍，否则世风怎么可能如此日下？”

想到这里，他恶狠狠说道：“现在这个世道，就是要杀一批、要打倒一批、整死一批，什么都要按程序，什么都要考虑规范、前狼后虎，没有权势集中、资本集中，怎么能有权威?！怎么能成事?！牺牲一些人又算什么？要变革哪有不死人的？妇人之仁能有什么作为?！”

“后面的事情你也看到了吧？三大黑社会组织被我们扫除得干干净净，用他们欺行霸市、打砸抢弄到的这些民脂民膏，我们扩充了自己的势力，发展了更多的眼线，控制了更多的企业、矿产资源，拉拢了更多的官员，制定了更多政策，我们的资本进一步扩张，一切都顺着我们的计划发展。你们那样畏首畏尾，特情系统连西北风都吃不到！还有什么资格谈为国效力?！”

章晓庆顿了顿，又说道，“湖矿里面所蕴含的稀土矿，想必你们也知道这里面的价值，这些能够带来巨大的商业利益，能再转换为武装和科技含量更高的特情装备，能够为我们扩充网络。而你不知道的是，湖矿也只是我们其中一个点而已。”

章晓庆谈到过往、谈到近年所取得的这些成就，显得有些歇斯底里以至于面部都有些抽搐，他压低声音对着李耀说道：“如果不是这样强力的控制，怎么会有现在这样好的局面？兄弟们哪个不过得好好的，吃香喝辣，要什么有什么？你们这群人天天谈贡献能得到什么?! ……可惜,你既听不到,也不可能有机会说出去了,就让我送你上路,刘大军还在下面等你呢。”

就当章晓庆阴笑着准备按下按钮的时候,迷你超声波仪器被李耀一把扯掉,而章晓庆也随即被李耀反手控制了起来。

“你! 怎么会?”章晓庆一脸的茫然,这对他来说简直是匪夷所思。

“怎么不会,你这个椅子装备我很早之前就知道了,很不巧的是,这个采购信息我过来前就知道了,于是我准备了这个……”李耀边说,便扯下了贴在手掌上的假皮模具。“这个也是高科技,再高的电压,顶多就是一点麻感。最为重要的,我感谢你把你们所做的事情告诉我,而你们想要做的事情,是绝对不会成功的!”

没想到,章晓庆突然仰天笑了起来。

“你知道又怎么样? 这个门你根本就没有办法走出去,你听说了,有谁能证明就是我说的呢? 哈哈哈……”

李耀指了指胸口的一个纽扣,说道:“谍用科技,美国产的,全程录音录像,带无线传输功能,你这里虽然封闭,但我这个还是能够将信号传输出去,只是慢一点而已。我倒是想知道,你的这番厥词,一旦完全传播出去,大家会怎么看?”

章晓庆似乎已经彻底被击垮,他能够想象这些信息传递出去之后,公安系统肯定会对他重新评估,甚至不排除纪检组立马立案调查,接着是组织可能暴露,而系列的凶杀案和系列的计划都会慢慢浮出水面,他的下场极可能是被灭口……他大脑迅猛地思索对策,或许唯一的办法就是要在信号发送完毕之前将李耀置之死地!

但是在这个密室之中,自己又处弱势,又没有机会拿出武器,靠个人显然无法摆脱困局……想到这里,他伸出脚,踢中了桌下的警报器,这个警报意味着他本人面临着极端危险,施救者可以对威胁来源格杀勿论。

求救信号发出,密室大门随即打开。而这更是中了李耀的下怀,因为他迫切需要达到的目的——让摄录的内容更好、更快地传输出去。但他显然低估了章晓庆手下的反应速度,多名全副武装的警察瞬间包围了章晓庆办公室,一支支黑洞洞的枪口指向了李耀。

为了不在对抗中落入下风,李耀只能拿出随身的匕首贴着章晓庆的喉咙,一边紧紧勒住章晓庆,“你们快点把这个人给我拿下!”章晓庆虽然处于弱势,但是依旧口气不小。

“你们哪个敢过来?!”李耀喝道。

章晓庆想着视频资料正慢慢传输出去,已然心急如焚。

“他身上有绝密信号在向外传递!快动手!不要管我!”章晓庆喝道。

为了加快信号的传输速度,争取更多的时间,李耀慢慢地挪到了靠窗边的位置,时间在对峙中流逝,而在这种流逝中,李耀似乎已经想到必然的结局——殉职。

只是,他没想到的是竟然会有这么快!

“砰”的一声枪响之后,李耀后背中弹,而子弹继续穿透了章晓庆的胸膛,直至在地上又打出了一个洞,两人中枪应声倒下,蜷曲在墙角之下。

“狙击手!”围着的警察第一时间喊了起来,一群人似乎都蒙掉了,在他们印象中,是没有布置狙击手的!

“谁开的枪?!是谁开的枪?!”为首的警察喊道。

“头,不知道啊!”旁边的警察依旧还在纳闷。

“快!去把章队救下来!”为首的警察下令。

“砰”的一声,刚走过去的警察被一枪击中头部,后仰倒下。

“不是我们的人!找掩体,趴下!快趴下!”为首的警察反应了过来。

李耀摸了摸自己的伤口,他知道,这一枪已经让他重伤,倘若不能及时抢救的话,流血而死只是时间问题,所幸的是没有被爆头,这或许是玻璃的折射面以及风向帮助了他,第一枪在没有校准的情况下可能导致偏差,而经过校准后的第二枪明显就准了许多。

僵持这么久后,信号只有70%左右的传输量!这让因为中枪流血而有些昏迷的李耀觉得有些失望,更害怕的是这些数据传输将因此功亏一篑。

他实在不知道自己还能坚持多久,更不知道在他鲜血流尽、生命结束之前这些数据是否能够传输完。而有这种担心的,还有被劫持为人质的章晓庆,但章晓庆还要想的问题就是——枪是谁开的?!

“快叫救护车!”“狙击手在一点方向,派人搜索!搜索!快!”“去拿最强的信号屏蔽器!”为首的警察还是更有经验,对着手下连连喝道。而相距2米的墙角下,流血过多已让对面二人脸色显得有些苍白,动作也看起来明显慢了很多。

“80%、81%……”

“或许,只有打开窗户,信号传输才会更快些。”李耀这么想着,“与这些信号传完同样重要的,是这十年来的复仇!是该给这段过去一个交代了!这更是给未来一个新起点!”

李耀的脑海中突然闪现出了刘大庆,想起了特情学校的一幕幕,想起了十年前反黑死去的那些人,想起了湖矿公司,想起了生死不明的熊安安以及深陷牢狱的黄昊,想起了特情系统出现的那只黑手,以及那尚不知晓的背后元凶,他有义务揭开这一切……

章晓庆看了看李耀,也看到了那闪耀的信号,他转过来对着为首的警察说:“屏蔽、屏蔽……”然而渐渐虚弱的他,也已经发不出更强的指令,只是嘴唇不停在动着。

“屏蔽器拿来了吗?!”为首的警察想起了重点,对后面的人喝道。“头,拿过来了!”从办公室外面传来声音。

李耀太害怕前功尽弃,太害怕十年就如此抹灭,更害怕黑幕就此无法揭开。

“85%、86%……”

他撑了起来,并把章晓庆也拉了起来,没有人知道他这股力气是从哪里而来,或许是他最后的理念——为了给自己的信仰最后一个交代。

“趴下!趴下!”对方为首的警察喝道,他深知这个时间段里隐藏的狙击手肯定尚未走远——一个出色的杀手,一定要有绝对把握将猎物置于死地!

“砰”的一声,又是穿透的一枪,这一枪给了李耀和章晓庆二人重重一击,玻璃也随着枪声碎了一地。李耀晃晃悠悠,只能勉强抱着章晓庆坚持不让自己倒下去。

“快趴下!”

“砰”,罪恶而致命的最后一枪,李耀摇晃着抱着章晓庆从玻璃口往外摔了出去。

像一面旗帜,飘摇着,伴着他最后的坚信,也伴着他最后的希望——信号灯渐渐由红转绿。

“98%、99%、100%。”

李耀似乎看到自己离自己的身体越来越远,但是却同时看到了信号完全发送出去的标志,对他来说——“黑鹰”的任务已经完成。

“请我吃烤羊肉!”

那是顽皮颖子的声音。

“你知道无间是什么意思么?”

“不知道。”

“无间就是无穷无尽，这是一件何其痛苦的感觉……”

那是和黄昊的对话。

“为什么要参加特情？”

“学政报国、习法为民。”

这是他在S大对严老头的对白。

“可不可以不要走？”

那是S大的小冯，他曾最珍惜、最暖心的声音。

“对不起。”

这是李耀自己最后的声音。

坐在公安厅门口接收车中的假妹，已经泪流满面，他按下了按钮，将这段视频播放了出去。一时间，周边十公里范围内的公共信号都变成了这段视频。

这是一条爆炸新闻！

也是李耀此役的终极追求！

更是一系列特情间暗战的开始！

另一边，凤凰山杀人案如期开庭。

此次开庭虽然依旧有多家媒体参与，但是明显可以感觉得到的就是现场气氛似乎有些吊诡，以至于气氛本身已经超越了案件本身的关注度。而这种奇异的气氛展现在参与庭审直播的多家媒体人脸上，然而职业的素养让他们继续寻找着直播的关注点。

“与上次开庭不一样，本次公诉方的李婉晴更多了一丝忧愁，而这丝忧愁是前所未见的，特别是一个如水般充满母性的女人身上流露出这丝哀愁，真是令人心疼不已。”

“湖矿公司最近发生的车辆被劫持，根据湖矿公司最近的通告是不明人士抢劫车辆，目前没有听到劫匪提出要求，而警方也正在抓紧破案，更通过现场测试辐射量的直播要求公众不要相信有辐射传染的谣言。不知该案的进展是否会与本案相关？”

“上次开庭中表现出色的熊安安，至今没有出现，有消息传她因为交通事故意外身亡，目前尚未得到核实；但也有目击者称在云都看到了熊安安在街上飙车，而且背后还有数辆豪车紧追。目前这些传言是否属实，我们还有待查证，更不知道这些传言是否与其代理的本案有关。”

“云都最近传来重磅消息，一男子闯入苏东省公安厅挟持人质，在对峙中，该男子与被劫持人质均不幸坠楼身亡，据传被劫持男子系苏东省公安厅治安警察总队总队长章晓庆，而劫持者身份及动机皆不明。有内幕消息传递说，事件发生与十年前的反黑有关，而湖矿公司据传也有黑金背景，但该内幕消息很快被官方封闭，具体原因不详。”

随着各路媒体的播报，冷若樱走了出来，法槌敲击之后，宣布案件继续庭审。然而大家都能够看到的就是，辩护席上没有看到熊安安，那个上次在庭审中格外出彩的女人。

“继续开庭，围绕上次公诉方以及辩护方激辩的焦点，公诉方和辩护方是否有新的证据？”冷若樱继续问道，语气依旧是那么的冷淡，似乎一切都与她无关。

“其一，根据辩护方提供的 GPRS 地点，我们组织人员进行土壤采样，经鉴定，土壤并未发现辐射超标的现象；其二，经发函证明，被害人在案发时早已离职，其身份已经不是报社记者。因此我方认为辩护方当时所主张的因调查湖矿辐射超标而被人谋杀可能并不成立。”李婉晴回道。

“辩护方？”

“根据熊安安的安排，我出示 CZ14—CZ28 的相应证据，因为信息保密的需要，同时也为了防止湖矿公司毁灭证据，我们上次出示的 GPRS 位置是故意标错的，现在出示的是真实的 GPRS 位置，而且我们已经派员现场进行提取，现场的录像你们可以看到，而各媒体朋友们也可到该地点进行直播。”说完之后，熊安安助理龙兵将现场的录像切换了过来，相关的 GPRS 位置也标志得清清楚楚。

“又把人耍了！这家律所就这行事风格？”一片议论纷纷……

龙兵似乎不介意别人如何讨论，接着说道：

“同时，针对公诉人提出的陆小勇辞职在先，我们也调取了相应的证据，包括陆小勇的个人笔记，以及对外联系的记录，这些都在 CZ27 里面，他在里面谈及了背后的系列黑幕，而相关最重要的证人，我方暂时还不想公布。”

“辩护人，请不要拖延时间。”冷若樱说道。

“之所以不想公布，因为我想让这宝贵的时间留给最应当被聚光灯照耀的人，我想先出示一段录音。”熊安安的助理用有些哽咽的声音回道，这让人有些奇怪。

“什么录音？”冷若樱追问。

“是辩护人熊安安的录音，你们听下就知道了，麻烦接下音频线路，谢谢！

因为我认为这是一名有良知、有勇气律师最后的辩护……”

随着播放键按下，一段音频在庭审的环绕音响中发出：

“我是熊安安，凤凰山杀人案的辩护律师。我现在已被追杀，预料已无法再见，在此我发表我最后的辩护词：我为被告无罪辩护，还有更重要的证据在我个人保险箱中，编号 CZ14—CZ28……当然，我还有系列人证尚未出庭，他们的资料和证人证言也都在我个人保险箱中，编号 RZ2—RZ17，审判长可以要求这些人员出庭。这些证据和证言，想必能够让审判长对整个案情有所了解。更为重要的证据，我想或许跟我死亡会有关系，杀陆小勇的和追杀我的绝对是一伙人！”

下面是一阵轰然。“追杀？！”“因为辩护被追杀？！”“里面有这么深的水？”

“最后法官请允许我说两点题外的话，也算是我的遗言，虽然我多次占用庭审时间，多次喧宾夺主，但我还是想把这些话说完，因为不说就没机会了。

“李无情……说实话，我在大学期间一直想超越你，无论是学业上、口才上还是其他方面，我想证明一个经常玩游戏的女汉子读书成绩不是如你想象得那么般差劲，更不意味着必然是个学渣。这种心态最终使我选择做你的对手，成为一名刑辩律师。然而，我发现这是一条极其艰辛的历程，你的优秀让我不免嫉妒，因为我拼尽力气才能跟你打个平手，互有输赢。不过，让我荣幸的是，在经历这么多次对抗后，这次我的刑辩必然完胜，而且你永无机会再胜我。

“另外，我这次能获取到这么多的无罪辩护资料，这些源于我的爱人，为调查取证而身陷囹圄的杨军。个人想通过正常途径取证是异常艰难的，以至于我们采取过一些不必要的手段和方式，但是‘毒树之果’依照现行法律，它的效力我们还是能够承认……这些证据被曝光，我深知之后的影响，有可能导致我们律所遭遇前所未有的灾难，所以我也一度曾想放弃这个案子。

“杨军他们的勇气鼓舞了我，我不知道他们为什么能前赴后继，我不知道他们为什么会毫无畏惧，我也不知道为什么我就这么心甘情愿地坚持了下来。但我现在知道了，很简单，因为我是法律人……”

紧接着，就是“砰”的巨大一声，如陨石着地般，直接冲击到人们的心灵深处。

人们开始沉默，内心的那股正义感也被激起，人们更多的疑问也随之而来——“为什么要杀熊安安？”“这背后到底还有什么黑幕？”“湖矿公司到底是一家什么样的公司？”“这个谋杀是不是连环案？有人为了将这个案子抹上一层水泥？！”

但此刻熊安安似乎并未走远，那句“而这，也是我站在这里的理由！”似乎又一次的回响在庭审场，那个站立在辩护席上的女战士形象再一次重现在人们的脑海中。

冷若樱的职业素养又一次地体现了出来，她敲击了法槌，说道：“肃静！请辩护人继续出示证据。”

“不用辩护人叫了，我在这里！”突然，庭审现场发出了一个这样的声音，而在几分钟前没有人会关注这里有一个戴着口罩的陌生人。

发出这个声音的人并没有什么特别之处，但在各路媒体的关注中，疾步走向证人席，进口处的法警拦住了他。

“我是证人，但还有一个更重要的身份。”这个男子说道。

当冷若樱、李婉晴、黄昊看到这个人的时候，一个个都不敢相信自己的眼睛，他们突变的脸色已经说明了一切——这个人，他们认识！

龙兵示意之后，法警让这名男子走了进去。

这名男子面朝辩护人席位鞠了一躬，再面向现场的媒体鞠了一躬，然后拿到证人席的麦克风，一字一句说道：

“我叫陆小勇，我已经没有任何理由、任何借口再需在他们牺牲的掩护下苟活下去。”

整个刑庭沸腾了。

“陆小勇没死?!”

“这到底是为什么?”

“他说的牺牲掩护是什么意思?”

“不会是辩护人找的托吧?！这不可能！”

陆小勇轻咳了一声，继续说道：“作为再生证据，我手里现在有湖矿公司为了掩盖证据，彻夜在虚假的 GPRS 地址挖土填土的录像。之所以要提供虚假的 GPRS 位置，这也是我要求熊安安这么办的。”

“李检察官，对不起，你的业务水平其实很高，只是这场事件背后有太多难解的秘密，我只能配合‘假死’，具体经过我希望以后有机会慢慢解释给你听。请原谅我。”陆小勇朝着李婉晴也鞠了一躬。

“咚——”冷若樱敲击了法槌，说道，“证人，你的身份还有待确认，如果你的身份是伪造的话，你可能要承担伪证的法律责任！”

“我就是我，陆小勇，我为我的迟到而道歉，为那些英勇揭开黑幕的人而致敬！”陆小勇说道。

“考虑到庭审出现影响定罪量刑的重大新证据，本庭宣布暂时休庭！”

黄昊长叹了一声，他终于知道了那天在殡仪馆为何看到陆小勇玻璃上竟然会出现白气，原来这一切都是早就被安排好了的，只是杨军实在无从知晓，一切太过弄人。

想完后，他视线转向了李婉晴，对方也一直在望着他，四目相望之下，眼神中有太多要倾诉，却又不知道该如何开始。

“曝光湖矿”——这几乎成为所有媒体的共识，谁抢到第一点就能抢到这个可能引爆苏东的新闻。很多记者立马收拾行头驱车前往，凤凰山案庭审早已排在后头，对他们来说，这边只需知道最终结果即可。

公布的 GPRS 位置突然间变得热闹非凡，陆续赶往的媒体引起了警方的注意，但没有接到命令之前又没有一个敢擅自行动，一群身着防化服的人员正对着挖出来的土壤取样，而媒体都纷纷将“长枪短炮”瞄准鉴定人员。

不多久，辐射监测仪上的数字显示出来，超标数百倍的辐射量引起哗然，一切都已被证实！

当消息层层传递到市政府的时候，监测的结果都已经被曝光，此刻的市政领导面临着二难选择——强制掩盖，这势必引起反弹；而放置不管，则可能有更长久的危害。

“要拿出壮士断腕的勇气！我们要对得起上百万的湖阳人民！这是最重要的，也是最大的考验！当初负责监管、审批这个项目的人，都要付出相应的代价！一定要追责到底！立刻组成工作组展开调查，同时联系相关媒体，让他们不要偏听偏信，以官方的调查结果为准，要相信我们会客观公正、透明公开地处理好这件事情！”贾书记说话掷地有声。

湖矿公司已经一片乱麻，即便是沉稳的郭华此刻也不知所措，他已然近乎崩溃，以前熟悉的领导电话纷纷都选择顾左右而言他或者干脆直接挂掉不接。唯独打过来的，只有卢俊。

“市领导被搞毛了，怎么办？郭总！”卢俊极度紧张。

“你现在问我怎么办？养兵千日用兵一时，养着你们用来干什么的?!”郭华很是愤怒。

“要不我伪造个函件，让人现在把融资款打过来，我们一起拿钱逃吧?!”

“逃？逃到哪里去?!融资款？我现在差得不是融资款！你现在就知道逃?!

你就准备跟我一起死吧?!"郭华狠狠丢下了一句话,然后直接挂掉。

"你们都不让我好过,我也不会让你们好过!"郭华心生怨念,赶紧拨通郭艾平的电话。

"华儿,听我一句话,你现在赶紧乘车过来,不要管剩下的这摊子了,有事到时候我们再说!"郭艾平显然也很着急,但他不想表露出公安厅事件之后对他这个集团的冲击。

"爹,我也听说了公安厅那边的事情了,我跑得了湖阳,能跑得出苏东吗?再说,一人做事一人当,我不想牵扯到我们郭家,不想到时候被人一锅端掉。"

"你想干什么?"

"我要毁掉这里!不能留下任何将稀土出卖给日本人的痕迹。"

"你傻啊,留得青山在不愁没柴烧,听我的,尽快过来!"

"我决定的事情,就不要多说了。"郭华挂掉了电话,然后拨通了郭悦的电话。

"颖子,湖矿这边出事了,你现在快去云都,此地不宜久留!"

"什么事,搞得这么紧张兮兮的。"

"你不要问那么多了,尽快离开!老爸老叔那里,还要靠你!"说完之后,郭华挂掉电话,留下一头雾水的郭悦。

"是该把整条线路掐断了,否则可用于军工的提炼就会被曝光,核心工厂必须毁掉!"郭华想到这里,他用桌上的一个红色电话直通核心工厂。

"郭华君!听说出事了?"

"是的,现在请你们尽快将核心文件和协议销毁,迅速将生产线炸毁。记住,要做的像发生了生产事故,不要用炸药、不要留痕迹,这样做对大家都好!"

"可是这里还有很多重金属稀土,毁掉生产线的话,我怕辐射的结果难以控制!"

"没时间考虑这个了!你们弄完后组织人员撤离!"

"好。"

第二十章 矢 志

满弓弦空去，矢志未曾移。

除移送的DNA样本之外，陆小勇的指纹进行着迅速的鉴定，鉴定的结果很快就出来了——这个人，就是凤凰山杀人案中的被害人陆小勇！虽然案件依旧存在很多疑问，但是这个鉴定结果显而易见，冷若樱也只需关注于该案本身，她敲击法槌，宣布被告人赵羽故意杀人罪不成立，当庭释放。

留下的记者们蜂拥而上，辩护人龙兵、被告人赵羽以及“被害人”陆小勇成为采访的焦点。但陆小勇和黄昊之间显然有着某种默契，他们不约而同地把话题转向了熊安安，引导采访记者们的好奇心锁定在熊安安的录音上，这分流了不少记者。

正和一场比赛一样，胜者旁边总围绕着不停闪烁的聚光灯，而败者却是一副落寞景象，没有采访、没有掌声甚至只有冷眼和嘲笑，李婉晴生平第一次这么凄惨，而且是第一次如此完败，她甚至可以想象得到未来的舆论会如何谴责她，也想象得到这场惨败意味着她职业生涯后续的阴影。

“身为国家公诉人，竟然把一个冤案起诉到法院！”“连最起码的被害人死了没死都没搞清楚！”“这后面是得了湖矿公司多少钱啊？”“黑暗、腐败！跟湖矿公司一丘之貉”……

这是李婉晴所能想象的流言蜚语，想到这里她有些眩晕，偶尔抓拍她失落样子频闪的闪光灯更让她有些迷失，甚至都找不到离开庭审的出口。

“李姐，振作一点。”身边的助理小陈搀扶了一把李婉晴。

黄昊和陆小勇不约而同且迅速地摆脱了记者的包围，加速往出口奔去。中途不免看到了失落的那个背影，这种神伤恰恰是黄昊所不能承载的，他忍不住放慢了脚步，然后走到了李婉晴旁边。

他不知道该如何去安慰李婉晴，换做十年前，或许是从后面的一个熊抱，或许是一个鬼脸，也或许是一副讨打的贱贱表情。

可是，现在，他不能这样，他没有时间去安慰她，因为按照计划，这个时候应该开展最后的反攻！时间对他们来说极为宝贵！他只能拍一拍李婉晴的肩膀，说道："没事，放轻松！"然后加速前行，回头给了她一个温暖而坚强的笑容。

这是十年前教室门口那个阳光、顽皮唠叨而又缠人的黄昊。两人之间，对视总是能够穿透时光的界限，一颦一笑间似乎就已经传递了千言万语。

即便是这样一个简单的微笑，已经如阳光般撕开了乌云的口子，直接照耀到了李婉晴的心田。"是啊，他经历了这么多的诬陷都能够坚强面对，我又还有什么理由要颓废？""我的败诉，是一件好事，第一，没有冤枉一个好人；第二，陆小勇没有死；第三，黄昊不是凶手，他依旧很健康、很乐观，这不就足够？！"

想到这里，李婉晴的内心开始明朗了起来，而且又有谁能说她又不是打心里想败诉呢？

"李姐，我想问件事，熊安安修改 GPRS 的事情，你们当时在审核视频的时候会不知道？"

李婉晴笑了笑，没有吭声。

因为，这是她们三个女人唯一一次的联手，也将会是她们终身的秘密。虽然熊安安可以完全瞒着她们两个，但是出示的整个视频资料已经告诉了她们，这个案子幕后涉及的因素太多了，而熊安安的理由也很充分——"现在告诉真实的 GPRS，只会让湖矿公司有充足的时间消灭证据。换个角度来说的话，湖矿公司如果要掩饰，肯定会产生再生证据。当然，还会说明你们法院内部也有湖矿公司的耳目……"

熊安安当着冷若樱、李婉晴将另一份假的 GPRS 地址附在了文件之上，三个人默默无言。如今看来，熊安安的分析完全正确。

黄昊和陆小勇疾奔到门口，接应的车子早已准备妥当。

"现在外面是什么情况？"黄昊一上车之后就直接问道，开车的是龙哥。

"我简单说一下，目前我们控制了湖矿公司的几辆运货车，车上装载的重金属稀土已经被鉴别出来，里面确实有很多可用于军用，就相关数据和材料我已经向上级汇报。"陆小勇一路介绍。

"人员方面，为获取证据材料，熊安安被人追杀，在高速上坠湖，目前生死不明……而李耀前往云都寻找十年前反黑的幕后黑手，黑手已经找到，而且背后关系比我们想象中还要复杂,遗憾的是,李耀不幸以身殉职;而杨军因为要给你翻案,也为了寻找十年前的杀父凶手,目前被人举报还在纪委……”小勇说起这些的时候未免有些难过,但是他还是想尽快把情况告诉黄昊。

黄昊听到熊安安、李耀及杨军的消息,不免黯然神伤,虽然掌握湖矿公司贩卖国家军用物资充足的证据,但所付出的牺牲未免过大。

“现在准备做什么?”

“去湖矿,在你这边审讯的时候,湖矿公司那边已经炸翻了天,郭家肯定会毁灭证据,更有可能消灭秘密工厂,根据我们对重金属稀土的测试,倘若秘密工厂还有同样多的原料的话,一旦泄漏——危害将不亚于一场小型的核泄漏!”龙哥接着说道。

“那就是不明真相的百姓要倒霉了! 官方现在是否知道消息?”黄昊追问道。

“官方知道就不会把你关进去了,现在他们考虑的或许是如何挽回现在的形象。”陆小勇说道。

“秘密工厂本来就是李耀最熟悉,你们有没有具体的实施方案?”黄昊追问道。

“哦,湖矿里面顾芃她们都是特情的人,她们正准备跟我们里应外合。”陆小勇回答道。

“我一直都觉得奇怪,凤凰山这件事的来龙去脉是怎么样的?”龙哥接话问道。

“说起来就很复杂了,当时我接任务要和赵羽对接,因为很早前就认识,我们坐在那里聊了很久。但没想到我的行为早已惊动了湖矿公司,李耀接到任务要将我们除掉。由于是临时任务,李耀只好带着吴得明两兄弟及一些湖矿的人一起围了上来,之后他用电棍将我击晕,而黄昊在和我拉扯还有被围攻的混乱中跌下了山崖。而我在被击晕之后,李耀借口要布置现场,然后把吴氏两兄弟支开。而我迷迷糊糊地记得李耀安排牛法医运了一具尸体过来,并且还把我搬了下去,由于吴氏兄弟并不认识我,不清楚我的相貌而且第二天清晨李耀就安排了刑侦队接应,迅速又将尸体转移,所以现场做得滴水不漏。再加上牛法医出具了虚假证明,所以大家都认为我死掉了。”

“那在殡仪馆躺水晶棺里面的是你本人吧?”黄昊追问。

“是,因为考虑湖矿公司可能还会起疑心,而且我追悼会上湖矿公司的员工都会出面,如果看不到我的‘尸体’,肯定会引起怀疑。于是牛法医提前给了我濒死假象的药丸,然后把我放到了水晶棺里面。”陆小勇接着说。

“那顾芃是否知道?”黄昊追问。

“我后来才知道顾芃是军方的人,她当时估计是起疑心,所以想到火化的地方再行确认,还好李耀提早布局,以刑侦的名义阻止了其他人进入,再让我乔装离开了现场。事后,我接上级命令协助李耀整理湖矿公司材料,而后来的事情你们都知道了。”

“对了,李耀临死的时候,传输出了一些视频资料出来,我到时候给你。”陆小勇想着李耀之前的关照,再想到这个人因为任务而一去不返,心中难免悲恸。

“李耀确实是一个难得的优秀特情。”龙哥接着说道,“不过,我们没有那么多时间去悲伤,要知道上百万湖阳人民现在正面临危险,我们现在要去阻止事态进一步恶化!”

“嗯!”众人不约而同点头。

湖矿公司,市委调查组第一波赶到行政大楼,这种速度已经是湖阳市委应急反应的最快速度。

“我们是市委专案组,现在要找你们郭华郭总。”为首的人直接说道。

“郭总?他好像刚出去了,我也不知道他在哪里。”前台看到一大波人马靠近,心里有些发毛。

“我们事先已经先跟他口头通报了,他答应在这里等。”为首的人说道。

“哦,我在这里,林处长您好!”郭华一脸堆笑从办公室走出来。

“你好,接二连三的负面新闻报道,郭总不可能不知道吧?”林处长说道。

“里面再谈、里面再谈。”郭华一脸堆笑,一边把专案组人员引到办公室,一边指示后勤人员端茶倒水。

“长话短说吧,现在市委对你公司曝光的污染事件非常关注,按照市委意思,我们成立了专案调查组,核心任务就是对你公司进行彻查。”

“哎呀,配合市委调查是我们企业应尽的责任,这个您放心。只是现在谣言太多,对我们企业发展也是相当不利,我们也希望市委能够充分考虑到我们企业生存和发展的不易,这些年我们可是市里的纳税大户啊,这您也是知道的。”郭华说道。

“但是你也知道,贾书记发了话,这可不是儿戏啊。更何况,你们公司也没对最近曝光的抽样取证的事情进行解释啊！"

"那绝对是诬陷！谁能证明那里的辐射就是我们湖矿公司外排的？现在就有一些竞争对手巴不得湖矿公司倒闭。"

"话是这么说，不过我们专案组还是有任务在身，现在要去几个地方，你派几个工程师引导一下。一个是你公司的尾矿池那边我们要去一下，另一个你们几个生产车间我们也要去下，另外听说你们还有从不对外公开的生产车间，这次我们也要去检查了。"

在听到这个之后，郭华脸色一变，然后将脸拉了下来，有些不客气地说道："林处，你们也知道，企业都有他自己的核心机密，湖矿公司能生产出国际化的水晶产品，靠的不仅仅就是挖掘生产，更重要的还是在于独特的设计以及独特的材料搭配。"

"这种设计版式和材料搭配方案，并不是很容易就能保密的，一旦泄露出去，就立马有多家企业能够效仿，侵权的同时会给企业发展带来致命打击。所以希望林处再向上汇报、反馈一下，不要给我们企业带来这种伤害。"

"郭总的意思是我们市委专案调查组靠不住？会泄露你们公司机密？"

"我们也就是怕万一啊。"

"这件事上，没有万一，我们必须贯彻市委的意思，将调查结果反馈回去。"

"好吧，那我安排人员，不过你们也要按照我们企业的规定进入厂区。"

"这个没问题。"

调查组一行谁也想不到，前方会是怎样的一个陷阱，甚至可能变得一去不返，没有归途。

凤凰山杀人案的结果令肖书记大为恼火，他没想到原本想用来做示范的司法公开，最后结果竟然变成这样。在他印象中，审判就应当是公诉方代表国家，在法庭上义正词严、痛斥得让被告人体无完肤的，正义的力量应当让被告人痛哭流涕并当庭道歉的，而不是让被告人就这么当庭释放的。

但不可否认的是，熊安安的那段录音震撼了他的心灵，他所追逐的正义大厦似乎在一刹那间就坍塌，而所秉承的理念也开始发生突变——"'被害人'的出现意味着这件案子的侦办确是错案，是否一定要严惩这个所谓的凶手，才是我们所追寻的正义？再进一步说，这个所谓的凶手假如被正法，那我们又如何面对一生的愧疚?!"

想到这里,他越发觉得这次的司法公开反而起到了教育和宣传的作用,用一句名言来说就是:“一次良好的撤退,应和一次伟大的胜利一样受到奖赏。”这场教育和宣传核心意义就在于面对错案,敢于揭开自身所存在的问题,敢于直面错误。假如就这点来说,或许真的能够在全国起到一个带头作用,虽然有些尴尬、有些难堪,但最终的正义得到了实现啊!

想到这里,他拨打了电话本上冷若樱的电话。

“你好,小冷。”

“哪位?”

“哦,我是政法委的肖根生,有件事想跟你聊下。”

“肖书记好!”

“就凤凰山案,你怎么看?”

“依法判决而已。”冷若樱对谁的对话似乎都是如此冷漠,这反而梗到了肖书记,不知下一句该说什么好。

“这个案子是否会要国家赔偿?”

“不属于,这个案子是被告人故意作虚假供述,因此不属于国家赔偿的范围。同样,我们也不能把责任就归咎在公诉人身上,因为这些假证据和被告人的虚伪供述足以误导绝大多数人。”

“我很奇怪,为什么这个被告人要故意承认杀人呢?”

“这就不是我考虑的问题了,被害人活着就证明案子是错案,只是无须承担国家赔偿责任。”

“我想就这个案子的公开审判,你们写一份材料给我,到时候推广一下,特别是结合司法公开和这件案子谈一谈,我希望这件事能够起到一个教育和推动作用,让他们深思这案子该给我们领导干部怎么样的一个警示!”

“好的。”

肖书记挂掉电话之后,原本的一丝欣慰突然又变得有些忧虑,到底是什么原因,让二支队的李耀竟然犯这样低级的错误?就在他思考的时候,一条短信让他大惊失色。

“肖书记,市刑侦队李耀涉嫌赴省公安厅绑架治安总队章厅长,两人被枪击后坠楼身亡,目前李耀动机不明,而枪击二人的凶手正在缉拿中。”

一切的一切,对肖根生来说,就像一团迷雾,他急切地想知道答案,而或许答案就只有那个赵羽知道了……

另一边，在郭华的安排下，湖矿公司外围抽样进展很顺利，事实上那些工厂的员工包括工程师都无法理解为何外界对辐射的事情弄得沸沸扬扬。

出于尊重和保密的承诺，林处长决定自己亲自带人进入核心工厂进行抽样调查，而且相关程序也决定按照郭华企业的规定运转。在将手机等物品都上交之后，林处长带着调查组5个人换上了防化服，进入核心工厂。

里面的保密措施之严，各种分区和权限让林处长叹为观止的同时，也多了一丝不解，而他从其他人的眼神中也看到了狐疑。

“辐射仪器显示怎么样?”林处长问道。

“一切都正常。”同事回答道。

郭华的一路带领反而让林处长产生了一种选择性引导的怀疑，毕竟最近辐射超标的事情已经闹的太大，他想还是要做一个全面调查，这样心里还是更有底，省得什么都没调查出来回头被批一顿。

随着一路前行，虽然看到也有不少的设计人员和设计办公室，但林处长依旧没有看到矿体的剥离程序，也没有看到相关产品的衍生品处理程序。

“郭总，我想看一下矿体剥离、清洗车间。”林处长直接提出来。

“哦，好的好的。”郭华有些勉强地回道，他担心日本人撤离前是否会把场面搞得太混乱。

随着走道颜色的不同，郭华将几人带到了洗矿车间，而仪器上也开始有了一些变化，但数据依旧还是在可控范围，即便在车间的尾矿测量，数据也依旧保持者正常。林处长及一行人按部就班的调查、书写数据，这让郭华心中悬着的石头放了下来，也为日本人撤退前依旧能够保持这种表面的稳定和有序而感到放心。

“切割和包装呢?”林处长突然发问。

“林处，这个就没什么看的了吧?”郭华说道。

“没事，反正还早，我们也去看看吧?”林处长接着说，然后突然像发现新大陆一样的指向旁边的一个红色大门，说道：“是这里吧?”

“林处，这个真没什么看的。”郭华的脸色有些难堪。

“打开，去看下不就是了!”林处长的倔脾气突然上来了。

“里面很脏很乱，空间又小，林处至尊之躯没必要去那种地方的。”

“既然来了，就去看看。”说完之后，林处长就带着一行朝着前方走去。

“林处，你说要过来检查，我就配合你检查了，你说要到什么车间，我就带你到什么车间了。现在这种无关痛痒的车间，你也跑进跑出，跟检查好像没什么关系吧?”郭华跑上去说。

这话显然就有些不客气了,里面的刺头林处长自然听得出来,但是向来倔脾气的他,决定了这场冲突无可避免,听闻之后他不由把脸拉长了。“我今天就是要进去检查,你是想违抗市委的决议吗?”

郭华本来就被系列的琐事烦身,加上他不想被林处等一行发现里面的机密,他也不由火大了起来。

“林处,你这就不对了,拿着一个湖阳市委的命令当尚方宝剑是什么意思?就可以胡作非为?你这样是干扰我们企业的正常发展!我们的项目可是省级重点扶持项目!”郭华有些不客气地说道。

“我今天就是要进去检查,职责所在,这件事没得商量,希望你不要妨碍公务!”林处正色说道。

郭华冷冷说道:“好!不过林处,丑话说前头,后果自负!”然后令人将门打开,林处等一行检查人员鱼贯而入。

里面的加工工序和外面截然不同,对比车间来说却更像是一个个实验室,只是里面人员都显得有些慌乱,不时将物品通过传送带传送出去。

“林处!”伴着同行的人一身大叫,而伴随着大叫的是轰隆隆关闭的大门。

“郭华,你要干什么?!”林处喝道。

等一行人奔过去的时候,大门已经紧紧闭上。

“林处,这里的辐射量急剧攀升。”拿着手持测量器的惊呼。

“这种量,很有可能是军用稀土,但水晶里面不可能用到这个量啊!”同行的专家说道。

“不管怎么样,先拍照取证,其他人前行探路,还好我们穿的是这种高品质防化服。”林处说道。

“这说明很早以前,湖矿公司就着手做准备了!”

“这里的厂房看起来更像是一个实验室,而且是稀土分离室。而辐射量来说,确实很可能是军用稀土。”

“林处,这里有情况!”

“怎么这么多的日文,竟然还有日本军旗!”同行的人大为惊叹!

“此地不宜久留,赶快离开这里!”林处下达命令。

在一段时间摸索后,林处一行人走到实验室的尽头,那里却堆放的是一大堆辐射污染物包装箱。

音像系统传来郭华的声音:“你真是敬酒不吃吃罚酒,等着陪葬吧!”

不多久后,实验室响起了警报:“警告、警告,数据异常、温度异常;警告、警告,数据异常、温度异常。”

闪烁的红灯和频频的警告,让林处一行人汗如雨下,他们感觉世界末日即将到来!

另一边,黄昊、龙哥、陆小勇等一行人已经赶赴到湖矿公司,而顾芃已在那里恭候多时,在她的协助下,一行人通过工厂后门顺利潜入湖矿公司。

“你们跟我来,我这边领取了一些军用通信、武器装备。”顾芃边带领边说道。

“现在情况怎么样?!”黄昊问道。

“根据我调查,郭华已下令让机密工厂自毁,现在机密工厂那边正在最后的撤离和调试”由于有些着急,顾芃说话都有些上气不接下气,“更糟糕的是,市委调查组有一行6人进入了机密工厂,当务之急,我们不仅要停止郭华的自毁行动,还要将这一行6人迅速解救出来,否则他们可能成为自毁的牺牲品,而随之带来的污染也可能给这座城市带来灭顶之灾!”

“自毁程序大概有多长时间?”老练的龙哥追问道。

“这个生产环节的我不清楚,目前薇姐在拖延时间,但是她没办法控制生产流程。”顾芃回道。

“这些事情向上汇报了没有?”黄昊问道。

“特情总部我已经汇报了。”陆小勇回道。

“部队这边首长我也联系了,马上会有一支防化部队过来支援。”顾芃说道。

“远水解不了近渴,我建议从以下几个方面开展:一、一组进入湖矿行政中心,不惜一切代价控制郭华,让他下达中止机密工厂自毁的命令;二、一组人员潜入机密工厂,和薇姐接头,渗入控制中心,防止紧急情况下自毁系统启动,这组人员进入机密工厂之后还要同时解救被控制的6名调查组成员;三、通过紧急联络方式,通知地方政府和军队,尽快形成合围和应急机制,疏散周边群众、擒拿机密工厂人员,防止衍生灾难发生。”黄昊天生有着领导人的特性,只是不到关键时刻他不愿站出来。

“同意,建议你和小勇去抓捕郭华;我和顾芃几个人去与薇姐接头,解救被困人员,给市政府传递警报。”龙哥回道,接着对顾芃说道,“你迅速把我们的方案告诉薇姐。”

“收到！老龙，我一直在听……”从顾芃手表上传来的是薇姐的声音。

“哈哈，很高兴能跟你再次配合，云南一别，多年未见！”龙哥笑着回道，“这个通信装备不错，我们人手拿一套，很久没拿枪动粗了，浑身有些不自在，干这群小日本，哈哈哈……”说完之后，摇了摇头，脊椎发出咯咯的响骨声。

“薇姐，你们这些眼镜配有地图吗？”黄昊问道。

“有，都是最新的军用科技装备，我现在整合了李耀收集的电子地图资料和我这边现有的地图资料，马上共享给你们。”

带上一整套装备之后，黄昊真正有了执行A级任务的感觉。“小勇，我们拿一套抓捕设备，轻武装就可以了，不到万不得已不要使用枪支，防止误伤。”黄昊安排道，然后对着龙哥说：“你们保重，注意安全！我们会尽快过来跟你们会合！”

“这次我要大开杀戒，为李耀报仇！”龙哥狠狠说道，说完之后，跟黄昊有力的握了握手，一切尽在不言中。

李耀的意外、湖矿公司面临各种曝光以及哥哥的莫名电话，这一切让郭悦如坐针毡，她迫切想知道湖矿公司到底发生了什么，更不想在这个紧要关头放弃公司、放弃自己的兄长，想到这里她自己赶到了湖矿公司。

公司表面的平静，却让这个女人更加有了不祥的预感，她拿起手机拨打了郭华的电话，回应的却是一阵忙音，“没带手机？信号不好？出了意外？”这一切的猜想让郭悦越发紧张，“人到哪里去了？”

寻找郭华的不仅仅是郭悦，也有黄昊和陆小勇，他们霸道而迅速地进入行政大楼，那股身上天然带来的杀气，没有人赶上前拦阻，只留下一片议论、恐惧和猜测，但空空如也的总经理办公室留给陆小勇和黄昊一阵迷茫，“人呢？畏罪潜逃？”

“你们郭总到哪里去了？”黄昊逢人便问。

“今天有调查组过来调查，他到工厂里面去了。”这是黄昊很不容易才听到的一个回答。

“一般人绝望的时候，都喜欢去一个地方。”陆小勇突然说道。

“天台！”两人相视一笑、不约而同说道……

天台上的郭华，俯视自己的这个公司，200多亩的地方，见证了他从无到有，见证了他的财富神话，让他得到了父亲的认可。但今天，他却面临前所未有的绝境——一旦公司内幕被曝光,不仅他自己、他的公司,还有他父亲的集团公司都不免受到牵连,甚至连以往奠定下来的雄厚基础也可能由此断送……

而罪魁祸首就是他自己,招录的陆小勇却是最早的内鬼,盗窃了公司这么多资料,他却没有在第一时间进行有效堵截;再接下来,他没有控制好和地方政府的关系,竟然听信卢俊那个鬼人的建议,进行凤凰山杀人案的全程播放,这回越搞越大!现在,他又把市委一行调查人员都关进了囚笼……

想到这里,他仰天长啸"为何非要绝我?!",他郭华无非就是想证明自己即便没有叔叔、父亲的帮忙也可以撑起一片天空,现在不仅凤凰山杀人案可能涉及公司,湖矿公司的内幕也眼见就要被曝光,他在此刻却无能为力。

"算了吧,就让我带着这个公司的秘密一起埋葬,我只能以死谢罪了!"郭华想到,但却对妹妹有一丝的不舍,毕竟这个丫头……

想到这里,他拿起了手机,才发现刚才发愣的时候,颖子已经打了他3、4个电话,他拨通了颖子的电话,电话尚未接通时,黄昊和陆小勇登上了天台,远远喝道:"郭华!"

"你们找过来了?!"郭华冷冷地说道。

"是啊,这个点站在天台,不觉得很吹吗?"黄昊说道,然后慢慢靠近。

"你们不错啊,还找上门来了,哈哈哈……"郭华傲气不减。

"今天是要血债血还了!"陆小勇喝道,他想首先灭掉对方的气势。

"你这个内鬼,偷公司那么多机密出去,早也该被整死!还跟我谈血债血还!?"郭华回道,却全然忘了手机依旧还在与郭悦通话中,而这一切都被郭悦无意中听到,她急速赶往行政楼天台。

"但是你可知道,正是你们这群人,还害死了李耀!"黄昊想到这里义愤填膺。

当郭悦听到这个的时候,整个人都近乎崩溃,她不知道接下来应当如何去面对这个,她不相信这一切,她觉得这一切都是假的,肯定是对方在骗人!

"哈哈哈,李羽飞吧!说实在的,他不就是我家养的一条狗吗?我是怎么都想不到他竟然跟你陆小勇一样下贱!"他想了想,突然好像想到了什么,扭头说道,"应该说是,比你还下贱!"一阵冷笑之后,狠狠说道,"我们家对他多好!天地可鉴!结果他竟然还查到我们家头上!亏我家老头子那么信任他!没有他,怎么会导致湖矿的今天?!这种内鬼,死不足惜!"

这让正奔跑上楼的郭悦心中犹如被针刺一般,想到是自己到秘密工厂去取证,她感觉整个人开始天旋地转!

“我跟你说，郭华，你们郭家这些年来，造下的孽太多了！我希望你看在湖阳这么多无辜者的份上，放下你的屠刀、放过这上百万的湖阳人！”黄昊一脸正气。

“哈哈哈哈哈！我家造孽？谁对我家造孽？谁让我爷爷活活被害死？又是谁逼我奶奶跳塘自杀?！你告诉我，谁?！现在我养了湖阳多少人?！1万多职工，1万多个家庭靠我湖矿公司吃饭，我们纳税占了湖矿30%，你说我养了多少人?！多少人靠我吃饭?！”郭华冷冷回道，“是谁穷追不舍的？是你们！盗取我的机密，泄露我的底牌，却把我往死里逼！这个时候你们来充当正义的化身！你们不觉得好笑?！”

“你知道你这样下去，污染会遍及整个湖阳吗？整个湖阳甚至50年都无法走出这个阴影！你于心何忍?！”黄昊说道，然后慢慢移动向前，他希望尽快贴近抓捕距离，从而顺利控制郭华。

“污染，你跟我说污染！湖矿公司到来之前，湖阳这两条河什么时候不是污染?！我到了之后，通过整改、通过兼并，这些河流清澈了多少倍?！那么多零散的作坊，那么多的不规范洗矿池，你们为什么不问他们怎么污染，现在反过来责怪我?！”郭华说道。

“你为什么不谈下你私下开采的军用稀土？为什么不谈这些污染导致鬼村事件？为什么不谈你跟日本人的这些勾当？今天到了你该付出代价的时候！我希望你能够保留最后一丝的人性，让鬼村事件不要再在湖阳上演！”黄昊进一步接近。

“鬼村事件，我让他们拆迁，他们非不走。什么跟日本人勾搭，我让日本人帮我干活有什么不对？他们的利用率比我们国内要高多少倍，你们又知道吗？我们自己炼就是爱国?！况且我不卖军用稀土，湖阳人不卖吗？他们比我还贱卖，比我还更不注意环境问题，我有什么不对?！”郭华已经接近崩溃。

“哥！”远处郭悦跑了上来。

“颖子?！”几乎是不约而同，三个人一起叫了起来。

“黄昊哥哥！小勇！怎么是你们！”郭悦很是茫然。

四个人在天台上一时陷入了僵局，以至于不知该如何继续。

而另一边，由于厂方日本人员的撤离，看守变得更加松懈，薇姐的一个招呼，便吸引了看守的注意，龙哥一击就把看守人员直接击晕。

“换上防化服，我们直接去生产车间，时间不多了，他们都已经开始大规模撤离。”薇姐说道。

“但是，不是生产车间说进不去吗?!”龙哥问道。

“嗯，他们肯定是最后一环离开的，我刚才留意了下，那边是用指纹登录的，我刚刚趁乱从一个车间组长那里截获了一套门禁卡，就是不知道里面还有什么机关。”薇姐回道。

“边过去看看再说。”龙哥插了一句。

李耀通过郭悦窃取的路径、地图，加之薇姐对车间一定范围的熟悉，让他们一行很快就找到了车间所在地，并很快通过门禁卡潜入到了控制室，由于即将撤离，控制室里两名工作人员正忙乱地处理着最后的事务，丝毫没有注意到背后出现了几个陌生人。

“停止自毁进程!”薇姐用日语喝道!

两名工作人员转身，透过面罩是一脸的疑惑，一个说道:“你们是……”另一个则说道:“可是刚刚下达了自毁任务，我们已经开启了进程啊。”

“那么现在终止！这是最新命令!”薇姐继续喝道。

“这是不可能的，自毁进程是不可逆的!”

“八嘎!”薇姐一个耳光扇了过去，打得那个技术人员头晕目眩。

龙哥一着急，一口汉语喷了出去:“自毁的原理是什么？还有多长时间，能不能控制?”

这句中国话让两名技术人员瞬间反应了过来，他们按下了警报器，但随即被龙哥和顾芃控制住。然而警报的声音响彻了整个生产车间，他们透过监控录像看到十多名全副武装的人员从各个方向涌入。

“怎么办?”龙哥有些着急，“停止自毁是头等大事!”

“告诉我，怎么停止这个自毁，要不然我直接打爆你的头!”薇姐拿出手枪对着其中一个技术人员喝道!

“这个真的没办法停止！设计本身就是不可逆的!”

这个回答经薇姐翻译之后让一行人吸了一口凉气，龙哥念念有词:“不可能，自毁都有它的原理，找到它的原理，找到相应的线路或者相应的硬件，就能够停止，无法停止的起爆几乎是不存在的!”

“你们自毁的原理是什么?!”薇姐问道。

“温度、通过停止冷却泵的运转，然后内部温度升高直至不可控，气压增大直至爆炸，而里面的稀土也会随之发生化学和物理反应，加大爆炸的力度和范围,但爆炸成因看起来就跟一场意外故障一样!”对方回道。

“这群畜生!”龙哥一通咒骂。

“但是这边指令下去之后,冷却泵就会自动停止运行……除非有人到冷却车间去人工启动冷却泵。”对方技术人员颤颤巍巍继续说道,“不过冷却车间的人都已经全部撤离,我们已经没有办法进入到冷却车间,除非……”

“除非什么?!”薇姐追问道。

“除非通过压泥通道进去,这是唯一的一条路径。”

“压泥通道?”

“是,就是把生产产生的灰尘用水冲刷下去,防止灰尘积累的冲洗通道,有管道直接连到冷却车间,可以潜入。但是,管道空间很窄,我们穿防化服肯定进不去,最关键的,那些灰尘都有高浓度辐射。”

“也就是说,如果潜入进去的话,只能穿便装,而且要瘦小一些的人,但穿便装的话肯定会被灰尘沾染?”

“是的……”技术人员回答道,然后很恐惧地看了看龙哥一行人。

“事不宜迟。”薇姐将技术人员的话翻译给了大伙。之后是一阵沉默,大家都知道,这场潜入意味着什么。

“我去,龙哥你们个子太大,没办法潜入。我比较瘦,适合做这件事。”顾芃站了出来。

“这……”薇姐也有些难下决策。

“不要磨蹭了,时间不等人,薇姐就在这里指挥,龙哥几个人去把那些人引开。”顾芃指了指监控上正聚集的武装分子。

“嗯! 这里就是我们的战场! 生或者死,都能看到这群小日本的陪葬!”龙哥拉了拉枪栓,带着剩下的人冲了出去。

而顾芃则脱掉了防化服,按照薇姐的指挥路径,一路往车间通道方向疾奔。

薇姐将控制室大门反锁上,通过视频看到被控制的林处长一行人,她找到麦克风,直接与他们对话:“我是来解救你们的,听得到我说话就举下手。”

这句话让被困的林处一行人雀跃起来,而远处,传来了密集的枪声,龙哥和对方已经交火。

“你们一定要好好活着回来!”薇姐想到这里,泪水已经在眼眶打转……

车间控制室中,薇姐指挥让林处等人用大幅的纸笔对着监控摄像头写出求救条幅,然后她用手机进行录像,并第一时间将这些视频资料发给了军方及湖阳市政府。

而这些资料信息很快就引起了湖阳市政府领导的重视,事实上也没有人敢对这个信息熟视无睹,只是对湖矿的系列曝光让他们对这些视频资料的真实性不免产生怀疑,然而林处等人电话无法接通却无疑让他们只能选择宁可信其有不可信其无。

“让特警支队迅速过去开展援救工作,抽调附近警力到湖矿公司先行协助”——这是市政府的第一道命令,他们对湖矿公司内部发生的事情还并不知情,而这个命令让附近第一波的警员付出了血的代价……

车间控制室的警报及交火枪声的响起,让机密车间里隐藏的军方人员不明情况,他们在联系不到郭华之后,在为首的军人指挥下,选择武装布防,他们的目的是争取尽快将剩下的军用稀土矿进行转移,于是在配备武器之后布置武装防线。第一波的不明就里的警员刚试图进入湖矿公司机密车间由于冲突遭到了重武器抵抗,而这些警员有限的装备、平常松散的枪械训练以及从未遭遇过的火并,在与有着正规作战经验的军人对抗下,附近几个派出所的警力几乎全部被歼灭,剩下的重伤人员躲在警车背后呼叫着增援。

第二波赶到的特警部队并没有让情况发生质变,毕竟他们的任务是进行人质营救,而并没有接到恐怖袭击、大规模武装人员存在的报告,他们只能远远相持,偶尔发出零星的枪声,却无法压制也无法上前。

龙哥面临的情况并不会比外面好多少,虽然他有着良好的军事素养,但是随行的几个人却并没有足够强的军事素养,加之他们不敢轻易在车间里使用手雷和炸弹,这让他们只能在被火力压制中苦苦支撑。

“顾芃,快一些!”薇姐通过摄像头已经看到了整个场面。

此刻的顾芃已经将生死置之度外,她迅速爬入压泥通道,忍着车间的高温以及管道中的高辐射灰尘沾染所带来的剧痛,沿着通道一步一步爬行。头发、手掌、脚踝等与灰尘接触的地方,都给她带来了灼伤,而每前行一步,这种痛苦就增添一分,她咬了咬牙加快了爬行的速度。

最终她顺利到达了冷却车间。

“我已到达冷却车间,现在怎么处理?”顾芃说话的时候,全身已经开始隐隐作痛。

在厉声问得技术人员处理方式之后,薇姐说道:“你现在看下那个冷却泵的开关,把那个开关打上去就可以了。”

“薇姐,我们快顶不住了。”那边传来的是龙哥的声音。

“唯有以死殉国！我辈岂是懦夫!”这是顾芃坚毅但却孱弱的声音,因为沾染的灰尘已经开始对她肌体肆无忌惮地侵袭。

随着“呜呜呜”的冷却风扇声音响起,顾芃说了一句“薇姐,我已完成任务”,便倒在了地上。

“顾芃!!”龙哥和薇姐几乎不约而同喊了起来。

他们几个人的对话,通过监控室的麦克风都传递给了被困的林处他们,他们为这几个有着不畏牺牲精神的战士而感到无比敬佩!

短短几分钟内,警方由于低估而付出的惨痛代价、血腥的场面、不时发出的哀号声,厂内发生的牺牲和变故,龙哥那边传来的密集交战声,这一切都不断通过视听传递给了黄昊和陆小勇。

黄昊举起了枪,对准郭华喝道:“郭华,命令你的人放下枪支、停止抵抗,不要让无谓的牺牲继续下去!”

“这一切都是你们逼我的!”郭华恶狠狠地回道。

夹在中间的郭悦竟然不知如何应对,她走到郭华旁边,哀求着对郭华说:“哥哥,放弃抵抗吧,不要再打下去了!”

郭华似乎已经被血腥的场景刺激的丧失理智,他把郭悦一甩,吓道:“你走开！今天这里的事情全部与我们家族无关,我压抑了这么多年,今天就要跟你们玩！我就是要玩死你们这些虚伪做作的人!”他狠狠地对着黄昊他们说道。

“你自己看看,你们这帮窝囊废,能进得了我厂区一步吗?!”郭华说道,“湖阳这些人,天天吃我的、喝我的,却不顾我为这里所付出的一切！现在是要让你们知道我厉害了！哈哈哈哈……”

“郭悦,让开！郭华你这个禽兽,你已经没有理智可言了!”黄昊对着郭悦说道,他也害怕子弹误伤到旁边的郭悦。

“不能磨蹭了,再这么下去,代价会更大!”陆小勇也越来越焦急。

“嘶……砰！嘶……砰!”两颗空对地导弹射入了核心工厂的防守阵地,“呼——呼——呼”远处军用直升机声音的传来,成建制的防化排及特种部队迅速从直升机上索降,控制着离机密车间关键楼房的最高点,这让黄昊他们看到了扭转为胜利的可能。

数声枪响和一阵火力压制之后,防守阵地那边回应的枪声开始稀稀拉拉,看来对方已经退防到大楼里面,防止开阔地带受敌。

而正像很多影片中一样,大队警察总是姗姗来迟,一阵警笛之后,高音喇叭声音响起:“里面的人听着,我们是警察,你们已经被包围了!劝你们放下武器!立即投降!”

“投降吧!郭华,生产自毁系统已经被我们终止了,你看到部队的人也过来了,你们是毫无胜算的!”黄昊说道。

“难道我不知道你们会有人增援?既然我决定要毁掉这里,我怎么可能就单凭一个生产车间?你们毁掉我,我也就毁掉你们,这也算公平吧?!算不算啊?”郭华笑道,“在你们着手调查我之后,我就安排人在湖矿公司布放了炸药,这些炸药足以让我们一起完蛋,你们下一步不就是要强攻大楼吗?进去之后,我看你们怎么赢?!”

“哥哥,看在我的分上,停手吧!”郭悦苦苦哀求。

郭华看着妹妹,这似乎已然是他最后的牵挂,这让他极度纠结,因为他确实不想看到他妹妹由此而付出生命的代价,这也是他郭家未来的希望。

一阵痛苦挣扎之后,他从衣服里拿出了起爆器。

然而一声枪响之后,郭华被打倒,随后由于失去重心从天台掉了下去……

“哥哥!!!”郭悦近乎崩溃!她跑到天台边抓住边沿号啕大哭。

黄昊和陆小勇怕出现意外,赶紧上前。郭悦突然回头,恶狠狠地对着黄昊和陆小勇咆哮了起来,“你们为什么要开枪打他?你们没有看到他要投降了吗?他做错了什么?!你们没有看到他要把起爆器交给你们吗?!”

“你们这些人真的就是这样,打着正义的旗号,却做着一些丧尽天良的事情!对一个手无寸铁的人,你们就这么想除之而后快?!”郭悦的眼神充满了怨念。

这股前所未见的怨念让黄昊和陆小勇不寒而栗,这确实是黄昊多年来从未见过的,他甚至开始有些惴惴不安,总有一丝不好的预感!

“我没有开枪。”这是黄昊之后说的第一句话。

“我不管是你们谁开的枪,但你们记住!我一定会血债血偿!”郭悦擦拭了眼泪,站了起身,然后一个人走向出口,留给黄昊和陆小勇一个“复仇女神”般的背影……

特种部队的迅速接应,没多久便攻入了车间,控制并解救出了被困人质,而湖阳有史以来最大的一次危机由此擦肩而过,这场危机是那么沉重,以至于每个经历者深深恐惧，然而对那些外面的群众来说，这场危机似乎就从未发生过。

而翌日的湖阳日报，头条刊登的是："一群不明暴徒试图进入湖矿公司绑架人质，湖矿公司总裁郭华在躲避中不幸坠楼身亡，湖阳警方在接到报警之后随即展开援救，解救被困人质，歼灭入侵暴徒，目前案件正在进一步侦查中。"

随着黄昊无罪释放，经过罗紫曦的秘密狱中侦查，负责行刺黄昊的易蓬辉最后归案，接受审判也只是最终的事情。

而引进湖矿的责任人员卢俊，因为涉嫌受贿犯罪，直接被立案侦查。

系列资料的汇集，杨军最后并没有被移交司法机关，只是因为非法出警、非法使用警用装备、非法拘禁等几个行为，让他回警局接受内部处分。

长时间的羁押、与世隔绝，让杨军看起来比以前要苍老许多。当他走出纪检办案区时，第一时间想到的就是熊安安。而前来迎接他的，只有带伤的龙哥、黄昊、陆小勇、陈铭根等几个人。

令他惊喜的是陆小勇竟然没有死，悲伤的却是没有看到李耀和熊安安两人。

"安安呢?"

"她……"罗紫曦低下了头。

"到底怎么了?"

"为获得一线的视频资料，她被追杀，最后在高速上翻车，跌入湖中。"龙哥说道。

"她人现在在哪儿?!"杨军的声音有些歇斯底里!

"由于坠落受到水面撞击，她目前昏迷不醒，还在医院抢救。"龙哥回答道。

"李耀呢?"杨军话锋一转。

"殉职了。"陈铭根回道。

"怎么会?"

"他留下了一手的视频资料传了出来，我们到时候还需解读一下。"龙哥说道，"或许，这个W，也只是黑幕的一角而已，我想，我们还很多事情要做。"陈铭根的话给他们一行人埋下了深深的阴影，这个阴影恰似郭悦离开时的那个影子，充满着复仇的欲望和力量。

但对杨军来说，最重要的，还是熊安安的安危。

他简单洗漱之后，直奔熊安安的病房。

熊安安在那里静静躺着，身上的多处伤痕并没有影响到她的美貌，那个看上去就充满灵性、充满激情的面容，此刻沉寂如水，但又似乎有很多话想要对杨军说。

说她对杨军的思念，牵挂，还有担心；

说她在没有杨军的日子里，学会的勇敢、执着和坚强；

说她跌入湖中的第一刻，想的是无法和杨军白头偕老；

说她总算在法庭上彻底把对手李婉晴打败；

说她是如何边辩护，边为李耀他们争取揭秘湖矿的时间；

她要说得实在太多，即便嘴巴没有动一下……

这就像杨军此刻低下头在她耳畔，对她轻声说的：

"快起来，我们已经获胜了！"

"快起来，我不会再离你而去了！"

"快起来，你此刻提出的任何条件，我都会毫不犹豫地答应你！"

"快起来，我们去挑最美丽的婚纱。"

……

而这些话，就像空调房的丝丝暖风，吹着室内的绿萝，平安度过这严寒的冬日，期待着下一个春天的到来，旁边一首无名的网络歌曲《矢志不渝》，却勾走了杨军的思绪：

"……漫天雨滴，
我们无法言语，
起初的甜蜜，
成了刺心的武器。
明明还沉迷，
却毅然诀离，
简单的直面，
却要初牵手的勇气。
当爱成往事，
我与谁相扶相惜？
情靶已无目的，
我如何矢志不渝？
最近的你，
却成最远的叹息。
感情的残酷，

却把生命当游戏，
无法唤醒的远去，
只留下最初始的孤寂，
陪着沉睡执迷，
还是醒着矢志不移?
我无法言语，
恰似漫天雨滴，
淋透矢志不渝……”

另一边，李耀的坟前，矗立着几个人影。面对逝者，他们都有着太多的思索，更有着独特的使命。天边，翻滚起了一道乌云，但多云的天气，似乎他们都早已适应。

“该走了……”

“去哪里?”

“宝剑总要归鞘，我们这些小箭头也要入库了。”

“可是，刚开始。”

“结束才是开始。”

几人相视一笑，他们知道羽镞离开了弓弦，就注定了一段旅程，这段旅程，实则就是从一个靶心到另一个靶心，更或许就是一种轮回注定……

图书在版编目(CIP)数据

特情侦查之湖矿危机 / 黄磊著. -- 北京 : 法律出版社, 2018
ISBN 978 - 7 - 5197 - 1873 - 2

Ⅰ. ①特… Ⅱ. ①黄… Ⅲ. ①长篇小说 - 中国 - 当代 Ⅳ. ①I247.5

中国版本图书馆 CIP 数据核字(2018)第 002697 号

特情侦查之湖矿危机
TEQING ZHENCHA ZHI HUKUANG WEIJI

黄 磊 著

责任编辑 许 睿
装帧设计 马 帅

编辑统筹 法规出版分社

出版 法律出版社
总发行 中国法律图书有限公司
经销 新华书店
印刷 三河市兴达印务有限公司
责任印制 吕亚莉

开本 720 毫米 × 960 毫米 1/16
印张 23
字数 375 千
版本 2018 年 6 月第 1 版
印次 2018 年 6 月第 1 次印刷

法律出版社/北京市丰台区莲花池西里 7 号(100073)
网址/www. lawpress. com. cn
投稿邮箱/info@ lawpress. com. cn
举报维权邮箱/jbwq@ lawpress. com. cn
销售热线/010 - 63939792
咨询电话/010 - 63939796

中国法律图书有限公司/北京市丰台区莲花池西里 7 号(100073)
全国各地中法图分、子公司销售电话:
统一销售客服/400 - 660 - 6393
第一法律书店/010 - 63939781/9782
西安分公司/029 - 85330678
重庆分公司/023 - 67453036
上海分公司/021 - 62071639/1636
深圳分公司/0755 - 83072995

书号:ISBN 978 - 7 - 5197 - 1873 - 2
定价:58.00 元
(如有缺页或倒装,中国法律图书有限公司负责退换)